عشر نساء

مارثيلا سيرانو

عشر نساء

ترجمة صالح علماني

دار جامعة حمد بن خليفة للنشر
HAMAD BIN KHALIFA UNIVERSITY PRESS

الطبعة العربية الثانية ٢٠١٧

دار جامعة حمد بن خليفة للنشر
صندوق بريد ٥٨٢٥
الدوحة، دولة قطر

books.hbkupress.com

صدرت الطبعة العربية الأولى عام ٢٠١٣

Diez mujeres

الترقيم الدولي:
الغلاف العادي: ٩٧٨٩٩٩٢١٩٤٧٧٥

MIX
Paper from responsible sources
FSC® C013604

تمت الطباعة في بريطانيا العظمى بمعرفة CPI Group (UK) Ltd., Croydon CR0 4YY.

إلى «هوراسيو سيرانو»

لذكراه

الحياة على الأرض تبدو رخيصة جدًّا.

مقابل الأحلام، مثلًا، لا يُدفع قرش واحد.

ومقابل الأوهام، يُدفع عند ضياعها فقط.

ومقابل امتلاك جسد، يُدفع الثمن بالجسد.

«فيسوافا شيمبورسكا»، «هنا»

«المجنونات، ها هن المجنونات آتيات»، سيقول ذلك عمال المكان وهم يترصدون من خلف الأشجار. «ناتاشا» لا تعرف جيدًا ما الذي يُبهجها أكثر، أهي رؤية هياج أولئك الرجال الأجلاف الذين يحملون معاول ورفوشًا في أيديهم، أم النساء اللاتي كنَّ ينزلن في تلك اللحظة من السيارة الكبيرة، يترجلن واحدة فواحدة ويطأن بثبات أرض النجيل المتفرق، كما لو أنهن يرغبن في ترسيخ أقدامهن في تلك الأرض.

وتفكر «ناتاشا»: ربما تستمتع إحداهن بفكرة أنها هدف للمراقبة أو الشك، وتتذكر ما قالته لها «آندريا» بمرح وهي تودِّعها يوم الخميس الماضي: أخبريهم يا «ناتاشا» بأننا عصابيات بعض الشيء فقط ولسنا مجنونات بحاجة إلى تقييد!

توقف الرجال عن العمل، ومن دون حياء راحوا ينظرون إليهن مستندين إلى أدوات عملهم. هنالك ما يرضي كل العيون. فمن يفضِّلهن سمراوات لديه أكثر من خيار. وبينهن كذلك قصيرات القامة وطويلات، شابات ومسنات، نحيلات وممتلئات وحتى بدينات. إنهن تسع نساء. عدد كبير.

العشب قد قُصَّ للتو، وأكياس البلاستيك السوداء الممتلئة بفضلات العشب مركونة عند جذعي شجرتي الأفوكاتو الضخمتين. عبق العشب الطازج يصل حتى البيت الرئيسي في المعهد وتختلط لدى «ناتاشا» رائحة العشب برائحة سلسلة الجبال. عندما استعارت المكان، نبهها المدير: في يوم السبت يشذبون الحديقة. ولكنها بدت لعيني «ناتاشا» متنزهًا أكثر منها حديقة. تودُّ لو تتمكن من تمييز أسماء تلك الأشجار، فهي لا تعرف منها سوى أشجار المجنوليا والكوباليه والجاكاراندا، لأن لديها مثل هذه الأشجار في بيتها الريفي في وادي «أكونكاجوا». أما تلك الأشجار في محيط «سنتياغو» وسلسلة جبال «الأنديز» فتبدو أشبه بمتهتكة تعرض مفاتنها.

النساء يمشين بشيء من الترنح متقدمات باتجاه البيت. بعضهن ينظرن بافتتان إلى الحديقة وتلون أزهارها، وأخريات يتبادلن الحديث فيما بينهن. لقد أمسكت «مانيه» بذراع «جوادالوبي» واتكأت إلى كتفها. ثنائي رائع: الكبرى والصغرى. «ناتاشا» تفكر في أن الفضول هو الذي ينقذ «مانيه» دومًا، لا شك لديها في أنها قد تفحصت كل ثقوب الأقراط في أنف وأذن رفيقتها، ومرت بيدها على رأسها الحليق. ولا شك في أن «جوادالوبي»، المحبة للضحك، قد ابتهجت بذلك. إنهن جميعهن معًا منذ نصف ساعة على الأقل، منذ صعودهن إلى السيارة الكبيرة عند مخرج محطة المترو في «توبالابا». وتُقدِّر «ناتاشا» أن «خواني» أو «سيمونا» قد كسرتا الجليد عند وصولهن جميعًا إلى جادة «أوسا»، ولدى توغلهن في «بينيالولين»، توصلتا إلى إخراج أشدهن ارتباكًا من توترها. ربما انتزعتا ابتسامة من «ليلى»،

أو صوتًا من «لويسا». لقد تخلَّفت عنهن «آندريا»، ماذا تفعل؟ وابتسمت «ناتاشا»: إنها توقّع أوتوجرافًا. فالبستاني الذي كان، قبل لحظات، يقلّم شجيرات ورد، ألقى بمقصه على الأرض وأسرع خلفها في نوبة جسارة مفاجئة. وهو ما يحدث في العيادة، وفي المستشفى. فـ«آندريا» تعيش وهي توزِّع أتوجرافات، إنها الكارما الخاصة بها. «آنا روسا» ظلت في منتصف الطريق، تفكر في أنه عليها أن تتقدم مع الأخريات، ولكنها تنظر مفتونة إلى «آندريا»، لا يمكنها أن ترفع نظرها عنها. و«فرانثيسكا»، بحقيبة جلد التمساح المفتوحة (فهي لا تغلقها أبدًا)، تشعل سيجارة، مرعوبة من أنهنَّ سيمنعنها من التدخين طيلة النهار. تبدو «فرانثيسكا» أقل شحوبًا، يا للرغبة في تركها تحت الشمس بدل حبسها في صالة. وقد لبست الجينز اليوم، إنه اليوم الأول الذي تراها فيه غير رسمية. و«سيمونا»، الملتفة بشال من وبَر الألبكة الأبيض، تقترب منها وتطلب نارًا. تمجُّ الدخان بمتعة، بينما الشمس تضرب وجهيهما، إنهما تستغلان اللحظة الأخيرة التي يمكنهما التدخين فيها. إنهما مريضتاي الأقدم، هذا ما تقوله «ناتاشا» لنفسها، وهذه هي المرة الأولى التي أراهما فيها معًا. ومن دون وعي منها تفكر في كم يروقها أن تتعرف إحداهما على الأخرى خارج هذا اليوم، وأن تكون كل منهما للأخرى.

وراء النافذة، وممسكة بستارة شفافة، تنظر «ناتاشا» إليهن جميعًا بانتباه. تحاول أن تتخيل صباح هذا اليوم وكيف تهيأت كل واحدة منهن لحضور الاجتماع. فعلى الرغم من محاولتها الحفاظ على مسافة بينها وبينهن، إلا أنه من الصعب عليها تجاهل ومضات الحنان التي تصفعها بها أولئك النسوة. تتخيل بعضهن يغادرن فراشًا خاويًا بينما الظلام لا يزال مخيمًا،

وأخريات يخلِّفن وراءهن في الفراش جسدًا دافئًا وصديقًا. ولا بد أنهنَّ كنَّ متعبات من الأسبوع، ويمكن لقليل من النوم الإضافي أن يكون جيدًا لهن. يهيئن الفطور: فنجان قهوة قوية بالنسبة إلى «سيمونا»، وفنجان شاي خفيف لـ«آنا روسا». أما «فرانثيسكا» فتكون قد تناولت فاكهة فقط، مثلما تفعل دومًا، و«خواني» كعكة مع زبد ومرملات. إحداهن تتناول الفطور واقفة عند منضدة المطبخ بينما هي تهيئ اليوم البيت في غيابها، وأخرى وهي جالسة إلى مائدة غرفة الطعام، وربما تحمل إحداهن الفنجان أو الصينية إلى السرير مع الصحيفة التي تنتظرها تحت الباب. والاحتمال الأكبر أنهن جميعهن يشعرن بشيء من التعجل. فليست المناسبة ملائمة للوصول متأخرات. والسيارة ستنتظرهن الساعة التاسعة. وليس بينهن من هي راغبة في أن تخيب أملها؛ أملها هي، «ناتاشا»، بتأخيرها الأخريات أو عدم الذهاب إلى الموعد. تناولن أدويتهن التي اعتدن تناولها كل صباح، على أمل مكافحة هذا الداء أو ذلك، جميعهن تقريبًا تناولن مضاد اكتئاب وصفته لهن هي نفسها بخط يدها. وجميعهن يبذلن جهدهن ليعشن بأفضل طريقة ممكنة. كي يكنَّ أسعد قليلًا. كي يشفين. وجميعهنَّ مصممات على أن يعشن أفضل حياة ممكنة ضمن ما هو مقدَّر لهن. بعضهن استحممن تحت الدوش وغسلن شعورهن، ويمكن أن تكون إحداهن قد استحمت في بانيو، وجميعهنَّ نظرن إلى أنفسهن في المرآة لأن يومًا خاصًّا بانتظارهنَّ. يعرفن أن ما ينتظرهن كلمات وحسب. رغبت إحداهن في وضع قليل من المكياج، إظهار أفضل وجه ممكن. وأخرى رأت أن ذلك غير مناسب. وكل منهنَّ تحمل على كاهلها ما لا مفر لها منه. ألم صغير في مكان ما من الجسد، إزعاج ما، ما هن معتادات على حمله، العضلات والأوتار

المتعبة. وفي لحظة اللبس، لحظة حسم ما يرتدينه، هذه اللحظة التي تمقتها كثيرات، كم منهن أعدن استبدال ما لبسنه لأن مظهرهن لم يَرُق لهن؟ من حي «لا ديهيسا» حتى حي «مايبو»، هل يختلف شيء في تلك اللحظة قبالة المرآة؟ «فليأت العمى، فليأت»، تقول «ناتاشا» لنفسها، «أي شيء لتجنب التلوث الذي لا مفر منه، التلوث الفظ الذي تقع كل امرأة ضحية له في مشقة المواجهة اليومية. ابتداء من سن التاسعة عشرة كما هي حال «جوادالوبي» وحتى الخامسة والسبعين مثلما هي «مانيه»، هل ترددت إحداهن في مسعى الظهور بأفضل مظهر ممكن؟ وراء السترة السوداء أو البلوزة الوردية، ألم تكن كل واحدة منهن تشجع نفسها، وتراكم الحماسة من أجل هذا اليوم الذي ينتظرهن؟ مظهرهن اليوم نزيه بصورة حاسمة، فليس هنالك عمل أو مكاتب أو رسميات تقيدهنَّ، والحال التي جئن بها اليوم هي الحال التي تعبر حقًّا عمن هنَّ».

«جميعهن جميلات جدًّا»، تقول «ناتاشا» لنفسها.

«كم تهز النساء مشاعري. كم يُحزنَّني. لماذا حمل نصف الإنسانية حمولة بهذه الضخامة وترك النصف الآخر يستريح؟ لست أخاف من أن أكون مجنونة»، تقول «ناتاشا» لنفسها، «فأنا أعرف ما أقول. وأعرف لماذا أقوله».

لم يعدن يظهرن في الطريق. لا بد أنهن قد دخلن البيت. تفلت «ناتاشا» ستارة النافذة التي كانت تنظر منها إلى النساء التسع وتغادر الصالة. إنها لحظة الخروج لاستقبالهن.

فرانثيسكا

أكره أمي. أو إنني أكره نفسي، لست أدري. أظن أن هذا هو سبب وجودي هنا. الكراهية تُتعب. والتَّعود عليها لا يحلُّ أية مشكلة.

وربما من الأفضل القول: لا يمكن لإحدانا أن تتعَود.

لا أدري لماذا طلبت مني «ناتاشا» أن أكون أنا الأولى، أشعر بحياء شديد من كوني البادئة بالتكلم. ربما لأني مريضتها الأقدم. لا وجود لمن أمضت أعوامًا أكثر مني في العلاج النفسي! أضف إلى ذلك أنكنَّ تُثرن في نفسي فضولًا هائلًا. ولنقل ذلك من دون لف ولا دوران: الغيرةُ هنا تحلق عاليًا. لا بد أننا جميعنا نشعر بغيرة كبيرة بعضنا من بعض. لقد لاحظتُ كيف كنا نسترق النظرات فيما بيننا ونحن نصعد إلى السيارة، والتوتر الذي كنا نتبادل به التحية، كما لو أننا أبطال «أولمبيون آتون» من أجل نيل الميدالية الذهبية، وكل واحدة تجتاز خط الدخول هي منافستك. ربما أبالغُ، لا تعرنني اهتمامًا. فالعلاج النفسي له هذه السمة الفظة: المعالج النفسي هو وحيد لإحدانا، ولكن ليس العكس. يا للظلم! إنها أكبر علاقة عدم تكافؤ يمكن تخيلها. أرغب في التفكير في أن «ناتاشا» لا تحب أحدًا

سواي، وأنه لا أحد يسليها مثلي، وأنها لا تشعر بالحزن والشفقة، ولا تهتم بأمر أحد مثلما تفعل ذلك معي. فكل الحميمية التي يمكنني الإحاطة بها، في نهاية المطاف، هي بين يديها، وحلمي المتخيل أن تكون حميميتي هي الوحيدة التي تتلقاها «ناتاشا». كيف أتحمل أنها تتلقى كذلك حميميتكنَّ كلكنَّ؟ أتراها تجعل كل واحدة منكنَّ تشعر بأنها محبوبة ومحط تقدير مثلي؟ ألديها حقًّا متسع داخلي لتحبنا جميعًا؟

ذات يوم قرأتُ في مجلة إسبانية: «اعتُقلا لأنهما تركا ابنتهما في عربتها ليذهبا لتناول كؤوسٍ». كان هذا هو العنوان. وتحته شرح بأن ابن زوجين من «ليريدا»، في الثانية عشرة من العمر، اتصل بالشرطة لأن أبويه رجعا مخمورين إلى البيت ومن دون أخته. هذا الخبر جعلني أتأثر وأذهب إلى «ناتاشا». فحتى ذلك الحين كنتُ أفكر دومًا في أنه لا داعي للتغيير، ولماذا تحريك الأمور ما دام بالإمكان العيش مشلولة. وكنت مقتنعة بأن قلبًا جليديًّا هو ميزة كبيرة.

عندما وصلتُ إلى حيث «ناتاشا» كنت أعرف أن علاجي هو مسألة حياة أو موت: عليَّ أن أقطع خط الأمومة من جذوره، أن أوقف التكرار. افهمنني، فالمسألة ليست مسألة جينات وراثية أو حامض نووي، إنه موضوع نقل تربوي. فكل شيء كان متواطئًا لأن أكون أنا نفسي فاسدة، مستغلة أو مسيئة معاملة. ومن دون أن أدري، استعنتُ بطاقة داخلية هائلة، تزوجت وأنجبت أبناء، أناضل كل يوم من أجلهم، كل يوم. إنني أتساءل أحيانًا من أين جئت بتلك الطاقة. أهي من أبي؟ أهي من الرب الذي أحبه وأصلي له على الرغم من كل شيء؟ أهي من ظرافة أخي

«نيكولاس» الذي يكشف لي من مكان ما مخاطري الخاصة؟ أظن أنها الغريزة، الغريزة المحضة. لم تكن لديَّ صورة داخلية لما هي عليه أُسرة عادية. فأنا في الحقيقة معجزة.

كم كنت عارية حين وصلت إلى «ناتاشا».

* * *

اسمي «فرانثيسكا» ـ حتى اسمي عادي، كم ممن يُسمون «فرانثيسكا» تعرفها كل واحدة منكنَّ؟ ـ أكملتُ للتو الثانية والأربعين من عمري، مرحلة عمرية معقدة. تكون إحدانا فيها شابة ولكن ليس كثيرًا، وليست عجوزًا بعد ولكنها كذلك قليلًا، أي أنها ليست مشروب «التشيتشا» ولا ليمونادة، محض انتقال من حالة إلى أخرى، محض ابتداء بالتردي. في بعض الأحيان تتملكني رغبة في أن أكون قد هرمت وانتهيت، في أن أكون عجوزًا استنفدتْ كل آمالها.

أعمل في وكالة عقارية أنا شريكة فيها، وأموري تمضي على ما يرام. لكنني أعمل كثيرًا، وكثيرًا جدًّا. سرت في الطريق التقليدي، بدأت كمعاونة مهندس مهم إلى أن تحوَّلتُ إلى يده اليمنى وانتهيت إلى حيث لا يمكن الاستغناء عني. لدينا مكتب في شارع «بروفيدنثيا» مع أربعة عشر موظفًا ثابتًا وكثير من الحركة. أنا أيضًا مهندسة، وهندسة الفراغ هي شغفي الكبير. تزوجت من «بيثنته»، مهندس مدني. لدينا ثلاث بنات، يا للعنة، جميعهن إناث. وفي هذا المقام تمضي أموري أيضًا على ما يرام. الجميع يقولون: إن زوجي رجل صعب، وربما كان ذلك صحيحًا، ولكنني على وفاق رائع معه. وحتى لو بدا ذلك غريبًا، فإنني أحبه وأخلص له.

الشلل هو من حالاتي كثيرة التواتر. وأُطلقُ تسمية «شلل» على الحياة اليومية: الاستيقاظ باكرًا كل يوم، وإيصال الصغيرات إلى المدرسة، والمرور على الصالة الرياضية، وممارسة تمارين لياقة لثلاثة أرباع الساعة، والذهاب إلى المكتب، واستخدام التروي في النقاش مع محامي الشركة، ومراجعة مهام العاملين كافة، وتدقيق إدارة عدة أبنية نتولى الإشراف عليها، والشجار مع مسؤولة المبيعات الجديدة التي لا أستلطفها، ثم تناول الغداء (وعسى أن يكون ذلك مع صديقة وليس أكل ساندويتش بسرعة)، واستخدام خليتين عصبيتين قبالة الكمبيوتر، واثنتين أخريين مع الزبائن، وزيارة شقة تكون قبيحة على الدوام، والدخول في حالة احتضار مع علب الكبريت الحقيقية تلك الخالية من المخيلة التي يشيدونها اليوم تحت تسميات أجنبية ومفخمة مثل: «walk-in closet، loggia، home office»، وتوقيع عقد ما في الأيام الجيدة، والعودة إلى المنزل بعد عذاب حركة المرور البرازية في «سنتياغو»، وتبادل الحديث قليلًا مع زوجي، ومراجعة واجبات الصغيرات المدرسية، وتسخين شيء للأكل؛ شيء سهل وسريع، ورؤية نشرة الأخبار، وإطلاق بعض اللعنات قبالة التلفاز أو حيال تصريح ما، ومحاولة فهم جيد للنشرة الاقتصادية، وأخيرًا... احتضان بناتي، وتقبيلهن كثيرًا، والاندساس في الفراش. الجنس، في بعض الأيام، وإن كنت أتمنى أن يكون ذلك في الأيام التي لا يكون عليَّ الاستيقاظ فيها باكرًا. حسن، أعترف أنه لا يكون عاطفة جامحة دائمًا. ففي بعض الأحيان أمارس الحب بتراخٍ ممل، ولكنني أمارسه.

كم من النساء لديهن هذا الروتين نفسه؟ إنهن آلاف مؤلفة على امتداد العالم. جميع النساء اللاتي في الأربعين ويحملن حيواتهن على كواهلهن،

ممن هنَّ مستسلمات وتافهات، بعضهن ذكيات قليلًا، وأخريات أكثر لطفًا، وغيرهن أكثر طموحًا، وأخريات أكثر مرحًا، ولكنهن جميعهن متماثلات في نهاية المطاف، مستغرقات في النضال الضاري من أجل أن يكنَّ متميزات ككائنات لهن خصوصية، مناضلات حقيقيات لتحديد الفروق. جميعهن مستنفدات. يمكن صنع قالب نموذج لهن. فإذا ما رأت إحدانا واحدة منهن فإنها تكون قد رأتهن جميعًا. في بعض الأيام لا يكون هناك موضوع للحديث مع الزوج، وقصص أبنائكِ تبعث فيك الضجر وتحلمين بالاندساس في الفراش مع «جورج كلوني». وفي أيام أخرى لا تشعرين بكل بساطة بشيء من أي شيء. تفعلين كل شيء على أفضل وجه ممكن، ولكن بصورة آلية على الدوام. حتى لو اصطدموا بكِ وأنت تقطعين الشارع فربما لا تنتبهين. لا تتألمين، فأنت قطعة جليد. عندما تتضاعف هذه الأيام، أسميها رسميًا: «أيام الشلل». مع أنني، بصراحة، أتأخر إلى وقت لا بأس به قبل أن أنتبه إلى أنني قد حُشرتُ فيها لأن عدم الحركة والشلل نفسه يعميني.

دعوني أروِ لكم: في أحد الأيام اتهمني زوجي بأني باردة. يا للمسكين، كم تأخر في الفهم! وقد عارضته، كي أطمئنه. لم أتساءل قط عما إذا كنتُ باردة أم لا، ولم أهتم قطُّ بالتوصل إلى تعريف محدد بهذا الشأن. ما كنت أعرفه فقط هو تلك الحالات من عدم المبالاة المطلقة التي أدخل فيها. ولكنني أعرف كذلك الحالات الأخرى: حالات الوله، السخط، الغيظ. مثل الناس جميعًا! فأتعلق بما يخصني، وأموت حبًّا وامتنانًا ومازوشية حين لا أجد نفسي مشلولة. ويمكنني توضيح هذا:

هنالك ذكران في حياتي، فقط لا غير: زوجي وقطي. وقد توصلت إلى أن كليهما يستجيب للقالب نفسه، وأن ثمة شيئًا من الخبل في حبي لهما.

قطي كائن ثقيل الظل. إنه هرٌّ ضخم، مخطط بخطوط حمراء وصفراء، «أنا أدعوه «نمري»، مع أن بناتي يسخرن من ذلك». لا شك لديَّ في أنه يحبني، ولكنه يهرب دومًا، كما لو أنه سيجد كل شيء أفضل خارج البيت. أجد صعوبة في كبحه، ويستثير غيظي أنه يعيش أفضل حياة على حسابي: فهو سيد بيت وطعام متوافر، يحاط بمحبة ودفء، فضلًا عن أن لديه شارعنا كله ليتنقل على سطوح بيوته ويتشاجر. إنه محب للشجار منذ مولده. ويرجع جريحًا على الدوام، بخدوش، أو دم، أو وبر أقل. وأنا أعتني به أكثر من نفسي، أضع له كحولًا معقمًا، آخذه إلى الطبيب البيطري لأي سبب. وفي كل ليلة أقف في وسط الشارع وأبدأ بمناداته، أحيانًا في وقت متقدم من الليل، وأنا بالبيجاما بينما بناتي يقسمن أنهن لا يعرفنني. لا أستطيع النوم ما لم يأتِ، وأنهض ألف مرة إلى أن أثبته بين ذراعي. قد يقول أحدهم إن حبَّ هذا القط أمر مستحيل، ولكنه مخطئ في ذلك، لأنه ما إن يسلم نفسه لذراعي حتى يتحول إلى أعذب هرٍّ في الدنيا. ففي المقام الأول، والمفاجئ فيه، هو أنني عندما أناديه، يردُّ عليَّ. إنه يردُّ عليَّ أنا فقط، وليس على أحد سواي. وهو يردُّ عليَّ دومًا، ولهذا أنتهي دومًا إلى العثور عليه. ولنفترض أنه لولا هذه الخاصة فيه - ولا أريد لأحد أن يجادلني في أنها خاصة - لكان قد ضاع منذ زمن بعيد. وعنادي مضافًا إلى سلوكه الفريد هما ما سمحا ببقائنا معًا منذ ما يقرب من ثمانية أعوام. ينام معي، وفي منتصف الليل يمد إحدى يديه - يستخدمها كما

لو أنه بشر ـ ويداعب خدي بحنان. وحين أشعر بالبرد أضمُّه إليَّ بقوة، ويسمح لي بذلك بوداعة مطلقة.

وهو جبان أيضًا: في الخارج، حين يكون في الشارع، هو قاتل، ولكنه ما إن يسمع في البيت ضجة غريبة عن المعهود حتى يركض فورًا ويندس تحت اللحاف في سريري. وحدث بالطبع أكثر من مرة أن جلست إحدى بناتي الصغيرات عليه وهي تلقي بنفسها على سريري من دون أن تراه. وفي المحصلة هو رهابيٌّ، ترعبه مواجهة البشر. وهو فوق ذلك متعجرف. والوضع الأكثر نمطية هو التالي: خروجه في الصباح إلى مطارداته اليومية وعدم رجوعه إلا عند الفجر. وأكون قد أُصبتُ بالجنون وسيطر عليَّ اليأس وأنا أفكر في أن تكون سيارة قد صدمته على بُعد عشرة شوارع عن البيت، وحينئذ يظهر، مغتبطًا تمامًا، ينظر إليَّ بلامبالاة عميقة ولو كان بإمكانه التكلم لقال لي، من دون ذرة واحدة من الندم: أنتِ السبب في كل شيء.

حسن، عندما أتساءل عن سبب اختياري، من كل قطط العالم، هذا القطُّ الذي يسبب لي العذاب، أردُّ بالقول: صدقوني إنه يستحق، فهو يحبني.

وهو ما يمكنني أن أقوله بالضبط عن «بيثنته».

* * *

لقد ولدتُ في بيت مريح ووقور ـ لا شيء باهر ـ في منطقة «سنتياغو»، بشارع «بيلباو». أبي خبير اقتصادي عمل دومًا في عالم المال. وهو ضعيف الشخصية قليلًا ومتهرب، ولكنه بالمجمل رجل طيب. تزوج من أمي حين كانت فتية جدًّا، وأنجبا ابنين: أخي الأكبر وأنا. أمي لا تعمل ولا يخطر ببال

أحد أنها بحاجة لأن تعمل. تنام حتى الظهيرة، تقرأ وتدخن من دون توقف، وفي الليل تذهب إلى السينما. كل يوم، ولستُ أبالغ. وعندما وُجِدَ الاشتراك التلفزيوني بقنوات الكابل والفيديو لم تعد تخرج، وصارت تشاهد الأفلام وهي في السرير. وبعد تقدمي قليلًا في الطفولة كان عليهما اللجوء إلى حجرتي نوم منفصلتين لعدم تناسب مواقيتهما ولأن أبي يكره دخان السجائر ورائحتها والتلفزيون المفتوح دومًا. كانت أمي تظل على الدوام ساهية بعض الشيء خلال النهار، وكان يمكنني ملاحظة ضجرها عندما أروي لها طرائف مما يحدث في المدرسة، ويبدو لي واضحًا أنها تستمع إليَّ بحس الواجب المحض. أما أمام أخي فتبدو أكثر تنبهًا، وربما كان هو الوحيد الذي يوقظها. حتى إنني كنت أقول لأخي «نيكولاس» إنه يبدو ابنًا وحيدًا، من دون أن أنتبه إلى الحقيقة المرعبة التي تتضمنها كلماتي. وكانت «الشؤون النسوية» تزعج أمي، فهي لا تهتم بالملابس ولا بالرومانسيات، ولا بمشاكل الصداقة شديدة التعقيد في مرحلة البلوغ. أتذكر يوم تخاصمت، وأنا في السادسة من عمري، مع صديقتي الحميمة «فيرونيكا». فقد رجعت باكية طبعًا.

وكان هذا هو الحوار:

(أمي): ماذا أصابكِ؟

(أنا): تخاصمتُ مع «فيرونيكا».

(أمي): وهل السبب مهم؟

(أنا): لم تدعُني إلى عيد ميلادها... وأنا التي كنت أظن أنها صديقتي، وأنها تحبني...

(أمي): لا أحد يحب أحدًا يا بنيتي، من الأفضل أن تعرفي ذلك منذ الآن.

وبمناسبة الحديث عن «الشؤون النسوية»، نسيتْ أمي أن تنبهني إلى أن النساء يحضن، ولو لا صديقة لي في المدرسة، كان يمكن لمفاجأة الدم أن تُميتني. وعندما بدأ جسمي ينمو وملامحي تبرز، لم تبدِ ما يشير إلى انتباهها. ذهبتُ ذات يوم إلى حجرتها شاكية: لقد كبر صدري يا ماما، افعلي شيئًا من أجلي. فنظرت إليَّ من بعيد ـ وهي نظرتها التقليدية ـ وردَّت عليَّ:

ـ قولي لأبيكِ أن يعطيك نقودًا واشتري حمالة صدر، أترين كم الأمر بسيط.

فقلت لها باكية:

ـ إنني لا أريد أن أكبر، لا أريد أن تكون لي أثداء.

فانفجرتْ في الضحك:

ـ هيا، هيا يا «فرانثيسكا»، لا تكوني طفلة. وعادت إلى قراءتها.

لم تكن تلمسني. أما «نيكولاس» فبلى. ولا تقفُ، لأي سبب، إلى جانبي في شجار، ولا تدعمني في مواجهة أخي أو أبناء عمومتي. يبدو أنني لستُ على حق في أي أمر، مما كان يولِّد فيَّ قدرًا كبيرًا من عدم الثقة. حين أنظر إلى الوراء، أجد لزامًا عليَّ الاعتراف ببساطة أنها لم تكن تحبني. هذا ما كان يحدث، فهناك أمهات لا يحببن أبناءهن، حتى لو لم يصدق الناس ذلك.

مع مرور السنوات كبرت كأي طفلة في مثل سني. كنت أمارس

النشاطات نفسها كالأخريات، أنقلب كثيرًا نحو العالم الخارجي، نحو صديقاتي، نحو فتياني المتوددين، نحو المدرسة، نحو الرياضة. أُظهر لامبالاة زائفة تساعدني من يوم إلى يوم. قررتُ أنه يمكن لأمي أن تحبني أكثر إذا ما تفوقتُ في شيء ما، وانهمكتُ في أن أكون تلميذة نجيبة. ولكنها كانت تهتم أكثر بدراسة «نيكولاس» وتهنئني على درجاتي بصورة عابرة جدًّا. عندئذ، حين انتبهت إلى أن الأمر ليس في الدراسة، عكفت على الرياضة، واثقة من أن ذلك سيؤثر في أمي، ولا سيما أنها معتادة حياة القعود التي تعيشها، وربما يمكن للعب في وضعها أن يلفت الانتباه. تحوَّلتُ إلى أفضل لاعبة كرة سلة في المدرسة، ولكن كل ما استطعتُ تحقيقه هو جعلها تأتي لحضور مباراة واحدة فقط. وقررتُ كخيار أخير أن أكون ربة منزل كاملة. اتبعت دورة تعليمية في الطبخ، وصرتُ وأنا في الخامسة عشرة من عمري أطبخ كخبيرة. أتقن ترتيب المائدة وتزيينها أفضل من أيٍّ كان، ولكن ذلك لم يؤدِّ إلا إلى الاستغلال، فحين يأتينا ضيوف تطلب مني أن أتولى الأمر بنفسي. وكانت تنظر إليَّ أحيانًا نظرة استغراب، تقطِّب جبينها وتعلق:

ـ لمن خرجتْ «فرانثيسكا» يا ترى؟

وحين تبيَّن أنه من المستحيل تجاهل مزاياي، قالت لي ذات يوم، بلهجة فسَّرتُها على أنها ساخرة:

ـ لقد كنت أشك على الدوام في أن الناس الجيدين في كل شيء ليسوا نافعين، في العمق، لأي شيء.

* * *

سهرتُ وترصدت خلال طفولتي كلها، وهذا ما كان يفعله الأطفال آنذاك، في ذلك الوقت الطويل والشاسع: انتظار أن يحدث شيء.

* * *

بحثت عن بدائل. ولم تكن تتوافر في الأسرة خيارات كثيرة. فأمي هي وحيدة أبويها، أي أنه لا توجد أي خالة لي. وأخوات أبي كنَّ سيدات مملات وريفيات يعشن في «أنتوفاجاستا»، أكاد لا أعرفهن. وزوجات إخوته لا يتعدين كونهن أمهات أبناء عمومتي. وقد كان لديَّ من الوعي ما يكفي لأن أتوقع أن المعلمة هي على الدوام بديل لوقتٍ جزئيٍّ. عندئذ لجأتُ إلى مخيلتي. وأُوضح ما أعنيه: الدين لم يكن موضوعًا مهمًّا في الأسرة، فقد كنا كاثوليكًا غير فعالين، نذهب إلى القداس بين حين وآخر، ونحترم تعاليم الكنيسة الأساسية، وليس أكثر من هذا. (الظاهرة نفسها تحدث في السياسة: كنا «بينوتشيين» غير فعالين أيضًا. فقد ورثنا العداء للشيوعية عن جدتي كأمر طبيعي خالٍ من أي روحانية). حسن، لجأت إلى صورة ملاك. تأملتُ طويلًا حول حيادية الملائكة الجنسية، فهم ليسوا ذكورًا ولا إناثًا وأنا بحاجة إلى أم. عندئذ قررت أن يكون ملاكي أنثى. دعوتها. وكانت ملاكي حارسة رائعة، وغب الطلب دومًا، وعادية وحكيمة دومًا، وفوق ذلك كله جميلة. كانت تعيش في حجرتي ولا نتبادل الحديث إلا في الليل. أحدثها عن يومي، وأنتهز الفرصة لأقدم إليها كل التفاصيل التي تُضجر أمي، أشكو من البيت والمدرسة، أطلب منها المعذرة حين أسيءُ التصرف، ولكنني أعرف أن حبها لي يعفيني من أية عقوبة، ولهذا لم أكن أكذب عليها أبدًا. كان اسمها «أنجيلا». وقد اعتدتُ على حضورها

إلى حدٍّ رحت أنمو إلى جانبها كما لو أن ذلك هو أكثر الأمور عادية في الدنيا. كان «نيكولاس» يسمعني أتكلم أحيانًا من خلف الباب، فيدخل إلى حجرتي ويسألني بقلق:

- «فرانثيسكا»، هل تتكلمين وحدك؟

فأرد عليه طبعًا بأنني لم أفتح فمي، وأن ذلك كله من بنات أفكاره. وبين حين وآخر أترك لها قصاصات ورق على منضدة السرير. وهكذا، كنت أنا أحتفظ في علبة شوكولاتة فارغة بالكلمات العذبة لأمٍّ مُحِبَّةٍ. إنني أتساءل ما الذي كان يمكن أن تكون عليه حياتي من دون «أنجيلا». وحتى يومنا هذا ما زلتُ ألجأ إليها أحيانًا، مثلما تلجأ أي امرأة أخرى إلى الرب. والفرق هو أن «أنجيلا» كانت أكثر لطفًا من الرب الذي لم أعتبره لطيفًا قطُّ.

* * *

لم تكن أمي امرأة نكدة. فقد كانت تتدبر الأمر ليبدو سهوها ونأيها بنفسها جذابين. وكانت تتمتع بقدرة عجيبة على إخضاع الجميع لمشيئتها وعمل ما يحلو لها. تتحكم فينا على هواها وتحصل دومًا على ما تريد. فعندما لا يروقها شيء مثلًا، تنهض وتنصرف. ويحدث هذا عادة في موعد تناول الطعام. نكون جميعنا جالسين إلى المائدة، وفجأة أقول أنا شيئًا، من نوع، إن أمهات صديقاتي يذهبن إلى مباريات كرة السلة ليرين بناتهن. فتنظر إليَّ، ثم تفلت الشوكة من يدها، وتلقي بالفوطة على المنضدة وتقوم بانسحاب دراماتيكي، على الرغم من أننا نكون قد بدأنا للتو بتناول الطبق الأول. عندئذ يقول لي أبي، بصبره غير المحدود:

ـ «فرانثيسكا»، اذهبي للاعتذار من أمك.

ولأن ذلك كان يحدث بصورة مستمرة، لم يعد أحد في البيت يقول شيئًا يمكن أن يزعجها. لقد تدبرتِ الأمر كيلا يقول أي منا أبدًا أو يفعل أي شيء لا يرضيها. والمرات التي ضبطتُ فيها نفسي، حين كبرتُ، أفعل ذلك، كنت أمقت نفسي وأؤنبها من دون رحمة.

أضف إلى ذلك أنها كانت امرأة جذابة، طويلة القامة، ذات جسد جميل، عريضة الخصر بعض الشيء ولكن بساقين جيدتين. وكان شعرها الكستنائي ناعمًا بديعًا. وكانت تبدل تسريحتها حسب الموضة، لكنها تُبقي شعرها قصيرًا. وعلى الرغم من السيجارة ـ فهي تدخن على الدوام، كمن تعيش في فيلم من سنوات الخمسينيات ـ كان شعرها يلمع. فمها هو الملمح الوحيد الذي كنت أقل حبًّا له فيها: إنه رفيع، خط قاسٍ، شحيح، كما لو أنها قد ابتلعت شفتيها. وهو في نظري فم يخلو من السخاء. ومع ذلك كان أنفها شديد الاستقامة ومسكوبًا بإتقان. وكانت عيناها، مثل شعرها، كستنائيتين، كبيرتين وشديدتي الحيوية. يقولون لي إن ملامحي الضاربة إلى الشقرة، والشاحبة بعض الشيء والممتقعة، موروثة عن جدتي لأبي التي لم أعرفها.

* * *

وبمناسبة الكلام عن الجدات، ربما يبدو الحديث عن أمي غير مفهوم ما لم أتحدث عن أمها.

لقد كانت جدتي روسية مجنونة ترغب في أن تكون «إسيدورا دنكان»،

ولكنها انتهت إلى أن تكون مقامرة مفلسة في بلد مجهول لها ومتخلف جدًّا آنذاك يدعى تشيلي. فأبواها، وهما روسيان أبيضان وثريان هربَا من الثورة واستقرا في باريس، مثل آخرين كثيرين. كبرت جدتي وانطلقت في تلك البلاد، ومنذ طفولتها المبكرة كانت تستخدم المال للتعويض عن آلام المنفى، وهي آلام لم تكن في الحقيقة كثيرة في حالتها. وانخرطت باكرًا جدًّا في ألعاب القمار. كانت الكازينوهات فتنتها والمكان الذي تشعر فيه أنها في بيتها. فكانت تزيف هويتها كي تبدو أكبر سنًّا، وهو أمر سهل جدًّا، حسب رأيها، حيث كان فقراء الروس يفعلون أي شيء من أجل كسب لقمة عيشهم. وعندما مات أبوها، وتحولت إلى وريثة ـ لم تكن قد تجاوزت التاسعة عشرة. تركت أمها في باريس وذهبت لتعيش في «موناكو». استقرت هناك في حجرة في فندق على مقربة من كازينو، وتنام في النهار وتقامر في الليل. كانت جميلة: شعر أشقر جميل، أنف دمية، أهداب بديعة، ناضجة قبل الأوان، مرحة ولا تعرف الاحترام وتتمتع بقدرة تُحسد عليها في تكلم لغات كما لو أنها لغتها الأم. لا شك لديَّ في أنها كانت امرأة ذكية، ولكنها ازدرت تلك الهبة. لم يكن الرجال يستثيرون اهتمامها كثيرًا، وترى فيهم رفاق ألعاب قمار أكثر من كونهم متوددين. فهي مدمنة قمار ضالة، وربما تكون باردة أيضًا. خلال حياتها في «موناكو»، حين كانت في العشرين من العمر، توفيت أمها بالتدرن الرئوي، ولم تكد تذهب لدفنها في باريس، فما كان يهمها أن تتمكن من بيع بيتها وأملاكها لتحوِّلها إلى أموال نقدية. كانت تكسب وتخسر. وفي إحدى مرات كسبها المهمة قررت أن تشتري قصرًا، وقد فعلت ذلك، ولم تنم فيه سوى ثلاث مرات قبل أن تخسره، في القمار أيضًا، ولكنها استمتعت بفكرة الشعور بأنها أميرة بعض الوقت.

لم يكن مقدرًا للثروة أن تستمر معها وقتًا طويلًا. وعندما استنفدتها، وكانت توشك على بلوغ الثلاثين ومن دون أن تكون قد فكرت في الزواج، ظهر رجل تشيلي في محيطها وافتتن بها، وحوَّلها إلى تجسيد لرومانسية المرأة الأوروبية. لقد كان موظفًا دبلوماسيًّا، براتب ضئيل ومن دون معرفة كبيرة بالعالم، فضلًا عن أنه شاب فتيٌّ. حين تعرَّف عليها، كان لها جمال شاحب وعليل يتوافق مع فقرها. فقد كانت حياتها وبيلة جدًّا، تكاد لا ترى ضوء الشمس. كثير من الشمبانيا وقليل من الخضار. قرر العناية بها واعتبر ذلك مهمته الكبرى. وعندما صار عليه العودة إلى تشيلي، أقنعها بالزواج منه. ويخيَّل إليَّ أنه لم يكن حينذاك أمام جدتي خيار آخر سوى الموافقة. لم تكن لديها أية نقود، فأصدقاء القمار عابرون. وربما فكرتْ في أنها فرصة لأن يكون هناك من يعنى بها. أضف إلى ذلك أنها كانت تعلم أنه في مدينة قريبة من «سنتياغو دي تشيلي»، قبالة البحر، يوجد كازينو.

خلال الرحلة عبر الأطلسي ـ حيث لم تتوقف، حسب روايتها، عن معاناة دوار البحر والقيء ـ عرفت أنها حبلى. لم تكن مثل تلك الفكرة قد خطرت لبالها قطُّ. قررت أنها لن تستطيع تحمُّل ذلك الوضع، وأنها ستموت في الولادة. طلبت من جدي أن يأخذها للعيش في «بينيا دل المار». فترك الأبله عمله في وزارة الخارجية وسافر إلى «بينيا»، حيث توظف في مصرف من أجل إعالة زوجته المتكلفة بقدر ما هي ضعيفة وهشة. وهكذا ولدت أمي: قبالة المحيط الهادي، في مخاض شاق ولأم لا تدري ما تفعله بها. ولستُ أكذب إن قلت إنها لم تكن تعرف ما هو الحِفاض. تعاقدوا للوليدة مع مرضع، «نانيتا»، كي تغذيها ـ كانت تُرضع

أمي وطفلتها في الوقت نفسه ـ وتتولى تربيتها. أما جدتي، فقد رجعت إلى القمار طبعًا، ولكنها صارت تراهن الآن بمبالغ أقل مما كانت عليه في «موناكو»، إذ لم يعد يتوافر لها سوى احتمال حسن الحظ إضافة إلى ما تستله من محفظة جدي خفية عنه. ولم تكن ابنتها عاملًا مهمًّا في حياتها.

تعاملتُ معها قليلًا. فقد ماتت بسكتة قلبية عندما كنتُ في العاشرة من عمري. أتمنى لو أنني تعرفت عليها جيدًا، فهي امرأة غريبة جدًّا، معتلة الصحة ومحبة للهو. ربما كانت ستحبني مع تقدمي في العمر. لم نكن نراها كثيرًا، لأنها كانت تعيش في «بينيا»، وكانت تقبلني بضع قبلات من بعيد، كمن هي غير راغبة في الأمر، ثم تتخلص مني بعد ذلك. لم تكن تعرف كيف تتكلم إلى طفلة. وبما أنه لم تكن لي جدة من جهة أبي، فقد ولدت وأنا أظن أن الجدات هكذا، غريبات، مختلفات عنا، وقليلات العاطفة. وعندما كانت صديقاتي، في الطفولة، يتكلمن عن جدات محبات، يحكن لهن الصوف، ويصنعن لهن الكعك، كنت أتجمد. فالجدات لا يحكن صوفًا ولا يصنعن كعكًا، الجدات يلعبن في الكازينو فقط.

حين كنتُ أزورها في «بينيا»، كانت متعتي القصوى أن أندس في صندوقها. أثواب طويلة المقاس من سنوات الثلاثينيات، من الحرير والأورجنزا والموسلين، وبدلات من المخمل بكثير من الهُدب، وأرواب بيتية حريرية مع زركشات صينية، وأخرى بياقات ريش، وبوا، وعقود أحجار كريمة طويلة جدًّا، ومعاطف فراء حيوانات مجهولة، وشالات كبيرة كأنها ستائر. كنت أتشح بها، وأرتدي عددًا منها دفعة واحدة في بعض الأحيان، وأجول في البيت متنكرة حين أعرف أنها لن تمسك

بي. والغريب أنها في اليوم الذي أمسكت بي فعلًا، بدل أن تغضب من استخدامي ثوبها الشفاف الذي من الأورجنزا السوداء، نظرت إليّ راضية تقريبًا وقالت لي:

ـ أنت يمكن لك أن تشبهيني في المستقبل.

* * *

ثلاثة أرباع دمائي تشيلية تمامًا، هذا يعني إسبانية ومابوتشية. ولكن عندما يخطر لذهني أمر غير معقول، أقول لنفسي بذعر: هذا هو جزئي الروسي، الجزء الذي لا ينبئ بشيء جيد. وربما لهذا السبب تحولت إلى المرأة التقليدية التي أنا عليها: كل شيء وفق القاعدة، على الكتالوج تقريبًا. لا، لست محبة للهو ولا بأي حال، ولا أحل ضفائر شعري أو أخرج عن التقاليد. إلى أين يمكنني الوصول؟ حتى في الفراش أنا تقليدية، لا شيء من الجنس «الإجزوتيكي» ولا الألعاب الغريبة. لا شيء. هو فوق، وأنا تحت. كل شيء ممل قليلًا ومعروف قبلًا. ولكن كل شيء مؤكد ومضمون. ذلك أنها هي، جدتي، قالته: «يمكن لك أن تشبهيني».

من المسلي أن تكون «ناتاشا» من أصل روسي، كما لو أن قوة غير مرئية تشدني نحو أصل مرفوض ومنسي. وطبعًا، التوافق يصل إلى هذا الحد وحسب: أسرة جدتي لم تهرب من النازيين، وإنما من الشيوعيين، وجدتي لم تترعرع في الأرجنتين في أفضل المدارس... ولكنه أصل روسي على أي حال. مثل أصل معالجتي النفسية. مثل جدتي المدمنة. مثل نصف أمي.

أخي «نيكولاس» ورث ملامح جدتي الجسدية: عظامه الأنيقة، وجنتاه

العاليتان، شعره شبه الأبيض، وهي أمور لم تحدث لأمي التي كان مظهرها أمريكيًّا لاتينيًّا مثل جدي. «نيكولاس» يشبهها، بل له كذلك اسم قيصر روسي. وهو يكسب حتى في هذا الأمر.

وعلى الرغم من قباحة ذكر ذلك على هذا النحو، إلا أن «نيكولاس» قد كسب حتى النهاية: لقد مات. ليس هناك ما هو أكثر رومانسية وبطولة وروعة من موت مبكر، حتى لو كان بمرض غبي. وما زلتُ قادرة حتى اليوم على تمييز تلك المشاعر التي تجمع بين الألم المرعب والمحبة التي أحدثتها مغادرته. لقد حسدته مرات كثيرة. وماذا لو كنت أنا الميتة؟ هل كانت ستحبني أمي عندئذ حين لا يعود لي وجود؟ لقد كرهته جدًّا لأنه مات، أكثر مما كرهته وهو حي، ولكنني توصلت إلى التعرُّف على هذا الشعور الآن، حديثًا مع «ناتاشا». لقد ولد من جسد امرأة وتغذى من ذلك الجسد، وكان محبوبًا من ذلك الجسد. توصل إلى العيش في الجنة، وكانت ملك يده. أما أنا فكان عليَّ أن أُركِّب مكانًا في العالم من دون ذكريات أولية تنقذني، من دون جنة عدن تخلِّف أثرًا في خلاياي. ولدت في أرض محتلة، وهو احتلال مزدوج، مثل ألمانيا بعد الحرب العالمية الثانية. وهو مات داخل ذلك الفردوس، إذا كان الفردوس حقًّا هو هذا: أن تكون محبوبًا ممن أنجبتك.

* * *

ألم أمي، ويمكنكنَّ تصور ذلك، كان مدويًا. لم تنهض من الفراش طوال شهرين. أغلقت باب حجرتها وأسدلت الستائر المطلة على الشرفة، ورفضت الأكل. أضافت عنصرًا جديدًا إلى حياتها: الكحول. فكانت

تنام، وتدخن، وتشرب. لستُ أدينها. الآن وقد صرت أمًّا لثلاث طفلات، لا أدينها. كنت أقارن ألم أبي وألمها. لقد كان أبي يتمكن، بطريقة ما، من مواصلة الحياة. فهو في نهاية المطاف ليس من ولد «نيكولاس». الولادة تتطلب الجسد، كل الجسد، وتتطلب بالتالي الذهن أيضًا.

يوم نهضتْ من الفراش كان يمكن القول إن شيئًا لم يحدث، وهو ما فاجأني وفاجأ أبي. لقد سرقت منا الحداد طبعًا. فقد كان حدادها مهمًّا إلى حدٍّ لم تُتح معه لأبي أن يبكي ابنه ولم تتح لي بكاء أخي. لقد شعرنا شعورًا رهيبًا بأننا مذنبون في ألمها. إنها البطلة دومًا. ولكن يبدو أنها استخلصت قوة من العدم وعادت إلى حياتها اليومية من دون آثار ظاهرة. عندئذ تركنا البلاد. ففي عمل أبي كانوا بحاجة إلى شخص يشغل وظيفة مدة عام في مقر الشركة في نيويورك، فتقدم إليها، مقدرًا أن التغيير سيكون جيدًا لأمي. أنا فقدت تلك السنة الدراسية لأن المواقيت في الولايات المتحدة وتشيلي متعارضة في الشأن الأكاديمي، ولكن أحدًا لم يهتم بذلك، وأفادني في نهاية المطاف في تعلم اللغة الإنجليزية جيدًا.

* * *

أولى الأعراض كان ذلك الموعد في فندق «بلازا». كنا قد استقررنا في نيويورك، وكانت هناك صالة سينما صغيرة في الفندق، وقد اتفقنا على مشاهدة فيلم لـ«ودي آلن» وأن نتناول بعد ذلك الشاي، هناك بالذات، في صالون فندق «بلازا». وصلت أمي متأخرة قليلًا، وكان الفيلم قد بدأ. وقد هتفتُ مذعورة: أماه، لقد نسيتِ استبدال الخف البيتي! فنظرتْ إلى قدميها، وكانت تنتعل بالفعل شبشبًا مضحكًا. فهزت كتفيها قائلة: إن الحر شديد

لا يمكن معه انتعال أحذية، ودخلتْ إلى قاعة السينما سعيدة. اختلقتُ عذرًا كيلا أتناول الشاي، فلستُ أريد معاناة الخجل بالدخول إلى الصالون مع سيدة تنتعل خفًّا بيتيًّا. ففندق «بلازا» هو فندق «بلازا» بكل صراحة.

كانت تحب التنزه كثيرًا في «السنترال بارك»، وكنا نعيش على مقربة منها، في «الجادة الثالثة» عند تقاطع الشارع «٥٧». وفي أحد الأيام جلست إلى جانبنا، على أحد المقاعد، امرأة متشردة. كان معها كلبان هزيلان ومقملان، مثلها. والمضحك أنها تحمل لافتة تقول بالإنجليزية: «أنا وحيدة، أسرتي اختطفها إي. تي.». لقد أضحكتني في البدء. ولأن أمي لم تشاركني المرح، قلت لها بحزن: «يا للمرأة المسكينة، كم هي حالها مرعبة!» فردت عليَّ من دون أن يطرأ عليها أي تأثر أو تبدل في ملامحها: «مرعبة؟ لا، بل كم هي مثيرة للحسد!» ثم أضافت بعد ذلك، وهي مستغرقة في التأمل: «هل فكرتِ في مخيلة متشردة، في كيف تتدبر أمرها لتعيش؟ لم أُولها أي اهتمام، لأني معتادة على غرابة تصرفاتها». وظللتُ مستغرقة في فكرة الكلبين، أفكر في كيف تطعمهما إن كانت هي لا تملك طعامًا.

إضافة إلى أن أمي صارت تهمل لبسها أكثر فأكثر، وتخرج بالبيجاما أحيانًا لشراء الخبز، فقد جاء ثاني الأعراض بعد حوالي أسبوعين: كنا أنا وأبي ننتظرها في تلك الليلة من أجل الخروج للعشاء وتلقينا مكالمتها. اذهبا من دوني، أنا في البارك والجو حار لا يمكن معه المشي، أُفضِّل البقاء مستلقية هنا بين الأشجار. أعددنا ساندويتشات بالطبع، ولم نذهب للعشاء. رجعتْ في حوالي الساعة الثانية بعد منتصف الليل، وفي حالة من الغبطة الشديدة، بينما كان أبي المسكين على وشك الاتصال بالشرطة.

تكرر ذلك مرتين أخريين. وظهرت في المرة الأخيرة منهما وهي تحمل في يدها كيسًا ورقيًا بلون القهوة، فيه بلوزة وفستان مستعملان ومتسخان. فانتزعهما أبي منها وألقى بهما إلى دلو القمامة، صارخًا:

ـ وهذه الخرق المقرفة! من أين جئت بها؟

ردَّتْ عليه ببراءة، كما لو أن شيئًا لم يحدث:

ـ وجدتهما في عربة سوبر ماركت في البارك.

وبعد ذلك، حين رأت ملامح أبي، سألت:

ـ لماذا انتزعتها مني؟

ولكنها، بوفاءٍ لطبعها، ومن أجل معاقبته لرميه الملابس، قالت إنها ستغادر البيت عدة أيام.

وفيما بعد، ومن دون إشعار مسبق، حلَّ الليل ولم ترجع للنوم. وقالت لنا الغريزة إنه يجب علينا عدم إبلاغ الشرطة، لأنها خارج البيت بمشيئتها. ولكن أبي اتصل بالمقابل بالقنصلية للحصول على معلومات عن المدعوة «فانيسا دي ميتشيليه» التي يبدو اسم أسرتها إيطاليًا، إلا أنها تشيلية تقيم في نيويورك وتعمل في السينما. وحاملًا عنوان صديقة أمي الجديدة، انطلق إلى «فيلاج» لا لشيء إلا التأكد من أن المذكورة قد انتقلت من بيتها وأن القنصلية لا تعرف عنوانها الجديد. لم يكن اسم هذه المرأة معروفًا لديَّ أبدًا. ألححت على أبي بأنه لي الحق في أن أعرف مع من تمضي أمي. ولم أستطع الحصول منه إلا على القليل: إنها تشيلية تقيم في نيويورك منذ سنوات طويلة، وقد تعارفتا في مأدبة أقيمت في السفارة، وقالت له

أمي يومذاك إنها قد عثرت على توأم روحها. كانتا تخرجان معًا أحيانًا، وكانت أمي ترافقها إلى مواقع التصوير، وتنام عندها في بيتها بين حين وآخر. ارتبت في أن أبي يشعر بخوف كبير، لأن «فانيسا» تميل إلى النساء أكثر من ميلها إلى الرجال.

رجعت أمي في اليوم التالي وكأن شيئًا لم يحدث.

قرر أبي أخذها إلى الدكتور، لكنها عارضت بعناد: المشكلة في هذه المدينة يا عزيزي، وليس لديَّ أي مرض في عقلي، ففي نيويورك يمكن لإحدانا أن تنسى نفسها، إنها مكان خطير.

* * *

نسيان نفسها، تلك هي العبارة الدقيقة. وهو ما فعلته. صارت تمتنع عن الاستحمام أحيانًا. وبدأتُ أتابع حساب غسلها لشعرها، وفي كل مرة كانت تسمح بمرور مزيد من الوقت بين غسل وآخر. ثم صارت لا تغسل ثيابها. تكوم ما يتسخ من الثياب على كرسي في حجرتها وتستخدم النظيفة، وحين تنتهي الملابس تعود للبحث عن ثوب من تلك المتراكمة على الكرسي. وكان الأمر ينتهي بي طبعًا إلى حمل تلك الملابس كلها إلى المغسلة لغسلها، وحين تراني راجعة بالملابس النظيفة لا تبدي أي اهتمام. كنت أقلق بشأن سراويلها الداخلية وحمالات صدرها. وأظن أن ذلك كان الأشد قسوة، رؤيتها بسراويل داخلية متسخة. وقد بلغ الأمر بحمالات الصدر أن تخلف الخط الأسود نفسه على الجانبين تحت إبطيها وعلى رقبتها. فكان أبي في بعض الأحيان يدفعها تحت الدوش ويغسل شعرها وبدنها كله. أما أنا فلم أفعل ذلك قطُّ، إذ لم أكن معتادة

على رؤيتها عارية، ومن المحتمل أنني لم أكن راغبة أول الأمر في رؤيتها كذلك في ظل تلك الظروف. كنت أنظر إلى ذلك كله بين غير المصدقة والغاضبة. فبكل بساطة لم أكن أفهم أي تشوش أصاب عقلها. لقد استبدلوا أمي، ولكن هذه الجديدة لم تكن أفضل من السابقة. وحين ألاحظ أن أبي يحاول الاعتماد كثيرًا عليَّ، كنت أذكِّره بأنه **هو** من تزوج بها ولستُ أنا، وأن هذه مشكلته. وكنت أرفض بخبط قدمي مواجهة واقع أن **تلك** هي أمي. كنت أراها حبيسة كهفها الإرادي، وأنها تحولتْ إلى إنسان كهوف، لا تقل مشاعرها قذارة عن أظفارها أو شعرها.

كنتُ أفتقد «نيكولاس» كثيرًا، وكثيرًا جدًّا. وعلى الرغم من الغيرة التي كان يسببها لي في حياته، لم أتخلَّ عن محبته. كما لو أن شخصيتين تنبثقان منه: إحداهما، أنه ابن أمي الذي كان يسبب لي المعاناة على الرغم منه، والشخصية الأخرى، هو أنه أخي القلق عليَّ والمحب. كان غيابه يؤلمني في كل عضو من جسدي. كنتُ أجد صعوبة في فهم الحياة من دونه، ولكنني أبكيه بصمت، كيلا أسبب مزيدًا من الأحزان لأبويَّ. أجل، لقد كنت أبكيه في كل يوم من تلك الحياة في نيويورك.

* * *

ربما أقسى ما جرى في تدهور حالة أمي هو عندما بدأت تبدي انعدام الحياء. لم أعد أتحمل الدخول إلى حجرتها ورؤيتها عارية، لا ترتدي سوى الجزء العلوي من بيجامتها، وتجلس على السرير فاتحة ساقيها. كنتُ في السادسة عشرة من عمري، وعذراء، وتربيتي شديدة الحياء. وما إن أراها ترتدي ثيابها للخروج حتى أسألها: إلى أين أنت ذاهبة يا أماه؟

فتجيبني: للتنزه، وتصفق الباب وراءها. معرفتي بالحياة كانت محددة جدًّا، فقد كنتُ فتية، ولم أكن أتصور أنه يمكن للوضع أن ينقلب. واليوم أفكر في أبي بحنق كبير: كيف لم يمسك بها من شعرها ويقتادها إلى طبيب نفسي؟ كيف لم يَجُب المدينة باحثًا عن حل؟!

الواقع أن كثيرًا من تلك المشاهد كانت تضيع على أبي بسبب ساعات عمله، وقدرتها الكبيرة على الإنكار. كنتُ أذهب إلى دروس اللغة الإنجليزية، وعند الخروج منها أظل أمشي وأمشي، أدخل إلى المتاجر، إلى مكتبة، إلى المتاحف، إلى أي مكان يؤخر وصولي إلى البيت. ومن دون أن أقرر ذلك بدأت أنمي مجموعة من الهوايات التي لم تكن تخطر لبالي من قبل. مثل فن العمارة على سبيل المثال. ففي أثناء المشي، أنظر إلى الأبنية، وتحوَّل تأملها ودراستها إلى شغفي الأساسي. وكذلك حب الرسم. فقبل نيويورك ومتحف الفن الحديث لم يكن الرسم يسترعي اهتمامي بالمطلق، والمطالعة. ولأنه بإمكاني قضاء ساعات في مكتبة «بارنس آند نوبل» وبين يدي كتاب من دون أن يطردني أحد من هناك، صرت أفعل ذلك. ولأنني كنت على الدوام تلميذة جيدة، فقد افتُتِنتُ بمتحف «المتروبوليتان» من أجل تعزيز معارفي في التاريخ. وباختصار، كنت أدنو من أن أكون امرأة شبه كاملة، وكل ذلك بسبب أمي. وكان يبدو الأمر طبيعيًّا، بل طبيعي بصورة مضجرة. ما كان بإمكان أحد أن يقول إن لي أمًّا مجنونة وأخًا ميتًا.

وكان أبي ممتنًّا ـ من دون أن يقول لي ذلك ـ لأنني لا أسبب له المشاكل. فثقافته محدودة الشمولية جدًّا، فهو واسع المعرفة بالأرقام، ولكنه لا يعرف

إلا أشياء قليلة أخرى، وقد اعتاد الاحتفاء بـ«استغلالي» للمدينة. وكان لديه مفهوم شكلي للثقافة. فهو يرى أن المرء يكون «مثقفًا» من خلال حضور عروض المسرح والباليه ومتابعة قائمة العروض السينمائية. أما أنا بالمقابل فتعلمت الإيمان بعمق الخبرة: العودة عشر مرات إلى معرض الفن القريب من البيت كي أتأمل مرة أخرى تلك اللوحة لـ«كاندينسكي»، وما تُحدثه في داخلي - في الروح ربما - من تطابق بين أشكاله وبيني. لم أكن أهتم بما هو رائج، ولا أحضر الحفلات الموسيقية التي يقترحها عليَّ أبي بخجل. فأنا أُفضِّل الموسيقى في وحدة حجرتي وليس في سماعها الحي. تعلمت مقت المسرح - وقول هذا أمر مثير للاستهجان كما رأيت - وحب الاستعراضات الموسيقية. كنت أحصل على البطاقات التي يبيعونها في «تايمز سكوير» بأقل من نصف ثمنها في الساعة الثالثة بعد الظهر، ولا أضيع أي عرض منها. راكمتُ ساعات وساعات من الاستعراضات الموسيقية في جسدي. فمع أم لا وجود لها وأب مستغرق في عالم «الوول ستريت»، كانت المدينة هي ملاذي.

المؤسف أن أمي تخلت عن القراءة في الوقت الذي بدأتُ أهتم فيه بالأدب. لماذا لم تعودي تقرئين الآن يا أماه؟ فكانت تكذب عليَّ: كيف لا أقرأ، إنه الشيء الوحيد الذي أفعله في الليل. لم تعد هنالك كتب على صوان زينتها مثلما كانت الحال في بيتنا في «سنتياغو». وأولئك الكتَّاب الهنجاريون الذين كانوا يروقونك يا أماه، ألم تعودي تقرئين لهم؟ لا، لقد قرأتهم جميعًا.

* * *

وطبعًا حان الوقت الذي تحدث فيه أبي إلى المسؤولين في شركته ورجاهم أن يحرروه من نيويورك. ورجعنا. أنا كنت سعيدة، فقد عدت إلى وسطي، إلى مدرستي، وإلى صديقاتي اللاتي أحبهن، وباختصار... إلى الشعور بأن هنالك أشياء راسخة بعيدًا عن أبويَّ. عادت أمي ـ بعض الوقت ـ إلى حياتها السابقة، واعتقدَ أبي أن نيويورك هي مدينة خطيرة بالفعل وأن تشيلي تجعل زوجته أفضل حالًا. ولكن ذلك لم يكن صحيحًا. فقد انفلت شيء في داخلها ولم تعد ترجع إلى ما كانت عليه، مع أننا لم نلحظ الأمر آنذاك. انقضت عدة شهور من الحال الطبيعية نسبيًّا بينما كنتُ آخذة في التحول إلى امرأة، من دون كثير من النماذج التي يمكنني الاقتداء بها. كنت أخترع شخصيتي أولًا بأول وأنتظر بجزع الدخول إلى الجامعة ودراسة الهندسة المعمارية. جرت في تلك الأثناء واقعة ظلت ثابتة في ذاكرتي. كانت تُمضي نهاية الأسبوع في بيت أخت زوجها، في الريف. وأنا من جانبي وعدتُ بأن أذهب يوم الأحد، وأتناول الغداء مع الأسرة وأعود معها إلى «سنتياغو». كنتُ متورطة في ذلك اليوم بعمل عليَّ تسليمه في اليوم التالي، فتأخرت. وفي الساعة الثانية بعد الظهر، أحسست بالذنب، واتصلت بهم في الريف لأخبرهم بتأخري، فردت عمتي على الهاتف. طلبتُ منها أن تعطيني أمي على الهاتف، وهو ما حاولت العمة أن تفعله. ومن خلال الخط، سمعتُ صوت أمي: تقولين إن «فرانثيسكا» تتصل بي؟ لستُ أعرف أحدًا باسم «فرانثيسكا»!

* * *

أتذكر ذلك الزمن على أنه زمن عدم مبالاة غريبة وجديدة في انعدام

محبة أمي. وحسب رأيي، لم يكن ذلك مهمًّا... مسكينة، يا للسذاجة، وكأن ذلك سيصبح غير مهم ذات يوم. لم أكن معتادة على المغازلات، ربما كنت أعاني نوعًا من الخجل اللاواعي، ولكن المغازلات كانت تجتذبني أقل من زميلاتي، وكنت أكثر برودة منهن بقليل. ولم أكن أُخدع بسهولة كبيرة. أو ربما كان الأمر أسهل بكثير: كنتُ مفتونة بالرجال وكان يمكن لي أن أكون متغنجة، غير أن انعدام ثقتي بنفسي، خوفي من ألا يحبوني، يجعلني أتراجع وأتظاهر بعدم المبالاة وبالبرودة لحماية نفسي.

في عطلة نهاية أسبوع طويلة دعتني إحدى صديقاتي إلى شاطئ البحر. لن أنسى قطُّ يوم الأحد ذاك حين رجعت إلى بيتنا. كان أبي في حجرة المعيشة، وحيدًا، جالسًا على الأريكة الكبيرة قبالة الشرفة، والنور مطفأ. وداهمتني الهواجس فورًا: لا بد أن شيئًا قد حدث لأمي. وبالفعل. يا لأبي المسكين، قال لي إنه علينا أن نتكلم. وحيال ذلك التأكيد، ذهبت وحضَّرت شرابًا، كوكا كولا لي وكأس ويسكي له، وجلست مترقبة قبالة الأريكة، على كرسي مبهرج ومخلخل لا يستخدمه أحد.

ـ لقد غادرتْ.

كانت هذه هي أول جملة قالها.

لم يشأ أن يريني رسالتها الوداعية، ومسوغاتها لعمل ذلك. ولكن الفكرة العامة هي أنها ستعود إلى نيويورك، وأنها لا تدري إن كانت ستظل هناك أم ستواصل إلى أوروبا، ولكنها لن ترجع إلى تشيلي. ولا لدورها كزوجة وأم، وهذا ما لم تقله بالطبع. وترجونا ألا نبحث عنها.

سألته:

ـ هل من كلمة وداع لي في الرسالة؟

أجابني أبي، من دون أي حماسة:

ـ أجل.

واستنتجت أن قوله مجرد كذبة مشفقة.

لم أرها بعد ذلك قطُّ. لم أرها بصورة شخصية على الأقل. وربما لهذا السبب أتكلم عنها بصيغة الماضي. وكان عليَّ أن أواجه ما لا مفر منه: رعب فقدان الأم الأزلي الموروث. أو بعبارة أخرى: رعب فقدان حس الهوية. وما استدعاه ذلك بالنسبة إليَّ كان أمرًا لا يوصف، فأنا لستُ شخصية من المحال حبها وحسب، وإنما أمي نفسها اضطرت إلى الهروب مني كي تتمكن من عيش حياتها. والرعب من تحولي إلى أن أكون هي، بعد أن اختفت الآن، بل وصل بي الأمر آنذاك إلى طرح موضوع سيصبح حاسمًا فيما بعد: أمومتي بالذات. حدست خوفًا قاتمًا، غير محدد جدًّا، صورًا في مياه قاتمة: الخوف من أن أنقل إلى أبنائي كراهيتي لأمي، الخوف من أن أعيد تجاربي وينتهي الأمر بأمومتي إلى مثلما كانت عليه أمومتها.

* * *

مع انتهائي من الجامعة تعرفت على «بيثنته». وكان، كما قلت من قبل، مهندسًا معماريًّا ويعمل في ورشة حيث مارستُ التدريب العملي. وجدته جذابًا على الفور، موحيًا، وصعبًا. لقبه إخوته منذ الصغر «وجه الزر»، لأن

ملامحه كلها تتركز في منتصف وجهه. ولكن لديه ظرافته على الرغم من ذلك كله. افتُتنت بشعره الأسود السميك واللامع دائمًا، كتلة من الشعر لأصابعي، فور تسريحه يكتسب هيئة «جنجستر» خفيفة تسحرني، فضلًا عن أنه لن يكون أصلع أبدًا. إنه متعجرف قليلًا، ومتكبر قليلًا، ومتهرب قليلًا، ولكنني تعرَّفتُ في أعماق عينيه على طِيبة شبيهة بطيبة أبي. إنه الذكر التقليدي الذي يراكم كل قسوته في المظهر ويحتفظ برقته مخبأة للحظات الحميمة. نفور الطباع وبليد اجتماعيًّا، واستخدمني كقشرة خارجية في مواجهة العالم الخارجي ـ لست أدري لماذا أتكلم بصيغة الماضي وهو ما زال يفعل ذلك حتى اليوم ـ بينما كنت أشعرُ ليلًا ونهارًا كمن هي ملقاة في مواجهة الأُسود. ولكن المهم أنه أحبني. على الرغم من أنه يبدو بعيد المنال بطريقة ما، كما لو أنه دومًا على وشك الهروب، وما زال يحبني. وكنت أرى، بيني وبين نفسي، أنني لستُ جديرة بأن أُحب: فما دامت دماءُ دمي ستتفلت مني، لماذا سيحبني شخص آخر؟ ولكن هذا ما حدث. «بيثنته» يحبني.

تزوجنا فور حصولي على شهادتي: كانت تلك هي أفضل طريقة للهروب. التصقت بـ«بيثنته» كحلزونة حقيقية: إنه يحبني، إنه يحبني، شخصي جدير بمن يحبه. وحتى اليوم. وأنا زوجة طيبة. أضف إلى ذلك أني أُحسن عمل أشياء كثيرة، على الرغم مني، مما يجعلني مكسبًا كبيرًا. فأنا أستيقظ باكرًا، وأعمل، وأكسب نقودًا ـ وهذا يعجب «بيثنته»، لأنه بخيل قليلًا ـ وأهتم برعاية بناتي اللاتي أعبدهن وأكرس لهن كل ما لديَّ من دفء ـ إن كان لديَّ شيء منه ـ كيلا يعشن ما عشته. لقد انتهيت إلى سلوك الطريق

المعاكس لسلوك أمي. فأنا، على سبيل المثال، لم أرَ أمي قطُّ في المطبخ: ومع أني بذلت الجهود للتوصل إلى صورة لها وهي تفعل شيئًا في ذلك المكان من البيت، إلا أنني لم أتمكن. ولهذا هو حيزي المفضل، لديَّ هناك منضدة كبيرة، وشطر كبير من حياة الأسرة تدور حولها. يروق لي إضاعة الوقت هناك، والقيام بأمور تحتاج إلى دأب. مثل تحضير الكرز. فـ«هري»، وكذلك «بيشنته»، يحبان الكرز. ولكن كليهما مرهفَا الذوق: يروق لهما أكل الكرز من دون نواته، مقسومة إلى نصفين، ومفرغة المركز. وحين تظهر ثمار الكرز، في الصيف، أقضي أوقاتًا طويلة في المطبخ وبيدي سكين صغيرة ـ اشتريتها لهذه الأغراض خصيصًا ـ وإصبع يدي الأخرى السبابة جاهزة للعمل. وما إن يمتلئ الطبق ويصطبغ إصبعي بالأحمر ويتجعد، حتى أقسم الكرز إلى قسمين وأقدم لكل منهما حصته.

في بعض الأحيان أفكر في أنني أخطأت كثيرًا بإظهار ما أنا عليه من طاقة وفعالية، بحيث يصبح من المحال ألا يستغلوني. وفي الأيام التي أستيقظ فيها قليلة التسامح، أرى في زوجي آكل لحم بشري. يتغذى على حيويتي، مثل مصاص دماء. وفي أحيان أخرى، حين أكون وحيدة، أخفف من تيقظي وأنهار مستنفدة. لقد حقنت الآخرين ـ «بيشنته» وبناتي ـ بكثير من الحماسة، بحيث لم تبق لي قطرة واحدة منها.

* * *

لقد ظننتُ على الدوام بأنني سأنجب أبناء ذكورًا، وكنت أرى أنهم سيكونون أسهل بكثير، وأنه يمكن لي، بشيء من الحظ، أن أنجب واحدًا يشبه «نيكولاس»، ويكون أقل احتمالًا أن يتكرر معهم سلوك أمي

معي. ولكنني أنجبت إناثًا، ثلاث إناث. وبفضلهن بذلتُ جهودًا هائلة لأستحضر في ذاكرتي ذكريات طفولتي ومراهقتي - حين كنت مشغولة كثيرًا بنفسي - كي أحاول التوصل إلى فهم أمي التي مرت بالحال نفسها حين أنجبت ابنة أنثى. ولكنها جهود بلا طائل، فقد كنتُ أصل على الدوام إلى النتيجة نفسها: أمي كائن مسخ. توصلتُ إلى توقير الرؤى المانوية لأنها تمنحني الوضوح، تمنحني خطًّا أسير عليه، كل شيء بالأبيض والأسود. ولكن ربما تفكر بناتي في الشيء نفسه عني. أبذل جهدًا جبارًا كي أكون أمًّا طيبة. أراجع تصرفاتي دومًا، وما ينقصها من تلقائية، وسأُحاكم عليه في المستقبل من دون مجال للشك... فإحدانا تتصرف بصورة سيئة كأم على الدوام: إن لم يكن لهذا السبب، يكون لذاك، والذنب جاهز دومًا مهما حدث.

* * *

عاد أبي للعيش في نيويورك. وهو في الخامسة والستين، كان يبدو في الخمسين ولا يمكن القول إنه بلغ سن التقاعد. تزوج من جديد ويبدو في الظاهر سعيدًا بحياته الجديدة. أعتقد أنه لا حاجة بي لأن أضيف أن الزوجة المذكورة تصغره بعشرين عامًا. آخر مرة ذهبتُ لزيارته، منذ بضعة أشهر، كانت لديه أخبار جديدة لي. (الحمد لله أن «بيثنته» لم يستطع ترك عمله وذهبت وحدي). لقد اتصلتْ به صديقة أمي القديمة، «فانيسا دي ميتشيليه». وهي تعيش الآن في «كونيكتيكوت»، وقالت لأبي إن لديها أخبارًا عن زوجته السابقة. لم يشأ أبي معرفة أي شيء عنها، ولكنه أعطاني رقم هاتفها.

اتصلتُ بـ«فانيسا» فورًا، فحددت لي موعدًا في بيتها.

دخلت إلى حديقة العمارة الصغيرة، إنه بناء قديم أعيد تحويله إلى سبع شقق صغيرة وبديعة، ووجدت نفسي مع امرأة جالسة على المقعد الحجري الوحيد، ومِرشّة السقاية مركونة عند قدميها، ومحاطة بنباتات صدفية وأخرى متعرشة. صورة متوسطية جدًّا على الرغم من أننا في وسط الولايات المتحدة، مع بياض البيت الناصع في الخلف. نهضت حين رأتني وأمسكت بحركة آلية بالمرشة التي بدت فارغة من الماء بسبب ما تبدو عليه من خفة وزن. إنها متوسطة طول القامة، ولكنها لسبب ما تعطي الانطباع بأنها امرأة طويلة. شعرها الكستنائي قصير، ويبدو أن يدَ مُزين شعر جيد وراءه، وفي الخصلة المتهدلة إلى يسار وجهها تظهر بعض التفاصيل الشقراء. لقد كان مظهرها شاذًّا بكل صراحة، وهذا أقل ما يمكن أن يقال. وكانت ترتدي قميص نوم سماويًّا شاحبًا مع رسوم أزهار خضراء صغيرة خفيفة جدًّا، وتخريمات تفتا صغيرة في الجزء العلوي، وكمين طويلين مرفوعين حتى المرفقين. وفوق قميص النوم تضع مئزرًا مربوطًا وراء الظهر، من تلك التي يستخدمها السمكرية أو من يعملون بالجلود... لست أدري، ولكنه مئزر ذكوري، أسود وله جيب كبير جدًّا من الأمام. وكان جسدها ممتلئًا وبديعًا، وجيد البنية، وقدرتُ أنها في نهاية الخمسينيات. تضع نظارة من دون حامل وعيناها ـ لهما لون شعرها نفسه ـ كبيرتان ومعبرتان. ويبدو الفم صغيرًا، ولكنه حين يتحرك يكبر بطريقة لا يمكن تفسيرها. ابتسامتها مشرقة، وتُبدِّل تمامًا التحفظ الذي يوحي به مظهرها، ومن خلال تجاعيد وجهها توقعت أنها عاشت حياة جيدة.

لقد كانت رسولة الرعب.

حين صرتُ في بيتها وفنجان القهوة في يدي، اقتادتني إلى صالة مظلمة، وشغَّلت آلة عرض ـ لم يكن «دي في دي» بل فيلمًا بكل ما يعنيه الفيلم ـ وبدأ ذلك الضجيج التقليدي في سينما طفولتي حيث لا بد من مرور قدر معين من الشريط باللون الأبيض قبل أن يبدأ موضوع الفيلم. حين نظرتُ إلى الصور الأولى رأيت جادة كبيرة من جادات نيويورك، يمكن لها أن تكون «برودوي» أو ـ الجادة الخامسة. مشاة على الأرصفة، سيارات في الشارع، طفلان يلعبان، بائع زنجي ذو قامة طويلة جدًّا وراء منضدة مزعزعة، يعرض فوق شرشف ملون مناديل ولفاعات. وفجأة تظهر متشردة تقف بالقرب من كشك مجلات. تقترب الكاميرا وتتوقف عندها: إنها شخص سمين، ترتدي أسمالًا سوداء، البنطال يبدو جزءًا من بدلة غواص، وعلى الرغم من أن النهار يبدو مشمسًا، وأقرب إلى أن يكون صيفيًّا، فقد كانت متدثرة بكثرة، تلبس عدة سترات، بعضها أقصر من بعض، مما يضخم من بدانتها. أما الشعر ـ وهو بين الأبيض والكستنائي ـ فمتحول إلى آلاف التجعدات الطويلة والملبدة بسبب عدم غسله، والمشرئبة إلى أعلى. لو رأتها بناتي لقلن: «راستا». وكان الوجه ـ وهو يكاد لا يتميز ـ قاتمًا أيضًا. كل شيء فيها كان قاتمًا بما في ذلك القدمان الحافيتان. النظرة لا يمكن الخطأ فيها، والعينان لا تحتاجان إلى لقطة «كلوز آب» من أجل لمح عدم المبالاة غير المتناهي فيهما. وفجأة تبدأ بإنزال بنطالها. تقرفص، والكاميرا تقترب وتركز على مؤخرة ضخمة، ممتلئة بكتل متدرنة، كما لو أن آلاف حبات البرتقال مخبأة تحت الجلد. وتكمل أمي إنزال بنطالها بالكامل وتبول

بطمأنينة مطلقة. الصورة ليست جانبية تمامًا، بل هي أقرب إلى ثلاثة أرباع الجانبية. تنتهي من التبول، ترفع البنطال الأسود وهي تنهض وتبدأ المشي كما لو أن شيئًا لم يحدث.

طلبتُ من «فانيسا» أن توقف الفيلم. وكانت الجملة الوحيدة التي قالتها لي: يجب أن تتعلمي يا «فرانثيسكا» أنه ليس الجميع يرغبون في أن يأتي من ينقذهم. هربتُ من ذلك البيت ومن تلك المرأة. لماذا تراها فعلت ذلك؟ ما الذي دفعها لأن تعرض عليَّ ذلك الفيلم؟ ما زلتُ حتى اليوم لا أعرف. قلصتُ إلى أقصى حدٍّ زيارتي لأبي، ورجعت إلى «سنتياغو» ولم آتِ قطُّ على ذكر ما رأيت، لا أمام «بيثنته» ولا أي أحد آخر. هل كان يجب عليَّ البقاء في نيويورك ومحاولة الاتصال بها؟ هل كان يجب عليَّ محاولة **إنقاذها**؟ يقيني الوحيد هو أنني كنت أشد مخلوقات الله بؤسًا. أشد بؤسًا من أمي نفسها.

وفي «سنتياغو»، كنت أمضي في الشارع بتكتم، كشخص متأهب على الدوام، محترس على الدوام، شخص يمنح نفسه نزوة الحفاظ على الصمت، والتصنع. شخص ما زال مبتلًا بعد العاصفة، لم يجف، ويحمي بؤسه باعتباره الشيء الفاعل الوحيد فيه. وربما معرفة أن الأذى الذي ألحقته بنفسها يمكن له أن يعني بداية الشفاء لي.

* * *

بدأ ذهني وحالتي المعنوية بالالتفاف مائة وثمانين درجة. يمكن لي في أي ليلة أن أصاب بالأرق، وأمضي إلى حجرة المكتب، من دون أن أوقظ «بيثنته»، فأشغل كمبيوتري وأدخل إلى موقع «لانتشيله» لمراجعة

عروض السفر إلى نيويورك. لا أدري كم حجزًا قمت به. وفي ضوء النهار، حين أكون في مكتبي في العمل، ألغي تلك الحجوز. أفتح على «السي إن إن» وأنتظر لمجرد رؤية درجة الحرارة في نيويورك. والجريدة الوحيدة التي أقرؤها على الشبكة هي «النيويورك تايمز»، وأنا أنتظر على الدوام رؤية شيء له علاقة بها. أتصورها في أسوأ الأوضاع، تلك الأوضاع التي تستحق أن تكون خبرًا: كأن تحرق نفسها، على سبيل المثال، كراهب بوذي في وسط الجادة الخامسة، أو أن تلقي بنفسها من الطابق الأخير في «الإمباير ستيت بلدينج». في الليل أحلم، أحلم طويلًا بتلك المؤخرة الرهيبة الممتلئة بالدمامل. فأستيقظ وأعتكف في الحمام كي أبكي بهدوء. بكائي يأتي استجابة لدوافع متناقضة، وفقًا لليوم: أحيانًا أبكي لإحساسي بأنني أشد نساء العالم خسة، لأني سمحت لأمي بأن تكون متشردة من دون أن أحرك إصبعًا لإنقاذها. وفي ليالٍ أخرى أبكي من الغيظ، من الضغينة الخالصة، ولا أتمكن من إبعادها عن كاهلي: الضغينة مثل الدم، من المستحيل إخفاؤها، لأنها تصبغ كل شيء.

مخطئون من يعتقدون أن السبب الأخير في كل هذه القصة هو فقدان «نيكولاس». فذلك الألم سرَّع فقط ما كان سيحدث عاجلًا أو آجلًا، بموت أو من دون موت ابنها.

لقد انقضت عدة سنوات منذ مغادرة أمي. وقد نضجتُ. وسيكون ادعاءً من جانبي القول إنني قد تجاوزت الموضوع. لا، فموضوع مثل هذا لا يمكن تجاوزه. ولكنني أستطيع العيش معه. لن يدمرني. أصابتني

بالبرود أحيانًا، وبالشلل أحيانًا، وتحوُّلي في بعض الأحيان إلى شيء ناءٍ ومجرد من الشفقة، يبدو لي غير كاشف. لأنني فعلت الشيء المهم الوحيد الذي يمكن فعله: كسرت خط الوراثة، كسرت إمكانية التكرار. وبناتي صرن بمنجى.

وها أنذا أواصل حياتي الطبيعية، بمظهري الطبيعي، مع أسرتي الطبيعية: مع القط، ومع «بيثنته».

مانیه

أنا «مانيه» وقد كنتُ، هكذا مثلما ترونني، الأجمل على الدوام. طولي متر وخمسة وسبعون سنتمترًا، وطول قامتي هذا أكثر مما هو سائد في هذه البلاد، وأزن ستين كيلوجرامًا. وحتى اليوم، على الرغم من السنوات، ما زلت أحافظ على وزني، وإن كنت أنا وحدي من أرى جسدي. أكملتُ الخامسة والسبعين قبل بضعة أشهر. ولم يكادوا يحتفون بي أو يتذكرونني.

كنت فاتنة. من المؤسف أنه عليَّ التكلم بصيغة الماضي. فلا أحد يقول «أنا فاتنة»، وأقل من ذلك القول «سأكون فاتنة». حسن، هذا ما هو لديَّ: ماضٍ. هنالك فيلم من الخمسينيات يشبه حياتي: «صنسِت بولفار». ولا بد أن هذا هو السبب في أنه يهز مشاعري بقوة. تقوم بدور البطولة فيه «جلوريا سوانسن»، ويستند الفيلم إلى قصة حياة «نورما ديزموند»، ممثلة عظيمة في سينما هوليود الصامتة، أيقونة حقيقية امتلكت العالم تحت قدميها وعملت في عشرات الأفلام. وحدث أنها أرادت العودة إلى التمثيل وأن تحاول الإغواء بعد أن هرمت، لكنها لم تتوصل إلا إلى تخليهم عنها وتجاهلهم لها. فجميع المخرجين والمنتجين الذين كانوا يمتدحونها أداروا لها ظهورهم، لأنها لم تعد تنفع. بينما هي ترفض تقبل

ذلك. حتى إنهم ما عادوا يردُّون على اتصالاتها الهاتفية. وراحت تتعفن وحيدة، مهجورة. مثل حالتي.

* * *

منذ صغري أحببتُ التنكر والرقص أمام المرآة. فكلما خرج أبواي، أذهب على رؤوس أصابعي إلى خزانة أمي المركَّبة ـ لأن الخزائن الجدارية لم تكن موجودة في بيتنا ـ وأسرق منها الشالات ومناديل الرأس. كان لديها قليل منها، ولكنني كنت أستعملها بألف طريقة: حول الخصر، على الرأس، على الكاحلين. لقد كانت أمي خياطة وكان أبي رئيس عمال بناء، كيلا تظنوا أن تلك الأقمشة التي كنت ألعب بها هي لأسرة «الآغا خان». ولكن المهم أنني كنت أظن أني «ريتا هيوارث» حقًّا، وأتخيل أن قطع بوبلين الملابس الرخيصة التي تصنعها أمي هي حرير شرقي. النساء لم يكنَّ يدرسن آنذاك، ولم تكن حياتهن راسخة مثلما هي الآن. أعرف أنه في أنحاء وأجواء أخرى، وليس في أجوائي، كان يحدث ما هو أسوأ. فقد ولدتُ في الثلاثينيات، وهي حقبة مدهشة للنساء في أوروبا، إنها فترة ما بين الحربين: كنَّ قد قَصَّرن التنانير، وصرن يدخِّن ويشربن، ويتدخلن في السياسة، ويتنفسن بعمق كما لو أن العالم على وشك أن ينتهي. هنَّ كن يفعلن ذلك، وليس بنات الأرياف من أمثالي. ففي «كييُوتا»، حيث ولدتُ، كانت النساء يتولين شؤون البيت ويقمن بأعمال مأجورة للمساعدة في الاقتصاد المنزلي وحسب. ما كان متوفرًا لنا حقًّا هو التعليم الأساسي.

وفي المدرسة، كنتُ أبرز في الأعمال المسرحية التي نقدمها. وكنت أحب أداء كل الأدوار، أدوار الرجال أو النساء، الشباب أو المسنين. حين

أصعد إلى المنصة أنسى الحياة الريفية الخانقة. وقد كسبت كذلك مسابقات الجمال القليلة التي يمكنني المنافسة فيها: كنت ملكة جمال «كيبُّوتا» و«مِس كيلبوي». مديرة المدرسة هي من تواطأت لمساعدتي حين لاحظت أن لديَّ ما يكفي لأن أكون شيئًا أكثر حيوية من مجرد ربة منزل. كانت امرأة بعيدة النظر، وصديقة لـ«آماندا لاباركا» والداعيات إلى حق التصويت للنساء، جميع أولئك المندفعات العجائز اللاتي ندين لهن بكثير. وهكذا تدبرت هي الأمر مع أسرتي كي أذهب إلى «سنتياغو» وأدرس هناك المسرح تحت إشراف أحد كبار مخرجي تلك الحقبة. عشتُ في بيت خالة لي وتبدل لي لون الحياة. كيف لا وقد كنتُ باهرة الجمال، كما كانت تقول خالتي. بدا العيش هنا في «سنتياغو» متعة. فالسيارات كانت قليلة، والأشجار كثيرة، وهنالك البيوت الفخمة في مركز المدينة، والحياة البوهيمية، والمسرح، والمطابع، والشعراء. وحادثة قتل بين وقت بعيد وآخر، كما لو أنها تقع لتُذكِّرنا بأننا بشر. وكنت أخرج وحيدة في الليل، سعيدة جدًّا، للتمشي في شارع البرازيل.

كانت الحياة آنذاك شديدة التقشف. فقد كانت تشيلي بلادًا فقيرة، لا وجود فيها للأشياء المستوردة، ابتداء من بنطال «البلوجنز» حتى زجاجة الويسكي، لا شيء، كنا أشبه ببلد اشتراكي في شرق أوروبا. أتذكر المرة الأولى التي سافرت فيها فرقتنا المسرحية إلى خارج البلاد، ذهبنا يومذاك إلى «كوتشابامبا» في بوليفيا. رأيتُ في الشارع كشك «كراميلا فدنوت» وأنا أفكر في سكاكر «أمبروسولي» أو «سيرانو» أو «خَلَف»، وهي السكاكر الوحيدة التي كانت متوافرة لدينا هنا، وكانت المفاجأة في رؤيتي للبان متنوع الأشكال والألوان: كرات صغيرة صفراء، قلوب صغيرة حمراء، مثلثات خضراء، عليها بطاقات

مكتوبة بحروف إنجليزية، وألواح شوكولاتة تبدو كأنها هدايا عيد ميلاد، وولاعات تُستخدم وتُرمى، كأنها أعاجيب سحرية وغير واقعية. وقفت فاغرة الفم من الدهشة، وكان ذاك هو لقائي الأول مع ما سنسميه ذات يوم العولمة. وفي يوم آخر كنت في بيت أخت زوجي مع حفيداتها اللاتي يردن إلصاق بعض رسوم القردة في دفاترهن وليس لديهن ما يستخدمنه لإلصاقها. فاقترحتُ عليها أن نصنع دبقًا. نظرتْ إليَّ كما لو أنني أتكلم الآرامية. ألا تعرفين ما هو الدبق! شرحتُ لها أنه عجينة تُحضَّر من الدقيق والماء لاستخدامها في اللصق. فردَّت عليَّ: لماذا كل هذا ما دمنا نستطيع شراء صمغ أو «ستيك فيكس»؟ حسن، تلك هي تشيلي التي كنت أعيش فيها. كي أذكِّركن بأنه لم تكن توجد كمبيوترات ولا أي شيء من أجهزة سماع الموسيقى التي تستخدم اليوم، وكانت إحدانا تحمد الله إذا توصلت إلى امتلاك مذياع عادي بسيط.

في أجواء المسرح يمكن لإحدانا أن تتعرف على جميع الفنانين، وقد التقيت عدة مرات بـ«نيرودا»، والشاعر «دي روكا»، وكان ذلك من أشد الأمور عادية حين تذهب إحدانا لتناول كأس في «البوسكو» عند الفجر. أو إذا تناولت العشاء في إحدى الحانات الصغيرة القريبة.

كان أحد زبائن «البوسكو» شاعرًا أشقر الشعر، له نظرة داهية، مثلما يقولون في الريف، لا يفتح أبدًا عينه اليسرى بكل اتساعها، وكانت أسنانه ـ على الرغم من أنها بدأت تَصفرُّ قليلًا بفعل التبغ ـ صغيرة ومتقنة الكمال. كان يحمل سيجارة على الدوام، وتفتنني يداه بحركة ذهابهما إلى فمه ومجيئهما. طلبتُ أن يعرِّفوني عليه. وحين نهض عن كرسيه ليمد لي يده مصافحًا لاحظتُ أنه طويل القامة جدًّا، وراقني ذلك على الفور. وضعت عيني عليه، وبدأت أتخلى

عن بارات أخرى كي أذهب إلى «البوسكو» فقط واللقاء به. وفي أحد الأيام جلست إلى منضدته وأنا في أشد حالات التصميم. كان يخربش كلمات على منديل ورقي. ظللتُ صامتة إلى جواره، مثلما يتوجب على ربات الإلهام أن يفعلن. وحين انتهى من الكتابة، رفع نظره وقرأ قصيدته بصوت عالٍ. بدت لي بديعة، وقلت له ذلك. فابتسم شاكرًا. ثم قال لي:

- أنت امرأة عذبة.

فأجبته:

- يمكن اصطياد مزيد من الذباب بالعسل.

فضحك، ودعاني لتناول بيرة.

وفي اليوم التالي جئت في الموعد نفسه وجلستُ إلى المنضدة نفسها، كما لو أننا قد اتفقنا على ذلك. مضت خمسة أيام على تلك الحال. وفي اليوم الخامس، حين نهضتُ لأغادر، نهض معي وتمشى معي في شارع «آلاميدا». وكنا نتهيأ لاجتياز ذلك الشارع العريض حين أمسك بخاصرتي فجأة وقبَّلني.

أعجبتني القبلة كثيرًا.

هذا هو «روثيو».

أظن أنني أُغرمت به لأنه أطول مني قامة، وكنا نبدو على ما يرام معًا. بعد ستة أشهر تزوجنا. كان من شبه المضحك الزواج في تلك الأجواء وفي ذلك الحين، ولكننا فعلنا ذلك من أجل أسرتي، فكيف يمكن لي مواجهة أبويَّ

العجوزين والأقارب في «كييُّوتا» ما لم أعرض عليهم بطاقة العائلة؟ وقد كان «روثيو» موهوبًا ـ هذا ما كان يقوله الجميع ـ وهو أمر نادر الحدوث في تشيلي هذه أن تُرى ومضة فتيل ولا يقال إنها مسمار أسود. لقد نظم لي عشرات القصائد، وجميعها بديعة جدًّا، والكتاب الوحيد الذي توصل إلى نشره كان عنوانه اسمي. الجميع كانوا يرون أنه من الطبيعي جدًّا أن يمتدح جمالي، ولم يكن ذلك يفاجئني أنا أيضًا، بل كنت أضحك لكونه مجنونًا بي. وفي أثناء ذلك كنت أقوم بالتمثيل كثيرًا، وفي كل يوم تمضي أموري إلى الأفضل. كانوا يعرضون عليَّ أدوار فتاة جميلة فقط، فيقول لي «روثيو»:

ـ كي يستغلوا جمالك.

فأسأله:

ـ أليس لأني ممثلة جيدة بما يكفي؟

على الرغم من كل شيء، كنت أشعر بعدم الثقة على الدوام، مثلنا جميعًا. بعض صديقاتي كنَّ يقلن لي:

ـ كيف تكونين غير واثقة، بكل ما أنتِ عليه من جمال؟

فأردُّ عليهن بأنه لا علاقة لأحد الأمرين بالآخر.

* * *

لم يكن «روثيو» مهتمًّا بإنجاب أبناء. وقد وافقته، أنا البلهاء، على ذلك. أشعر بالغضب من الملامح التي تظهر على وجوه النساء حين يسمعنني أقول إنني لم أنجب أبناء لأني لم أرغب في إنجابهم. كيف تجرأتُ على

تحدي قوانين الطبيعة، يقلن لي ذلك من دون أن يقلنه. لقد تحديتها لأن الأمر آنذاك لم يكن يهمني كثيرًا. «روثيو» والمسرح يكفيانني، لأني كنت أعيش اللحظة وأظن أن حسن الطالع سيستمر إلى الأبد. إنني أشعر الآن بالندم أحيانًا. وهؤلاء النساء اللاتي يمتلئن بأبناء ويبرمجن مستقبلهن يسببن لي الرعب، ولكن لنترك جانبًا هذه الحكايات: الشيخوخة مع أبناء ومن دون أبناء تحدد الاختلاف كله. أما في ذلك الحين فكان الفن هو الأمر المهم الوحيد. كان «روثيو» يكتب وأنا أمثل.

كنا نقضي الوقت على خير ما يرام! لدينا كثير من الأصدقاء، والليالي تدوم أبدية، لا أحد يستيقظ باكرًا، ولا أحد لديه عمل عادي مثلما يقال. وفي أيام الأحد الرائعة نظل حتى وقت متأخر في الفراش نمارس «ألعابًا جميلة»، هكذا كان يسميها «روثيو». لا نكاد نرى ضوء الشمس. يُضحكني قليلًا كيف توقر الأجيال الجديدة الحياة في الهواء الطلق. مجرد خرافة! فلا شيء يولد أو يموت في الهواء الطلق، وكل شيء مهم إنما يحدث في الداخل.

وصلتُ متأخرة إلى التلفزيون. كان يمكن لي أن أكون «خبطة» في الروايات التلفزيونية. ولكنني كنت قد تُركت جانبًا في ذلك الحين. لأن السنين مضت. وكذلك هي الحال بالنسبة إلى «روثيو»، لم يكن يجد ناشرًا، فكان يصاب بالإحباط ويكثر من الشراب. لا أحد يريد نشر الشعر لأنه لا يباع. لقد خوزق «نيرودا» جميع معاصريه من الشعراء، على الرغم من أن «روثيو» كان أصغر منه سنًا بكثير. لكنه كان يحبني كثيرًا، ولا يغضب مني أبدًا، يعنى بي كأنني جرو حديث الولادة. وأتذكر أن فيروسًا ـ أو شيئًا من هذا القبيل ـ وصل في تلك الأثناء إلى «سنتياغو»، وكانوا يسمونه

«حمى الخيول»، ولست أدري ما هي علاقته بالأحصنة، ولكن المسألة أنه أصابني أنا. لم يتركني «روثيو» لحظة واحدة سواء في الشمس أو الظل، كان يعطيني الأدوية في مواعيدها، ويُعِدُّ لي حساء شعيرية يمكنني ابتلاعه، ويبدل ملاءات السرير كلما ابتلت بالعرق الغزير. ذكرياتي عن تلك الحمى الشهيرة ـ وهي المرة الوحيدة التي مرضتُ وأنا إلى جانبه ـ هي أشبه بالدخول إلى منصة المسرح في مسرحية «غادة الكاميليا»: فأنا، كما «مرجريتا جوتير»، كنت أتمتع بترف الاحتضار بينما رجل يركع عند قدميَّ، يحبني ويعتني بي.

ظهرت أولى التجاعيد حول عينيَّ، وتضاءل بريق العينين. وبدأ الأجر يتضاءل. وعندما لا يكون عليَّ الذهاب إلى المسرح، أظل في الليل مع «روثيو» وأصدقائه، أتناول الشراب. كنا نعيش كل يوم بيومه. لم نمتلك كثيرًا قطُّ، وكنا نتدبر أمورنا. ولكن النقود كانت تتناقص بصورة جدية. لم تعد تكفينا لدفع إيجار البيت. فكنا نستدين من أحد الأصدقاء وعندما أؤدي دورًا جيدًا أرد له الدين. أما بالنسبة إلى الشراب، أيًّا يكن، فكان متوفرًا دومًا. ما كان ينقصنا هو البراعة، وأقول هذا بالمعنيين كليهما، الواقعي والآخر. لأن «روثيو» لم يكن جيدًا جدًّا كشاعر، ولأنني لم أكن جيدة جدًّا كممثلة.

* * *

وأخيرًا قرر مخرج مسرح تشيلي الجامعي أن يراهن على موهبتي، وليس على جمالي. وهكذا قدموا لي دور «بلانش» في «عربة اسمها الرغبة». كنتُ في السن المناسبة تمامًا، وهي السن التي لا تعود فيها إحدانا شابة، ولكنها تبذل قصارى جهدها كيلا يُلمح ذلك. دور «بلانش» هو الدور الذي تتمنى

كل ممثلة أن تؤديه ذات يوم. وقد كان دورًا صعبًا جدًّا، أدته «فيفيان ليل» في السينما إلى جانب «مارلون براندو»، هل تتذكرنه؟ لا بد أنه كان واحدًا من أول أفلام «براندو»، وكان ذلك الأحمق شابًّا رائعًا ورائعًا جدًّا، كل عضلة تظهر منه وهو بتلك القمصان الداخلية المشدودة والمضمخة بالعرق، تجعل النساء يمتن من أجله، وكانت له نظرة طفل خبيث... فلنرجع إلى دور «بلانش»، و«عربة الرغبة». قمتُ بالتمرينات بالحماسة التي تبذلها إحدانا في سبيل شيء تعرفُ أنها ستخسره، مثل آخر مضاجعات رجل عجوز ينتظره العجز الجنسي الوشيك. كنت ضجرة جدًّا ـ ومُذَلة بعض الشيء ـ من ظهوري على منصة المسرح في المرات الأخيرة، و«بلانش» ستمنحني الشهرة التي لم أنلها قطُّ ولن يتوافر لأحد سوء النية ليقول إن أدواري كانت تُعطى لي من وجهة نظر جمالية فقط. كنتُ أرجع في الليل مستنفدة وقد تركت روحي في التدريبات. أكاد لا أرى «روثيو»، إذ لم يعد بمقدوري مرافقته في جلسات الشراب، وأغط في النوم فور رؤيتي الفراش. ولكنه لم يكن يتذمر، أكان فخورًا بي! أتذكر ذلك الزمن كفترة غنية جدًّا، ومريرة.

وكان أن عشتُ آنذاك «مفعول القمر المكتمل». هكذا أسميته. كنت أشعر كما لو أنني قمر كبير، ينمو وينمو قليلًا قليلًا، وليلة بعد ليلة، ليصل إلى حالة الاكتمال تلك، ويظهر مضيئًا بالمطلق، لا وجود فيه لنقص أو زيادة. كنت أحدس أنه عندما يكتمل ذلك التوازن، سوف يبدأ الأفول، سيبدأ تضاؤلي شيئًا فشيئًا إلى ما يشبه التلاشي. في كل حياة هنالك مرحلة قمر مكتمل. إذا ما تمكنت إحدانا من التعرف عليها لتستمتع بها، على الأقل، تشعر بأنها صافية ومكتملة.

نظمنا حفلة كبرى من أجل الافتتاح. لم أسمح لـ«روثيو» بحضور التدريبات: كنت راغبة في مفاجأته بدور «بلانش» التي تصل إلى «نيوأوليانز»، بثوبي، وبالقبعة، وبكل شيء. والحقيقة أنني مثَّلت بصورة رائعة، حتى لو بدا ذلك مهينًا بعض الشيء. ضج المسرح بالتصفيق، وبينما أنا أحيي الجمهور وأتلقى باقة أزهار، كنت أبحث بنظري عن «روثيو». وكنت أتخيل الكتابات النقدية في الصحف والعناوين: «أخيرًا أظهرت موهبتها الحقيقية!»، «ولادة متجددة لممثلة»، وترهات من هذا النوع.

عندما انتهى العرض وذهبت إلى الكواليس، شبه غائبة عن الوعي من التأثر، لم يكن «روثيو» هو من ينتظرني هناك، وإنما صديقه الحميم «بانتشو». لا بد أن ملامح وجهه كانت تنبهني، ولكنني كنت منتشية بالفوز إلى حدٍّ لم أنتبه معه.

لقد مات «روثيو». صُدم وهو يجتاز شارع «آلاميدا»، عند توجهه إلى المسرح لمشاهدتي. صدمته حافلة في رأسه وقتلته على الفور.

* * *

أديتُ دور «بلانش» في حفل الافتتاح فقط. يقولون إنني كنت في اليوم التالي في حالة صدمة، لا أسمع شيئًا، لا أتكلم. عيناي المفتوحتان وحدهما تكشفان أنني غير نائمة. تحولت عيناي إلى دمعتين، بلا أي معنى، وما عاد بإمكان أحد أن يثق بمنحي دورًا مهمًّا. وكنت أرضى بذلك، على الرغم من أنني كنت «بلانش»، من أجل الأنوار وحسب.

بعد فترة قصيرة تركتُ ـ أو اضطررت إلى أن أترك بكلمة أدق ـ الشقة

التي استأجرنا في شارع «ميرثيد»، لأنه لم يعد بمقدوري دفع الإيجار. مغادرة ذلك البيت كان أشبه بعودة لفراق «روثيو» مرة أخرى. (لقد كرهت «بلانش» الشهيرة مرات كثيرة، فلولاها لكان «روثيو» حيًّا، هذا ما كنت أقوله لنفسي وأكرره). وبما أنه لم يعد لديَّ نقود لاستئجار شقة، رحت أبحث عن مجرد غرفة. وقد وجدتها في عمارة في شارع «لندن» واستقررت هناك مع أمتعتي الضئيلة. كان للغرفة إطلالة بديعة على الأقل، فهي في شارع جميل، هناك تحت، في المركز. ولكنها باردة، أشد برودة من قفل عقار. وواصلتُ دسَّ رجال في فراشي. ولا بد للجرة أن تنكسر أخيرًا من كثرة الذهاب بها إلى الماء: أُصبتُ بعدوى مرض سيئ جدًّا. عندئذ اتصلتْ «تشارو»، أخت زوجي «روثيو»، بأبويَّ. عندما تعرَّفتُ عليها، في يوم عرسي، بدت لي شخصية تقليدية وشديدة التحفظ بالنسبة إلى ذوقي. كانت ترتدي بدلة من قطعتين، وتضع عقدًا من اللؤلؤ، حتى لو كان لؤلؤًا مزيفًا. لا تهتز شعرة واحدة في بدنها! وربما لهذا السبب بالذات تأخرتُ في التقرُّب منها. لقد أعطتني على الدوام الانطباع بأنها شخص يعتمد، كيفما اتفق، على نفسه، وأنها سيدة تفكيرها. وعندما ترملتُ، كان عليها أن تقرر التدخل وتتولى مسؤوليتي. فأخي الوحيد يعيش في «بونتا آريناس»، وهو يبدو لي بعيدًا ومجهولًا، ولهذا صارت «تشارو» هي «أسرتي». إنها امرأة طيبة، تعمل ممرضة، محبة للعمل، جدِّية ودؤوب. تقوم بعملها في ورديات مرعبة في المستشفى، ولكنها حين تبقى من دون نوم لا يُلحظ عليها ذلك. وأبناؤها هم صلتي الوحيدة بالأجيال الشابة، ولولاهم لما فهمتُ جيدًا كيف تجري الأمور في أيامنا هذه.

جاء أبواي إلى «سنتياغو»، وكلاهما كان سالمًا، مرتبًا وبصحة جيدة.

ولكليهما رائحة طيبة. أخرجاني من شارع «لندن» محمولة وأخذاني إلى «كييُّوتا». وضعاني في سرير، **سريري**، وهو لا يزال مثلما كان في طفولتي. كل شيء كان على حاله، الرواق، المطبخ الفسيح، الاحتشام. واعتنيا بي. بدأت أسترد عافيتي في بيت الأسرة. توقفت عن الشراب، وصرت أتغذى مثلما يجب، وشفيت من الالتهاب. غير أن العمل الوحيد المتوافر في «كييُّوتا» هو خدمة الزبائن في متجر يملكه عمي، ولكنني كنت صارمة: فأنا لم أعمل ممثلة كي ينتهي بي الأمر إلى وزن السكر. والريف مكان رهيب في بلاد تتمركز في العاصمة: إنه مكان يفتقر إلى شيء ما على الدوام، وحيث الجميع وكل شيء يظل على حاله دومًا. وربما تستطيعين في العاصمة الزواج من جديد، قالت لي أمي حالمة، فأنت لا تزالين جميلة... آلمني وداعها، فهي طيبة جدًّا، ومتواضعة جدًّا بثوبها، وبرائحة نظافتها، وبعيدة جدًّا عن جوانبي القاتمة واليائسة.

رجعتُ إلى «سنتياغو» وإلى أوساطي السابقة. كان أبي قد أعطاني جزءًا من مدخراته وتمكنت من استئجار شقة صغيرة، صغيرة جدًّا. الحجم غير مهم، حلمي الوحيد هو أن يكون لي حمام خاص. (في بيت «كييُّوتا» يوجد حمام واحد للأسرة كلها، ومع أنه يتلألأ نظافة على الدوام، إلا أنني لم أجرؤ قط على دخول حالة العطالة الحسية والعميقة التي يوحي بها إليَّ حوض استحمام ساخن ومرآة تعكس جسدي كاملًا). وهكذا بدأت سنواتي في شارع «فيكونيا ماكينا» - إنني أروي المراحل وفقًا للشوارع التي سكنتُ فيها، وكانت السنوات الأولى من تلك المرحلة صعبة. فخلال إصراري على أن أكون ممثلة، لم أعش سوى الهوان والإذلال. عرفتُ ما الذي يعنيه امتناع صديق

عن الردِّ على اتصالي الهاتفي، مثلما حدث للمسكينة «نورما ديزموند». في تلك الأثناء لم تكن توجد أمثال سكرتيرات هذه الأيام المضحكات اللاتي ينكرن وجود رؤسائهن كمبدأ، ويتنافسن فيما بينهن حول من لديها الرئيس الأكثر أهمية. لا، كان الناس آنذاك يتولون الرد بأنفسهم على هواتفهم. والرجال الذين كانوا يبتهلون لجسدي منذ سنوات صاروا يمرون الآن بي وكأنني غير مرئية، كما لو أنني غير موجودة. كنت أتسول دورًا صغيرًا وكأن منصات المسارح ستحل كل مشاكلي. ليس لدينا دور مناسب لسنك، كانت هذه هي الجملة التي أسمعها بكثرة في ذلك الحين. صبغتُ شعري، بدَّلت طريقة لبسي، وتبرجت كما الشابات، ولكن ذلك كله لم يُجدِ نفعًا. فالوهم أشد خطورة من قرد يحمل سكينًا. وكان وهم أمي يجول في رأسي: أن أتزوج ثانية. لا يمكن لرجل أن يحلَّ كل شيء، ولكنه يساعد. وقد كان هناك بالفعل مرشحان، مع أنهما كانا يريدانني للفراش وليس للبيت. ومع ذلك كنا نلتقي في الحفلات أو في المسرح، وكانا يأتيان مع زوجتيهما. لقد وصلت الدموع، هذا ما كنت أقوله غاضبة، كم أكره الدموع!

الزوج هو مكان. إنه مكان راسخ. بل إنه مكان نقاء إذا ما اجتهدت إحدانا في ذلك. وقد كنت بحاجة إلى مكان طمأنينة.

في إحدى الليالي جاءت أخت زوجي إلى شقتي. أخرجتني لتناول الطعام في مطعم جميل، وقالت لي:

ـ كفى يا «مانيه»، لقد انتهى المسرح ونقطة على السطر.

لا وجود في بلادنا لسينما، والتلفزيون بدأ للتو. وهم يطلبون شابات واعدات أو ممثلات قويات الشخصية، وأنت لست أيًّا من الاثنتين. لماذا

لا تعطين دروسًا في التمثيل لأخريات؟ توجد أكاديمية جيدة يعمل فيها صديقان لي، يمكنني أن أُعرِّفك عليهما. ويمكنك أن تعيشي على دخل دائم، وأن تفرضي سعرًا لخبرتك، بل يمكن لك كذلك أن تحصلي على معاش تقاعدي فيما بعد.

عملتُ بنصيحتها لأنه لم يكن لديَّ خيار آخر. وقلت لنفسي: لا بد من الحراثة بما هو متوافر من جواميس يا «مانيه».

* * *

مضت حياتي على ذلك النحو. علَّمت في الأكاديمية، وكنت أستاذة جيدة. دفعت ضرائب ـ مثلما قالت لي أخت زوجي ـ وأنا أعيش الآن على معاش تقاعدي. بعد وفاة أبويَّ بعنا البيت في «كيبُّوتا». وتقاسمت ثمنه مع ذلك الأخ شبه المجهول، وكان لي النصف. ضممته إلى مبلغ قدمه لي أبوا «روثيو»، وشعرت أنني ملكة حين اشتريت ملكيتي الأولى والوحيدة: شقة صغيرة في شارع «سانتو دومنجو»، شقة جميلة جدًّا، مضيئة، وهي لي. لست أدري في كم من الأمتار المربعة أعيش، يجب ألا تتجاوز الخمسين مترًا، ولكنها تكفي لصالة صغيرة، وغرفة نوم، ومطبخ كما في بيوت الدمى، وحمام **خاص**. ماذا أريد أكثر؟ أفكر أحيانًا في شرفة، حتى لو كانت صغيرة، لأنها ستُسعدني، ولكن ليس مهمًّا. نفقاتي مضبوطة جدًّا جدًّا، وأتنفس بطمأنينة، لأني لن أموت متسولة، ومن دون أن يكون لديَّ ولو كلب ينبح من أجلي. أضف إلى ذلك أنني في تلك الفترة ـ فترة الطمأنينة، كما سمَّيتها ـ أدركتُ أن الحياة قد منحتني هدية عظيمة: لقد كنتُ محبوبة. وقد أحببتُ بدوري.

أن تحب وتكون محبوبًا، وفق ما أكده لي الزمن والعينان، أمر نادر الحدوث. كثيرون يعتبرون ذلك أمرًا عاديًّا، يظنون أنه عملة شائعة، وأن الجميع قد جربوه بطريقة أو أخرى. أجرؤ على القول إن الأمر ليس كذلك: أنا أراه كهبة عظيمة. ثروة. وكثيرون هم الأشخاص الذين لا يعرفونه، لأنه ليس خيرًا يُعثر عليه عند الناصية. إنه كنيلك جائزة اليانصيب. تتحول إلى مليونير، حتى لو نفدت النقود منك بعد ذلك. هل يمكن لأحد أن ينتزع منك ما عشته؟ هل يمكن لأحد أن يتهمك بأنك عشت حياة عادية؟ لا شيء عادي إذا كنت ذات يوم مليونيرًا. الحب هو شيء كهذا. فمع أن «روثيو» قد مات، ومع أنني سأظلُّ وحيدة حتى نهاية أيامي، ليس مهمًّا، فما شعرتُ به يغيِّرني، وهذا أمر غير قابل للعزل. انطلاقًا من هذا الفهم، انقضى الجزع. وانقضت معه كل رفيقاته، ويمكن القول إنه ليس بينها ما يُنصح به كثيرًا.

* * *

كون إحدانا مسنَّة يعني أنها متعبة دومًا. تستيقظ متعبة، تجول متعبة خلال النهار، وتضطجع للنوم متعبة.

في كل صباح، عند الاستيقاظ، أتذكر من أنا، وأنه يجب عليَّ البدء بالصداقة مع شخصي. أتساءل لماذا سُمح لي بيوم آخر في الحياة. هل يجب عليَّ الامتنان لذلك؟ أخت زوجي تقول إنني ما زلت أتحرك بظرف، وإن الأجساد التي كانت جميلة هي وحدها القادرة على التحرك على هذا النحو. ربما يكون قولها صحيحًا، وتكون على حق، ولكن هذا الجمال الذي لم يعد موجودًا يحوِّل كل شيء أشد إيلامًا.

ربما يكون هذا هو أسوأ ما في الأمر: التردي الجسدي. الرقبة هي الإنذار،

حين تبدأ التحرك من تلقاء ذاتها، وتأخذ بالترهل، حين تجتاز وجهكِ خطوط حبال حقيقية تمتد من إحدى الأذنين إلى الأخرى، عندئذ لا مزيد لك من الاعتماد على الجمال، إنه يذهب، ويذهب. وتواصلين رؤية نفسك من الداخل على أنك شابة ويتبين أنك لست كذلك، والعنق هو أول من يشي بذلك. ثم تأتي الشفتان في المقام الثاني. تبدآن بالتراجع، بالانسحاب، مثل حيوانين مهزومين، وتتساءل إحدانا: من الذي تشاجر معهما؟ لقد تحولتا لديَّ إلى مجرد خط، والتفكير في أنه كانت لي شفتان ممتلئتان... هكذا... مكتنزتان، كانتا تقتلان «روثيو». أجل، أعرف أن «البوتوكس» موجود اليوم ولكن... هيا، لا يمكن أن تقولوا لي إنه يبدو طبيعيًّا. إنهن يبدون أسماكًا بتلك الشفاه الناتئة بصورة ناشزة! ويتواصل قياس الشيخوخة حسب نسبة الجسد المئوية الصامدة أمام النظرة المتفحصة. وعندما ترغبين في تغطية كل شيء فيكِ، تكونين قد انتهيتِ. إنني أتذكر حين كنت أقول ـ عندما أكون عارية أمام رجل ـ سأغطي البطن ولكني سأكشف الثديين. وعندما بدأ الثديان بالترهل، قررت ألا أُظهر سوى الساقين. وبعد ذلك صرت أرغب في تغطية الساقين وأترك الذراعين وحدهما مكشوفتين. وذات يوم غطيت الذراعين. انتهى: لا تريدين إظهار أي جزء. لقد صرتِ عجوزًا إذًا، ولا حاجة لإلقاء اللوم على الطريق.

نتحدث عن التردي. تمضين في الحافلة وتريدين النظر إلى شيء خلفتِه وراءك، تديرين رقبتك فلا تستجيب... إنها متشنجة جدًّا والعضلات معطلة إلى حد لا ترين فيه إلا ما وراء كتفك، وبصعوبة. أتحدث عن نهوضكِ عن كرسي. هنالك حركة دفع محددة يقوم بها الجسد للنهوض، حركة دافعة

غير واعية، آلية، يقوم بها الأشخاص العاديون عدة مرات في اليوم من دون أن ينتبهوا إليها، أما أنا فيكلفني القيام بها كثيرًا. ويمكن لكرسي مقعر أن يكون مصدر مهانات كبيرة، فما إن تجلسي عليه حتى تفقدي القدرة على النهوض. أتكلم عن الانحناء لإخراج الخف الذي اندس تحت السرير ولا أتمكن، فالركبتان متحجرتان. أتكلم عن ساقين متصلبتين (كيلا أشير إلى الناحية الجمالية، إلى كمية الأوردة البنفسجية الآخذة في الظهور على جلد الساقين كله، والتي لم يكن لديَّ أي شيء منها حتى سن الخمسين) ولا تدرين ما الذي حدث ولا متى حدث، فبين ليلة وضحاها لا تعود ساقاكِ تستجيبان كما في السابق. في راحة الليل تؤلمانكِ. أتكلم عن عدم النوم أبدًا طوال ليلة كاملة، لأني أنام باكرًا ولا أتحمل النعاس في العاشرة ليلًا، وفي الثانية بعد منتصف الليل تكون عيناي مفتوحتين على اتساعهما وأعرف أن ما ينتظرني هو الظلمات، أي الذكريات والوساوس. لا أشعل النور مخافة أن أجتذب الأرق، ولكني أظل مؤرقة مع ذلك. في الخامسة أغفو قليلًا ولكنني أستيقظ من أجل الذهاب إلى الحمام لأن المثانة لم تعد تتحمل كثيرًا. هناك صديقة لي، وكانت ممثلة مشهورة في زمانها، تستعمل حفاضات. وتنبعث منها رائحة كريهة. وحين أراها أفكر في أنني أفضل الموت قبل وصولي إلى تلك الحال. يقول أحدنا، بسهولة كبيرة، إنه راغب في الموت، ولكنك مع مرور السنوات تزدادين تشبثًا بكل يوم إضافي ولا تفلتينه مقابل أي شيء. لا بد للجسم من أن يتخلص من الفضلات السائلة والصلبة وقوة العضلات الصارَّة تضعف يومًا بعد يوم. أقول اليوم: «الموت أفضل لي من استخدام الحفاضات»، ولكن حين يأتي ذلك سأكون متهيئة وسأواصل الرغبة في البقاء حية، لماذا؟ لا أدري. لماذا نعيش؟ أمُّ «روثيو»، أعني حماتي، ماتت

وهي عاجزة عن المشي. لقد انكسر حوضها ولم تستطع النهوض بعدها، كانت عبئًا على الجميع وكانت حياتها قذارة وحسب، ولكنها ظلت متمسكة بها لأنها الشيء الوحيد المتبقي لها. فأي نوع من الحياة، مهما كان سيئًا، هو أفضل من العدم. من الرعب. من ذلك الخوف الجليدي من الموت. من الغريب أننا نخشى كثيرًا من اليقين الوحيد الذي تقدمه لنا الحياة. العينان. إنني أستخدم ثلاث نظارات مختلفة: للقراءة، وللنظر عن بُعد، وللنظر عن قرب. أخلط بينها، تضيع مني، أتناول واحدة لأقرأ الجريدة فتكون النظارة الخطأ، وأقوم بعشرين جولة في الخمسين مترًا مربعًا التي يشكلها بيتي بحثًا عن نظارة القراءة ولا أجدها، وأخيرًا تكون معلقة حول عنقي من دون أن أنتبه إليها. وفي أحيان كثيرة، حين أخرج إلى الشارع، لا أجد إلا النظارتين اللتين لا تنفعان للنظر إلى بعيد. ونصف خراقاتي مرتبطة بهذا الأمر. لم تعد العينان جزءًا من الوجه، فعدسات البلور تتقدمهما دومًا، وهذا لديَّ أنا من كانت لي عينان جميلتان. لم يعد بإمكاني وضع مكياج حتى لو رغبت في ذلك، لأني لا أستطيع أن أميز جيدًا أي شيء ويمكن لي أن أنتهي إلى الظهور كمهرج. وهناك بعد ذلك مشكلة الأسنان: لا يمكن لإحدانا دفع أجور طبيب أسنان جيد. لهذا أذهب إلى طبيب سيئ. وفي كل يوم يزداد عدد الأشياء التي لا يمكنك أكلها: اللحم مثلًا، لم تعد لي أسنان لأكل اللحم، لم يبق لي إلا قليل من الأضراس وأحد الأسنان الأمامية اصطناعي. واللثة تنزف. يؤثر عليَّ الساخن جدًّا والبارد جدًّا. يجب عليَّ القيام بأشياء عندما لا أستطيع دفع تكاليف معالجة القنوات، أقوم بقلع الضرس وانتهى، فإنقاذه يحتاج إلى كثير من المال. في بعض الأحيان أشعر بالألم في فمي كله وإذا ما ضحكتُ مقهقهة أكشف نفسي، ويظهر كل ما فقدته من أسنان.

الشيخوخة تتوقف عن الضحك كذلك.

ولا أريد التكلم عن الأدوية! أتناول تسعة أقراص دواء يوميًّا، كل واحد منها لشيء مختلف: الضغط، الكولسترول، السكر، ولماذا أواصل التعداد؟ إنني أبدو طبيعية تمامًا، ولكن السبب هو تسعة الأقراص التي تناولتها. المنضدة التي إلى جانب سريري مدعاة للخجل، علب وعلب أدوية. وعندما لا تتوافر أصناف من صنع مختبر الأدوية التشيلي يصيبني الرعب، لأنني لا أستطيع دفع ثمن المستوردة.

* * *

بينما أنا أتكلم عن التردي أنتبهُ إلى أنه عليَّ أن أتكلم قبل ذلك عن النقود. يقال إن المسنين يتحولون إلى بخلاء. ألا يكون الأصح أن النقود هي التي تقلصت وأن ذلك يسبب الرعب؟

نسبة ضئيلة وضئيلة جدًّا ممن هم في المرحلة العمرية الثالثة يعيشون حياة راحة. وقد حدثتكنَّ عن تقاعدي الضئيل، تقدمه لي مؤسسة التأمين الاجتماعي، ولو أني وقعت في شِباك الاحتياط الخاص للمستقبل الذي اخترعه «بينوشيه» لكنتُ أتسول النقود الآن في الشارع. فالفنانون لم يتميزوا قطُّ بأنهم يحتاطون أو يفكرون في المستقبل، وربما هم الفئة المهنية التي تعيش بصورة ملحة أكثر من سواها في الحاضر. قلة هم الذين كسبوا أموالًا من العمل في فنهم، ولهذا لا أحد منهم يدخر، بل يعيشون ليومهم. وهكذا نقرأ في الجريدة أن هذا الكاتب أو ذاك الموسيقي قد مات، ويحدث له ذلك في أشد حالات البؤس دناءة. أقول هذا لأصل إلى أنه لو لم تنورني أخت زوجي، لما عرفت ما الذي كان سيحل بي. ولكن على

الرغم من أنني لا أتسول، إلا أنني لا أستطيع السماح لنفسي بأي نوع من الترف. وهنا هو الموقع الذي تبدأ فيه كلمة «ترف» باكتساب الضبابية، هل من الترف معالجة قنوات سنيَّة من أجل عدم فقدان الأسنان؟ والأدوية الجديدة، تلك اللقى التي تثوِّر الصحة: حين يُعرف بأمرها، يوصى عليها القادرون من بلد آخر، وهو أمر لا سبيل لي إليه، وحين تصل إلى تشيلي لا أتمكن كذلك من شرائها بسبب السعر. الأغنياء لا يتناولون الأدوية نفسها التي يتناولها الفقراء. ولا يمكن لنا كذلك أن نكتئب، فهذا ترف آخر، إذ كيف يمكن لنا دفع نفقات علاج نفسي؟

(بين قوسين: إنني هنا لأن نصف مرضى «ناتاشا» لا يدفعون، أو قول ذلك بصيغة أفضل، لأنها هي تفهم مهنتها على هذا النحو: الأكثر ثراء يدفعون عمن هنَّ أشد فقرًا. لست أدري كم منكن يدفعن مقابل خدمات «ناتاشا» بقدر ما تستحقه فعلًا، ولكنني ممتنة جدًّا لمن يدفعن، لأنني في عملها من فئة «برو بونو» وهذا مصطلح لاتيني يعني «للصالح العام»، هي نفسها علمتني إياه).

هنالك امرأة كانت تتحدث قبل أيام في التلفزيون عن أن مضاد الاكتئاب الذي تتناوله يكلف ستين ألف بيزو لكل ثلاثين قرصًا من الدواء. أي ألفي بيزو لكل قرص. الستون ألف بيزو تساوي نفقات طعامي لشهرين. إنهم يقدمون للنساء الشعبيات حبة أسبرين حين يذهبن إلى العيادات العامة ويحاولن شرح أعراض إصابتهن بالاكتئاب. يا لغرابة هذه البلاد، فالجميع حسب الإحصاءات يكتئبون، حتى لو كانوا يعيشون في أيسلندا. ولكن من يملكون النقود يُعَالَجون من الاكتئاب، أما الآخرون فلا. هنالك فتاة أعرفها،

ابنة ممثل في التلفزيون، وهي مصابة بالاضطراب الثنائي القطب. حسن، هذا لا يعني كثيرًا، فالجميع مصابون بثنائية القطب في هذه الأيام، لقد صار موضة رائجة. ومقابل العلاج النفسي، بين أطباء وأدوية، يُنفق على تلك الصبية، كما أخبرني أبوها، عدة رواتب حدٍّ أدنى. ما الذي ستفعله تلك المرأة نفسها التي أعطوها قرص أسبرين في العيادة إذا كانت ابنتها ثنائية القطب؟ لا شيء، سوف تنتحر ونقطة على السطر. فلنعد إلى الموضوع: العلاج النفسي وأدويته رفاهية.

فلنميز أنواع الرفاهية التي تستحق هذه الكلمة: الجراحة التجميلية، «مساجات التنحيف»، المأكولات الصحية، السفر إلى الولايات المتحدة لعلاج أنواع صعبة من السرطان، البيوت على الشاطئ، الملابس المفصلة على المقاس. وباختصار... كل ذلك. والأمر مضحك في مسألة الطعام: كلما كان صحيًّا أكثر، نقود أكثر. تونا جزيرة باسكوا النيئ، كالذي يتناوله اليابانيون، بروتين خالص، أتدرين ما هو سعر الكيلوجرام؟ إنه يساوي ما يعادل إحدى عشرة أو اثنتي عشرة رزمة من العدس. وكيلوجرام شرائح من لحم البقر، يعادل عشرة كيلوجرامات من الخبز والمرتديلا. وواصلن الحساب على هذا النحو.

لم يعد لديك نقود للصحة، ولا للهو ولا التسلية. الكتب غالية جدًّا. أنا لا أقرأ إلا إذا وجدت من يعيرني كتبًا. وقد يدعونني أحيانًا إلى المسرح، أما السينما فلم أعد أذهب إليها، أنا التي أحب السينما كثيرًا. استئجار الأفلام من «البلاك بوستر» يكون أرخص كلفة، ولكن عند تقديم العروض المخفضة. وهكذا أنا محكوم عليَّ بمشاهدة ما يعرضه

التلفزيون المفتوح، لأنني لا أستطيع أيضًا دفع اشتراك قنوات تلفزيون الكابل، وأضطر إلى ابتلاع كل الإعلانات التجارية اللانهائية، حتى صرت أحفظها عن ظهر قلب. ليس لديَّ سيارة - لم أتعلم قيادتها، ولماذا أتعلم؟ لم يكن هنالك من يملك سيارة في أزمنتي - والرحلات الطويلة في الحافلة مزعجة جدًّا في مثل سني. فللذهاب إلى «كييُّوتا»، وهي هنا بجانبنا، أحتاج إلى ثلاث ساعات ونصف الساعة. وهكذا تبدأ النظرة بالاستنفاد، ولا يصبح كل شيء صعبًا ومعقدًا فحسب، بل تبدأ النظرة بطلب ما هو أقل، وتأخذ التطلعات بالتقلص، وحين يصير عالمكِ الخارجي صغيرًا جدًّا، يجاريه عالمك الداخلي أيضًا، وينتهي بك الأمر إلى التحول إلى بلهاء.

والمناخ: حين كنتُ شابة لم يكن المناخ موضوعًا يهمني، لم أكن أهتم بالفصل الذي نكون فيه، أواجه البرد والحر من دون مضايقات تذكر. أما الآن فالمناخ هو كل شيء، مثل العجائز الإنجليزيات اللاتي يظهرن في الأفلام. أقضي شهور الصيف في المدينة، متحملة الحر حتى الموت، أغلي ضمن حيز الخمسين مترًا مربعًا، ومحاطة بأكداس ضخمة من الأسمنت المسلح في مركز المدينة. فإذا لم يكن لإحدانا أصدقاء أو أبناء يملكون أموالًا، أين يمكنها الذهاب للمصيف في مثل سني؟ إنها لا تفعل ذلك بكل بساطة. صيف وشتاء، ربيع وخريف، كل ذلك أراه من خلال شارع «سانتو دومنجو»، مع صخب جهنمي لأن الحافلات تقتل سمعك في مركز المدينة. وبلا «ترانس سنتياغو» ولا كلام فارغ! في شارعي تمر الحافلات الصفراء المعهودة مع ضجيجها الرهيب نفسه، والفرق الوحيد

أنهم أعادوا طلاءها بالأخضر والأبيض. ثم الشتاء: لا تظنوا أن في شقتي تدفئة مركزية. هذا المصطلح لا وجود له في عمارتنا. لديَّ مدفئة كيروسين أنقلها معي حيثما أذهب، إلى حجرة النوم أو الصالة. المشكلة هي في شراء الكيروسين. أكلف عامل التنظيف بأن يملأ لي البيدون ويأتيني به، وأدعوه لتناول قطعة من الكيك أو شيء من هذا القبيل لأني لا أستطيع منحه إكرامية. في كل عام أصير أشد بخلًا بالكيروسين، بسبب مشكلة إحضار البيدون وبسبب السعر... فأنا أطفئ المدفأة في الليل، كيلا أنفق كثيرًا وكيلا أتسمم، وألقي كل البطانيات على السرير لأني أكون، في أعماقي، متجمدة على الدوام. لن أحدثكن عن ثقل فراشي في الشتاء، مع كل تلك البطانيات إضافة إلى الجوارب والملابس التي لا أخلعها. وحين تصل درجة الحرارة إلى ما دون الصفر، لا أنهض من الفراش. المسنون يشعرون بالتجمد دومًا، وهذا جزء من الشيخوخة. وحين أرى في التلفاز نساء بقمصان نوم قصيرة الأكمام في عز الشتاء أتساءل عما إذا كانوا يكذبون علينا أم إن هنالك حقًا من يستطيع قضاء الشتاء في العالم بأكمام قصيرة داخل البيت.

إنني أتحول إلى بيتية جدًا. وهكذا هي الحياة في نهاية المطاف: الأكمام الطويلة أو القصيرة، وليس الأحداث الكبرى.

يتبدل الإحساس بالوقت أيضًا. كل شيء يتحول إلى مجرد زفرة، إلى برهة. فحين نتحدث عن أحد ما وأقول: أجل، لقد رأيته قبل أيام، عندئذ يسألونني: متى؟ وأنتبهُ إلى أن «قبل أيام» كان منذ أكثر من سنة. لأن سنة كاملة عندي هي «قبل أيام». تُفقد العلاقة المحددة والواقعية بالزمن، إن

كان لمثل هذا الأمر من وجود. أو ربما هي مسألة الرتابة، بما أنه لا شيء يحدث ولا تنتظر إحدانا شيئًا، فإن الزمن يصير خطًّا مستقيمًا.

والشيء نفسه يقال عن المدينة. إنها مسطحة أيضًا. غير مرحبة، تنطوي على نفسها. تضم قليلًا من المفاجآت. فالنساء المسنات مثلًا، من أمثالي، جميعهن مترديات، فقيرات، يرتدين المعاطف المتماثلة نفسها، الباهتة قليلًا إنما الوقورة، ولهنَّ الشعر القصير نفسه، ويحملن الحقائب اليدوية السوداء متوسطة الحجم نفسها ـ ليست صغيرة جدًّا ولا كبيرة جدًّا ـ وينتعلن الأحذية السوداء نفسها والمهترئة بعض الشيء، مع نتوءات تورم القدمين في جوانبها. وجميعهن يطأن الأرض بالتردد نفسه، بخوف من التعثر والظهور على حقيقتهن. وهنالك الطلاب: الشعور الطويلة نفسها، والقبعة والجينز الممزق غالبًا، والكوفية العربية حول الرقبة، والجعبة المعلقة، وجهاز موسيقى يغلق الأذنين. تفرع آخر: العارضات. إذا ما ذهبتنَّ إلى «لا بيجا» وتأملتن إياهن، ستلاحظن أنهن جميعهن مفصلات بالمقص نفسه: سمينات أو بشيء من الوزن الزائد، يرتدين الملابس المشدودة على أبدانهن، لهن الشعور المصبوغة والمتضررة نفسها، ولجميعهن البشرة السمراء نفسها، مع سراويل الجينز المشدودة على المؤخرة، يتكلمن بالطريقة نفسها ولهن الأسماء نفسها، ومن المفضل أن تكون أسماء أجنبية (في شبابي كانت الأسماء كلها إسبانية). وهنالك مدللات الحي العلوي بسياراتهن الـ٤×٤: كليات القدرة من حيث المبدأ، شعور طويلة، ناعمة مع ومضات فاتحة، وهن أقرب إلى النحول، وثمة شيء يرن على الدوام في أيديهن، إما أساور أو مفاتيح أو أي شيء.

وحقائبهن ضخمة ومن ماركات مشهورة. ينتعلن جزمًا طويلة أو قصيرة، ولكن ليس أحذية عادية على الإطلاق. ولبناتهن أسماء رجال، من نوع: «دومينجا»، «فرناندا»، «أنطونيا»، «مانويلا».

وباختصار، جميعهن فئران تحاول الخروج من الجحر. بدءًا بي أنا. فـ«سنتياغو» لا تعرف التنوع والاختلاف.

ومع هذا تعمل البلدان المتقدمة وتعمل على إطالة أمد الحياة. إنني أتساءل بكل بساطة وتلقائية: لماذا؟ فالأطفال اليوم، انظروا إليهم، يولدون ولديهم أجداد آبائهم وكأنه أمر طبيعي جدًّا. مثل هذا كان مستحيلًا في زمني! قد يحالفك الحظ وتظل لك جدة حية وكفى. عندئذ أعود إلى سؤالي: يا للعجب، ما المطلوب؟ جمعُ مسنين ليس لأحد متسع من الوقت للعناية بهم؟ لا وقت، ولا نقود، ولا مكان، وحتى لا رغبة في بعض الأحيان. لم يعد من وجود للبيوت الكبيرة حيث يكاد لا يلمح وجود عجوز هرم فيها، ولا لنساء يتولين رعايتهم. الشيخوخة آخذة بالتحول إلى عقبة كبيرة على الكوكب. رباه، لا أريد أن أتخيل ما ستكون عليه الحال بعد عشرين عامًا. في بعض الأحيان أرى موكب جنازة في أحد الشوارع وأرى رجالًا ناضجين، كيلا أقول مواجهة إنهم متقدمون في السن، يمضون هناك، من أجل دفن أمهم. مع أن تلك الأم كان يجب أن تموت منذ قرون!

لو أننا نشارك في ثقافة، مثل الثقافات الشرقية، حيث يُوقر الأسلاف، فإننا، مع ثدي آخر، سوف نبرأ!

* * *

وبالمناسبة، السمة الأساسية للشيخوخة: الوحدة المعروفة جيدًا. إذا كنت نادمة على شيء فإنه عدم استثماري الواسع في الصداقة. كان لي صديقات ولكن أيًّا منهن، باستثناء أخت زوجي، لم تكن صديقة من الروح. بل إن هذه لم أخترها بنفسي أيضًا، فقد كانت أخت «روثيو» وكانت من نصيبي وحسب. ونحن لسنا مقربتين جدًّا بحيث يمكنني أن أفرّج لها عن نفسي بالبوح بهمومي اليومية الصغيرة. لقد كنت أميل إلى عدم الثقة بالنساء، وكان ذلك رائجًا جدًّا في شبابي. فالأخرى هي عدو كامن على الدوام. ولأنني جميلة جدًّا... كنت أبدو عدوة للجميع. لم تكن قد ظهرت بعد «التوجهات النسوية»، ولم يكن هناك من تتكلم عن تضامن الجنس، وعن شبكات النساء وهذه الأمور. وباختصار... لماذا أشكو، فحتى لو كنت قد اتخذت صديقة حميمة، فلا بد أنها ستكون قد ماتت الآن.

* * *

تقبُّل الشيخوخة هو المخرج الوحيد. فمن لا تتقبلها ستكون خاسرة: الشفقة تجول من دون توقف. ربما يكون الأمر أكثر سهولة على النساء اللاتي لهن أزواج وأبناء، فالجو المحيط بهن لا يسمح لهن بخداع النفس. أما حين يكنَّ وحيدات، مثل كثيرات في هذه المدينة، يكون إغواء إغماض العينين والتظاهر بعدم المعرفة كبيرًا. هل رأيتنَّ فيلم «ماذا حدث لبيبي جين؟» تمثل فيه «بيت ديفيس» و«جوان كراوفورد». إنهما أختان مسنتان تتبادلان الكراهية. وأخيرًا تقتل إحداهما الأخرى. ولكن ليس هذا هو المهم، فالمهم هو مظهر «بيت ديفيس». لم تتقبل سنوات عمرها وظلت

تلبس وتتبرج وتُسرِّح شعرها كمراهقة، في بعض الأحيان كطفلة. إنني أتذكر دومًا حمرة خديها، لطختان حمراوان غير معقولتين. وأفكر في أنني اليوم الذي أتشبه بها سيكون يومي الأخير. ولكنه لم يكن كذلك طبعًا، فاليوم الأخير لن يكون أبدًا ما تتصوره إحدانا.

سوف أروي قصة صغيرة:

ذات يوم، منذ نحو خمسة عشر عامًا ـ وكنت قد بلغت الستين ـ تلقيت رسالة آتية من مدينة «ميندوثا» الأرجنتينية. نظرت إلى اسم المرسِل فتسرَّع قلبي، إنه رجل أعجبني كثيرًا، ربما أكثر من راقني من الغراميات المجنونة التي عرفتها بعد موت «روثيو». يقول لي في الرسالة إن صديقة مشتركة قد مرت بمدينة «ميندوثا» وأعطته عنواني، وإنه راغب جدًّا في معرفة أخباري. رددتُ على رسالته فورًا، حدثته عن حياتي إلى هذا الحد أو ذاك ـ بصورة مجملة طبعًا، لأن الورق لا يتحمل كل شيء ـ وهكذا بدأ بيننا تبادل مراسلات فعالة وغزيرة. هو يعمل في التجارة و«شرعيته»، يعني زوجته الشرعية، ليس لها أي علاقة بتلك الأجواء، وأنها امرأة مملة. لديهما عدة أبناء. ولكن لم يساورني أي شك في أنه ضجرٌ منها. حسن، المسألة أن التغزل بدأ في الرسائل. وهذا مجاني، لأن الآخر لا يراك، ويمكن لإحدانا أن تأخذ راحتها وتتوسع كما لو أنها المرأة الرائعة التي كانت عليها قبل سنوات خلت. لقد أشعرتني رسائله بالتحسن. بدأت الحياة تروق لي أكثر، فلديَّ ما أنتظره، وكل رسالة تبدو لي كأنني أندس في الفراش معه، ولم يكن يتوسط في كلماته. لقد كان زمنًا بديعًا، ممتلئًا بالأحلام والآمال. ما كان يحدث هو أنني عدت إلى الشعور بأنني امرأة،

ربما للمرة الأخيرة. وعندئذ وصلتني رسالة عاجلة: سيأتي إلى تشيلي ويريد رؤيتي. يا للعنة! يريد رؤيتي؟ عمري سبعون عامًا، كان هذا هو الشيء الوحيد الذي فكرت فيه. هرعت إلى المرآة. نظرت إلى نفسي عن قرب، محاوِلة رؤية نفسي بعينيه، ولم أُعجبني. فالمسألة تتعلق بلقاء جنسي وأنا أشبه ببغاء على سلك. نظرت إلى نفسي من بعيد فكان الانطباع مختلفًا. المظهر يفعل كل شيء، هذا ما كان يقوله لي «روثيو» دومًا، وتوصلت إلى أنني إذا ما ابتعدت مترين عن المرآة ـ مع إنارة غير مباشرة ـ وتحركتُ بطرافة، يمكن لي أن أبدو في الخمسين أو الخامسة والأربعين. ثم إن ذلك الغليظ في مثل عمري في نهاية المطاف، وليس شابًّا فتيًّا. بدأتُ أرقص قبالة المرآة مثلما كنت أفعل في الطفولة، على بُعد عدة أمتار، ثلاثة أو أربعة أمتار، ومن هناك كنت لائقة المظهر. ولكنه سيراني عن قرب. حسن، أمضيت عشرة أيام مسبقة وأنا أفكر كيف يمكن لي أن أبدو شابة وأنال إعجاب ذلك الرجل. وصل في اليوم الموعود، وكنا قد اتفقنا على اللقاء في الساعة السابعة مساء في مقهى (لو أنني عرضت بيتي كمكان للقائنا لبدا الأمر تحريضًا أو مكشوفًا، فالسرير في نهاية المطاف لا يبعد سوى خطوات عن الصالة). هو من اخترع مسألة المقهى وبدا لي أدبًا وحذرًا من جانبه، وقد جاريته. جربت كل ما في خزانة ملابسي، بما في ذلك الفستان الذي ظللت ألبسه بعد «بلانش»، فقد مضى زمن طويل جدًّا على رواجه كموضة إلى حدٍّ أنه عاد مجددًا ليصير موضة رائجة. غسلت شعري، وسرَّحته بالفرشاة مائة مرة، تبرجت مثلما أتذكر أن عاملة المكياج في المسرح كانت تفعل. وكان الهدف أن أبدو في حالة جيدة من دون ملاحظة الجهد المبذول في ذلك. وباختصار... يمكن لكُنَّ

أن تتصورن الأعصاب التي انطلقت بها إلى ذلك اللقاء. الحقيقة أنني كنت أبني الآمال عليه، ليس للزواج بي، عليكنَّ أن تفهمنني جيدًا، إنني أتحدث عن التوصل إلى أحلام في النهاية، فخوض مغامرة في السبعين أشبه بالولادة من جديد.

كنت أكثر تأنقًا من فرس التوني، دخلتُ إلى المقهى وكان قد وصل قبلي، أشعرني ذلك بالراحة. كان يتكلم بالهاتف عند منضدة الصندوق. تعرفتُ عليه في الحال، فهو لا يزال على حاله، باستثناء لغد مزدوج وقليل من الكرش. رآني وأومأ لي بتحية من بعيد وواصل التحدث بالهاتف. الحقيقة أنه تأخر طويلًا. وحين قطع الاتصال وتوجه نحوي أحسست في الهواء أنه باقترابه كان يبتعد. بدا قلقًا وكأنه يركز على أي شيء لا علاقة له بي. سألته ما الأمر؟ فحدثني عن احتجاز شاحنته في معبر «كريستو ريدنتور» الحدودي، وأن التأخير سوف يؤدي إلى تعفن الفاكهة فيها. حسن، جلسنا وطلبتُ بصورة آلية فنجان قهوة، وطلب هو مثلي أيضًا. (لم يطلب كأس خمر على الرغم من أن الساعة كانت قد بلغت السابعة مساء) وواصل الكلام عن مسألة الاتصال الهاتفي (بينما كنتُ أفكر في الزرقة المحيطة بعيني)، وعن مشكلة الحدود (بينما أنا أرفع رقبتي كي أخفي التجعدات)، وعن البضاعة التي يمكن لها أن تتعفن وتضيع (بينما أنا أبلل شفتي كيلا تتقلصا)، لا شيء مشوق، واتخذ الحديث إيقاعَ قلقٍ غير مناسب للموقف. حسن، واصلنا الحديث، حول موضوعات غير شخصية بالمطلق. حول تشيلي، وتوافق أحزاب اليسار والوسط، وصعوبات التبادل التجاري مع الأرجنتين، والثلوج في سلسلة الجبال. تناولنا قهوة أخرى وأطلع كل منا الآخر على وضعه إلى هذا الحد

أو ذاك. لم أجد أي علاقة بين رسائل عشيقي القديم وهذا الرجل في المقهى. لا أثر لأدنى خبث في عينيه، ولا لأي مزاح، ولا ذكرى واحدة من الماضي. في الساعة التاسعة نهضتُ وقلت له إنني مدعوة إلى عشاء، فقال لي:

ـ ستذهبين؟

قالها بشيء من الراحة، وانسحبت. لم أعجبه. لقد تذكرني كما كنت قبل عشرين عامًا، كانت تلك هي المرأة التي تغزل بها في رسائله. وهكذا بفظاظة، ببساطة، بجفاء، افترقنا بالطريقة التشيلية التقليدية. سنلتقي، أجل سنلتقي، أخبرني عندما تجيء مرة أخرى إلى تشيلي، أجل سأخبرك... ولم أعرف شيئًا عنه منذ ذلك اليوم. هذا كل ما كان.

رجعتُ إلى البيت، ولا تظنوا أنني انفجرت في البكاء، لا. أخرجتُ من الصوان علبة مكياج أزمنة المسرح ـ ما زلت أحتفظ بها، على الرغم من أن كل ما فيها قد نشف ـ ووقفت قبالة المرآة ثم تراجعت بضعة أمتار، ورحت أتأمل نفسي متيقظة إلى أدق التفاصيل. نظفتُ وجهي بعد ذلك، وضعت ضوءًا غير مباشر وعدت أتبرج، من الصفر. بدأت بتوريد الخدين. أمسكت بحذر عظيم فرشاة من وبر السمور ووضعت على خديَّ أولى اللمسات، ورجعت أتأمل، ثم أتبعتها بلمسات أخرى، ومزيد من التأمل، ثم لمسات ثالثة: ومع كل مرة كنتُ أصغر، كما بدا لي، سنتين في مظهري. وحين صرت أبدو امرأة شابة، واصلتُ بأحمر الشفاه الأشد كثافة لديَّ، بدا ذلك الأحمر كأنه دفقة دم، طليت شفتي على شكل قلب واستمر تقلص السنوات. ثم الزرقة السماوية حول العينين وكانت المسكرة على الأهداب بمنتهى السهولة. أما الشعر فتطلب مني أطول وقت: جربتُ عدة تسريحات شبابية، إلى أعلى، إلى أسفل، حتى توصلت إلى

غديرتين على الجانبين، جربت قبعتين، وصغرتُ مزيدًا من السنوات. رفعت تنورتي وربطتها لتنزل إلى ما فوق الركبة. وبعمل ذلك كله، قررت أنني صرت في الخامسة عشرة ورحت أرقص قبالة المرآة. وأخيرًا، أحسست بالإنهاك، فتمددت على السرير بملابسي ونمت في تلك الحال.

في اليوم التالي بحثتُ عن كريمات إزالة المكياج ومسحت وجهي، وقررت أن أرمي بالقطن وكل ما حدث إلى القمامة. مع أنني كنت أقول في أعماقي، بلاهات، ليس هنالك ما يستوجب الحراثة بما هو متوافر من ثيران. بعد ليلة من ذلك، وبينما الكأس الثانية في يدي، لم أستطع المقاومة وبدأت كل شيء من جديد: المكياج والرقص قبالة المرآة، على بُعد بضعة أمتار منها طيلة الوقت. وكنتُ كـ«بيبي جين» مضحكة أقل من «بيت ديفيس»: لقد كنت أجمل منها وفعلتُ كل شيء ببراعة أكبر. ولكن الظاهرة هي نفسها. وصار ذلك يتوالى بصورة دائمة تقريبًا. أستقر وراء ذلك القناع الذي ترسمه يداي، وأرتدي التنانير القصيرة، وأرقص قبالة المرآة، ثم أستلقي أخيرًا على السرير، من دون حراك، مثل دمية قماش، متحولة إلى مزق.

هكذا ولدت «مانيه» جديدة، طفلة عجوز ومضحكة، بينما كانت تتعاظم في داخلي الإرادة بأنه لن يعود بمقدور أي رجل أن يمتلكني عارية إلى جانبه. بدأت أدمن الحالة: حين أكون وحيدة أقلب وأُعيد تقليب ما حدث مع عشيق الماضي ذاك، وكلما ازداد الخوف من أن أحدًا لن يلمسني بعد الآن إلى الأبد، أشعر بجرح قاتل، وآخذ بالتنكر والرقص. وعندئذ فقط أتمكن من إقناع نفسي بأنني ما زلت قادرة على

نيل إعجاب أحدهم. وتلك المرآة الغائمة، عن بعد، تخبرني على الدوام بحقائق كاذبة، خانقة الرغبات الهائلة بإلقاء الرأس المتعب على قميص مجعد وصديق.

* * *

ومع ذلك ثمة شيء رائع واحد في الشيخوخة: لا أحد ينتظر منكِ شيئًا. إنها نهاية التوقعات. فالوقت قد فات على أمور كثيرة، على جميع الأمور تقريبًا، وبالتالي فإن الوقت قد فات على إصابتك بالجنون. وعلى تحولك إلى كحولية. وعلى إخراجك من كم ثوبك شخصية خبيثة. وعلى اختراع شرور لم تقعي ضحية لها قط. وإذا لم يكن الحسد قد عذبك في شبابك، فإنه لن يفعل ذلك الآن. وفي هذا كله راحة.

وإذا عرفتِ في الوقت المناسب كيف تتلهين بنفسك، فسوف تواصلين ذلك. وانعدام الطموح في الشيخوخة يفسح المجال لأمور طيبة ويمنح كثيرًا، كثيرًا من الحرية.

هنالك أشخاص يعكفون على الذكريات، يفتحون صناديق، ينظرون إلى الصور القديمة واحدة فواحدة، يقرؤون رسائل كُتبت قبل عقود. أما أنا فليس لديَّ أي صندوق. لديَّ علبة فقط أحتفظ فيها بشيئين: وثيقة الزواج والكتاب الذي نشره «روثيو»، وكأسي كريستال من أمي. هاتان الكأسان تستحضران شيئًا إلى ذهني: جدتي أهدتهما إلى أمي، إنهما كأسان فقط ـ لا بد أن العدد كان أكبر، وأن بقية الكؤوس قد تكسرت مع مرور الزمن ـ وهما مصنوعتان من كريستال نقي جدًّا، لونهما أزرق سماوي. كانت أمي مولعة بهما ولم تستخدمهما قطُّ لأنهما ـ على حدِّ قولها ـ أنيقتان جدًّا.

وعندما سلَّمتني إياهما، قبل قليل من موتها، نبهتني إلى أنه يجب عليَّ الحفاظ عليهما. وهذا ما فعلتُه. ولشدة محافظتي عليهما لم أستخدمهما قطُّ. وجدتهما قبل فترة قصيرة، ومن أجل أي لعنة أحتفظ بهما إذا كنت لا أستخدمهما. لا مغزى لانتظار اللحظة المناسبة لأنها لن تأتي أبدًا. فهذه لحظة لا وجود لها.

* * *

ربما يكون الحل في امتلاك مشروع صغير كل يوم. من الممكن لكِ أن تكوني حية أو ميتة حين لا يكون ثمة سبب لنهوضك كل صباح. فإذا ما قررتُ البقاء بقميص النوم من دون أن ألبس أو أستحم، فقد تمر أيام عديدة قبل أن ينتبه أحدهم إلى ذلك. أنتم تعرفون كم آتي على نفسي وكم أنضبط كل صباح من أجل مغادرة الفراش، أوظف قواي كلها في تلك اللحظة وبفضلها أتمكن من الوصول إلى الحمام، وفتح الماء، وحقن جسدي المنهار بقليل من القوة. إنني أتذكر صفات الممثلات الجيدات: التطلب والانضباط. وهل تعلمن لماذا أفعل ذلك؟ لماذا أفرضه على نفسي؟ لأنني في اليوم الذي أتوقف فيه عن ذلك سأبقى في الفراش إلى الأبد. إلى أبد الآبدين. إذا ما استسلمت فلن تكون هنالك قوة في العالم قادرة على إخراجي من هناك. ستكون تلك هي رغبة الجسد العميقة. وعندئذ يمكنني اعتبار نفسي ميتة.

منذ وقت قريب وصل إلى تشيلي فيلم إيطالي شاهدته مع «تشارو»: «الشباب الأفضل». هنالك دور في الفيلم جعلني أفكر أيامًا وأيامًا. إنه دور أم الشبان. أمٌّ تقليدية، يمكن لها أن تكون من أي بلاد، لا فرق في أن تكون

إيطالية أو إسبانية أو تشيلية. إنها شيء ضئيل في مظهرها. تعمل في مدرسة حيث تعطي دروسًا، وهي فوق ذلك تطبخ وتتولى أمور البيت والأبناء. طبقة وسطى تقليدية. ومع مرور الوقت يكبر الأبناء ويتركون البيت، والأبوان يهرمان، وتترمل تلك المرأة أخيرًا. كل شيء يدفع إلى التفكير في أنها ستنهار. ولكنها، وأمام مفاجأة المشاهدين، تقرر أنها لن تستسلم. فعند هذا الحدِّ، وقد صارت عجوزًا هرمة، تقرر أن تبدل حياتها **وتحقق ذلك**. تنهض كل صباح برغبة، بحيث يمكن أن تلفت اهتمام أحدهم إذا ما ظلت بقميص النوم لأيام. مثل كنَّتها وحفيدها بصورة أولية. وعند موتها يفتقدونها ويشتاقون إليها. من الذي سيفتقدني ويشتاق إليَّ؟ لقد أثرت بي تلك الشخصية. ما الذي حدث كيلا أكون مثلها؟ طبعًا، في تشيلي يجمدونك، ولا توجد صقيليات ولا مصادفة وليس لديَّ أسرة. مشروع تلك المرأة كان حفيدها. وكان هو من جنبها العزلة النهائية: عزلة الجلد.

لا أحد يلمسك. فالناس لا يمضون وهم يلمسون، وهم محقون في ذلك. والجنس ذكرى ضائعة. تقدمين حياتك مقابل عناق قوي، مقابل هذه القوة الوحيدة التي تثبتك، تكبحك. أو مقابل لمسة الحب في الشعر كي يأتيك النوم. في بعض الأحيان أظن أن هذا هو فقط ما أطلبه: يد في شعري قبل أن أغفو نائمة إلى الأبد.

خوانا

لو أننا التقينا قبل عام لكنت بدأت بالقول: كم هي طيبة الحياة! وقد كانت كذلك، لقد كانت كذلك طبعًا! أشياء كثيرة طيبة، ابتداء من رعشة جماع مديدة حتى كأس «موتي» مثلج مع حبة دراق مجففة في الصيف. ولكن كل شيء تبدل منذ عام بسبب «سوزي». فأنا لم أعد «خواني» التي كنتها من قبل ـ لأن «خوانا» هو اسمي ـ وأريد أن أستعيدها من جديد.

أمراضي ليست بي، ولكنها تقتلني مع ذلك. إنني أتساءل كيف يمكن للألم أن يضغط على هذا النحو مع أن أيًا من عقده لم تعقدها يداي. فحين تفعلها إحدانا لا بأس في تحمل النتائج. ولكن هنالك شرور تظهر من دون أن تحرك إحدانا إصبعًا. الجميع يعانون، ومن ذا الذي لا يعاني، بحق العاهرات؟ لا بد إذًا من وجود وصفة عن اللعنة التي يمكن بها استرداد السعادة على الرغم من الأحزان.

مع أنني أبدو مسنة أكثر مما أنا عليه في الواقع، لأني متعبة جدًا، ولكنني في السابعة والثلاثين. أعمل ناتفة شعر زائد، في صالون تجميل، هكذا يريد منا «أدولفو» تسميته: صالون تجميل، وليس محل حلاقة، في

الحي العالي، بشارع «بيتاكورا»، قريبًا من «لوكاستييُّو». يعتبرونني جيدة في مهنتي، ولديَّ زبائن ثابتون. إنني عازبة، يا للعنة، أنا التي أرغب في أن يكون لي رجل، لا أدري إن كنت أريده زوجًا، ولكنني أريد شريكًا في الحياة، وفي الفراش. في الثامنة عشرة من عمري أنجبتُ «سوزي»، حدث ذلك منذ زمن سرمدي، وهي دُرَّتي.

إنني أمٌّ عازبة. مثل أمي التي لم تتزوج قطُّ. كان لها رفيق، وهو ليس أبي، عاشا معًا وكل شيء، ولكنه كان يسيء معاملتها. ملعونة الأم تلك كان يعاملها كمؤخِّرة ومنذ صغري تعلمتُ الدفاع عنها وما زلت أفعل حتى اليوم، ولكن ليس من الرجال، وإنما أدافع عنها الآن من المرض. كنتُ ابنة وحيدة. ولدتُ في شارع «بيبل»، بين «رونديزوني» و«جادة ماتا»، على الجانب الشرقي لحديقة «أوهيجينس». لقد كان حيًّا لطيفًا وهادئًا، أما البيت ـ وهو ملك لجدي ـ فكان مشيَّدًا من الحجر، متينًا جدًّا، وكنت أظن أنه سيدوم إلى الأبد. كان المتجر الذي على الناصية يبيعنا بالدين، وكانت الجارة تدخل وتخرج على هواها، وكنتُ أذهب ماشية إلى المدرسة، أمضي مطمئنة في كل الأنحاء، ألعب مع صبية الحي الآخرين، فالسيارات لا تمر إلا نادرًا، وفي ساعات الحر تظل النساء طيلة الوقت خارج البيوت، والليالي هناك هادئة ساكنة. كانت جدتي عجوزًا كثيرة الأوامر وجافة، لكنها حانية على طريقتها. يداها أشبه بمغرفتين من حديد مطلي بالخزف، صلبتان ومشغولتان على الدوام. لقد علَّمتني أشياء كثيرة، وبفضلها صرت أطبخ جيدًا، وأخيط، وأحوك، وأُصلح مقابس كهرباء. أما جدي فليس لديَّ كثير من الذكريات عنه، فقد مات حين كنت صغيرة. وما حدث هو أنهم قرروا

في أحد الأيام شق طريق عام سريع. هناك، يا للعنة، أمام البيت بالضبط. عندما أخبرونا بالأمر ابتهج البعض، ظنوا أن الشارع سيصبح أكثر أهمية، حتى إنهم وضعوا خططًا لإقامة متاجر صغيرة لأن حركة المرور ستتزايد. ولكن لا، لا تجارات ولا كلب ميت! لقد أفسدوا عيشنا. أسمنت ومزيد من الأسمنت. امتلأ المكان بعمال، وآليات، وضجيج. والنتيجة: خط المترو والطريق المحوري العام من الشمال إلى الجنوب. لقد فصلوا بيننا وبين بقية المدينة، أقيم طريق عريض جدًّا، يحيط به سياج حديدي، مع فراغات في كل مكان وسيارات تمر بأقصى سرعة. لم يعد التوقف ممكنًا في شارعنا، يُستخدم فقط لدخول السيارات كصواريخ إلى مركز المدينة، كصواريخ لعينة، بأقصى سرعة. لم يعد الصخب يسمح لنا بالعيش. انتهى كل شيء: الخصوصية، الحميمية. صرنا كما لو أننا في فترينات عرض، وبدأنا نشعر أننا وحيدون ومعزولون.

إنه التقدم، هذا ما يقولونه. ولكن أحدًا لا يمكنه إنكار أن التقدم العاهر يتحقق على حساب أناس عاديين وبسطاء، على حساب نعجة صغيرة تنظر كل يوم كيف أن طفولتها تُدمر، وكيف أن المشهد الذي كانت تظنه أبديًّا يتبدل أمام عينيها. اضطررنا إلى الانتقال من هناك، وداعًا. إنني أتذكر المجادلات، أمي وجدتي ـ الجد كان قد تُوفي في تلك الأثناء ـ إلى أين الذهاب؟ إلى أي حيٍّ؟ وماذا عن المعونات؟ وهل سننتقل إلى بيت مستقل أم إلى شقة؟ وباختصار... انتهى بنا الأمر في حي «مايبو». كنا رائدات، لم تكن توجد آنذاك آلاف البيوت السكنية الموجودة اليوم، ولا المولات الكبرى، ولا أعداد السيارات، فهذا كله أتى فيما بعد. «سوزي» ولدت في

«مايبو»، وحين كنت أريها حينا القديم لم تكن تصدق أنه يمكن لأحد أن يكون قد عاش هناك ذات يوم بسلام.

* * *

للبيوت أهمية كبيرة. قل لي كيف هو بيتك لأقول لك من أنت. فعالم إحدانا هناك. إنه ما يغطيكِ، مثل ريش طائر.

أرغب في أن أكون غنية لا لشيء سوى امتلاك بيت جميل. واحدة من تلك الشقق المترفة الأناقة الموجودة بالقرب من صالون الحلاقة الذي أعمل فيه: لها بواب خاص على امتداد الأربع والعشرين ساعة، ليس فيها شعور بالخوف، دافئة في الشتاء ومكيفة جيدًا في الصيف، ولها شرفات يمكن لإحدانا أن تلمس منها قمم الأشجار. الغرف مضيئة وفسيحة، وبخاصة القديمة منها، تلك التي مضى عليها عشرون أو ثلاثون عامًا. لست أشكو، ولكنني أتمنى لو أن جدران بيتنا في «مايبو» أسمك قليلًا، وسقوفه أعلى قليلًا، وفيه مزيد من الضوء، وبضعة أمتار مربعة أخرى. عندما تشح لديَّ النقود أقوم بنتف الشعر في البيوت، وهكذا أزور بيوتًا أتأملها وتعجبني كثيرًا، فأقول لنفسي: اللعنة، سأشتري ذات يوم بيتًا جميلًا لأمي العجوز ولـ«سوزي» وسنعيش نحن الثلاث براحة وتكون لكل واحدة منا غرفة نومها الخاصة. نحن لدينا غرفتان فقط، واحدة لأمي والأخرى لـ«سوزي»، وأنا أنتقل من واحدة إلى أخرى حسب الحاجة والظروف.

إنني شغيلة محبة للعمل، لا أقرف من أي شيء. تعلمتُ نتف الشعر حين كنت لا أزال في المدرسة. أكثر ما أحبه هو عمل «المنيكور»، ولكنني في العموم أجد صعوبة في التركيز، أو بكلمة أصح، لا تخرج معي جيدة

الأشياء التي تتطلب قوة دافعة نهائية، لأنني أفقد الصبر وأنجزها بصورة سيئة وتتملكني رغبة في أن أرمي بكل شيء إلى الجحيم. كان لدى إحدى جاراتنا محل حلاقة سري في بيتها ـ وأقول إنه سرِّي لأنها لا تدفع ضرائب وليس لديها تصريح عمل، فهي تعمل لأهل الحي فقط ـ وفي أحيان كثيرة كنتُ أذهب إليها بعد عودتي من المدرسة وأساعدها، كنتُ أحب مساعدتها. كانت أمي تقول لي: من الأفضل أن تبقي في البيت يا بنيتي، وأن تدرسي. لكن جدتي كانت تعارضها، فلتتعلم الصغيرة مهنة، تعلم عمل شيء جيد أفضل من الدراسة، لأنها ستضطر إلى العمل في نهاية المطاف. وقد تعلَّمتُ عمل كل شيء: قص الشعر، وصبغه، وتشذيب أظفار اليدين والقدمين، وإزالة الشعر. وكنت أتدرب بأسرتي وصديقاتي، وأحيانًا ـ في البدء ـ كنت أحرق شعورهن فلا تنبس المسكينات ببنت شفة. أظن أن أمي كانت تحلم بأن أواصل دراستي، أن أدرس شيئًا تقنيًا، وأن أكون أول شخص في الأسرة يحصل على دراسة عليا، ولكنني كنت حمارة، حمارة، ويا للعنة كم كانت الدراسة تثقل عليَّ، الشيء الوحيد الذي كنت أرغب فيه هو الانتهاء بأقصى سرعة من التعليم المتوسط ووداعًا، يا للعنة، إلى العمل! النملة، هكذا كانت تسميني جدتي، وكنت أعمل من دون راحة، وأقول إنني كنت أفعل ذلك بسعادة. أجل، بسعادة، ولكن بنقطة ضعف كبيرة: الرجال. يا للعنة إعجابي العاهر بالرجال. منذ الأزل وحتى الآن. خرجت من المدرسة وفي ليلة التخرج بالذات نمت مع أحد عازفي الفرقة الموسيقية. بعد شهر من ذلك بدأت أشعر بالإعياء، وكنا في أوج الصيف، أكاد أموت من الحر، ويرافقه الغثيان. ذهبت إلى الصيدلية واشتريت جهاز اختبار الحمل. انزويت في الحمام الوحيد في البيت. هيا يا «خوانا»،

أسرعي، كانت الجدة تصرخ بي من وراء الباب. بينما أنا أنتظر النتيجة العاهرة (في هذه الأيام لم تعد النتيجة تتأخر أكثر من ثانية واحدة). وظهر أمام عيني: إيجابي. يا للعنة! **إيجابي**. صارت الدراسة مستحيلة. فتيات شابات كثيرات كن يضِعن بسبب الحبل، كثيرات جدًّا!

صديقتي الأكثر صداقة «كاتي» ـ اسمها «Katy» يبدأ بحرف «K» مثلما تحبه، وليس بحرف «C» ـ في كل مرة تأتي إلى صالون التجميل تنظر إليَّ وتقول بصوت منخفض: لقد وصلتِ إلى هنا بوجه كالمؤخرة. فأقول لها: أجل، ماذا تظنين، هل سأبقى بالابتسامة على وجهي إلى الأبد؟ وقد اعتادوا عليَّ. وحينئذ، بعد أن تغادر الزبونات ويذهب «أدولفو» ـ وهذا هو رئيسي في العمل ـ تغسل «كاتي» لي شعري لترفع من معنوياتي وتحضِّر «جنيفر» شايًا ونستغرق في الحديث وندخن وأروي لهما تعاساتي وأخرج من هناك بشيء من الثقة بالنفس. لا أدري كيف كان يمكن لتلك الأزمنة السيئة أن تكون لولاهما. وكذلك الأزمنة الطيبة. فالنساء بين النساء يستطعن عدم الشعور بالوحدة. أما الرجال بين الرجال فيشعرون بها.

* * *

عملتْ أمي زمنًا طويلًا في مصنع للشوكولاتة الحِرفية. ومع نساء أخريات كن يصنعنها بأيديهن. كنت أسميها العاملة الشوكولاتية. وكنت أعيش وسط عبق روائح دافئة وأشكال مترعة بالفتنة، فالقوالب التي تستخدمها لها شكل القلوب وثلاثيات الفصوص، وكرات، وبيوت، وقوارير، وكان لها ولحياتنا معًا مذاق حلو، لطيف، دافئ، وجميل. ومغذٍّ أيضًا. وكانت تروقني العجينة قبل أن تتصلب، فمن المحال كبح الرغبة

في دسِّ الأصابع فيها، لمسها، إنها لحمية وكريمية في الآن ذاته، شديدة الحسية. لقد تعلمتُ طبعًا تقنية صنعها وعلَّمتها لـ«سوزي». جميعنا نتقن صنع الشوكولاتة. وصديقات ابنتي - حين كنَّ يأتين إلى بيتنا - يرغبن في تناول العصرونية معنا لأنه هنالك دومًا، دومًا هنالك طبق فيه شوكولاتة. لقد تقاعدت أمي عن العمل ولم تعد الآن، في مرضها، قادرة على عمل أي شيء، ولهذا أشتري أنا الكاكاو، وحين يُتاح لي الوقت، ذات يوم أحد من دون عمل، أُخرج القوالب من خزانة المطبخ وأبدأ العمل فيروق لها ذلك كثيرًا. تراقبني. قد تقول إحدانا إنها لا بد أن تكون قد ملَّت الشوكولاتة بعد حياة عملها الطويلة، ولكن لا، ما زالت تشتهيها وتنظر إليَّ بامتنان حين أقوم بتحضيرها.

ذات ليلة، منذ سنوات طويلة، استيقظتُ فجأة، قرابة منتصف الليل، ورأيت النور الذي بجانب سريرها مضاءً. كنا آنذاك نتقاسم الحجرة نفسها في بيت الجدة. وكان لديَّ في اليوم التالي عرض مسرحي في المدرسة، حيث سأؤدي دور ساحرة المحبة في «سندريلا»، وكانت إحدى الصديقات قد وعدتني بأن تعيرني ثوب التنكر. وفي اللحظة الأخيرة قالت لي إن الثوب معار لأخرى ولم تتمكن من استعادته منها. رجعتُ إلى البيت وأنا أوشك على البكاء، كان عمري آنذاك أربعة عشر أو خمسة عشر عامًا، وقررتُ التظاهر بالمرض وعدم التمثيل. فمن المستحيل الخروج في العرض من دون ملابس التنكر. نمتُ معكَّرة المزاج، وربما هذا هو السبب في استيقاظي. فتحتُ عيني في منتصف الليل، وكانت أمي تخيط على السرير المجاور. كان من عادتها الاستيقاظ في السادسة صباحًا كل يوم، لتنتهي

إعداد شؤون البيت وتخرج إلى عملها في مصنع الشوكولاتة في الساعة السابعة. كان ظهرها منحنيًا في منتصف تلك الليلة، ليس بسبب ما تخيطه وحسب وإنما من ثقل وطأة الحياة كذلك. كان سريرها لا يزال مرتبًا، وفراشه ـ وهو مزين بزهور خضراء وصفراء كبيرة ـ مستويًا وليس فيه أي تجعيد، وعلى منضدة الميلامين البيضاء المجاورة للسرير كان المصباح الوحيد مضاء، وهو يستند إلى قائمة خشبية متواضعة وله كُمَّة من ورق شمعي ضارب إلى الصفرة، وقوة المصباح أقل من أربعين واطًا. وإلى جانبه كأس الماء الذي لم يُشرب، نظيفًا في زجاجه الضارب إلى الخضرة والضوء الذي يخترقه يعطي انطباعًا بأن أمواجًا صغيرة من المحيط الهادي قد حُبست ضمن ذلك الزجاج. ما زلت أتذكر حتى اليوم تلك الكأس، وإلى جانبها أدويتها وصورة صغيرة لعذراء «الكارمن»، كل هذه الأشياء كانت موجودة على منضدة سريرها الصغيرة. لم تنتبه إلى أنني قد استيقظت. تمكنتُ من مراقبتها على هواي من دون أن تدري. كان تركيزها مطلقًا. وعلى حضنها قطعة قماش رقيق وشفاف، زرقاء فاتحة، نوع من الشاش تعرفتُ فيها على ستارة غرفة جدتي. كانت أمي تخيط القماش في غُرز متقاربة فأدركت أنها حوَّلت الستارة إلى تنورة. لا يمكن إلا لساحرة محبة أن تستخدم مثل تلك التنورة، هذا ما خطر لي فورًا. وعلى الكرسي البلوزة السماوية والضيقة التي أرتديها في الصيف، وقد أضيفت إليها نثارة من البرق اللامع وصفوف خرز لا أدري من أين جاءت بها أمي، وحوَّلتها وأنا نائمة إلى بلوزة جنِّية أنيقة. وبإصبعها السبابة المحشورة في كستبان، وعلى ضوء مصباحها الخافت، وبجبين مقطب بجهد التركيز، كانت أمي تخيط ثياب تنكر فريدة من أجلي. كان نظرها يلح على التركيز، وليس على

المعاناة، وكان هذا الأمر مهمًا في مراهقتي: لم تكن إلى جانبي أم متألمة تضحي وإنما امرأة تفعل شيئًا بأناة من أجل ابنتها. وانتبهت لأول مرة أن أوردة يديها نافرة وأن الثآليل الصغيرة قد تحولت إلى اللون البنفسجي، أهرمت يدا أمي في لحظة واحدة؟ شعرها سيئ القص يلتصق برقبتها بلا أي بريق، ويطل الشيب عند المفرق مختلطًا باللون النحاسي والكامد المتخلف من الصباغ الأخير منذ شهور. ليس هنالك ما هو أشد إيلامًا من هيئة تعمل في منتصف الليل من دون أن تدري أنها مراقبة. عاودت إغماض عيني متأثرة، وغفوت بعد وقت طويل تحت دثار من الحماية.

في مساء أحد الأيام، منذ سنوات، رجعتُ من العمل في حوالي الساعة السابعة، لأني لا أستطيع الرجوع قبل هذا الوقت. لم تكن «سوزي» في البيت، فقد أخبرتني أنها ستتأخر للدراسة في بيت زميلة لها من أجل التحضير لامتحان الرياضيات. كنت قد مررت بالسوق لشراء فخذ، فقد انتابتني في ذلك اليوم رغبة غريبة في شراء فخذ لحم. دسستُ المفاتيح في حقيبتي وأنا أفكر في أنه ربما تكون أمي قد غلت الماء ووضعت الفناجين على المنضدة، وعسى أن يكون هنالك خبز نخالة ساخن ـ نحن لا نتناول وجبة العشاء، بل نقتصر على تناول أشياء خفيفة عند عودتي إلى البيت. فتحتُ الباب ووجدت أمي ملقاة على الأرض، بمحاذاة الكنبة الوحيدة بالضبط. كانت عيناها مغمضتين وفمها مفتوحًا وقليل من اللعاب يسيل من جانب شفتيها. وعلى الأرض، إلى جانب جسدها، سيخا حياكة نمرة ٨ وكبَّة خيوط صوف ثخينة ذات لون أخضر زيتوني. بدت أوردة ساقيها المتعبتين أشبه بعقد حبل دائرية. كانت ترتدي في ذلك اليوم ثوبًا بيتيًا،

من تلك التي تزرر من أمام ولها شريط حزام عند الخصر، وكان عدد من أزراره مفتوحًا. وكان الثوب بلون الكريما، تزينه أزهار صغيرة لها لون القهوة يخالطه الأصفر. لقد ظللتُ أرى تلك الأزهار في أحلامي وقتًا طويلًا، أزهار صغيرة بلون القهوة والأصفر.

تكلموا في مركز الإسعاف عن نزيف. وتحدث الطبيب عن سكتة. عن جلطة دماغية. لا فرق. المهم هو النتيجة: لقد ظلتْ شبه مشلولة. الجانب الأيسر معطل تقريبًا: الذراع والساق. وظل الفم معوجًا إلى الأبد. هكذا هي أمي اليوم. تكاد لا تتكلم، ربما قالت كل ما لديها من كلام وفرغت، مثل إبريق شاي حين يبرد الماء فيه ولا يعود نافعًا. يا للعنة المرض. فهي النشيطة والمحبة للشغل، من علمتني عدم الكلل، صارت تقضي الوقت جالسة على الكنبة تنتظر حدوث شيء، وصول أحد، أن تروي لها الحياة شيئًا آخر مختلفًا عما تقوله الأصوات الصادرة عن التلفاز الذي أتركه لها مشتعلًا عند خروجي في الصباح كي تشعر بأن هنالك من يرافقها. لكم رغبت في أن أبقى إلى جانبها، كي أهندم مظهرها براحة، أحممها يوميًّا، أغسل شعرها وأحوك لها خفًّا، أتحدث إليها، أطبخ لها، أُسعدها. ولكنني لا أستطيع ترك العمل. فمعاش أمي التقاعدي بائس، مثل معاشات التقاعد العاهرة كلها في هذه البلاد، ومن دون راتبي سنموت جوعًا. إنني أراها تشيخ، وفي كل مرة يظهر مزيد من الشعر في مكان ويختفي مزيد منه في مكان آخر، فأتناول الملقط وأنزع الشعر من ذقنها. أُبقيها جميلة على الدوام. ولكن مرتاحة. لا شيء من الترهات يزعجها. تبدو أشبه بدمية بالجورب الذي أُلبسها إياه، ليس كلسات طويلة، فحشرها في زوج منها

سيكون أشبه بحشو سجق، حتى أنا لا أستخدمها إلا أقل ما يمكن. في سنة مرضها الأولى كانت «سوزي» تعتني بها كثيرًا، كنا ننظم نفسينا وفق مواعيد مجيئنا، هي من المدرسة، وأنا من صالون التجميل، للقيام بالمشتريات، والتنظيف، وباختصار كنا نرتب الأمور فيما بيننا بصورة لا بأس بها، على الرغم من أنني كنت أمضي متسرعة دومًا، دائمًا، دائمًا. لا يمكنكنَّ أن تتخيلن كيف أمضي الآن: فكلمة «سرعة» صارت تبدو صغيرة منذ زمن، ولم تعد هناك كلمة تنفع للتعبير عن حالتي.

* * *

لديَّ نقص انتباه وفرط نشاط. هكذا يسمونه. وهو مرض صار يُشخَّص في هذه الأيام على الأقل ويمكن علاجه. أما في السابق فلا. يقال إنه وراثي إلى حد كبير، وبما أن أمي غير مصابة به ـ ولا «سوزي» كذلك، الحمد لله ـ فإنني أُحمِّل المسؤولية، مثل أشياء كثيرة أخرى، لأبي المجهول، وملعون الأب الذي ابتعد هاربًا فور حبل أمي بي. ما هو نقص الانتباه؟ إنه أشبه باتساع في الذهن. توسع يُحدث صدى. أقول لكنَّ، على سبيل المثال، إنني قبل أيام كنت أتصفح مجلة بينما أنا أنتظر تسخين الشمعة، وقرأتُ عن شخص قد مات، وقالوا عنه إنه كان قصاصًا، ومغنيًا، ومترجمًا، ومهندسًا، وعازف ترومبون جاز، ومسرحيًّا ومؤلف أوبرا. فقلت لنفسي: لا شك أن ذلك الأبله مصاب بنقص الانتباه. هناك ألف شيء أحبُّ عمله، ولديَّ بعض المهارات لفعل ذلك. في البدء، كل ما له علاقة بأعمال الحلاقة والتجميل، وهذا يعني: حلاقة، و«منيكور»، و«مساج»، وصباغ، كما يمكنني أن أكون شيف مطبخ رائعة أو خياطة أو راقصة أو مدربة «يوجا»، ويمكن لي عند

الضرورة أن أكون رسامة. لديَّ قابلية لممارسة هذه الأعمال كافة إذا ما كرست نفسي لها. ولكن ليس لديَّ متسع من الوقت بالطبع، فأنا منكبة دومًا إلى كسب لقمة العيش. ولو أنني ولدت ثرية، لكانت لي لوحة على قبري تعدد أمورًا كثيرة مثل أبله المجلة الذي قرأتُ عنه.

لقد كنتُ على شيء من الخراقة على الدوام، لا تكون حصيلة ما أعمله متقنة بدقة ولا تتبدى فيها لمسة أنوثة، ولهذا انتهى بي الأمر إلى أن أعمل في نزع الشعر الزائد وليس كـ«منيكور»، لأني إذا ما طليت أظفارًا سيخرج معي الطلاء خارجها (في بعض الأحيان أتمكن من الدقة، ولكن بجهد جهيد). لقد أمضيت حياتي وأنا أحاول ألا أكون خرقاء، خرقاء في شؤون الجسد وكذلك في شؤون الذهن. إنني أسرع من معظم الناس، أملُّ كثيرًا في أي اجتماع، ففي اجتماع أولياء الأمور في مدرسة «سوزي» مثلًا، يبدو لي الناس مزعجين، بطيئين، لأني سعيت في الحياة راكضة، مثل جواب الآفاق، أصل إلى المكان من أجل المغادرة، وليس للبقاء. وأنا خرقاء أيضًا لأنهم يتهمونني بالإهمال، لأني أضيع كل شيء، بما في ذلك أحب الأشياء إلى نفسي، ولا بد أن أكون قد بدوت للبعض مستهترة، ومتعجرفة. لم أكن كذلك. لقد عشت في رعب من الانتقادات، فالجميع كانوا يؤنبونني على الدوام: الجدة، الأساتذة، رؤسائي في العمل، الصديقات، لأني كنت أفعل وأقول أمورًا غير لائقة. وما زلت كذلك، وإن يكن أقل بقليل لأن حالتي قد شُخِّصت الآن وعُولجت، ولكنني ما زلت أنا نفسي، سواء أأعجبني ذلك أم لم يعجبني. فعلى الرغم من العلاج، ما زلت أقوم بآلاف الحركات غير المجدية، لأني إذا ما نهضت للبحث عن هاتفي الجوال ورأيت نظارتي

أنشغل في هذا الأمر، ثم أتجه بعد ذلك إلى فنجان القهوة الذي يجب أخذه إلى المطبخ، وأنسى طبعًا السبب الذي نهضت من أجله إلى أن أنتبه إلى الهاتف، والحقيقة أنه من أجل أن أصل إلى أي عمل يجب أن تكون أمامي صحراء خاوية كيلا أسهو عما أريده. كل شيء يجعلني أسهو: الأصوات، الناس، الأفكار التي تخرج من رأسي من دون تحكم مني. وأنا أتعب أكثر من معظم الناس. تضايقني البطاقات المخيطة على الملابس التي تلامس الجسد، فأنتزعها كيلا أشعر بها. ما يحدث، تقنيًا، أنني أسعى لأنشطة أكبر مما أنا قادرة عليه، هكذا يفسرون لي حالتي. وهذا أشبه بعدم التوجه دومًا إلى الميناء عبر طريق مستقيم، ولهذا أتعب كثيرًا. ولكن ليس كل الأخبار سيئة بالكامل، فأنا أكثر إبداعًا وأوسع مخيلة، وأكثر أصالة كذلك بكل تأكيد، لأنني أقوم بتوليفات غريبة ويمكن أن يتمخض ذلك عن أفكار بديعة. وأنا مرحة أحيانًا، إن كان هناك من يتحملني.

يقال إن الأشخاص المصابين بنقص الانتباه يكونون أذكياء في العادة. ليست هذه حالتي، صحيح أن لديَّ الوسائل ولكنني لست ذكية بصورة خاصة. فأنا عاجزة عن التحدث في موضوع من دون أن أتشتت، أقاطع نفسي على الدوام، أبدأ الكلام عن صالون التجميل وبعد لحظة أجد أنني تحولت إلى الحديث عن «سوزي» أو التعليق على ملابس المرأة التي أمامي أو إلى إبداء القلق لأني لم أدفع فاتورة الغاز. لا يمكنني التركيز على موضوع واحد.

لديَّ زبونة، تدعى «ماريا دل مار»، وهي من زبوناتي المفضلات وتأتي باستمرار إلى الصالون، إنها تعيش على بُعد شارعين. وهي امرأة مثقفة

ومتعلمة وأنا أناقش معها شؤوني على الدوام، وهي تعاني أيضًا من نقص الانتباه الشهير، إنها تطلق عليه اسم «ADD»، مثلما يسميه «الغرينغو». تتناول قرص «رتالين» كل يوم وتمضي مثل رصاصة. وهي تعرف المرض هكذا: عدم القدرة على اختيار ما هو مستعجل. وتقول أيضًا إن كون إحدانا امرأة يعادل معاناة نقص الانتباه. وحسب قولها فإن سلسلة الحوافز التي لدينا مرتفعة إلى حدٍّ لا نتمكن معه من «الترتيب» ـ تفتنها هذه الكلمة. وهكذا فإن الحفاضات، ومضاربات البورصة، والخوف من الموت، أمور ثلاثة لها الأهمية نفسها، والإلحاح نفسه. (عندما أريد إظهار أني مهمة أمام رجل يعجبني، أقلد «ماريا دل مار». إنني جيدة في التقليد والمحاكاة وحفظ كلمات الآخرين، وأنا آتي على ذكر كلماتها كي أبدو ذكية).

وقد توصلتُ مع مرور السنوات إلى أنني، بين حماقة وأخرى، أعرف أشياء كثيرة ولكن بصورة مشوشة.

أظن أن مفهوم الوقت مختلف بالنسبة إليَّ. الناس العاديون يرون الوقت كما هو، أي يرونه قصيرًا. أما بالنسبة إليَّ فهو طويل. فأنا أفكر دومًا في أن لديَّ كثيرًا من الوقت وأنظم أموري وفق هذا التفكير وأعيش هكذا، وأنتبه في كل يوم إلى أنني أسأت التصرف، وأن الوقت لم يكفني.

* * *

وعلى الرغم من كل شيء لا يمكنني القول إني لم أكن سعيدة. لقد كنت مجنونة، مندفعة وطائشة واستمتعت بكل شيء. وإذا كان قدري أن أعاني فقد أخطأ ذلك القدر العاهر، ولم تتحقق رغبته.

ولست أحوِّل موضوع الأب المجهول إلى مأساة أيضًا. لقد كان جارًا لأمي في شارع «فييل». الواقع أنه لم يكن جارًا، وإنما صديق للجار. وقد أغرمت أمي به لأنه شاب وسيم وحيوي وجيد في الرقص. إنه من «كونثيبثيون» وكان يقضي إجازته في «سنتياغو». وحيث إن أمي المسكينة لم تخرج في إجازة قط لأن الجد يستغل فترة الإجازة ليكرسها لناديه المفضل بكرة القدم، فقد كانت تظل في «سنتياغو» معطلة وتموت من الحر، وضمها الجار إلى الحفلات التي يقيمها للصديق الآتي من الأقاليم. عاشا غرامًا جميلًا، على حدِّ قولها، ولكنه رجع إلى «كونثيبثيون» فورًا في اليوم نفسه الذي علم فيه أنها حامل. اللعنة على أمه. وبعد ذلك مباشرة جاء الانقلاب العسكري، فاعتقلوه وعندما أطلقوا سراحه غادر البلاد فورًا واستقر في فنزويلا. هذه المعلومات عرفتها أمي من جارها. ويُفترض أنه ما زال هناك حتى يومنا هذا. في بعض الأحيان أتخيل فنزويليين صغارًا يمكن لهم أن يكونوا إخوتي ولكن ذلك، من أجل الحقيقة، لا يؤرقني، وكل ما أشعر به هو قليل من الفضول. حتى إنني لم أحاول التحري عن أسرته في «كونثيبثيون». لا وجود لأبٍ لي، نقطة وانتهى، فمن أجل هذا كان الجد موجودًا.

إنني أتعلم في بعض الأحيان، من مجلات صالون الحلاقة، أمورًا بلا فائدة، منها مثلًا، أن المنطقة المسؤولة عن اللذة في الدماغ هي قشرة لها اسم صعب تتفعَّل بالأشياء التي تروق صاحب الدماغ المعني. وهذه القشرة لديَّ تتفعَّل بالجنس. فحيال الجنس أتفتح مثل ثمرة. إنني أتساءل فيما يكمن طلبهم بعض النساء للزواج وعدم طلبهم أخريات. فيما يتعلق

بي، أنا مصاغة على الطريقة القديمة. أؤمن بالكرامة بكل صرامة، ولكن هذه الكلمة غريبة، خاطئة. الكرامة في نظري هي ما يمكن لأخرى في الخامسة والعشرين أن تعتبره بلاهة. إنني أؤمن بالمغازلة الذكورية. فأنا لا أسعى إلى الرجال، لا آخذ المبادرة أبدًا، ولا أصارع من أجلهم على المكشوف. أتيح لهم أن يغووني. كل هذا إلى أن يأتيني الجنون وأفقد التحكم بأعنتي، وبما أنني أعرف أنني أفقد بذلك ما أسميه «كرامة»، فإنني أكره نفسي وأحتقرها. هكذا هي أموري مع الرجال... وينتهي الأمر بهم جميعًا تقريبًا إلى هجري. والجنس من أجل الجنس لا يواتيني كثيرًا، لأني إذا نمت مع شخص أنتهي إلى الوقوع في حبه، أو إلى الاعتقاد على الأقل بأني أحبه. إنني أحسد تلك السمات الرجولية، المضاجعة لمرة واحدة ثم وداعًا. نحن النساء نبقى متعلقات، كبلهاوات، نجد مشقة في أن نستيقظ في اليوم التالي من دون أن يكون هناك ما ننتظره. أشعر أحيانًا بأنني مُستَعمَلة، الرجال لا يشعرون أبدًا بهذا الشعور لأنهم، حتى عندما يُستَعمَلون لا ينتبهون إلى ذلك ويظنون أنهم هم من يَستعمِلون. صديقي الأخير كان يونانيًّا. دخل إلى صالون التجميل ليقص شعره. من عادة رب عملي ـ «أدولفو» ـ أن يقص شعور أصدقائه على الرغم من أن الصالون ليس للجنسين. وبما أن «جنيفر» كانت مشغولة، فقد قمتُ أنا بغسل شعره من أجل تسريع العمل. أغرم الرجل بي. أعجبته ضحكتي. قال ذلك لـ«أدولفو»، وأعجبه «مساجي» لفروة رأسه، وهما أمران غير متضمنين في السعر. في المساء جاءني ببعض الأزهار. لم يكن يتكلم الإسبانية، ولا يكاد يعرف إلا القليل من الإنجليزية التي لا أتكلمها أنا. خرجنا لتناول الطعام معًا، أخذني إلى مطعم أنيق. ويمكن لكُنَّ أن تتصورن كيف فعلنا ذلك.

ما أهمية اللغة؟ عندما يلعب فريقا كرة قدم، كالأروجواي وهولندا مثلًا، لا يتكلم أي من الفريقين لغة الآخر، وهل هما بحاجة إلى ذلك؟ ولكن التواصل يكون تامًّا، وبين ضربة كرة وأخرى يبدو التفاهم فيما يقومون به معًا بلا أية شائبة. هكذا كانت حالي مع «أليكس». لقد سافر إلى اليونان بعد أسبوعين ووداعًا يا حب، ولكنه أحسن إليَّ كثيرًا. استعدتُ كياني وسعادتي، لأن عدم ممارسة الجنس يصيبني بالإحباط. قبل أيام رحت أتذمر أمام أخت «جنيفر»، واسمها «دوريس»، وهي أكبر مني سنًّا، قلت لها: ما جرى لي أن ذلك الجزء السفلي قد أُغلق لديَّ، والشفران الكبيران وكذلك الصغيران راحت تصعد إلى الظهر، والآن صارت لي أجنحة!

* * *

استعدَّت «سوزي» طويلًا للرحلة الدراسية التي تقوم بها مع فصلها المدرسي، في السنة الأخيرة في المدرسة. خلال السنة الثالثة المتوسطة درست كمن أصاب داءٌ رأسها، درست كثيرًا إلى حدٍّ ظننتُ معه أن رأسها سينفجر. لقد كانت سنة صعبة، لأن أمي مرضت آنذاك، وهوس الدراسة الذي أصاب «سوزي» لم يكن يساعد كثيرًا. أريد أن أصير مهنية يا أماه، هذا ما كانت تقوله لي كلما سألتها لماذا تجهد نفسها كثيرًا. يقولون إن السنة الثالثة المتوسطة مشهورة بالإصابة بحالات التوتر، وأنا كنت قلقة من انهيار مفاجئ قد يصيب نعجتي في أي لحظة. احتفلنا بانتهاء السنة الدراسية الملعونة تلك، وقد انتهت بنيلها درجات جيدة. بدا لي أنها تستحق الرحلة الدراسية. جمعتُ المال اللازم، وأتذكر سعادة وجهها حين أوصلتها إلى محطة الحافلات. ذهبت إلى الجنوب، وظلت غائبة

أسبوعًا. وبعد أيام قليلة من عودتها، وبينما هي تقوم بواجباتها، انفجرت فجأة في البكاء، سألتها متفاجئة:

ـ ماذا جرى يا «سوزي»؟

فردت عليَّ بأنها خائفة من الموت. أجبتها وأنا آخذ الأمر بخفة:

ـ أنت تموتين؟ كيف أيتها «الجاوتشيتا»؟ أنت خالدة.

احتضنتها ولاحظتُ كيف تلتصق بذراعي. في تلك الليلة اندست في فراشي ونامت معي. وفي اليوم التالي أيقظتها كالعادة، وبينما أنا أحضِّر الفطور وأهيئ شيئًا لأتركه كي تأكله أمي، دققت النظر في الزرقة حول عينيها:

ـ ألم تنامي جيدًا يا «سوزي»؟

ـ لم أنم يا أماه.

تأملتُها ولكنني قلت لنفسي سينقضي ذلك، فما هو إلا نزوة مراهقة. وعندما رجعتُ في ذلك اليوم من العمل، أومأت لي أمي بيدها السليمة مشيرة إلى «سوزي» النائمة على الكنبة. لم يكن من عادتها النوم في السابعة مساء، ناهيك عن نومها في حجرة المعيشة. أيقظتها ودعوتها إلى طهو شيء لذيذ، وكانت هذه الطريقة تعطي نتائج طيبة معها دومًا. (فهي تفتن بإعداد فطائر الدبس بينما أجد أنا مشقة في تحضير الدبس وأشعر بالاشمئزاز منه لأنني حين أُذيبه في القدر يبدو لي مثل شمعة إزالة الشعر). عرضت عليها فطائر ولكنها قالت لي في هذه المرة لا، وإنها لا تشعر بالجوع، وتود مواصلة النوم. تبادلنا أنا وأمي النظرات: وحدسنا في آن واحد معًا

أن مشكلة ستحلُّ بنا. نامت حتى اليوم التالي، لم تنتبه حتى إلى أنني قد نقلتها من الكنبة إلى سريرها وخلعتُ عنها ملابسها.

في صباح كل يوم يرن المنبه في الساعة الخامسة والربع صباحًا وتكون هذه هي البداية الرسمية لليوم. أقفز من السرير وأدس نفسي تحت ماء الدوش، ثم أوقظ «سوزي» في السابعة إلا الربع. وعند خروجها من الحمام، أكون قد انتهيت من تحضير الفطور، الماء يغلي، والخبز محمص، وكل دقيقة حاسمة للتوصل إلى ترك الأمور جاهزة وعدم الوصول متأخرة إلى العمل. وفي ذلك الصباح قالت لي، بصوت خافت، إنها لا تريد الذهاب إلى المدرسة.

ـ هل أنت مريضة يا ابنتي؟

ـ لا، لست مريضة، ليست لديَّ رغبة وحسب.

هذا ما ردَّتْ به عليَّ. كان وجهها محزونًا.

ـ لا بأس، اهتمي بجدتك إذًا.

خرجتُ قلقة وظللتُ أفكر طيلة النهار بأنه عليَّ أخذها إلى الطبيب. هنالك عيادة قريبة من البيت والطبيب صديق لي، ربما يحدد لي موعدًا سريعًا بعض الشيء. وكانت مسألة السنة الثالثة المتوسطة تجول في خاطري، ألا يكون كل ذلك الجهد قد أنهكها؟ سألت نفسي مرة وألف مرة، ألا يكون هذا كله تأثير متأخر؟

قدمت لي البنات في صالون التجميل النصائح، وأعطينني قليلًا من «الألبرازولام»، وهذا دواء مهدئ. فأجبتهن: ولكنها هادئة جدًّا، فألحن

عليَّ. اتصلتُ بـ«سوزي» على هاتفها المحمول ثلاث مرات خلال النهار ولكنها طلبت مني ألا أقلق، وقالت إنها على ما يرام. وكنت أفكر: يا للعنة العاهرة، بين أمي شبه المشلولة ونعجتي، لماذا لا أكون معهما في البيت، لماذا أنا مضطرة إلى قضاء اليوم في الخارج، منكبة على شعر النساء، بين آباط وسيقان، أراقب شمعة نزع الشعر وأشدها بقوة، لأن أهم ما في عمل من تنتف الشعر الزائد هو الشدُّ بقوة، وإذا لم تُنزع الشمعة بقوة فسوف ينقطع الشعر ولا يخرج من جذوره. في ذلك المساء أعطيها «الألبرازولام»، جرعة مخففة فقط، وفي اليوم التالي رجعتْ إلى المدرسة ولكن عينيها ظلتا كئيبتين. لم تشأ الخروج في عطلة نهاية ذلك الأسبوع. لدى «سوزي» صديقات كثيرات وهن يجتمعن ويسمعن موسيقى ويرقصن، إنهن يمرحن باختصار. ولكنها ظلت في البيت وأغلقت هاتفها المحمول، وهذا أمر غريب **جدًّا** لأن أولئك النعجات الصغيرات يمضين الوقت في الاتصالات والرسائل النصية، إعطاءهن هاتف نقال هو أشبه بربط كلاب بحبال من السجق، يعشن متواصلات فيما بينهن كما لو أن حياتهن تنقضي في ذلك، وأنا أتساءل دومًا: ما الذي لديهن ليقلنه، ولا سيما أنهن يلتقين كل يوم.

وانزوت ابنتي «سوزي» في البيت حتى يومنا هذا.

حين مرضتْ أمي واضطررتُ إلى البدء بتركها وحيدة خلال النهار إلى أن ترجع «سوزي» من المدرسة، اشتريت لها هاتفًا جوالًا مسبق الدفع، وسجلت لها رقمي ورقم صالون الحلاقة وصرت أتركه على منضدة صغيرة إلى جانب الأريكة التي تقضي عليها النهار. وفي كل صباح أتركه مفتوحًا واسمي على الشاشة، جاهزًا للاتصال، وما عليها إلا أن تضغط الزر. وقد

فعلتُ ذلك مفكرة في احتمال إصابتها بنوبة أخرى وهي وحدها في البيت، وهو احتمال نبهني الطبيب إليه. وذات يوم، منذ سنة، كنت منهمكة في نزع شعر زبونة حين رن هاتفي المحمول وظهر رقم أمي متصلًا بي. سارعت للرد مذعورة، ورحت أصرخ، هل أنت بخير يا أماه؟ ـ كما لو أن مشكلتها هي القضية المؤرِّقة ـ وبنصف لسانها قالت لي إن الأمر يتعلق بـ«سوزي». تركتُ كل شيء وخرجت مندفعة. الطريق من فيتاكورا حتى مايبو طويل جدًّا، إنه أشبه بامتحان تجاوز موانع، كجبل يغص بالصخور والترع والحفر العميقة، يمتد كيلومترات حياة بطولها. اجتزتُ المقطع الأخير منه في سيارة أجرة، وقلت لنفسي: إلى الجحيم، سأصل إلى البيت حتى لو لم أتمكن من الوصول إلى نهاية الشهر.

تبين أن «سوزي» قد غادرت البيت، هكذا من دون سابق إنذار. فقد استيقظت، حسب التفسيرات الشاقة التي قدمتها لي أمي، وهي في حالة غريبة، كما لو أنها غاضبة، وبلا وجهها الحزين الذي كنا قد اعتدنا عليه، وتوجهت بصرختين إلى جدتها، وقالت أشياء لم تفهمها أمي المسكينة، ثم تركتها من دون غداء، ولم ترتب سريرها، ولا أي شيء، وغادرت. وقد انقضت أربع ساعات من دون معرفة أي شيء عنها.

اتصلتُ بكل صديقاتها، اتصلتُ بالمدرسة، بلا نتيجة. عندئذ خرجتُ إلى الشارع. وكمجنونة نظَّمتُ مع اثنتين من الجارات عملية تفتيش في الحي. أتذكر، بينما أنا أنعطف عند الزوايا، إحساسي بأن الشيء الوحيد الذي يهمني في الحياة هو «سوزي»، وكيف أن العالم كله تضاءل إلى أن تلاشى، وما كان يبدو لي مهمًّا في اليوم السابق لم يعد له وجود اليوم. أتذكر

جسدي، كيف كان يؤلمني جسدي، كل سنتمتر من جلدي يبتلع الألم. وجدتها في شارع جانبي لا تمر منه حتى السيارات، وكانت جالسة على الأرض عند مخرج بيت مجهول، تلعب بكرات صغيرة مثل بهلوان. ناديتها ببطء، كيلا تفزع مني، ولكنها لم تجبني. رحت أقترب منها ببطء ولكنها تجنبتني، فقد نهضت عن الأرض وأخذت تمشي في الاتجاه المعاكس لي. وعندما أمسكتُ بذراعها أخيرًا، أفلتت نفسها بعنف ومضت راكضة.

ذهبتُ إلى الشرطة.

أعادوها إليّ.

وفي تلك الليلة بالذات أدخلوها المستشفى.

* * *

لقد تمكن دماغي المسكين، بمشقة عظيمة، من الاعتياد على فكرة التشخيص الأول: اكتئاب حاد. أمضيتُ شهرين أهدهد لصغيرتي الحزينة وأراقبُ غمَّها من دون أن أتمكن من نزعه من صدرها. ذهبتُ إلى المدرسة، تحدثتُ إلى أساتذتها، طلبت لها أذونات مؤقتة، وصارعت كيلا تضيع سنتها الدراسية. وكنت آخذها إلى جلسات العلاج النفسي وأنتظرها في الخارج، ولم أعد أخرج إلا بعد أن أراها معافاة وسليمة في البيت، مستلقية إلى جانب جدتها قبالة التلفزيون. كنت أقضي ليالي بطولها وأنا أتساءل عن ذلك المرض، ما حقيقته، تكلمت مع كل شخص توصلت إلى التحدث إليه، قرأتُ كل المعلومات التي وجدتها في متناول يدي، وسألت نفسي عشرين ألف سؤال حول تربيتي للطفلة، وحول نوعية دوري كأم، وحول

الجينات الوراثية. حصلت على مساعدة. فشقيق «ماريا دل مار» ـ تلك التي حدثتكم عنها ـ طبيب نفسي، وقد بدأ يرى «سوزي» من دون أن يتقاضى أجرًا: إنه قديس. أيام جلساتها العلاجية ـ مرتان كل أسبوع ـ هي أيام خروجها الوحيدة من البيت. وفي العيادة نفسها يعمل الطبيب النفسي الذي يعالجها. ولأن العيادة في شارع «بروفيدنثيا»، كنت آخذها معي إلى صالون الحلاقة وأضعها على السرير النقال المجاور للذي أقوم بنزع الشعر عليه، وأُسدل الستارة من أجل احترام خصوصية زبوناتي، أحضِّر لها فنجانًا من منقوع النعناع وأضع مجلة بين يديها. وترافقها البنات العاملات إذا كان لديهن قليل من العمل، فتسعى «كاتي» لجعلها تضحك، وتداعب «جنيفر» شعرها بحنان، وحتى «أدولفو» نفسه يواسيها. وتظل هي هادئة وسلبية، تطيع في كل شيء، حتى إن «كاتي» قالت لي: أتدرين يا «خواني»؟ «سوزي» تبدو مستسلمة كما لو أن مصاص دماء قد عضها. أشعر أحيانًا برغبة في أن تصرخ بي، أن تزعل مني، أن تتمرد عليَّ كي أتأكد من أنها حية، ولكن لا شيء من ذلك يحدث، إنها تتبعني مثل حَمَل وديع، تسلِّم إليَّ حياتها لأنها فائضة عن الحاجة لديها، وفي المرة الأولى التي أبدت الغضب فيها أدخلوها إلى المستشفى وبدلوا تشخيص مرضها.

اضطراب ثنائية القطب.

يا للعاهرة التي أنجبتك.

أفهمُ أن هنالك أربع درجات مختلفة من المرض. ولكنهم لا يعرفون بدقة، أو أنهم لم يتفقوا بعد، أي منها هي حالة «سوزي».

* * *

عندما أدخلوها المستشفى وجدتُ صعوبة كبيرة في فهم تخوف الطبيب من أن «سوزي» قد تحاول الانتحار. بدا لي ذلك كما لو أنهم يكلمونني عن كائن بشري آخر، وبلغة أخرى، وعن كوكب آخر. كيف يمكن لابنتي «سوزي» أن تنتزع حياتها؟ ولماذا، لماذا؟

في كل مرة أسمع صفارة إنذار أو تمر سيارة إسعاف أفكر في المأساة التي تُعاش في إطار ذلك الدوي الذي ترى فيه إحدانا أمرًا عاديًا، وتكاد لا تسمعه. ولكن هنالك من يتألم بشدة، هذا ما تعلن عنه صفارة الإسعاف وليس ثمة من يوليه اهتمامًا. يمكن أن تكون «سوزي» مثلًا. أو أمي. لن أعرف أبدًا من صاحب كل ألم، لأنه لن يخرج في الصحف ولا في التلفاز، ولكن حياة أحدهم في وضع حرج.

عندما تحدثت «مانيه»، هنا إلى جانبي، عن ثنائية القطب، تجمد الدم في عروقي. كما لو أنها تعرف قصتي. أجل، صحيح أن الحالة صارت موضة شائعة، ربما في السابق لم يكونوا يشخصونها بهذا الاسم. ولكن الموضوع الحقيقي الذي طرحته «مانيه» هو الموضوع الاقتصادي. سأخبركنَّ: علاج «سوزي» الأول كان مجانيًّا، عند شقيق «ماريا دل مار». بعد ذلك، حين شُخص المرض، واصلت العلاج عند طبيب خبير يراها الآن مرة في الشهر، يعالجها وأدفع بقسائم تأمين «فوناسا»، ولكن الأدوية مستحيلة مع ذلك. لأن هنالك كل أنواع الأدوية، توجد أدوية بدائية وهي رخيصة الثمن، ولكن لها كل أشكال التأثيرات الجانبية. أما أفضل الأدوية، أكثرها حداثة، فهي الغالية، غالية جدًا. ولا أدري من أي لعنة سأحصل على النقود. خطر لي أن أطلب قرضًا من أحد المصارف، ولكنهم رفضوا مباشرة حين

رأوا وثيقة الراتب التي قدمتها إليهم، على الرغم من أن «أدولفو» قد ضخم المبلغ من أجل مساعدتي. تلقيت همسة بأنني إذا رهنت البيت في «مايبو» سيعطونني القرض. البيت باسم أمي، هل يمكن لكنَّ تصور المعاملات التي كان عليَّ القيام بها؟ وكمية أعمال نزع الشعر التي تخلَّفتُ عن القيام بها وأنا أتنقل من مصرف إلى آخر، ومن كاتب بالعدل إلى آخر؟ المهم أنني توصلت إلى نتيجة. لقد أعطوني النقود، القرض. أدفع فوائد كل شهر، سيكون تراكم الفوائد التي أدفعها ثروة، ولكن ماذا أمامي... ماذا أفعل؟ لن تعرفوا مقدار شكري لجدي لأنه امتلك بيتًا خاصًا، فلولاه كنت سأفقد «سوزي»، سأفقدها ما لم أشتر الأدوية المناسبة، أضف إلى ذلك أن الأطباء قد بدلوا الأدوية أكثر من مرة. من الأفضل عدم السؤال عما ستفعله تلك الأم الأخرى التي ليس لديها ما ترهنه.

كانت قد انقضت سنة على عودة ابنتي من الرحلة الدراسية. لقد تركتِ المدرسة. تركت المدرسة، لا أعني أنها أنهتها ـ كانت في السنة الأخيرة ـ وإنما كان عليها أن تتركها. فهي في العلاج دومًا، ولم تعد تلك الطفلة الوديعة والحزينة التي كانت عليها في الشهور الأولى وإنما صارت شخصًا غاضبًا من العالم. تأتيها أحيانًا نوبات تمرد على الأدوية، تشعر أنها منفصلة عن الحياة وتتهم مواد الأدوية الكيماوية بأنها السبب في ذلك الانفصال. تخلت عن جلسات العلاج، ولم أجد طريقة لإقناعها. وهي لا تخرج من البيت. ولم تشأ في تلك المرحلة الخروج ولو إلى الناصية. ليست لها من علاقات إلا مع جدتها ومعي. وبما أن جدتها مريضة، فإن قناة اتصالها بالعالم تقتصر عليَّ أنا. هذا الكائن هو

وسيلة اتصالها الوحيدة بالخارج. تقوم بأعمال بسيطة جدًّا مثل تسخين الغذاء في الميكروويف بينما أنا في العمل، وتساعد جدتها في تناول الطعام. ولكن إذا نفد الخبز في البيت تبقيان من دون خبز، إحداهما معاقة والأخرى مشلولة الإرادة. الاثنتان عاجزتان. لوحة بديعة. كل ما يحدث في البيت في «مايبو» يعتمد عليَّ، كل شيء. وفوق هذا كله عليَّ الدفع. ولهذا أفقد في بعض الأحيان الصبر وأشعر أنه يجب عليهما أن تنصاعا لي، فمن يدفع المعلوم يأخذ العاهرات، أليس هذا ما يقوله المثل؟ حسن، أنا أركض وأركض لأضمن أن كل شيء على ما يرام. أجرُّها قسرًا إلى الطبيب النفسي، فهي ترفض الذهاب. وكان لا بد لي من التكلم جديًّا مع «أدولفو». حين يستغرق معي نزع شعر زائد ساعة فإن انتظار الزبونات يصبح أصعب من الحصول على بطاقة دخول إلى حفلة روك، ولهذا اضطررنا إلى التحدث في الأمر. إنني أعمل معه منذ خمسة عشر عامًا ونحن على توافق تام، وهو يعرف كم أنا جيدة في العمل، مثلما أعرف أنا أنه يدفع لي أفضل أجر ممكن، وهكذا قررنا التعاقد بعض الوقت مع مساعدة لي، وهذا يعني تقليصًا في أجري، ولكنه أفضل من البقاء من دون عمل. وهذا كله مؤقت، هكذا أكدتُ لـ«أدولفو»، وهكذا يؤكد لي الأطباء. فالصغيرة ستتعلم التعايش مع مرضها، هذا ما يقولونه لي. وعليها أن تتناول الأدوية إلى الأبد.

لا، لستِ أنت السبب يا سيدتي، هذا ما يؤكده لي الدكتور. الأمر ليس له علاقة بكِ ولا بتربيتك لها. إنها مسألة جينية. لقد ولدت ولديها هذا الميل. طلبوا مني معلومات عن أبيها، عن الأمراض الوراثية في أسرته.

فكان عليَّ أن أتصل بالمذكور الذي حضر بكامل الوقار، ولكنه اعترف بوجود عدة مجانين في أسرته من جهة أمه.

أعترف أن الاتصال به سبب لي قليلًا من الخجل. فعلاقتنا محدودة جدًا. وهو لم يبد اهتمامًا بـ«سوزي» قطُّ، وأكثر ما يمكن أن يفعله هو الخروج معها بين حين وآخر لتناول مثلجات. ولكنه لم يقدم بيزو تافهًا واحدًا لنفقاتها. يقول إنني أنا من أردت إنجابها، وإنها مشكلتي. وباستثناء هذا ليس بالشخص السيئ. حين أخبرته بالموضوع، حضر فورًا. وهذا أمر يحسب له على الأقل.

وهكذا لم تعد الحياة هي الحياة. كم يكثر أحدنا من التساؤل؟ وكم أُكثر أنا أيضًا من التساؤل. ما زال هنالك ضياء وليل، برد وحرٌّ، القلب ينبض، الكليتان تعملان، الرئتان تتنفسان، الساقان قادرتان على المشي. ولكن السعادة، أين ذهبت السعادة؟ لم أعد أتذكر ضحكة «سوزي». اهتمامي كله مُنصب على العناية بها وكسب قوتنا. شخصان مريضان يعتمدان عليَّ بالكامل، ولكن هذين الشخصين هما أمي وابنتي، أكاد لا أستطيع دعوتهما أشخاصًا، لأنهما أقرب إلى أن تكونا امتدادًا لي، لا أدري أين تبدآن وأين أنتهي، إنني هما بالكامل، لا يمكنني التمييز، كما لو أننا نحن الثلاثة كيان متكامل، وأنا من عليها إنقاذه. يدا «سوزي» صارتا طريتين ورطبتين، أضمهما بين يديَّ وأنظر إلى أمي الجالسة من دون حراك على أريكتها، بقدرة ضئيلة على الألم، لا تشعر به مثلي، لقد تعبتْ من الشعور. فلتتبارك أمي، قلبها لا يتمزق نتفًا كل صباح.

انفعالاتي مقلوبة رأسًا على عقب. تعبي هائل، لقد وصلتُ إلى نوع

من التعب لم يعد من المجدي معه هدر الطاقة في القيام بأي حركة زائدة، فإلقاء التحية أحيانًا، أو أي أمر أساسي مثل هذا، ينتزع مني طاقة يجب عليَّ الحفاظ عليها من أجل «سوزي». حين كنتُ صغيرة كان هناك حيٌّ عشوائي بالقرب من حينا القديم، كنا نجتازه أحيانًا من أجل الوصول إلى السوق الشعبي - تلك التجمعات السكنية لم تعد موجودة، ولكنها كانت بكلمتين: حشد فقراء مجتمعين. وكنت أذهل من أولئك النسوة اللاتي يخرجن من تحت أخشاب وكرتون ومزق قماش تشكل بيوتهن، محاطات بحشد صغار متسخين يتعلقون بأذيالهن. كنت أنظر إليهن بإمعان لأني ألحظ أن لدى أولئك النساء تعبًا عظيمًا إلى حدٍّ أن التكلم إلى أحد صغارهن يشكل جهدًا كبيرًا، ما كن قادرات حتى على فتح أفواههن. كان عليهن الاقتصاد في الجهد إلى هذا الحدِّ كيلا يسقطن مستنفدات. لقد عادت أولئك النسوة إلى الظهور في ذاكرتي، كما لو أنني قد تحولت إلى واحدة منهن.

لا، لن أبدأ بالبكاء.

* * *

- هل أنت نائمة يا أماه؟

- لا، لستُ نائمة يا حبي.

- إذا رسمتُ قردًا بالطبشور على الرصيف، كم سيتأخر قبل أن يمحى؟ وهل سيمحى ذات يوم؟

- أجل، أظن أنه سيمحى.

- كيف يمحى؟

ـ بالمطر مثلًا.

ـ وإذا لم ينزل المطر؟

ـ سيمحى بمشي الناس عليه.

ـ لا تنامي، أرجوكِ.

ـ يجب أن أذهب إلى العمل في الصباح.

ـ لا تذهبي إلى العمل.

ـ وكيف سنشتري أدويتك؟

ـ لا أريد تناول مزيد من الأدوية. إنني خائفة يا أماه.

هكذا هي لياليَّ.

لقد كنت على الدوام عاطفية ببلاهة. أعرف أن الناس المترفين يكرهون هذا، كما تقول «ماريا دل مار»، فمن المزعج أن يكون المرء عاطفيًّا. وحين أدافع عن نفسي أحيانًا، ترد عليَّ بالقول: هنالك فرق كبير يا «خواني» بين المشاعر والحساسية. ربما لديَّ نقص في الثقافة، لا بد أنها مشكلة تربية، لست أدري، إنني أروي هذا كي تتخيلن إلى أي حال وصلت. إنني على حافة البكاء دومًا، يا للعنة، إنني أنفعل وأتأثر بالأمور المتكلفة، وأصرح بمشاعري. لا مفر، فذلك كله يخرج مني تلقائيًّا. على سبيل المثال، جميع البلاهات التي تقال عن الأمومة وعن أوجاع ابنة. أفكرُ أحيانًا في أنني الوحيدة التي تعرف تلك الأمور معرفة حقة.

* * *

من الجيد التكلم وإصغاء إحداهن إلينا. «كاتي» تصغي إليَّ ولكننا نتكلم بصورة متقطعة دومًا، ننتقل من موضوع إلى آخر وفي نهاية المطاف لا ننهي الكلام في أي موضوع. في السابق، عندما لم أكن مضطرة إلى الركض طيلة اليوم، كنا نجلس ومعنا سيجارة وفنجان شاي ساخن، حين تكون الزبونات قد غادرن، ونستغرق في الحديث. على الرغم من أن كل أمر تقوله يحملني إلى الحديث في أمر آخر وهكذا... ينقطع خيط الحديث عشرين مرة. أما الآن فليس لديَّ عذر للسهو والتسلية. إنني أعرف «ناتاشا» منذ زمن قريب، وأشعر بقليل من الخوف منها، إنها جدِّية جدًّا. وأنا لا أدفع لها أتعابًا أيضًا، من أين لي أن أدفع؟! لقد حوَّلني المستشفى إليها، طبيب «سوزي» يريد مني أن أحافظ على سلامتي كي أواصل الاهتمام بابنتي وتحمل أعبائها. لقد جعلني العلاج النفسي أكثر ذكاء، صرت أفهم أكثر في كل شيء، ولكني لا أتجاوز أي شيء. ما أعرفه هو أنني أعيش في أسوأ حال، ولا شيء أكثر. وهذا من خارجي طبعًا. فآلامي تأتي من الخارج وتندس في أعماقي، وليس مثل «سوزي» التي يخرج الألم كله من أعمق أعماقها. تبدو المسكينة كما لو أنها تخطط لكل كلمة كيلا تقول شيئًا. مثل الهرِّ. قبل أيام ظللتُ وحدي في مطبخ جارتي مع هرِّها. ومن دون أي سبب داهمت ذلك القط الأبله نوبات رعب، انتصب وبره، وراح يركض كما لو أن الشيطان يطارده، شدَّ أذنيه إلى الوراء كما لو أنه كواهما بمكواة. لم يكن أحدٌ في المطبخ، هنالك نافذة واسعة كان القط ينظر إليها. فوجئت وأنا أراقب ذلك الحيوان وهو يتنقل مذعورًا من دون وجود ما يُخيفه في المكان. وفجأة أدركتُ ما يحدث: القط خائف من نفسه.

ابنتي «سوزي».

هذه الحال لن تدوم إلى الأبد كما يؤكد الدكتور. ففي ذات يوم ستتحسن، وسوف يصدح ألف جيتار. وربما في أثناء ذلك نكسب اليانصيب ونشتري شقة مثل تلك الشقق التي تسكنها زبوناتي. أنا ألعب اليانصيب دومًا، كل أسبوع، واثقة من أنني سأربح ذات مرة. ولهذا أضع خططًا، بينما أنا في الحافلة، حول ما سنفعله بالنقود. ودائمًا تكون الشقة أول ما أفكر فيه. وأريدها بتدفئة مركزية، مهما كان الثمن! بعد ذلك أتخيل نفسي راكبة في طائرات، فأنا لم أركب طائرة قط، يا للأم العاهرة، كيف ذلك؟ ما دام حتى أشد الناس عادية يشترون رزمة رحلة جماعية مخفضة إلى كانكون. أتخيل نفسي مع «سوزي» مستلقيتين على كراسي الشاطئ وفي يد كل منا شراب ملون وبشرتانا برونزيتان من الشمس ومواطن محلي يفعل بي أشياء لذيذة في الليل. (وماذا عن أمي العجوز؟ أين سأترك أمي؟). لقد كنت أحلم على الدوام بأن تكون لي عينان خضراوان وساقان طويلتان، وهذا ما لا يمكن لليانصيب أن يمنحني إياه، وأنا واثقة من أنه كان يمكن لحياتي **كلها** أن تتبدل لو أن لي عينين خضراوين. تابعي الحلم يا «خواني»، ولكن اليانصيب لا يتبدل، والبطاقة تُشترى كل أسبوع بدقة. سأدفع قرض المصرف، وأستعيد الرهن، وسأشتري كل أدوية العالم. وسأشتري ملابس جميلة، من تلك الفاخرة التي تلبسها زبوناتي، فيها قليل من الخيوط الاصطناعية وكثير من القطن والحرير، لست أدري بأي غطرسة تلبس زبوناتي، ولكن الأقمشة تنسدل عليهن بطريقة مختلفة، كأنها شديدة النعومة، كما لو

أنهن لا يشعرن بها. وحتى الأحذية عالية الكعب الجلدية والصقيلة، أو التي من جلد التمساح، كلها تفتنني لأن إحدانا حين تمشي بها مستوية القامة ومنتصبة، كما لو أنها مستقرة في الحياة، واثقة و«سكسي»، هذا كل ما أريد أن أكونه. وسيارة أيضًا. سأتبع دورة سياقة وستتبدل حياتي، يمكن لي أن أقوم بنتف مزيد من الشعر في الليل، وأن أذهب وأجيء بقدر أقل من الخوف من إمكانية حدوث شيء في غيابي، كم يتمدد الزمن، مع أن زبوناتي اللاتي يملكن سيارات لا يتوقفن عن التذمر من حركة المرور. يقلن إن «سنتياغو» صارت لا تطاق، وإن تضخم الحديقة الآلية أصبح مرعبًا. طبعًا، فخوفهن من أن أناسًا عاديين مثلي يركبون سيارة ويملؤون الشوارع. تضحكني شكوى أولئك الثريات، إنهن يتذمرن من كل شيء، من مجرد ضيق هؤلاء من أولئك.

* * *

هنالك امرأتان قريبتان مني تذكرانني بنفسي، تجعلانني أترنح على الحبل المتهدل، سأتحدث عن إحداهما، وبعد ذلك عن الأخرى، أتعرف فيهما على جزء مهم مني، لكنني أتعلم منهما في نهاية المطاف. إحداهما هي «لورديس»، مهاجرة بيروية تقوم بأعمال التنظيف في صالون قص الشعر، والأخرى هي «ماريا دل مار»، الزبونة التي ذكرتها من قبل. بين الاثنتين هنالك صحراء، لا... فالصحراء صغيرة جدًّا، ما بينهما هو بحر محيط من البعد. ففي البدء: إحداهما فقيرة والأخرى غنية، إحداهما سمراء والأخرى شقراء، وبهذا أشير إلى ما هو أكثر أهمية في هذه القارة العاهرة، شديدة الاصطفاف الطبقي والعنصري.

سنبدأ بـ«لورديس». في أحد الأيام سألتها متى عيد ميلادها؟ فأجابتني بأنها لا تعرف. قلتُ لها أي طفولة عشتِها يا امرأة؟ إنها واحدة بين عشرة إخوة، ولدت في سلسلة الجبال، على ارتفاع أمتار كثيرة. كانت أمها تربي الأبناء وتتولى العناية بحقل صغير لتوفير الطعام لهم. وكان أبوها حمالًا أمضى حياته في مضغ أوراق الكوكا لاكتساب القوة والتحمل. أقرب قرية إليهم على بعد ساعة من المسير، والمستشفى على بعد ثلاث ساعات. كان إخوة «لورديس» يموتون كما ذباب. ولم يكن يُسمح لها بالذهاب إلى المدرسة لأنه عليها المساعدة في أعمال البيت، فالذكور يدرسون أما الإناث فلا، أنتنَّ تعرفن، إنهن يد عاملة لا يُستغنى عنها (وهي مجانية بالطبع). ومع ذلك كله يعانون الجوع. منذ الثالثة من عمرها كانت تصنع الخبز وتطبخ الذرة وتغسل الملابس. لم يعلمها أحد بالتأكيد القراءة والكتابة. أبوها كان يضربها بقسوة، يُحدث لها ورمًا في رأسها في كل مرة يعود مخمورًا. وربما قام ابن العاهرة باغتصابها أيضًا، ولكنها لم تخبرني بذلك. وبدأ الإخوة الذكور بمد أيديهم إلى جسدها وهي في حوالي الثانية عشرة. يا للجلفين، هذا أمر أخبرتني به. وذات يوم، حين كانت في الخامسة عشرة، قررت أنه ليس أمامها سوى احتمالين: إما إلقاء نفسها في أقرب نهر أو الهرب من البيت. انتهزت مناسبة احتفال ديني وصلوا فيه إلى مكان بعيد عن القرية البائسة التي يعيشون فيها، ومن هناك انطلقت راحلة بعيدًا بكل بساطة. فوسط كثرة الأبناء، سينقضي وقت طويل قبل أن ينتبهوا إلى اختفائها. صعدت إلى شاحنة وعرضت على السائق الشيء الوحيد المتوافر لها ـ جسدها ـ مقابل أن يوصلها إلى «ليما»، هكذا مباشرة. وقد وافق ذلك النذل فورًا،

ليس أحمق. وصلت «لورديس» إلى العاصمة، وكانت معافاة ومرتاحة. لا شيء من الإحساس بالحنين أو الشعور بالندم. لم تنظر إلى الوراء قطُّ. الفترة الأولى كانت صعبة جدًّا، وكيف يمكن أن تكون غير ذلك! عرضت نفسها للعمل كطاهية في أحد مطاعم أشد الأحياء بؤسًا ولكنهم أبقوها سنة كاملة تعمل في جلي الأطباق وشطف الأرضية مقابل الطعام والمأوى، من دون أجر نقدي. والمأوى مجرد كلمة، فقد سمحوا لها بالنوم على فراش خرق مرمي في مستودع المؤن، بين الذرة والبطاطس. وفي ذروة يأسها، ذهبت لعرض نفسها في ماخور بائس ولم يقبلوها، فقد وجدوا أنها صغيرة جدًّا وسيئة التغذية وليس فيها ما يستحق تعرُّضهم لمشاكل مع السلطات. عندئذ صارت تأخذ بعض زبائن المطعم إلى مستودع المؤن: هذا هو الأجر الوحيد الذي كانت تتلقاه نقدًا. واظبت على هذا الأسلوب وقتًا لا بأس به. ولأنها ليست حمقاء بأي حال، أدركت أنها لن تصل إلى أي شيء ما دامت أمية، وبدأت تدرس. أحد الرجال الذين يأكلون في المطعم بصورة شبه يومية صار يأتيها بمواد الدراسة. ابتداء من كتاب الهجاء. وقد كرست المسكينة «لورديس» جهدًا كبيرًا إلى أن تعلمت. لن نقول إنها صارت اليوم ضليعة، ولكنها تستطيع تدبر أمورها على أحسن وجه. وكان هاجسها الآخر يتمثل في إصلاح أسنانها. فمثلما أرى أنا أنني سأكون امرأة مختلفة لو أن لي عينين خضراوين، رأت «لورديس» أن حياتها ستكون مختلفة تمامًا بتقويمها أسنانها. وقد توصلت إلى ذلك هنا في تشيلي وصارت أسنانها مصدر فخر، وما زالت تدفع أقساطًا شهرية لطبيب الأسنان. ولكن، كيلا أخلط الأمور، سأعود إلى المطعم الذي كانت تعمل فيه في «ليما». ولكثرة ما كانت تراقب

الطاهي لم يعد ينقصها ما تتعلمه، وهي تحضِّر اليوم أفضل طبق دجاج بالثوم يمكن للمرء أن يتذوقه. وذات يوم اقترح عليها أحد الزبائن ـ وقد أحبها ـ أن تسافر معه إلى «تاكنا» وتحاول اجتياز الحدود من هناك. أوضح لها أنه يمكنها في تشيلي أن تقوم بالعمل نفسه، أي جلي الأطباق وتنظيف الأرضية، ولكنهم يدفعون لها أفضل بكثير. كما لو أن بلادنا هي الولايات المتحدة! وبما أن الفقر يعم بلدانًا أخرى، مثل بوليفيا والبيرو والإكوادور، فإنهم يرغبون في المجيء إلى تشيلي.

«لورديس» مهاجرة، ولكنها غير شرعية. تتقاسم غرفة مع ثلاث من بنات موطنها، فتيات شابات مثلها، في مركز المدينة. الغرفة ثلاثة أمتار في ثلاثة أمتار ويتقاضون منهن ثمانين بيزو في الشهر، ولها حمام مشترك مع حق الطبخ في الحجرة نفسها. يعلقون سلكًا لسرقة الكهرباء، وقد أدى ذلك إلى حرائق في عدة عمارات مثل التي يعشن فيها. كيف الحال؟ تقول إنها تعيش في غرفة بائسة ولكنها تقول إنها لم تكن في حياتها أحسن حالًا قطُّ مما هي عليه الآن. تشعر أنها حرة وتخرج في أيام السبت ليلًا للتسلية مع بيرويين آخرين، يلتقون في شارع الكاتدرائية، عند حافة ساحة السلاح، وقد اتخذت لها خطيبًا وكل شيء. «أدولفو» يضغط عليها كي تحصل على وثائق نظامية ويقول لها إنه سيطردها من العمل إذا لم تسرع في إنجاز تلك الأوراق. لو كانت لديَّ غرفة إضافية في البيت، لأخذتها معي. إنها فتاة عذبة ولا مثيل لها في محبتها للشغل، تقوم بكل شيء من دون أن تنبس ببنت شفة، ولا تشكو أبدًا. إنها تمارس هذا العمل لأنها لا تملك أوراقًا نظامية. فلو كانت إقامتها شرعية لتطلعت

إلى أن تكون طاهية في مطعم. لقد سمعت مرات عديدة إحدى زبوناتنا تأتي يائسة لأنها «صارت بلا خادمة». (إنها مأساة حياتهن الكبرى). ودومًا أسمع إحداهن ترد عليها: احصلي على بيروية، إنهن رائعات. فأفكر في «لورديس»، ولكنها ما لم ترتب أمر شرعية وضعها ستظل تواصل الكنس وكسب النقود الحقيرة. لست أدري أية ملائكة أحطن بمهدها عند ولادتها ولاحقنها من دون منحها أي قسط من الراحة... ملائكة حزن وبؤس.

إنني أرى نفسي متطابقة معها لأنها، مثلي، ترى النصف الممتلئ من الكأس قبل أن ترى نصفه الفارغ.

ما الذي أفعله برواية حكايات آخرين؟ يفترض بي أن أروي حكايتي. ومع ذلك، أفكر أحيانًا في أن قصة إحدانا هي على الدوام جزء من قصة أخريات.

* * *

«ماريا دل مار» ستكمل خمسين سنة من العمر، إنها عجوز تقريبًا ولكنها تبدو شابة على الرغم من كل ما تدخنه ومن عدم ممارستها تمارين. كل ما هنالك أنها ولدت جميلة، مترعة بالمباركات، إنها الطرف النقيض الأقصى لـ«لورديس». أبوها احترف السياسة وكان يملك ثروة عائلية. ووصل مع الديمقراطية إلى أن يكون سفيرًا. أمها مؤرخة، وواحدة من أوائل النساء اللاتي درسن في الجامعة، وما زالت حتى الآن تقضي نصف يومها في القراءة. في بعض الأحيان تأتي هي أيضًا إلى صالون الحلاقة وتروق لي رؤيتها، تقترب من الثمانين وسعيدة

بالحياة، بشعرها الأبيض والأملس الذي يصل حتى كتفيها ـ لا تسرح شعرها مثل السيدات اللاتي في مثل سنها ـ ووجهها محروق بعض الشيء على الدوام بفعل الشمس. وتدخن أيضًا! تعيش نصف وقتها في الريف والنصف الآخر في «سنتياغو»، في شقة بديعة جدًّا بمنطقة «بيتاكورا»، على مقربة من بيت ابنتها. (كيف كانت حالي ستكون لو أن لي أمًّا مثلها؟ ما كنت لأكون ناتفة شعر بأي حال، وربما صرت رسامة مشهورة). كان السفر هو شغف أبوي «ماريا دل مار» الكبير، وكانا يأخذان أبناءهما معهما. لا يعبآن بالمدرسة، فالأم تلتقي الأساتذة وتقول لهم: سآخذ «ماريا دل مار» إلى روما، ستتعلم هناك أشياء أكثر بكثير من مجيئها إلى الدروس، فلا تسجلوها غائبة عن الدروس إذًا. ولا يتجرأ الأساتذة على الجدال معها. وتأخذها.

لديها ذكريات من الزمن الذي كانت فيه صغيرة جدًّا، تمسك بيد أمها في أروع متاحف العالم وتسمعها تقول لها: ليس مهمًّا معرفة أسماء الحركات الفنية أو أسماء الرسامين والمعماريين، ما أريده هو أن تعتاد عيناكِ على الجمال. وقد اعتادتا كثيرًا. فعلم الجمال هو الموضوع الأول لدى «ماريا دل مار». لقد درَستْ شيئًا من قِبل «تاريخ الفن» وهي اليوم تعطي دروسًا في الجامعة، وتكتب مقالات في الصحف، تسميها «نقدًا»، وقد نشرت كتابين، وهما سميكان جدًّا، من المستحيل قراءتهما. وتوضح، كل شيء بفضل «الرتالين». وعندما أسألها إن كانت تكسب نقودًا من عمل كهذا، تردُّ عليَّ بأن ما تكسبه ليس كثيرًا، ولكن بما أن لديها بعض المداخيل التي خلَّفها لها أبوها، فإن ما تكسبه يكفيها.

(«مداخيل». يا لها من محظوظة. لا أحد في محيطي لديه مداخيل، أي كسب نقود من دون تحريك إصبع واحد، لديَّ انطباع بأن شيئًا كهذا لا يمكن أن يحدث إلا في كوكب آخر. أو في حكاية جنيات).

عندما استولى العسكريون على السلطة، في عام ١٩٧٣ الشهير، وهو العام الذي وُلدتُ فيه، بينما كانت «ماريا دل مار» صبية تدخل سن البلوغ، اضطر أبوها إلى مغادرة البلاد. لقد كان من أحد أحزاب «الوحدة الشعبية»، وكان نائبًا أو سيناتورًا، شيء من هذا القبيل. وهي ما زالت تتذكر تلك الأيام كأنها مرور سحابة سوداء غطَّت كل شيء بالظلام من دون أن يبدو أنها ستنقشع. لم يعد أبواها يخرجان إلى العمل، وكان الجميع حولها يتكلمون بصوت منخفض، ويدخل ويخرج من بيتها أناس غرباء، أناس لم ترهم من قبل قطُّ ولكنهم يبدون مع ذلك أقرب إلى أبيها من أسرته نفسها. ومن دون أي تهيئة مسبقة، أخبروها في أحد الأيام أنهم سيغادرون. فكانت تعدُّ الحقائب وهي تبكي مفكرة في صديقاتها، في مدرستها، وفي كل ما هو مألوف لديها. لم تكن تريد مغادرة البلاد. وصلوا إلى واشنطن، إلى عاصمة الإمبراطورية بالذات، مثلما تقول هي نفسها، وبين عشية وضحاها بدأت حياة أخرى مختلفة تمامًا، مع أناس آخرين، وبلغة أخرى، ومذاقات أخرى وأجواء أخرى. تبدى تمردها في رفضها تعلم الإنجليزية. ولكن ذلك لم يدم طويلًا بالطبع، فبعد وقت قصير رغبت في أن تقيم صداقة مع زميلاتها في المدرسة ومع فتى وسيم يعيش في البيت المجاور. وانتهى بها الأمر إلى تلقي العلم في أفضل المدارس والجامعات، واليوم تبدي الامتنان من أعماق روحها لذلك الجزء من قصة حياتها.

إنها تسافر بزيارات إلى واشنطن كلما أُتيحت لها الفرصة، وتخبرني بما رأته في كل زيارة، وما تعرضه الواجهات. يبدو لي أنني صرت أعرف بيت صديقتها التي تستضيفها هناك، في حي وراء «الكابيتول»، بناء طويل وضيق من أربعة طوابق. لا تتوقف عن الكلام عن «أوباما»، «أوباما» شيء «حدث لها»، هكذا تعيشه. تحدثني عن مدى روعة المدينة وتناقضها. أُوجِّهُ إليها أسئلة، أطلب منها تفاصيل وينتهي بي الأمر إلى الشعور بالحسد لكثرة المناطق الخضراء في واشنطن. لم أفهم كيف هو ذلك إلى أن أحضرت لي كتابًا هدية، كتاب بديع فيه صور كل النصب والحدائق والأنهار. في اليوم الذي سأذهب إلى هناك سيبدو لي أنني أعرف كل شيء من قبل.

لقد وقعتْ في حب عالم إنجليزي كان يدرس أيضًا في واشنطن وتزوجت منه. عاشا أربع سنوات في لندن، حيث استغلت الوقت للدراسة العليا وفي تلك الأثناء انتهى الزواج. وحين رأت نفسها شابة وحرة ومستقلة، قررت العودة إلى تشيلي. أقنعت أخاها الوحيد ـ وهو الطبيب النفسي الذي يعالج «سوزي» ـ بأن يفعل مثلها، واستقرا هنا تحدوهما الرغبة في المشاركة بإسقاط العسكريين وإقامة الديمقراطية الجديدة، حسب كلماتهما بالذات. عندئذ وقعت في الحب مرة أخرى، أحبت تشيليًّا في هذه المرة، وتزوجت من جديد. ومن أجل اختصار القصة، هي الآن في زواجها الثالث، وتتحدث عن ذلك بكل تلقائية وعادية، كما لو أن الزواج ثلاث مرات هو أشد الأمور عادية في الدنيا. كل انفصال، حسب قولها، كان مرعبًا ومليئًا بالمعاناة. ولكنها ترى أنه لا بد من المجازفة. من دون مجازفة لا يمكن الوصول إلى أي شيء يا «خواني»، هذا ما تقوله لي بين

حين وآخر. لديها ابنان، ابن من كل زوج من زوجيها التشيليين، والابنان يعبدانها مثل الزوجان أيضًا. وطبعًا: أمور الابنين تمضي على أحسن حال، إنهما مجتهدان ووسيمان وليس بينهما من ورث نقص الانتباه.

إنها مولعة بإساءة الكلام عن نفسها والحديث عن قصة حياتها كما لو أنها مأساة، وهي التي أمضتها، في العمق، على أحسن وجه. فحياتها مثيرة للحسد من النواحي كافة، وأظن أنها تتحدث عنها بتلك الطريقة من أجل أن يُغفر لها حسن طالعها. تبالغ في تضخيم عيوبها كيلا تُلحظ مواهبها. فهي تدخل، مثلًا، إلى صالون الحلاقة وإصبعها ملفوفة بضمادة، وتقول: كم أنا **شديدة** الخراقة، جرحت إصبعي بينما أنا أحاول الطبخ، إنني غير قادرة على دخول المطبخ من دون أن أجرح أو أحرق نفسي. ولكنني أعرف أنها طاهية ماهرة وقد قدمت لي وصفات مأكولات بديعة جدًّا. أو أنها تدخل مسرعة لعمل سيشوار وتعلق: يا للعنة، لقد نسيت هاتفي المحمول في البيت، لديَّ دماغ **بالغ** السوء إلى حد لا أعرف معه عمل أي شيء جيدًا. ولكنني أعرف أنها مرتبة جدًّا، بسبب نقص الانتباه بالذات، فقد تحولت إلى مهووسة بالدقة كي تتمكن من العمل. إنني مقرفة، مقرفة، تقول وهي تنظر إلى نفسها في المرآة، بينما الانعكاس الوحيد الذي يصلني هو أنها امرأة رائعة، لها شعر أشقر بديع، سميك وغزير، وساقان طويلتان، طويلتان. وحين أساعدها على خلع جزمتها من أجل نزع الشعر الزائد، ألمس بشرتها، إنها أشبه بمخمل في شدة نعومتها ورهافتها. فأقول لنفسي إنها تريد أن أغفر لها، أن أسامحها لأنها شديدة الذكاء، ومحبوبة جدًّا، ولأنها غنية فوق ذلك كله، لهذا تقول لي

إنها مقرفة. ولكنني أحبها بدل أن أحسدها. إنها شخصية كريمة تعرف كم هي مميزة وترغب في تقاسم تميزها مع الآخرين من دون أن تدري كيف تفعل ذلك. لكل شيء في محيطها نفحة من الأبدية، كما لو أن حريرًا سماويًّا يلفها ويحميها من الأذى ويجعلها، حين تلتقي به، تدير له ظهرها وترفض المشاركة في لعبته.

ستقولون أية لعنة تجعلني أطابق نفسي مع شخص مثلها. إن لنا الميل نفسه إلى السعادة. لقد تعلَّمتُ أنه يمكن للتجربة نفسها أن تكون ممتعة لإحداهن ومؤلمة لأخرى. وأفكر لو أنه قيض لأمي المسكينة أن تكون مثقفة ومتعلمة لأمكن لي أن أكون مثل «ماريا دل مار». (لقد اضطررتُ إلى دراسة أحد خطابات «برناردو أوهيجينس» مع ابنتي «سوزي» وأتذكر أنه يقول إن الحضارة والأنوار وحدهما قادرتان على جعل البشر اجتماعيين وصادقين وفاضلين. حضارة؟ أنوار؟ يا للهراء!) الفقر نسبي. فأنا بائسة بالمقارنة مع «ماريا دل مار»، ولكنني مليونيرة بالمقارنة مع «لورديس». إنني قليل من كلتيهما.

* * *

لا بد لي من التكلم عن النحيل، وبه أنتهي. خطأ النحيل الوحيد أن لديه قشرة في فروة الرأس وأنه متزوج. منذ أكثر من أحد عشر عامًا، في يوم عيد الثامن عشر، حضرتُ الاحتفال في حديقة «أوهيجينس»، إنه احتفال يروق لي كثيرًا، وكان يقام في طفولتي قبالة بيتنا، مع كثير من رقص «الكويكا»، ومن المعجنات المقلية والنبيذ الأحمر. إنني جيدة جدًّا في الرقص، وقد انتبهت إلى أن رجلًا بين الجمهور ينظر وينظر إليَّ. كان طويل القامة إلى هذا

الحد أو ذاك، ويبدو سلكيًا، أي أنه نحيل ومرن. أطرافه تتحرك تلقائيًا كما لو أنها غير متصلة ببدنه. كانت عيناه شديدتي السواد، مثلهما مثل حلقات شعره. وقد أعجبني. أعجبني على الفور. كنت أرتدي تنورة سوداء ضيقة مع سترة صفراء وحذاء أصفر أيضًا. عندئذ اقترب مني وقال لي:

ـ أريد الرقص مع هذه النحلة المرحة.

بعد ذلك دعاني لتناول كأس «بيسكولا». وسرعان ما صارت الساعة الثانية فجرًا وأنا أواصل الرقص معه بينما كانت جماعتي قد ذهبت إلى جانب آخر. في تلك اللحظات بدا العالم كله خاويًا من دون أن أدري ما الذي حدث، ربما أن مزيدًا من النجوم قد ظهرت، والمسألة أنني ذهبتُ معه. كان عضوه أفضل هبة من السماء. المشكلة أنني بعد أن جربته عرفت أن لدى النذل زوجة. أخبرني بذلك في صباح اليوم التالي، وكان الوقت قد فات. لقد كان هذا هو **خطئي**، إنه خطئي الكبير. ذهبت إلى بيتي في ذلك اليوم وأنا أفكر في أنه سيكون من الأفضل عدم العودة، فأنا لا يروق لي الرجال المتزوجون، لا أتورط معهم أبدًا. ولكن النحيل لم يكن أي رجل.

على الرغم من أن النحيل كان جيدًا للحفلات، إلا أن حياته كانت حياة جهد وجدية. لقد بدأ كسائق سيارة أجرة. وشيئًا فشيئًا، بقروض وادخارات، اشترى تاكسي. وراح يدخر مما يكسبه ليشتري سيارة أخرى. وفي الرابعة والثلاثين من عمره صار يملك أسطولًا من سيارات الأجرة ولم يعد يدين اليوم ببيزو واحد لأحد. لقد تكلف مشقة للصعود إلى أعلى، وهو يتذكر كل خطوة من ذلك الطريق. وقد تحوَّل، هو محب جدًّا للصعود، إلى رجل أعمال مصغر. وما زال حتى يومنا هذا يقود واحدة من سيارات التاكسي

التي يملكها، ولا يظل في البيت ليحسب ما الذي يكسبه أو ليعمل آخرون بدلًا منه. وربما هذا هو السبب في أنه شديد المسؤولية في زواجه الذي تم بدافع الحرج وليس أي سبب آخر. فقد حبَّل ابنة خال بعيد القرابة، فحاصرته الأسرة كلها ـ وهي أسرة كبيرة وحشرية ـ وضغطت عليه فاضطر إلى الزواج مكرهًا. لديه أربعة أبناء. ومن كان سيصدق أنه، وهو الرجل الكبير، شديد البأس أن يرضخ على ذلك النحو للأسرة.

بعد أسبوع من عيد الثامن عشر حضر بسيارته التاكسي إلى صالون التجميل. وأنا التي ظننت أنه لم يعرني سمعًا حين أخبرته أين أعمل. دعاني إلى ماكدونالدز وأكلنا همبرجر وبطاطس مقلية. ثم أوصلني بعد ذلك إلى البيت، بتهذيب شديد، من دون قول كلمة واحدة عن الجنس. أما أنا فلم أكن أتوقف عن الارتجاف، بمداراة، ولكن فرجي الأبله أيضًا كان يرتعش مثلي.

ولأن الرجال هم موضوعي المفضل على الدوام فقد حاولت تخيل كيف أكون واحدًا منهم: الإحساس بسذاجة أن العالم يبدأ وينتهي بهم، وإحساس كل واحد منهم بأنه مركز الأرض، يا للعاهرة، على الرغم من كل ما هم عليه في الواقع!

ولا تحسبن أن النحيل يختلف.

وهكذا بدأ بمغازلتي. ببطء. بكثير من الاحترام. مثل ذبابة صيف كبيرة وثقيلة، تتقافز على شفتي وعلى لساني، لا تبتعد على الرغم من أني أهشها. إلى أن صرت غير قادرة على الاستغناء عنه. إلى أن وقعت في الحب مثل أي نذلة. لم أكن ألتقي به في عطلات نهاية الأسبوع، وكان ذلك يحزنني،

كنت أريد أن أتشاطر وإياه بيتي، وأمي العجوز وابنتي، وأيام السبوت العظيمة، والنزهات، والمشتريات. كنتُ أفكر في المرأة الأخرى، ومع أنني أكرهها إلا أنني كنت أشعر بالحزن عليها. النحيل يحبني، يا للعنة، إنه يحبني. بعد حوالي ثلاثة أشهر قلت له إنني غير راغبة في اللقاء به، وإنني أتألم من كونه متزوجًا بينما أنا عازبة، وإنني أشعر بعدم المساواة في الظروف. لم نعد للقاء خلال عشرة أيام. كانت تلك المرة الأولى من عشرين مرة قررنا فيها قطع قصتنا. وماذا أحدثكن عن اللقاء بعد تلك الأيام العشرة، كنا أشد ضراوة من كلبين جائعين. كانت لديه حجرة مخصصة له في الجراج الذي يحتفظ فيه بسيارات الأجرة التي يملكها. حوَّلنا تلك الحجرة إلى عش لنا، حتى إنني خطت لها ستائر جديدة واشتريت فراشًا جميلًا. وحين انقضت علينا سنة، أعطيته الإنذار الأخير. إما أن ينفصل عن زوجته الشرعية أو ينتهي كل شيء. أنت لحوحة جدًّا يا «خواني». هذا ما كان يقوله لي. ظللنا مفترقين طوال أكثر من شهرين، ولكن لعين الأم لم يتجرأ على الانفصال عن زوجته، ورجعت أنا إليه.

وكان هذا هو الخطأ. أتدرين كم استمرت هذه القصة؟ عشر سنوات! عشر سنوات عاهرة. إلى أن يكبر الأبناء، إلى أن يموت أبوه، إلى أن ينهي الأبناء المدرسة. وقد صارعتُ من أجله من دون تصنع أو حياء، كنت بحاجة إليه أكثر مما تحتاج إليه زوجته، وأحبه أكثر منها، هكذا ببساطة. ولكنه لم يمتلك الجرأة على تركها. الرجل يكثر الصياح والصخب لينتهي وديعًا ومستسلمًا. وفوق ذلك كله **حبلت** الزوجة، حبلت حين كنا قد أمضينا خمس سنوات معًا. وكان ذلك أكبر من أن أتحمله. يومذاك فقدتُ الصبر

حقًّا، فبينما أنا أحافظ بحذر على كل دورة شهرية، تأتيني هي لتحبل. أنا لا أستطيع أن يكون لي ابن منه. اللعنة على الحياة. في تلك المناسبة هجرته فعلًا. إنني أكذب، هجرته بعض الوقت فقط، ولكنها كانت أطول فترة قطيعة وأشدها عذابًا. ما الذي يمكنني عمله؟ هذا ما كان يسألني إياه النحيل بوجه بريء. فأصرخُ به غاضبة وخارجة عن طوري: أقنعها بأن تجهض. منحتُهُ أسبوعًا كي يتخذ قرارًا. وفي اليوم الموعود قرع الجرس وخرجت لاستقباله. حييته بصوت شجي مدركة أن وترًا، كما في كمان أو جيتار، قد نَشَزَ. وطبعًا، يمكن لكنَّ أن تتصورن الردَّ. والحقيقة أنني متُّ يومها قليلًا.

النحيل جبان، يا للجرأة العاهرة التي تنقصه! بينما أنا، مثلما تقول إحدى زبوناتي: حزينة، حزينة.

أمضينا حوالي سنة منفصلين. منحه ذلك وقتًا حتى لرؤية ولادة ابنه من دون أن يشعر بالذنب. وعندما رجعنا كنت قد صرت امرأة مختلفة. كنت أعرف أنني لن أصل إلى أي شيء، وأنه لا مستقبل لنا معًا، وأنه لن يهجر أبدًا أم أبنائه. ولكننا كنا سعيدين جدًّا مع ذلك، كنا محبين ومنسجمين تمامًا. واصلتُ مشاهدة كرة القدم معه، حتى إنني كنت أتابع مباريات الفئة الثالثة. كم كان النحيل متعصبًا لكرة القدم. كل شيء كان يبدو متشابهًا ولكنني لم أعد أحلام الأفلام.

يا لكمية المقالات التي قرأتها في مجلات صالون التجميل والمكرسة «للأخرى»! لأن الأخرى، وإن كنت لا أرغب ذلك، هي أنا: إنني الأخرى. ابتداء من السنة الثالثة تقريبًا، بدأ ينام بعض الليالي في بيتي. ذهبت «سوزي»

إلى حجرة نوم أمي. لم أعرف قطُّ ما هي الأعذار التي يقدمها لزوجته، أفترض أنه يتعلل بسيارات الأجرة. لم أسأله. وكنت أقول لـ«سوزي» الكلام نفسه دومًا، عندما تكبرين لا تفكري بالتورط مع رجل متزوج يا «سوزي»، لا تُقدمي على مثل هذه الحماقة. حاضر يا ماما، ترد عليَّ بالتلقائية نفسها التي ترد بها لو أنني حذرتها من تناول القهوة ليلًا كيلا تُفسد نومها.

لستُ نادمة على شيء، ولكنني مثل فرق كرة القدم الجيدة يا فتيات، أبيع هزائمي غاليًا. وحتى اليوم ما زال النحيل يبكي من أجلي. هو يعرف أنه لم يعد بإمكانه العودة لدخول بيتي ما لم يغير وضعه القانوني. ربما يفعل ذلك ذات يوم، وربما لن يجدني حينئذ. يمكن لي أن أتعرف غدًا بالذات على شخص آخر، مثلما تعرفت على اليوناني، ولكنني بالأسى الذي أحمله في هذه الفترة، وبهذه الإبر التي تخزني في الحجاب الحاجز، لستُ في أفضل ظروف للتعرف على أحدهم.

الحقيقة أن النحيل لا يعني شيئًا. فما يدور في رأسي أمور أخرى. كل تلك الأشياء التي يقولها لي الأطباء بشأن مرض «سوزي»: مرة يتحدثون عن اختلال في التقدير الذاتي، ومرة عن اضطرابات النوم، أو عن غبطة من دون الاستناد إلى حافز، أو عن الهيجان، أو عن الغم. عن هذه الأمور يحدثونني. هذه هي الكلمات التي كان عليَّ أن أتعلمها. وفي هذه الحال تمضي حياتي.

* * *

قبل أيام حدثتني إحدى الزبونات عن قبيلة من السكان الأصليين الأمريكيين الذين يعيشون في جزيرة صغيرة من جزر المحيط المتجمد

الشمالي، هناك في أعلى، في أعلى الأعالي. المفاجئ هو ما يلي: في حوالي العاشر من مايو من كل عام يطلع الصباح ولا يحل الليل إلا مع نهاية شهر أغسطس. الفكرة التي ظلت تجول في ذهني: البدء بنهار وعدم الانتهاء منه إلا بعد ثلاثة أشهر. يمكن لأحد أن يقول لي طبعًا، إنه نهار. ولكنني لا أستطيع أن أزيح من رأسي كابوس الضوء. متى إذًا سأبصق على الشيطان كي يتوقف عن التجوال في بيتي ويذهب مرة وإلى الأبد لينام؟ الضوء الدائم، في كل حين، من دون راحة، البياض، الضياء، انعدام الظلمة. شمس شبه أبدية. كما لو أنه من غير الممكن عمل أي شيء خفية. النهار العملاق، اللاهب، المُنهِك. كيف يحلم بالليل أولئك السكان، براحة الظلمة. وفكرتُ في أنني سأشعر بأنني بلا حماية مثلهم حيال ذلك الضوء الذي يطل من دون رحمة. ويحاصر، يسيء المعاملة.

يا للعاهرة التي أنجبته.

سوف يأتي الليل. سيأتي.

سيمونا

لكل امرئ هوسه. وهوسي هو التالي: ضقتُ ذرعًا من كوني شاهدة على كيف أن النساء يتخلين عن كل شيء من أجل الاحتفاظ برجلهن إلى جانبهن. الرجال ليسوا سوى «شيء رمزي»، وصدقنني أنه يمكن العيش من دون هذا الرمز. أوافق على أن الرمز إنما توصل إلى أن يكون كذلك لأسباب أصلية، أسباب تمثيل، ويمكن الإلحاح على مجازيته أو رمزيته. ومع ذلك، أرفض أن أكون متواطئة. تحزنني رؤية كيف تنزف النساء لمجرد ألا يكن وحيدات. من الذي قال إن الوحدة من دون شريك مأساة؟

* * *

سأقدم نفسي أولًا. اسمي «سيمونا». فأمي متدينة ورعة من أتباع القديس «سيمون»، كيلا تحلموا ولو للحظة واحدة بأن إلهامًا مفاجئًا قد استولى عليها بعد قراءة «الجنس الآخر». لي من العمر واحد وستون عامًا، درستُ علم الاجتماع في الجامعة الكاثوليكية، وأنا من ذوي التوجه اليساري، أمضيتُ أكثر من نصف حياتي في النضال من أجل مساواة المرأة في الحقوق، ومن أجل احترام اختلافها. شاركتُ في أولى الجماعات التي

التقت في هذه البلاد لمناقشة موضوع المرأة وتحليله والكتابة والنشر حوله. ويمكن القول إن عملنا ذاك كان الولادة الحقيقية لحركة تحرير المرأة في تشيلي، مع أنه يمكن لمؤرخة ما أن تجادلني في الأمر. فقبلنا كانت هناك حركات نسائية راحت تبني، ببطء، إرادة محددة، ولكننا كنا أول من تصدى ودرس نظرية الجنس كنظرية. كنا بعض عديمات الحنان تقريبًا، هكذا كانوا ينظرون إلينا عندما أدخلنا كلمة «نسوية» في محيطنا. كم تحولت إلى كلمة قبيحة، مشيطنة، سيئة الاستخدام، فاسدة، مبتذلة. كان أمرًا أساسيًّا وشديد البساطة: المقامرة من أجل حياة أكثر إنسانية، حيث يكون لكل امرأة الحيز نفسه والحقوق نفسها التي للرجل. أمر بسيط، ماذا أقول! تحطيم مخطط مُغرق في القِدم، تغيير قواعد السلطة... مهمة جبارة! لم نتمكن من الخروج إلى الشارع رافعين حمالات الصدر في يد والمقصات في اليد الأخرى. لم نكن شديدات الصخب لأننا ـ في بلد فقير مثلما كانت عليه حال بلادنا ـ وصلنا متأخرات إلى الحفلة. لم يكن العالم قد تعولم بعد، وتعلمنا من الأمريكيات والأوروبيات اللاتي كنَّ قد تقدمن عدة مراحل في نضالهن. قرأنا «بيتي فريدان» حين كان كتاب «غموض الأنوثة» قد جرى تداوله والتعليق عليه ألف مرة في القارات الأخرى. وصلنا متأخرات وكنا آنذاك نعيش في ظل دكتاتورية عسكرية. وحين أرى الآن أبًا شابًّا يحمل طفلة رضيعة بين ذراعيه، ويقدم لها الطعام في حديقة خلال ساعات الدوام المكتبي، أبتسم وأشعر برغبة في سؤال زوجته، بالهمس في أذنها: أخبريني أيتها المحظوظة، هل تعرفين لماذا يمكنك حضور اجتماع بينما يتولى زوجك الاهتمام بالطفل؟ الفضل في ذلك يعود إلى كل امرأة ناضلت قبلكِ، إلى أمكِ التي تعرضت للضرب

بالهراوى في الشارع يوم الثامن من مارس على يد شرطة الدكتاتورية، وإلى جدتك التي أيدت الداعيات لحق الاقتراع، إلى العاملات الأمريكيات اللاتي رفضن العمل واقفات في مصنع، إلى «سيمون دي بوفوار»، إلى «دوريس ليسنج»، إلى «مارلين فرنتش»، وباختصار، بفضل آلافٍ وآلاف أخريات.

* * *

بالإنجليزية، وهي لغة أستخدمها بكثرة في التفكير والعمل، يمكن التمييز، في كلمة «إستوريا» الإسبانية، بين الشخصي والجماعي: من أجل التحدث عن التاريخ الصغير يقولون بالإنكليزية «ستوري» (قصة)، وللتحدث عن الكبير يستخدمون كلمة «هيستوري» (تاريخ). وبالإسبانية يمكن ترجمة «ستوري» على أنها «كوينتو» (حكاية).

وهذه هي حكاية حياتي.

ولدتُ في أسرة ميسورة، كبيرة العدد ومترفة. وكانت طفولتي كل ما يمكن لشخصيات «ديكنز» أن تحسدني عليه. هنالك أنماط من الطفولة السعيدة، بالغة السعادة، وهذا ما كانت عليه طفولتي. وهو ما جعل مني شخصية واثقة إلى هذا الحد أو ذاك بالعالم وبنفسي. كنت أشعر ـ من دون إحساس بالأسف ـ بأننا سادة العالم؛ أو سادة البلاد على الأقل. فقد كان لأسلافي دورهم في تشكيل هذه الجمهورية، وهذا أمر يجري تناقله من جيل إلى جيل. كنا نؤمن بحماسة بالخدمة العامة. سمعتُ الأحاديث السياسية منذ طفولتي المبكرة، ورافقت أمي ذات مرة إلى مسيرة أو حملة احتجاج. وعلى الدوام، عند الجلوس إلى المائدة، في موعد تناول الطعام،

كان الحديث يدور ويمكن للجميع أن يعبروا عن آرائهم. وقد جعل مني ذلك بصورة نسبية شخصيةً فضولية ومطلعة. وكانت أسرتي تتمتع بتلك الميزة ما دام الأمر لا يصل إلى موضوع الدين. فعندئذ تضيع كل أشكال التفكير السليم والعقلانية، وتقال حماقات حقيقية. وكنا ندرس، «أف كورس» (بالطبع)، في مدرسة كاثوليكية ـ وأمريكية، وفيها بدأت عادتي بالتكلم بالإنجليزية ـ وخلال اثنتي عشرة سنة كنت أركب كل صباح الترولي الكهربائي، كان يروقني إيقاعه وأن له مسكات معلقة، مشهد بديع من طفولة أبناء جيلي. وفي المدرسة كنا ما يمكن وصفنا بـ«الورعات». جميعنا كنا ورعات. لا نفعل شيئًا سوى الصلاة، والاحتفال بالمناسبات كافة: شهر مريم، الصوم الكبير، وباختصار... كنا نصوم كثيرًا ونشارك في تناول خبز القربان كل يوم تقريبًا. وقد قلص ذلك من ذكائي، إنني متأكدة من ذلك. كنا نعيش مفعمات بوساوس أخلاقية لا طائل منها. جميعنا نريد أن نكون راهبات لمجرد إرضاء ذلك الرب شديد النهم والتطلب. وكان العهد القديم يشدُّ اهتمامي، فأشعر أن «يهوه» خبيث جدًّا، كيف يمكن أن يكون الرب شخصًا صارم العقاب وأنانيًّا إلى ذلك الحدِّ؟ وفي العهد الجديد هدَّأت شخصية يسوع المخاوف التي يبثها أبوه وطمأنت روحي، إنه شخصية رائعة.

كانت قواعد الأنظمة غير متناهية. ولم يكن للعالم من وجود خارج محيطنا. وهو محيط ساحر. لا يمكن لأي تكدر أن يحول من دون أن تظل ذكرياتي مشرقة. وتذكري كم كانت دافئة تلك الأنظمة الرتيبة. وكم كانت راسخة تلك المطابخ الكبيرة. والمربيات الرائعات اللاتي كنَّ يروين لنا

حكايات (ويطعمننا على أروع وجه). والإحساس بالحماية يرشح من صوت أبي. ومع ذلك، كنتُ أجهل كل شيء عن العالم الواقعي. (وهذا يدفعني إلى التفكير: وبناتي اللاتي لا يجهلن شيئًا، هل هنَّ أكثر سعادة؟). لم أتعرف قطُّ على أحد في مثل سني يتعلم في مدرسة عامة، ولا يقتصر الأمر على أنه لم تكن لي صديقات من إحدى تلك المدارس، بل كنت أكاد لا أعلم بوجود التعليم العام. فجميع المرجعيات والنشاطات مرتبطة بما يحيط بنا وحسب. ما لم أكن أسمع به هو وجود عوالم أخرى، قريبة جدًّا، بجواري، في المدينة نفسها، موازية لعالمي، تتنفس الهواء نفسه، ومع ذلك لم يكن لي عِلم بها، ولم أكن أراها.

كانت الرموز الخارجية تُحترم كثيرًا جدًّا، كما لو أن كل أبٍ قد قال لكل ابن من أبنائه:

ـ أنت لا تنتمي إلى نفسك فقط، لا تنس ذلك.

وكان اللباس واللغة مثالين جيدين على ذلك. فدائمًا، دائمًا كنا نمضي بملابس لائقة. لم تكن النساء معتادات آنذاك على لبس بنطلونات، وإنما كُن يستخدمن أجربة شفافة تُثبت بمشابك إلى سروال داخلي ـ وكان هذا الأخير نوعًا من المشدِّ الخالي من أية إثارة جنسية ـ بعد ذلك جاءت، السراويل النسائية الصغيرة والمشدودة. لم أستطع قطُّ، حين كبرت، استخدام جوارب شفافة، كما لو أن تلك الجوارب هي المسؤولة عن الغباء وانعدام المخيلة. فقد كانوا يُلبسوننا كالعجائز حين كنا في الخامسة عشرة: أثواب من الحرير أو الشانتونج وتنانير ضيقة مُحكمة، ممتلئة بالكسرات، وبدلات تويد من قطعتين، وكعوب عالية، أحذية ملكة وشعر ممشط. حين

أرى بناتي يرتدين خرقتين ويشعثن شعورهن للذهاب إلى حفلة، أتساءل لماذا ولدتُ في زمن خطأ إلى ذلك الحدِّ (لا أعرف أبدًا متى يمضين بالبيجاما ومتى يكنَّ بملابس الخروج، فهن يبدون في الحالة نفسها). لقد ارتديتُ أول سراويل الجينز حين كنت أدرس السنة الثانية في الجامعة. لن أعود إلى الحديث عن كيف كانت تشيلي آنذاك: كنا بلدًا فقيرًا، حيث الجميع، بمن فيهم الأغنياء، يعيشون ببساطة.

واللغة: ملعونة ومباركة في آن واحد، إنها لا تستريح أبدًا، تنزع القناع عن كل شيء، تضعكِ في مكان محدد من العالم، تمنحكِ الهوية، تجعلكِ تكشفين العيوب أيضًا.

كما في كل شيء، كان أسلوبنا في الكلام متيبسًا، ومتيبسًا جدًّا. حين أنظر إلى الوراء، أدرك أن قاموس مفرداتنا كان فقيرًا. فكثيرة هي الكلمات المهملة عندنا لأنها تثير شكوكًا من نوع ما، وتخلِّف لدينا أشياء بلا تسميات. فكلمة «كلاهما»، على سبيل المثال، تدخل ضمن فئة الكلمات التي لا تقال. ولكننا حين نحتاج إلى الحديث عن بدلة رجالية تتميز باختلاف السترة عن البنطال ولكنهما متناسبان، لا نجد كلمة نقولها. أتذكر المرة الأولى التي استخدم فيها حبيب لي الكلمةَ أمامي، وكانت قد مضت سنوات على ابتعادي عن خلفيتي الثقافية وأحكامها المسبقة؛ ومع ذلك، أتذكر أن ذكر الكلمة جمَّدني. كنت خارجة للتو من الفراش معه، ألإلى ذلك الحدِّ بلغت درجة حميميتي مع شخص يتحدث عن «كلينا»؟ (حين طلبتُ منه، بلطف، ألا يعود إلى التلفظ بها، قدَّم إليَّ درسًا حول بؤس معجم ألفاظ قطاعي الاجتماعي،

وحول ضيق ثقافتنا وبلا بلا بلا، يا له من غبي لا يتمتع بأي قدر من حس المزاح!).

الكلمات التي تحتمل تأويلًا قبيحًا لا وجود لها. لقد سمعتُ بعضها أحيانًا من أفواه إخوتي، حين يتشاجرون فيما بينهم، ولكن ليس أمام أبوينا قطُّ. ولا في المدرسة كذلك، مستحيل، فهي مدرسة بنات. كما أن أبي وأمي لم يتلفظا قطُّ بكلمة غير لائقة أمامنا، ومثلهما بقية الأسرة الواسعة. كنت أفتقر إلى الخالة غريبة الأطوار المتوفرة لدى الجميع، خالة منفلتة اللسان ومتحررة الطبائع. وهكذا، حين دخلتُ إلى الجامعة وبدأت أسمع الكلمات محتملة التأويل، اضطررت إلى ابتلاع اللعاب عشرين مرة والعض على لساني كيلا يلحظ أحد الرعب الذي يسببه لي سماعها. وعندما أشارت زميلة لي إلى العضو الذكري بكلمة «المنقار» كدت أن أسقط مغمًى عليَّ. لم أفكر قطُّ في أن تلك الكلمة ستتحول ذات يوم إلى واحدة من الكلمات المفضلة في لغتي اليومية (وجه المنقار، يوم المنقار، لا يهمني الأمر مقدار منقار، إلى آخره، إنها تفتنني... كلمة دقيقة للإشارة إلى ما تعنيه!). وسأروي حادثة طريفة كي أنهي الحديث في هذا الموضوع: في أحد الأيام كنت أمضي مع أمي في شارع «بروفيدنثيا»، كنا ذاهبتين للتسوق، وكانت تقود سيارتها «الفولفو» الكبيرة. في تلك الأثناء كنت أدرس السنة الثالثة من علم الاجتماع، وبالتالي كنت في حوالي العشرين من عمري. وفجأة، صدمنا سائق سيارة أجرة من الخلف، مما سبب لي رعبًا شديدًا من ضجة اصطدام الحديد وضغط أمي المفاجئ على المكابح. فوجدت

نفسي مندفعة إلى الأمام، وارتطمت جبهتي بغطاء «التابلوه»، وفي تلك اللحظة ـ وكنت أعيش ازدواجية كوني شخصية في البيت وشخصية أخرى في الجامعة ـ صرختُ: «تشوتشا»! لن تصدقنني. فبدلًا من أن تترجل أمي من السيارة، بعد ذلك الاصطدام، لتتشاجر مع سائق التاكسي وتتفحص الأضرار، انحنت فوق مقعدي، وفتحت الباب الجانبي من جهتي، ثم قالت لي بصرامة شديدة: انزلي. لا شيء مما له علاقة بالجنس أو بحاجات البدن له تسمية. وكذلك، «أف كورس»، مختلف أجزاء الأجهزة التناسلية.

لقد كنا شديدي الطهارة.

* * *

حسن، فلنرجع إلى البدء. كنتُ سعيدة في طفولتي، وأمضيت فترة المراهقة بصورة جيدة، وجيدة جدًّا. كنت أدرس كثيرًا ولكن كان هنالك على الدوام متسع للحفلات، وللصديقات، وللمتوددين. لقد كنت على قدر كبير من الجمال والجاذبية. وكنت أنا من أختار الرجال الذين أحبهم، وكنتُ حَبِّيبة جدًّا.

الحياة الاجتماعية كانت تجري بصورة أساسية في البيوت وكنا نخرج للرقص فقط في صالتي «ديسكو» يوافق عليهما الآباء: صالة الساحرات ـ وقد هدموها منذ زمن قريب، هناك في حي «لارينا»، مما استثار شجون بنات جيلي ـ وصالة «لوكورو»، في أعلى المدينة، بالقرب من سفح سلسلة الجبال. المهم أنكِ لا تصلين إلى هناك إلا إذا دعاكِ رجل، ما كان يمكن بأي حال لامرأة أن تذهب إلى هناك وحدها، بل يمكن أن تُزدرى كما لو

أنها ظهرت عارية في ساحة السلاح. ومن لم يكن لهن حظ من النجاح لدى الجنس المعاكس، لا يدعوهن أحد ويبقين غير قادرات على الذهاب إلى تلك الأمكنة. ويتولى هو، السيد المتودد، دفع كل شيء، وما كنا نحن الفتيات لنفتح محافظ نقودنا ولو على سبيل المزاح. وفي الحفلات الخاصة، في بيوت الأصدقاء، كانت العادة أن الرجال هم من يدعون إحدانا إلى الرقص. ومن يحالفهن النجاح يعطين أرقامًا لمن سيرقصون معهن ـ أشبه ببطاقة الرقص في القرن التاسع عشر ـ وأتذكر عجرفتي حين كنت أعطي لمن سيرقصون معي أرقامًا حتى العشرة. والتفكير في أن هنالك أبله مسكينًا يعدُّ الرقصات واحدة فواحدة من أجل الوصول إلى الرقصة العاشرة ليتمكن من الرقص معي! يا للفظاعة! أما القبيحات... «فيكوين»، كان هذا هو الفعل المستخدم: هكذا كنا نسمي بقاء إحدانا جالسة لأن أحدًا لا يدعوها إلى الرقص.

لم يكن للجنس أي دور. فالعفة هي البطل رقم واحد في حياتنا الاجتماعية. كانت الرقصات تخضع لأنظمة صارمة: عدة سنتمترات تفصل بينه وبينكِ. ولا مجال لأن يلتصق الخدُّ بالخدِّ، وهو ما كنا نسميه «تشيك تو تشيك» ولا يُقدم على فعل ذلك سوى المخطوبين أو «الطائشات»، وهذا اللقب يُطلق على كل امرأة تقترب سنتمترًا واحدًا أكثر مما هو متعارف عليه. وكون إحدانا طائشة هو أسوأ ما يمكن أن يحدث لها، لأن أحدًا لم يكن يتزوج من طائشات. وفي فترات الخطوبة تُمسك الأيدي فقط، وبعد بعض الوقت تأتي القبلات. وماذا كنا نفعل بالحماوة؟ إنني أتساءل... لم يكن المصطلح موجودًا. وعندما صرنا

أكبر قليلًا، قبل إنهاء المدرسة، صارت القبلات أكثر حماسة وكان لا بد من تثبيت يدي الآخر لتجنب الإغواء. كنا نعرف ـ بطريقة أو بأخرى ـ أن الرجال يعملون أعمالهم، ولكن مع نساء أخريات لسن مثلنا. وكان يجري تقبُّل ذلك: للذكور الحق في التفريج عن أنفسهم! ولم يكن ثمة مجال للكلام عن البكارة. فهي ليست فقط الحالة الطبيعية التي يوليها الجميع ـ بمن فيهم أنتِ نفسك ـ كل الأهمية، بل لم يكن ليخطر للذهن الوصول إلى يوم الزفاف من دون أن تكون البكارة سليمة. لقد كانت العذرية مهمة جدًا إلى حدٍّ توصلها إلى تقييد نفسها بعضلات وأعصاب بحيث يصبح من شبه المستحيل إفلاتها.

أريد أن أعود، قبل المواصلة، إلى اللغة. هل اللغة كفن، أهي قميص تقييد؟ كم ترغمنا، كم تكممنا! حتى هذا اليوم، كما في جميع السنوات التي مضت، أفاجئ نفسي بكوني ضحية أحكامي المسبقة. أيظن أحد أنه يمكن لإحدانا أن تتحرر من التربية التي تلقتها؟ قد تتحرر، قد تتمرد، ولكنها لن تتمكن من التوصل إلى أن تكون مستقلة بالكامل.

* * *

حين دخلتُ إلى الجامعة تغيرت الحياة تمامًا. وجدت نفسي في عالم ليس الجميع فيه متساوين، اكتشفتُ أن في بلادي أناسًا مختلفين، يا للمفاجأة! دخلتُ لدراسة علم الاجتماع على أمل فهم القليل عن العالم؛ فصرت أشد تشوشًا من أي وقت آخر. كنا نعيش نهاية عقد الستينيات، السنوات الأخيرة من «فريي مونتالبا»، والاستقطاب في تشيلي وفي العالم بأسره. كان من الصعب البقاء في اليمين في تلك

الأجواء. فكل ما هو جدير وذو قيمة كان في الجانب الآخر، ابتداء من الكهنة الثوريين، «وتشي»، و«كوهين بنديت»، و«ميجيل آنخل سولار» والاستيلاء على الجامعة الكاثوليكية (طلاب جامعة تشيلي الذين كانوا ينظرون إلينا على الدوام بازدراء، لم يتحملوا حتى اليوم فكرة أن طلاب الكاثوليكية قد احتلوا الجامعة قبلهم). ولسبب لم أفهمه آنذاك، كان كل ما له علاقة بالفن يكره اليمين. الكتّاب والشعراء، الموسيقيون والممثلون، الرسامون والسينمائيون، جميعهم كانوا من اليسار. والحرية الجنسية كانت تبدو أيضًا كما لو أنها ملكية خاصة بهم. وبحسابات جيدة، كان كل ما هو ممتع وقيِّم يمر من الطريق المقابل.

مع كل ذلك السيل المندفع من الشكوك والثغرات، اختفى كثير من الأفكار وحلَّت محلها أفكار أخرى. وكان إيماني خلال صيرورة التحول تلك هو الأشد ازدراءً. لقد تلاشى بكل بساطة. مثلما يقول «جون أبدايك»: «الروح القدس... ما هو هذا؟ حمامة ما، هذا هو كل شيء...».

استبدلتُ بالدين السياسة. ودخلت للنضال في اليسار.

قصتي هي قصة مكررة جدًّا. فتاة ـ غنية ـ متمردة ـ تهجر ـ طبقتها الاجتماعية ـ من أجل ـ القيام ـ بالثورة. إنني حالة مرجعية! وها أنذا هنا، بعد أربعين عامًا، أنظر كيف عشت متنقلة من قالب إلى قالب، من دون تغيير سوى في مضمونه.

وكيلا أتوسع أكثر مما هو ضروري، ومن أجل استخدام لغة مهنتي، أقول إنني ممن انتقلن من أخلاقيات القناعة إلى أخلاقيات المسؤولية. إنه تحوُّل شاق وأظن أننا قد قمنا به بما يكفي من النجاح، ولم نبق ـ

والحمد لله - في المراهقة. إنه محيط تعلمنا فيه، بتلقي الضربات في معظم الحالات، كيف نكبر.

* * *

وقعتُ في حب زميل جامعي يسبقني أعوامًا في الدراسة ويؤدي دور المعاون لصفي. اسمه «خوان خوسيه»، وكان حبي الكبير الأول. وقد تأخرتُ طويلًا في إضفاء صبغة رسمية على أي نوع من العلاقة معه، إذ كان هنالك غنى كبير في المضي مع عدة رجال في آن واحد بعد الصرامة التي كانت عليها حياتي السابقة. وقد اكتشفت، وسط مظاهرات الشوارع والرسم على الجدران، أن الجنس شيء بديع، ولم أشأ أن أضيعه. لو أنني تزوجت بعد إنهائي المدرسة - من رجل أعمال مستقبلي أو سياسي، وهو ما كان مهيَّئًا لي - وظللتُ متزوجة به بصرامة حتى يومنا هذا، مثل كثيرات من زميلاتي في المدرسة - جميعهن تقريبًا في الواقع - لكنت تعرفت على جسد ذكوري واحد في حياتي كلها.

* * *

القرار اتخذته الظروف وليس نحن: «خوان خوسيه»، أو «خوانخو»، كما كنت أدعوه، حصل على منحة ماجستير في جامعة «ديوك» بـ«كارولينا» الشمالية. وكان علينا أن نتزوج. لا يخطرنَّ لكِ يا «سيمونا» أن تبدئي بشعارات تحررية، وإلا سيمتنعون عن منحك تأشيرة دخول، فـ«الغرينغيون» عنيدون جدًّا. وعند هذا الحدِّ توقف أي تردد من جانبي ضد الزواج.

لديَّ ذكريات طيبة عن تلك الفترة. لقد باركتُ في كل يوم نعمة وجود

الأقراص ـ وخصوصًا أقراص منع الحمل ـ لأن أي حَبَل لن يكون مناسبًا في ظل المنحة الشحيحة التي كنا نعيش عليها. أعرف حالات نساء كنَّ عاجزات عن أن يعشن عدم القلق وفرصة التكوين التي تعنيها منحة دراسية للزوج، وأجبرن أزواجهن على أن يُحَبِّلُوهن من أجل حل مسألة حرمانهن وخوفهن، من دون أدنى اعتبار إلى أن واجب أزواجهن هو الدراسة والتركيز عليها. أي أنني لم أتجاهل لحظة واحدة أن «خوانخو» يقوم بمجهود هائل وأنني حرة في استخدام وقتي والاستمتاع به. بدا لي الأمر أشبه بهدية، واخترت متابعة بعض الدورات في قسم اللغة الإنجليزية، ولو لمجرد اكتشاف أنني أكره اللسانيات والصوتيات وأن الشيء الوحيد الذي يروق لي هو المطالعة؛ وكادت متعة القراءة أن تُنتزع مني بسبب الإفراط في التحليل، لأن هذا، في نهاية المطاف، هو ما يفعلونه بالكتب في الجامعات: يحللونها... عندئذ تخليت عن الدورة الدراسية، واستغللت كراريس الملخصات والمكتبة البديعة لأكرس وقتي، عن وعي، للقراءة وأنا مستلقية على الكنبة الوحيدة في شقتنا. كانت تشيلي تنهار بينما أنا أتغنج من مستر «داركي» الوسيم أو أفتح أبواب منزل «بريدشيد».

انقسمت العائلات في تشيلي إلى فئتين، وصار بعضهم يكره بعضهم الآخر، تعمق الإصلاح الزراعي، وفُقدت الأملاك العقارية، وباختصار... كل تلك العملية التي أوصلتنا إلى موت «سلفادور ألليندي»، بعد أن كنا أول أمة في العالم في حمل الاشتراكية إلى السلطة بطريقة ديمقراطية. النهاية يعرفها الجميع، وأُفضِّل اليوم عدم الوقوف عندها. هنالك آلام ستلاحقنا، آلام لجوجة، حتى أيامنا الأخيرة.

* * *

خلال الدكتاتورية رجعنا مجددًا إلى ديوك؛ ذهب «خوان خوسيه» هذه المرة من أجل الدكتوراه، وكنت أنا قد أنجبتُ للتو ابنتي الأولى، «لوثيا». لم أستطع حتى أن أمنح نفسي ترف رفض اللسانيات: لم أكن أرى سوى حفاضات، وزجاجات رضاعة، وسلق وجزر مهروسين، وساعات وساعات داخل البيت، منهوكة بالبرد الأمريكي الشمالي وبقلب يزداد صلابة في كل يوم. وفجأة أحسست أن فجوة تنشق في الأرض تحت قدميَّ. رجعتُ إلى تشيلي وكانت تلك نهاية حياتي الزوجية.

* * *

كان لا بد لي بعدها من إقامة علاقتين تاليتين قبل أن ألتقي بـ«أوكتافيو»، روح حياتي. «أوكتافيو» الملعون. كلانا من برج الأسد، وبهذا أُوضِّح لكنَّ كل شيء. نار خالصة جنبًا إلى جنب. نادرًا ما تعرفت على ثنائي أشد عاطفة منا. كنا نحب أحدنا الآخر حدَّ العبادة، ويكره كل منا الآخر، نتشاجر مثل اثنين من أبناء أحياء نابولي السفلية، نمارس المضاجعة بأبدع ما يمكن، نسافر، نتبادل الحديث، نقرأ الكتب نفسها، نقضي الوقت بروعة غير متناهية. أردتُ أن أحمل منه، لمجرد الحب الهائل الذي أشعر به نحوه، وقد توصلتُ إلى ذلك، وإن يكن بغير كثير من الحماسة من جانبه. عندئذ ولدت ابنتي الثانية، «فلورنثيا»، أمي القديسة ستتولى أمرهما عند الضرورة، وهكذا نتمكن نحن من مواصلة الرحلات وإيقاعنا المجنون. أمضيتُ معه أكثر قليلًا من عشرين سنة. لماذا يمكن لعلاقة في مثل سننا أن تفشل بعد عشرين عامًا؟ يبدو الأمر مستحيلًا. ولكن... هذا ما حدث. والأسباب: كان «أوكتافيو» مضطرب المزاج ومدمن تلفزيون. أو مدمن كرة قدم. أو

أنه مدمن الشيئين كليهما. كما لو أن لجهاز التلفزيون الذي يوقره مفتاحًا في دماغه عليه كتابة «أون/ أوف» بالإنجليزية وحين تشتعل إشارة «أون»، فليتلطف بنا الرب ويأخذنا معترفات.

* * *

«أوف كورس»، أنا المخطئة. لم يجبرني أحد على أن أكون امرأة. وقد عرفتُ ذلك منذ البداية. كان قد مضى على خروجنا معًا حوالي ثلاثة أشهر عندما دعاني للسفر إلى إسبانيا، كان لديه عمل هناك ليومين وبعد ذلك سنقضي أسبوعًا للتجوال في الجنوب الإسباني. سافرتُ معه، وكنت أعرف أن السفر يكشف أشياء يمكنكِ إخفاؤها في حياة المدينة اليومية، واعتبرت تلك الرحلة ـ بهذا المعنى ـ رحلة تعليمية. استأجرنا سيارة ومضينا متنقلين بين القرى حتى وصلنا إلى أشبيليا. بعد أن استقررنا في الفندق خرجنا للمشي وواجهنا إعلانًا يعلن عن أن «خوان مانويل سِرَّات» سيغني في «مايسترانثا»، ميدان مصارعة الثيران في المدينة. تحمستُ كثيرًا (كنا لا نزال في ظل الدكتاتورية، ولا يمكن لـ«سرَّات» أن يطأ أرض تشيلي) واتفقنا على أن نحضر تلك الليلة الحفل الغنائي، من دون أن يعيقنا عنه أي عائق. تناولنا الغداء في وقت مبكر وذهبنا لنستريح قليلًا في الفندق قبل الذهاب إلى الحفل الغنائي. استلقى «أوكتافيو» على السرير وأشعل التلفزيون. كان «المانشستر يونايتد» يلعب في تلك اللحظة واندمج هو في المباراة. بعد خمس عشرة دقيقة طلبتُ منه النهوض، لأنه علينا الذهاب إلى «مايسترانثا». فردَّ عليَّ باقتضاب: «انتظري». جلستُ على السرير. كنت أنظر في كل لحظة إلى الساعة. سنصل متأخرين يا «أوكتافيو». لا،

لا تقلقي، لحظة ونذهب. وعندما صار لا بد من ذهابنا، وقفت أمام الشاشة وقلت له، بصوت حاسم:

ـ يجب أن نذهب.

عندئذ رأيتُ لأول مرة تبدل ملامحه: احمرَّ وجهه، اضطربت عيناه وتشوه فمه في تكشيرة شديدة القبح. وصرخ بي:

ـ لا تغطي الشاشة أمامي!

لم يكن «أوكتافيو» قد صرخ بي قطُّ، ظللتُ أنظر إليه، غير مصدقة، متجمدة، كالمنوَّمة. وكرر بصوت متوعد:

ـ لا تغطي الشاشة أمامي.

وعندما تمكنتُ من الإتيان برد فعل، غادرتُ الحجرة فورًا وتوجهت إلى الحفلة الغنائية، وحيدة. لقد كان مفتاح دماغه موضوعًا على «أون». وبينما أنا أمشي، مضطربة، حزينة وغاضبة، فكرت: أهذا هو خطيبي المتودد؟ لقد اختفى الرجل الذي سافرتُ معه. أدركتُ أنه عليَّ أن أركب الطائرة التالية وأرجع إلى تشيلي. لم يسئ معاملتي فقط، بل إنه لم ينجز وعده أيضًا. هذان الأمران كافيان لإنهاء قصة الغرام. اليوم حفلة «سِرَّات»، وغدًا سيكون أمر آخر، لقد صرت أعرف ما يكفي عنه لأقرر عدم بقائي.

جاء إلى الحفلة خلال فاصل الاستراحة، كما لو أن شيئًا لم يحدث. ولم أغادر أنا في طائرة العودة.

(خلال علاقتنا قلت له مرات عديدة إنني كنت مجنونة بعدم ركوب تلك

الطائرة اللعينة في ذلك اليوم، وكان ردُّه لا يتبدل دومًا: أتتصورين كم كنتِ ستخسرين؟ من في العالم كان سيحبك مثلما أحبك أنا؟ ومع من يمكن لكِ أن تكوني أكثر سعادة؟ والمأساوي أنه، في هذا المنحى، على حق.)

سؤال كسب المليون: لماذا أحببتُ رجلًا بليد الحس؟ لأن بلادة الحس لم تكن دائمة، لم تكن تظهر في كل الأيام، وإنما عندما يضاء مفتاح «أون» الشهير. ومن أجل زيادة الحال سوءًا، كان متعصبًا في الطعام: لم أسمع في حياتي قطُّ مثل ذلك الكمِّ من القواعد التي يجب أن تكون عليها الأمور وتمارس بها في هذا الميدان. فمعه، الأمور لا تكون أبدًا على ما يرام. في بيت مولدي كان التكلم عن الطعام يُعتبر سوء تربية. إنني مجنونة، فمن تلك الحال قمتُ بقفزة انتهيت فيها إلى العيش مع شخص ليس لديه موضوع آخر للحديث. أنا أحب الأكل، ولكن مثل حبي لأي شيء آخر. (يجب أن أعترف أن «أوكتافيو»، في مجالات أخرى، كان رائعًا، أما الطعام فهو موضوع يومي، ربما أكثر من أي موضوع آخر، وبالتالي من الصعب تجنبه).

واقعة طريفة: كنتُ في المرحلة الأخيرة من حملي بابنتي «فلورنثيا»، وكانت تجري في تلك الأيام مباريات كأس بطل التحرير. كان «أوكتافيو» يستلقي على السرير وينظر إلى الشاشة، غائبًا بالكامل عما حوله. وكنت إلى جانبه أحاول أن أنام القيلولة، مع أنني أعرف أني لن أتمكن من النوم بسبب ضجة التلفزيون. نهضت إلى المطبخ بحثًا عن شيء آكله، وبينما أنا في الردهة أحسست بما يشبه الوخزة وببرودة غريبة بين ساقي، وتلا ذلك دفقة ماء. حين انتبهت لما يحدث لي، أطلقت صرخة قوية: «أوكتافيو»، لقد تمزق كيس الماء! لم يأتني جواب. طبعًا، لم يسمعني. مشيتُ بصعوبة

حتى حجرة النوم، مبلِّلة كل شيء في طريقي. وصرخت من جديد: «لقد انشقَّ كيس الماء!». عندئذ نظر إليَّ، لم يستطع صرف نظره عن المشهد الذي كنتُ عليه: مهولة، بساقين مفتوحتين، وأقطر ماء. أتظنون أنه نهض فورًا وبحث عن مفاتيح السيارة ليأخذني إلى المستشفى؟ لا. قال لي: انتظري قليلًا، الشوط الأول يكاد ينتهي. وأتذكر أنني، في عجزي العميق ذاك، انتزعت من يده جهاز التحكم ألقيت به نحو الجدار، وهو تصرف تمكن من إثارة ذهوله على الأقل، وسقط الجهاز فتاتًا. لقد ظل أثر الصدمة على الجدار إلى الأبد، وبعد خمس عشرة سنة من ذلك، كنت أنظر إلى ذلك الأثر حين أكون غاضبة وأقول لنفسي بالإنجليزية: «سوري، بيبي»، ولكن أية لعنة ما زلت تفعلينها حتى الآن معه؟

* * *

حين كنا صغارًا، كان لديَّ كلب كرست له كل حبي. كان اسمه «كوبيتو». و«كوبيتو» كان يأكل معي، يخرج معي، ينام معي، لم نكن ننفصل أحدنا عن الآخر. عندئذ ـ وككاثوليكية طيبة ـ قررتُ في أحد الأيام أنه يجب تقديم مناولة أولى إلى «كوبيتو»، مثلما فعلتُ أنا نفسي قبل وقت قريب. نظَّمتُ طقسًا احتفاليًّا كاملًا، دعوت بعض أبناء عمومتي، وجميع الخادمات، وإخوتي وأبويَّ. أُعدَّت الطقوس كافة مثلما أُعدَّت لي. قصصتُ قطعة كرتون، ورسمتُ عليها ملائكة ومهود ميلاد وكتبتُ على وجهها الآخر عبارة إنجيلية واسم «كوبيتو» وتاريخ المناولة. كل شيء كان يمضي على ما يرام. وفي اليوم السابق لطقوس مناولة خبز القربان رآني أحد إخوتي من بعيد في الحديقة... كنت أضرب «كوبيتو»! (إنه أخي من اعتاد أن يروي

هذه القصة، وليس أنا). اقترب مني مذعورًا ليعرف ما الذي حدث. فقلت له غاضبة: إنه لا يريد ترديد صلاة «أبانا الذي في السماء»، أمضيتُ ساعات وأنا أعلمه ولا يريد الصلاة!

لا فائدة من الضرب ولا الصراخ: الناس لا يتغيرون. يجب فهم هذا منذ اليوم الأول وعدم تبديد السنوات والجهد في محاولة التوصل إلى ذلك. وإذا كان الرب قد خلق شيئًا من المرونة في العالم، فقد احتكرتها النساء. أما هم فظلوا بلا أي شيء منها. لن يتبدلوا أبدًا. اللهم إلا بالبروزاك. إذا تمكنتِ من إجبارهم على تناوله.

وبمناسبة الحديث عن «البروزاك»، أحد موضوعات الجندر المهمة هو موضوع الأدوية. فالرجال يشعرون أنهم شديدو الرجولة ويمكنهم «تجاوز المشكلات وحدهم». «وحدهم» تعني من دون أدوية ومن دون علاج نفسي. يرون مغامرة ذكورية عظمى في مواجهتهم مشاكلهم من دون عقاقير. من أين تأتي كل هذه البلاهة؟ لقد سمعتُ رجالًا يتحدثون عن الفخر الذي أحسوا به لدى خروجهم من اكتئاب «وحدهم»، بالاعتماد على أنفسهم. كيف لا يدركون أنه يمكن للعقار أن يكون هو المنقذ، وأن قرص دواء في اليوم، مجرد قرص سخيف وصغير، يمكنه أن يزيح حجبًا سوداء تحجب الشمس؟ وبالمناسبة، «أوكتافيو» يعتبر كل ما له علاقة بالعلاج وبالطب النفسي شيئًا فظيعًا.

* * *

عندما هجرتُ «أوكتافيو»، لم يبق أحد إلا وقال إنني غبية، مجنونة. وقد جرى الأمر على هذا النحو: كنتُ مكتئبة، أتلقى العلاج عند «ناتاشا»

وأتناول أدوية للحالة. وكان هو لا يفهم أقل القليل مما يحدث لي. فالاتصال بالمؤثرات الانفعالية، في نظره، تمرين ضروري. كان يحاول مساندتي، ولكن عدم فهمه أي شيء يجعل مساندته بلا أهمية. يرى أن عليه «إخراجي من حالة الاكتئاب» بابتكار أشكال من التسلية لي. قرر أن نسافر إلى الصين، وأن الرحلة ستحسن حالتي. لم يكن يلحظ المعاناة التي تعنيها لي مغادرة الفراش... استأجرتُ بيتًا على الشاطئ لقضاء فترة بعيدًا عن أي ضغط، ووعد بأنه سيأتي لزيارة في عطلة نهاية كل أسبوع.

جاء في أول يوم جمعة مفتونًا، ومعه سلة بديعة ممتلئة بأشياء لذيذة أحبها بصورة خاصة: شطائر، جبن أبيض، خبز فلاحي، نبيذ أحمر. قال إنه يفتقدني كثيرًا، وإن كل شيء خواء من دوني. تناولنا الطعام في المطبخ، قريبين أحدنا من الآخر، وبدا أن القول في أيام اكتئابي (لست مريضة) قد تقلص. حين صعدنا إلى غرفة النوم، نظر فيما حوله ثم سألني بارتباك:

ـ أين التلفزيون؟

فأجبته:

ـ لا يوجد تلفزيون في البيت.

ـ كيف تستأجرين بيتًا بلا تلفزيون؟!

فقلت مدافعة عن نفسي:

ـ حسن، عدم وجوده راحة بالنسبة إليَّ.

عندئذ رفع صوته:

ـ ولكنهم سيبثون هذه الليلة مباراة «البرسا» و«الريال مدريد»! لقد جئت باكرًا من «سنتياغو» لأتمكن من رؤيتها هنا.

أجبته وأنا مذعورة بعض الشيء لأني لم أخبره مسبقًا:

ـ متأسفة ولكن يمكننا الاتصال بالصغيرتين كي تسجلا لك المباراة.

اشتعل عندئذ مفتاح «أون» واتهمني صارخًا بأني أنانية، لا أفكر فيه وأسيء معاملته. ولكنني أنا المكتئبة يا «أوكتافيو»، أكاد لا أستطيع تولي عبء ضرورياتي. نظر إليَّ بوجه محمرٍّ، غاضب، كمن به مس، ثم تناول مفاتيح السيارة وانصرف. وبينما هو ينزل السلَّم قال صارخًا:

ـ لن أعود قطُّ إلى هذا البيت!

رأيته يغادر وفكرت في كم هو مرعب كون إحدانا شاهدة على كيفية تحول رجل لامع وذكي إلى أبله خلال ثانية واحدة. لقد كان اكتئابي مجرد تفصيل تافه بالمقارنة مع مباراة فريق برشلونة. شعرت أنني مثل مجنون «شتاينبك» ذاك الذي بسبب عدم وجود فراء أخرى، يداعب فئرانًا وهو يضع إصبعه في جيبه.

لم يرجع فعلًا. ذكَّرته هاتفيًّا بوضعي وبحالة ضعفي وطلبتُ منه أن يأتي لزيارتي. ولكنه لم يفعل. كان الغضب قد فاض. وعندما رجعتُ إلى «سنتياغو»، بعد أسبوعين من ذلك، هجرته.

قلت لنفسي: لن أكون أبدًا وعاء قمامة زوجي. فكون كائن بشري آخر يعيش معكِ، لأنه عقد معك عقدًا معينًا يسمى الزواج، يدفعه إلى الظن أنه بإمكانه استخدامكِ ليسكب عليكِ كل واحدة من فضلاته، سواء أكانت

غضباته، أو أخطاءه، أو إحباطاته، أو مخاوفه، أو قلقه. هذا الكلام ليس من اختراعي، لقد قرأته في إحدى الروايات. بطلة الرواية تطلق على نفسها تسمية «مزبلة الزوج» ـ وبالمناسبة، كاتبة الرواية امرأة ـ وعندئذ جاءتني الومضة: هذا ما نحن أو كنا عليه جميعنا. ومن هي ليست كذلك فلترفع إصبعها كي نصفق لها.

* * *

جميع المقربين مني، وبأفضل النوايا، ذكَّروني بكم كنا سعيدين، وكم أحبَّ كل منا الآخر، وكم كان ممتعًا الوقت الذي أمضيناه معًا. وكان كل ما يقولونه صحيحًا. ولكن شيئًا عميقًا فيَّ كان قد تأذى. لو أنني رجعت وتعرضت لنوبة عصبية أخرى من «أوكتافيو»، لكنت انتهيت... لكنت تحولت إلى فتات نفسي بالذات. أو لكنت قتلته بكل بساطة. أضف إلى ذلك أنني كنت مقتنعة بأن الأمر سينتهي به إلى البلاهة، كم من ساعات التلفزيون يتحملها الدماغ؟ وكنت أعلم، بصورة يقينية، أن ثمن الحفاظ على الحياة معه هو «التنازل». يا للخطر الذي تتضمنه هذه الكلمة. إلى أي حدٍّ يمكن التنازل من دون إلحاق الضرر جديًّا بالهوية الشخصية، ومن دون فقدان الاحترام بصورة نهائية؟ كنت أتخيل المستقبل. كم من المرات الإضافية سيوضع مفتاح دماغه في حالة «أون»؟

وكمناضلة «نسوية» كانت ترعبني ملاحظة كيف ينحدر اعتزازي الذاتي. وكنت أقول لنفسي: إذا كان هذا يحدث لي أنا، فما الذي يحدث للأخريات؟ كان التناقض يؤلمني، أشعر بأن حياتي وأنا نفسي مجرد «بلاف» (خدعة).

عندما تعارفنا أهديت إليه عبارة لـ«شيلي»، مكتوبة بخط مُقنِع، وتمثله

في نظري: «روعتك، جمالك، رعبك». وعندما تضاءلت الروعة والجمال، أرسلت إليه عبارة «شيلي»، بعد عشرين عامًا، مع وضع خطٍّ شديد تحت الكلمة الأخيرة.

* * *

ظللتُ وحيدة. وكنت آنذاك في السابعة والخمسين.

استبعدتُ فكرة الحصول على رجل آخر. فالسوق بالغ القسوة، مثلما كان يقول رئيسنا «إيلوين». فالرجال الذين يمكن لهم، عاطفيًّا وفكريًّا، أن يكونوا مع امرأة في السابعة الخمسين يختارون من هي في السابعة والثلاثين. إذا كان الأمر كذلك... لست أرغب - وأتكلم من أعماقي - في العودة إلى رؤية الحياة كثنائية. لقد نلت ما قُدِّر لي أن أناله. وحين صرت وحيدة بدأت أشعر براحة هائلة.

لا مزيد من كرة القدم على الشاشة أبدًا.

لا مزيد من رجل يمسك جهاز تحكم، وهو مستلق على السرير، بعيني معتوه.

لا مزيد من صوت التلفاز المشتعل دومًا.

لا مزيد من وضع واقية على أذني كي أتمكن من النوم.

لا مزيد من الذهاب مع كتابي بحثًا عن مكان أقرأ فيه لأني لا أستطيع ذلك في حجرتي.

لا مزيد من الصراع مع نادي «كوكو» من أجل الحصول على لحظة انتباه.

لا مزيد من:

- «سيمونا»، اشتري النبيذ أنتِ من أجل الليلة لأنني مشغول، فقد بدأ الشوط الأول للتو.

- بالله عليكِ يا «سيمونا»، «اليوفينتوس» يلعب، كيف يمكن ألا تطلبي من الصغيرتين أن تصمتا؟

- اسمعي يا «سيمونا»، يمكنكِ فصل الهاتف، فلن يحدث شيء بينما أنا أرى المباراة.

- هل تسمين هذا منزلًا؟ بهذه الثلاجة الخاوية... كيف يمكن لرجل ألا يجد أدنى تفهم في بيته بالذات!

- أطفئي هذا الضوء يا «سيمونا»، أرجوك، لا يمكن رؤية التلفزيون بينما مصباح السقف مضاء، اذهبي للقراءة في مكان آخر.

لم يعد عليَّ تولي مسؤولية عقل آخر، وجسد آخر، وتطلعات أخرى، وخدمات منزلية أخرى، وباختصار، آلام أخرى. أحسست نهائيًّا بأنني أكثر خفة. وكان لـ«ناتاشا» أهمية كبرى في إسناد جسارتي تلك. عندما أفكر في نساء متزوجات، أفكر: كم منهن موجودات حيث يشأن؟ في بعض الأحيان أخرج للمشي في الحي الذي أعيش فيه بـ«سنتياغو»، أنظر إلى البيوت والشقق السكنية، إلى الحركات اليومية وراء الستائر، وأتساءل: كم منهن لا يرغبن في أن يكنَّ في مكان آخر؟

صراعي الداخلي كان يتلخص في: إما أن أستسلم للكلبية أو أهجر «أوكتافيو». الكلبية هي وسيلة يلجأ إليها كثيرون، وبصورة خاصة مع

مرور السنوات. نقول لأنفسنا لقد كبرنا، ويجب ألا نفكر في الحب كشيء كامل، ووجود بقعة لا تلطخ الشرشف كله، وإذا كانت اللطخة رهيبة، ماذا لو وضعنا فوقها زهرية وكفى؟ يا لسهولة الأمر اللعينة! الكلبية تستقر وراء كل ظَهر مثل حيَّة صغيرة، تغوي وتغوي.

ولكن على الرغم من الإغراءات، لم تغوني الكلبية. إنني في المكان الذي اخترته. نحن النساء لسنا معتادات كثيرًا على الاختيار، إننا عالقات في مصيدة تبعيتنا، ابتداء من التبعية الاقتصادية وحتى العاطفية.

ومع ذلك فإن ما فقدته كثير جدًّا. لأنني حين أُجري الحسابات التي كان «أوكتافيو» يطلب مني إجراءها دومًا، أي وضع حسنات وسيئات علاقتنا في كفتي ميزان، فإن الحسنات كانت حسنة جدًّا، لهذا السبب بقيت سنوات طويلة معه. في بعض الأحيان أفكر، اللعنة، ما الذي جرى لحميميتنا؟... لقد كنا حميمين، حميمين جدًّا. لم أتمكن قطُّ أن أكون معه في المكان نفسه من دون أن أشعر بحضوره، فقد كانت هناك قوة ومتعة كبيرتان في داخلي لم أستطع قط عدم رؤيتهما... وإذا ما نهضت لتناول كأس ماء، أقطع قراءته للجريدة لمجرد لمسه، هكذا، بخفة رقيقة، كي أقول له دومًا إنني ألحظ وجوده، وإنني ممتنة للحياة لأنه معي. ألمسه دومًا. لم أتخلف يومًا عن الاعتياد على تقاربنا، وكنت أقدِّر ذلك التقارب كل يوم. ونبله في حبي... لم أعرف مثله قطُّ. لم يكن بخيلًا في حبه قطُّ، ولم يقننه قطُّ. كان يحبني بكاملي وبصورة منفتحة، ولم يغلق الباب حتى في أسوأ اللحظات. ولم يتخلَّ يومًا عن فتح سريره لي بشهامة إذا ما أردت الدخول إليه. لم يسمح يومًا بأن أشعر أنني غير واثقة من حبه لي، ولو ثانية واحدة.

لقد كانت علاقة شديدة العمق، يمكنني الاختباء تحتها، الاختفاء، الاحتماء من العالم بأسره، باستثنائه هو. توسلت إليه ألف مرة أن يعالج خمول الحس، أو الإدمان أو أي تسمية يشاء، سوء طبعه الذي سينتهي إلى تقويض هذا الشيء الوحيد الذي نملكه، توسلت إليه وتوسلت، لأنني كنت أعرف أن تبلد الحس ذاك بالذات وسوء المزاج ذاك بالذات سيُبعدني. ولم يستجب لي.

ما فقدته كان كثيرًا.

وقد قال ذلك «شكسبير»: «ما الحب إلا الجنون».

* * *

صديقاتي، وبخاصة من يعشن منهن بطريقة تقليدية إلى هذا الحد أو ذاك، كنَّ يروين لي كم هي مؤثرة حال النساء الوحيدات. وبأنه حين تنضم إحدى صديقاتي إلى منضدتهن في حفلات الزفاف، تكون المسكينات في حالة ترقب على الدوام، كاشفات بإيماءة وحيدة مقدار لعنة وضعهن. إنهن يجتمعن لوضع قائمة بالأزواج الذين ينفصلون عن زوجاتهم أو يترملون كي يقمن بشن الهجوم. ولا يلتقين إلا فيما بينهن، محاولات أن تنفع العازبة التي بجوارهن في أداء دور الزوج عند الذهاب إلى السينما، والتعرف على مطعم جديد، وقضاء أمسية يوم سبت، وأمور من هذا النوع. وأتساءل: لماذا لا يستطعن الذهاب وحدهن إلى السينما؟ فلا شيء أفضل من رؤية فيلم بصمت. لستُ بالشخص القادر على المحاكمة، ولكنني أتألم من أجلهن، للإجحاف الذي يبدو عليه عيشهن بإحساس دائم بأنهن مستبعدات. عندما يحدثنني عن رعب عدم امتلاك قرين، يعترض ذهني مفكرًا: فليذهب الهدف

الرمزي إلى الجحيم، سأعيش أخيرًا مثلما أشتهي. والطريقة التي يُنكسن بها راياتهن من أجل الحصول على رجل، سببت ـ وتسبب لي ـ كآبة أشد. ومع تقدمهن في السن يُخفضن من تطلعاتهنَّ ويقنعن بتقبل رجال ما كُنَّ ليوجهن إليهم نظرتين في شبابهن. تنعدم تطلباتهن. ينتهي مطلب التكافؤ. لو كانت إحداهن تشعر بأنه لها الخيار، أكانت ستختار ذلك؟ وهكذا، أرى نساء رائعات مع بلهاء حقيقيين، والجميع سعداء.

إحدى شقيقاتي متزوجة من رجل أعمال مهم، تقضي الوقت في حضور «واجبات اجتماعية» تخصه. وأنا، في حالة التوحد التي أنا عليها، أستبق ليلتها حين أراها تتبرج قبالة المرآة، وأفكر في الأحاديث الرسمية والواجبات التي تنتظرها، في وجبة الطعام التي ستُقدم في وقت متأخر، في ساعات الأحاديث الخفيفة التي عليها أن تملأها، وكيف ستتظاهر بالاهتمام بمن يجاورها على المائدة ـ وهو لا يعني لها شيئًا، وفي كم من الكؤوس ستضطر إلى تناولها كي تقاوم الضجر، وكم من التعليقات الذكية سيكون عليها قولها كيلا يعتقد الآخرون أن زوجها قد تزوج من امرأة بلهاء، وكم ستؤلمها قدماها عند عودتها بهذا الحذاء ذي الكعب العالي، والفتور الذي ستتذكر به سريرها عندما تحدثها المرأة التي بجوارها عن بعض تحولات أبنائها المفاجئة. عندئذ أقول لنفسي: فلنلغِ الواجبات الاجتماعية الزوجية المتعددة! فكل كائن بشري لديه ما يكفي، ولكن، أليس عليه أن يتبنى مشاكل قرينه كما لو أنها مشاكله؟ مرافقة الآخر جميلة في بعض الأحيان. تعال، رافقني، إنني وحيد. فعل الذهاب إلى ذلك الآخر بحد ذاته له مغزى. أنا، الشخص الأول، أرافق الشخص الثاني وينغلق فعل

«المرافقة» بصورة بديعة. ولكن حين يمتد الفعل إلى أشخاص آخرين: تعال، رافقني ورافق آخرين... لا. هذا غير ممكن.

الثنائي يتألف من شخصين مستقلين، وليس خلطة وحيدة ممزوجة. لا، بالله عليكم!

أظن أن كل كائن بشري يولد بنصيب محدد من القدرة على الضجر. ولا شك في أن البعض تكون من نصيبهم حصة أكبر من آخرين. ولكنني أظن أنه علينا أن نكون متنبهين إلى اللحظة التي تأخذ فيها حصتنا بالنفاد، علينا أن نلحظ ذلك في الوقت المناسب. فإذا لم تنتبهي يمكن لكِ أن تنهاري فجأة بطرق شديدة الشؤم. انتبهي! هل عشتِ حصتك من الضجر كاملة؟ عليك إذًا أن تنسحبي، أن تقطعي الأمر، أن تنهيه. ولا تضري بنفسكِ.

* * *

ولقناعتي بأن الإفراط في التفاؤل مزعج، حاولت جعل الأمور نسبية. قلتُ لنفسي: بإمكانك يا «سيمونا» أن تري الطريق باستخدام الأضواء القصيرة أو الكشافات البعيدة: اختاري. وهنالك تفصيل مهم يتمثل في أن «لوثيا»، ابنتي الكبرى، قد تزوجت، وأن «فلورنثيا» في إنجلترا تتابع دراستها العليا. وهذا يعني أن دور الأم لم تعد له مكانة مركزية.

لم أعد أسعى في تفكيري إلى ملاحقة **الحقيقة** وإنما إلى المخيلة. كنتُ موقنة بأنني قد تجاوزت أزمنة الحقيقة الخالصة، ولم أعد أؤمن بها ولا أحتاج إليها. ومع ذلك كان الجوع إلى التخيل ينمو وينمو، كان

يتضخم مع كل يوم جديد أفتح فيه عينيَّ. كم يبدو لي غريبًا ما أقوله لكُنَّ لأنه لم يخطر لي من قبل قطُّ أنه يمكن للحقيقة والخيال أن يكونا على طرفي نقيض. ولست أدري إن كنت أفكر في ذلك حقًا.

إنني أرغب أحيانًا، كما «لويس كارول»، في أن أعرف ما لون الشمعة حين تكون مطفأة.

عرضتُ بيتي في «سنتياغو» للبيع، وبينما سماسرة العقارات يعرضونه على مشترين، رحت أجوب بسيارتي الساحل التشيلي. ولكنني كنت بحاجة إلى قرية، مثل تلك القرى التي في أوروبا أو الولايات المتحدة، توجد فيها حياة وأناس وخدمات خلال الشتاء. هنالك قرى كثيرة في القارات الأخرى يمكنني الذهاب إليها وأنا مغمضة العينين. ولكننا نفتقر إليها في تشيلي. جمال طبيعتنا كله مخبأ في أمكنة برية، إنها أجمل أمكنة في العالم، ولكنها مخبأة. من الصعب هجر العاصمة واختيار مكان يمكن العيش فيه ضمن جماعة في هذه البلاد. (أضف إلى ذلك أن المكان يجب أن يكون جميلًا، وجميلًا **جدًا**، كي يغويني، لأنه يمكن لمكان وسطي أن يفزعني. فأنا ابنة أمي وحفيدة جدتي. **أجل**، هذا أمر لا يمكن التخلص منه أبدًا).

كانت قد مضت عليَّ سنتان وأنا أنعم بامتياز العمل في بيتي، فالمنظمة التي أقوم بالأبحاث لمصلحتها ليس لها ولو مجرد مكتب في تشيلي، ويمكن لي بالتالي ممارسة حياتي العملية في أي مكان. يكفي الذهاب إلى «سنتياغو» مرة في الشهر من أجل مراجعة بعض المعطيات والبحث عن أمرين أو ثلاثة في المكتبة العامة. إنني بحاجة إلى أفق فسيح، بحاجة إلى البحر. إلى البساطة. إلى جعل العبء أكثر خفة. أظن أن ذلك الخط البسيط

والأبدي الذي يمنح المحيط أفقًا يُعلِّم لي طريقًا. تراكمُ إحدانا أشياء كثيرة على امتداد سبعة وخمسين عامًا، ابتداء من الأثاث وحتى العلاقات. ابتداء من معارف يمرون كأصدقاء حتى زينات للمناضد. قررتُ رفع ذلك كله عن كاهلي. وكما لو أن الأمر طقس، بدأت بقص شعري وأزلت صباغه كيلا أصبغه بعدها أبدًا. ثم دعوت جميع صديقاتي ورحت أهدي إليهن ألف شيء لا أحتاج إليه. ابتداء من عقد وحتى فازة مزهرية. أزحت جانبًا ما سآخذه معي إلى حياتي الجديدة وفتنتني قلة تلك الأشياء. هل فكرتم في كل الأشياء غير الضرورية التي تحيط بإحدانا؟ الأساور على سبيل المثال. الأساور تفتنني وفي كل مرة أرى سوارًا جميلًا أشتريه. ولكنني في النهاية لا أستخدمه، لأنه يضايقني، ليس بالإمكان قضاء ساعات طويلة قبالة الكمبيوتر بينما حلقات من الفضة أو الخشب تُحدث قرقعة على المنضدة أو الماوس. وكذلك الشراشف البيتية، أو البياضات كما يسمونها، مع أنه صار من شبه المستحيل العثور عليها بيضاء بالكامل: لقد علمتني أمي أنه يجب امتلاك ثلاثة أطقم من شراشف السرير وثلاث مناشف، واحدة في الاستخدام، وأخرى في الغسيل، والثالثة نظيفة في الخزانة. اشتريت زوجًا من أغطية الفراش وكفى. ولماذا إنهاك نفسي في ترتيب الأسرة على الطريقة القديمة؟ لا. وبعد ذلك تأتي ملابسي. وهذه الأحذية التي تلبسها إحدانا مرة في السنة من أجل الذهاب إلى عشاء فاخر. أنا لن أحضر بعد اليوم وليمة من هذا النوع. للحياة الاجتماعية تاريخ انتهاء صلاحية، مثل علب اللبن. وبالتالي انتهى الأمر بهذا النوع من الأحذية والملابس والإكسسوارات إلى أيدي صديقتين تواظبان على حضور أي حفلة زفاف. احتفظتُ ببعض المناديل والشالات، من

الحرير أو الكشمير أو صوف الألبكة، ليس لأنها فاخرة وإنما لأنه يروق لي الإحساس بها تلامس جسدي. وبجلابيتين بيتيتين للصيف. وهكذا، حيال دهشتي، تقلصت المواد التي فيما حولي بصورة جوهرية.

اشتريتُ شقة على أجمل شاطئ في تشيلي.

لم أرغب في بيت مستقل، لم أعد في وضع مناسب لذلك. قررت أنني أستحق، فضلًا عن مدفأة الحطب، تدفئة مركزية، وأمان، وبوّاب طوال الأربع والعشرين ساعة، يساعدني في حمل أكياس المشتريات والصعود بها، وقبل ذلك كله عدم تحملي أعباء أي عطل، مما يعني الاستغناء عن خدمات عمال إصلاح الغاز أو الكهربائيين المقيتين. لا مزيد من البستانيين أو مشذبي الحدائق. لقد ملأت شرفتي بنباتات وأخدم نفسي بنفسي كبستانية راضية. لديَّ نوافذ فسيحة جدًّا، ولا شيء يحجب رؤية البحر، وداعًا لقضبان الأمان الحديدية على النوافذ. تضم الشقة غرفتي نوم، لكل منهما حمامها، إضافة إلى صالة صغيرة حيث وضعتُ منضدة مكتبي. لابنتي وأصدقاء مكان ينامون فيه، والمساحات لطيفة ومقتضبة: كل شيء سهل هناك.

يجب عليَّ أن أتكلم عن شخصية محورية: إنه «بونجالو بيل». فقد رأت ابنتاي، عند ذهابي إلى الشاطئ، أنه يمكن لي أن أشعر هناك بالوحدة وقدمتا إليَّ كلبًا كهدية. ليس جروًا صغيرًا، لا، إنه كلب كبير وقد صار اليوم ضخمًا ويشغل في البيت مساحة أكبر مما أشغله أنا. إنه كلب سلوقي أبيض ضارب إلى الصفرة، بلون الزبدة التي تُحضر في الأرياف. في البدء لم أعره كبير اهتمام، وكنت أحتج على العبودية التي يعنيها إخراجه للتنزه

كل يوم وتعليمه الأساليب الحميدة. ولكن حدث ما لا يمكن تصديقه: لقد أغواني وأنا اليوم أشد المعجبين به. ما بين قتامة عينيه يطل فتات حزن، إيه، «بونجالو بيل»، «وات ديد يو كيل، بونجالو بيل»، لا وجود على هذه الأرض لمن يحبني مثله، حسن، إنه كلب مثير للمشاعر، أجل. وبما أنه قد ترعرع في شقة، ومعي وحدي، فإنه حيوان مهذب جدًّا. أعرف أن الكلاب السلوقية لعوبة فضلًا عن كونها كثيرة الحركة، ولكن «بونجالو بيل» قرر، بحكمة، أن يتأقلم مع الواقع الذي كان من نصيبه، وقد تنقضي أحيانًا ساعات طويلة لا أعرف فيها شيئًا عن حياته أو حتى عن حياتي نفسها. وعندما أرغب في البقاء في السرير لأن النهوض يضايقني وأكون مستغرقة في قراءة رواية لا أريد إفلاتها، أتصل بـ«أنخيليكا»، وهي صبية من القرية تُبقي هاتفها المحمول مفتوحًا دومًا، وأطلب منها أن تحل محلي في تنظيم نزهاته.

الهدية الأخرى التي قدمتها إليَّ ابنتاي هي تعليمي كيفية استخدام «الآيباد»، وقد سجلن لي موسيقاي المفضلة كلها إلى حدٍّ أنني لم أضطر إلى نقل أسطوانات «السي دي» (ولا حتى أشرطة الكاسيت القديمة ولا أقراص الفنيل). حين أخرج للمشي مع «بونجالو بيل»، آخذ معي جهاز «الآيباد» مع سماعتيه القزمتين، وبينما الكلب يركض أُحلِّقُ أنا مع ألحان «فيسنتكو» أو «براهمز». لقد شكَّل هذا الجهاز الصغير إضافة هائلة إلى حياتي. من الجيد وجود أناس شباب في محيط إحدانا كيلا تفقد التواصل مع الأشياء الجديدة.

من سيصدق؟ لقد اشتريت جهاز تلفاز مسطح كبير الأبعاد، وفتحت

حسابًا حيث فيه أتلقى النزوات كافة التي تغويني في «أمازون»: كتب، أسطوانات، أفلام. وبشأن المسلسلات التلفزيونية، لا شك لديَّ في أنها تؤدي الدور الذي كانت تؤديه الروايات في القرن التاسع عشر. إنني أتخيل «بلزاك» وهو يسلِّم فصله الأسبوعي، مثلما يفعل كاتب سيناريو مسلسل «ماد مين» الأمريكي بحلقته الجديدة، بينما متابعو التلفزيون ينتظرون باللهفة نفسها التي كان قراء ذلك الزمان ينتظرون بها. إنها الطريقة المعاصرة لعيش وهم حيوات أخرى، والذهاب إلى أمكنة بعيدة، ووضع المرء نفسه في دور شخصية أخرى. وبحسابات طيبة: إنها الطريقة الجديدة لرواية قصص. هذه أنا، من كنت أنتقد إدمان زوجي كثيرًا. ولكنني لا أشاهد المسلسلات إلا عندما أمتلك حلقاتها كاملة، لست قادرة على أن أظل متيقظة لمواعيد التلفزيون الرسمي، وعندما أغرق في المسلسل أشاهد حلقة بعد أخرى، وفي بعض الأحيان أقضي الليل كله مستيقظة، مثلما حدث لي، مثلًا، مع مسلسل «٢٤». ليس لديَّ أدنى إحساس نقدي تجاه «جاك باير» ـ وهو في العمق شخص فاشي ـ وأنا أعبده، مهما كان ما يفعله. لسبب ما، لم أكن أجرؤ على قضاء الليل ساهرة في «سنتياغو». أمر غريب، النظام هناك، بمجرد وجوده، ينتزع مني حرية النوم طيلة فترة الصباح إذا كان ذلك ضروريًا. فبسبب «أ»، أو «ب»، أو «ث»، هنالك على الدوام شيء يحدث فيما حولي يمنعني من البقاء نائمة، وإذا بقيت يملؤني شعور بالذنب.

يروقني منزلي الجديد. أتأمله مطولًا ـ لقد صرتُ تأملية مع مرور السنوات ـ وأعطيه معنى ضمنيًا متخيلًا حسب كل يوم. فمرة يكون مغارة تُرضع فيها حوّاء طفلًا، وفي حين آخر تكون الغرف حجرات حريم تركي،

حيث تنعم المحظية باستقلالية بديعة محاطة بالحرير والسجاجيد السحرية لأن المغولي ينسى اختيارها. وأفكر أيضًا في أن بيتي هو حجرة راهب من العصور الوسطى، حجرة متقشفة، لا يدخلها إلا بعض طلبة العلم ورفوفها المترعة بكتب تغطي الجدران من الأرض حتى السقف العالي. وبين هذه التخيلات جميعها، هنالك واحدة تروقني بصورة خاصة: عنوان إسباني كانوا قديمًا، في العام ١٧٩٩، يبيعون فيه لوحات «جويا»، «النزوات»: شارع «ديسنجانيو»، الرقم ١، متجر عطور ومشروبات.

إنني أتولى أموري بنفسي وأشعر أنها المرة الأولى في حياتي. لا أعجن الخبز كل صباح مثلما كانت تفعل «يورسنار» ولكنني اليوم أشتريه، ابتداء من خبزي وحتى العيش وفق مواقيتي الخاصة. كل شيء بين يدي. أذهب إلى مرسى الصيادين وأشتري السمك طازجًا، خارجًا لتوه من البحر. لقد صرت زبونة معهودة وهم يحتفظون لي إذا تأخرت بسمكة نازلي أو غراب بحر. وتأتي «أنخيليكا» التي ترافق «بونجالو بيل» في نزهته لتنظيف البيت مرتين في الأسبوع، لأن تمرير المكنسة الكهربائية وغسل الثياب صار ينهكني. تلك هي المساعدة الخارجية التي أتلقاها والأثر المتبقي من تربية الدلال التي لقيتها. وفي شهر فبراير أقفل الشقة وأذهب في إجازة، مثلما يفعل الجميع. لا تتخيلن أني أعيش حياة تقشف أو تضحية، بل على العكس تمامًا. عندما أضجر من الطبخ، آكل خبزًا وجبنًا ـ وجبتي المفضلة، ما دام معها كأس نبيذ أحمر ـ وأفكر في أنني سأخرج في صباح اليوم التالي للمشي على الشاطئ لأتخلص من كالوريات الليل. (أضف إلى أنني لست بحاجة لأن أكون «باربي»، فعمري واحدة وستون سنة وليس

هناك من يهتم بتكوراتي). في بعض الأمسيات أجلس على شرفتي وفي يدي كأس خمر، لا لعمل أي شيء. لأتأمل وحسب. أكرر، لقد تحولت إلى تأملية. عدم العمل يجتذبني ويبدو لي ذلك شيئًا جديدًا. لقد تعلمت التأمل، وأفعل ذلك بمزيد من الانضباط كل يوم والنتيجة إيجابية بصورة غير متوقعة. كيف لم أتعلم ذلك قبلًا؟

فترات الصباح عالية المردود، أستيقظ نشيطة وذكية لأني أكون قد استرحت جيدًا. تروقني الصباحات وكلما كانت شتائية تكون أفضل. المطر هو حالتي المناخية المفضلة. صوت وقعه القديم يبدو لي موسيقيًّا. لا يروقني إلى حدٍّ أن أبلل نفسي أو أمشي تحته بطريقة هوليودية، وإنما هنالك شيء يحدث لي في حالة البرد في الخارج والدفء في الداخل، حيث تكون إحدانا وراء النافذة، ملتفة بفتور بشال، ومحتضنة «بونجالو بيل» وتتأمل الأمواج. لم أشعر بالسعادة مثلما شعرت بها آنذاك. أحمي نفسي، أتدثر جيدًا بينما الطبيعة تقوم بعملها؛ ربما لتلك المتعة علاقة بأنني قد كسبت الجولة على الجو الهائج. عندئذ أُشفق على جميع النساء اللاتي يبعن أرواحهن من أجل التشبث بذلك الشيء الرمزي. أشعر برغبة في الصراخ بهن: يمكن للحياة أن تكون كاملة من دون القرين، كفى!

لستُ وحيدة حين أكون وحدي.

* * *

وكشخصية، يبدو لي أمرًا بالغ الأهمية أن يكون لي هاجس ما، فكرة ثابتة. ليس هنالك ما هو أشد قوة من ذلك، قوة وضراوة. ربما يكون هذا هو الاختلاف بين كل واحدة منها: فكرتها الثابتة.

وشرط أن تكون الحياة هكذا يتمثل في أن تتسلي مع نفسك بالذات. في امتلاك ذاتك. فمن دون الوسائل الداخلية، لا شيء ينفع. لقد كتب «صمويل بيكت» جملة أستحضرها بصمت عندما يخامرني الشك في تصرفي: «لا فرق. جرب مرة أخرى. أخفق مرة أخرى. أخفق بصورة أفضل».

والعيوب كما نعلم ـ لأني غير متأكدة بشأن النوعية ـ تزداد حدة مع مرور السنوات، وبخاصة عندما لا تأخذ في الاعتبار الرقابة الاجتماعية الضرورية. أعني عندما يريد أحدهم أن يعيش لحسابه بصورة مطلقة، في حياة مختارة مائة في المائة تقريبًا، يكون الدور الذي يلعبه المحيط ضئيلًا جدًّا. وهكذا ازدادت أجزائي القاتمة قوة. وعليَّ أن أعيش على هذا النحو. فعلى سبيل المثال، وبما أنني اخترت هذه الحرية في المظاهر، فإنني أريد تحرير العقل أيضًا، وأن أكون قادرة على وضع كل شيء، كل شيء، موضع الشك. أن أسمح لتفكيري، وليس لجسدي وحده، أن يمضي من دون كابح مع التيار. ومع ذلك، أضبط نفسي غير متسامحة مع الشك، أجد صعوبة كبيرة في التخلي عن معتقداتي اليقينية. في بعض الأحيان أرى نفسي كبلهاء تظن أنها تعرف كل شيء وأنها، فوق ذلك، أستاذة تُحاضر عن الحياة. لا أريد أن أكون هذه الشخصية.

أسوأ خطاياي هي النخبوية، وجزء منها فقط موروث. لستُ أعني عنصرية أسلافي أو طبقيتهم، لا. ما أعنيه يتبدى بطرق أخرى، مثل نفاد صبري حيال ضيق النظر، وازدرائي للقادة الوسطيين: لم أتحملهم قطُّ ولم أتوقف عن اعتبارهم تافهين، وسطيين وانتهازيين بصورة عامة. كل

ما هو **وسط** يُشعرني بما هو نيء، وكذلك روح الطبقة الوسطى حين تبدي جانبها الأشد بؤسًا، ذلك المترع بالمباشرة، بالمحافظة، بقصور الخيال.

أول مرة أخذتُ فيها ابنتيَّ إلى نيويورك، لم تكن «لوثيا» قد تجاوزت الخامسة عشرة، وبينما هي متوقفة في منتصف الجادة الخامسة، نظرت إلى جانبي الشارع، وقالت لي بكل براءة وصدق:

ـ أهذه هي نيويورك؟

إنني أشعر هنا كما لو أنني «شي موا» (في بيتي) تمامًا! حسن، أنا أشعر كما لو أنني مطرودة من «شي موا» عندما يحيط بي الابتذال. وهو ما يتبدى لي في أشد الأمور ضآلة ويومية: التلفزيون المفتوح مثلًا، برامج الواقع الوطنية، كتب المساعدة على النجاح، ساعات تخفيض الأسعار في الحانات، اتباع الموضة بحذافيرها، السياحة في مجموعة، كلها تضايقني. ولوضع الأمر في الثقافة الأمريكية وجعله أقل إساءة بيننا: كل ما تنبعث منه رائحة طبقات البيض الدُّنيا، «الوايت تراش»، رائحة عاداتهم وطريقتهم في رؤية الحياة، يسبب لي استياء إلى حد آملُ معه ألا أضطر أبدًا إلى أن أكون قريبة من بعض مكوناتها. لست أخشى نمطًا معينًا من الانحطاط، ولا يبدو لي سوقيًّا مثل نقيضه. باختصار.... «أوكتافيو» ينتمي إلى نخبة هذه البلاد، وكذلك أنا. لا يمكنني التخلص من ذلك، أفضل الاحتفاظ بالصمت شهورًا على أن أخوض في مجادلات غبية. لقد افتتنتُ على الدوام بتلك القدرة التي يتمتع بها بعض الأشخاص على إقامة صداقة مع أي شخص آخر، سواء أكان أبله، أو مملًا، أو سوقيًّا، ويفتنني كذلك أنني أراقبهم بازدراء جذري.

* * *

الوحدة ليست جذرية بالمطلق أبدًا. إنها تصبح نسبية لأن الحضور الذي يرافقني يتمتع برسوخ مذهل. إنه كذلك حقًّا. والنتيجة التي أستخلصها أن هذا هو الحب، لا أكثر ولا أقل. إنه قوة هذا الحضور. ابنتاي على سبيل المثال. اللعنة على الأمومة التي تُثمن عاليًا بقدر ما تُزدرى. كيف يمكن لي أن أمنح صفة تجريدية لشيء بالغ الرسوخ مثلما هي الحياة التي تنعم بها، في داخلي، ابنتاي؟ إنه حضور يبلغ حدَّ الألم. تصل صورتا «لوثيا» و«فلورنثيا»، أتأملهما بكثير من الاهتمام، يفتنني النظر إليهما، تضحكانني بحركاتهما وإيماءاتهما، أنظر إلى شعرهما القصير، تلوناتهما، الطريقة التي تومئان بها، أحذيتهما، طريقتهما في تحريك رقبتيهما. حتى إنني لا أرمش، إنني كمن هي مصابة بغشاوة، «فلورنثيا» تمارس كبح المجهود والدقة، ذكاؤها كله يركز على ذلك، مثلما تفعل عند تناول الفطور، تطلي شرائح الخبز المحمص بالمرملات وتفعل ذلك بالتقسيط، تطلي سطح الخبز من أجل اللقمة التالية فقط، ولا تطلي قطعة الخبز كلها دفعة واحدة، بهدوء وسكينة استثنائيين: هذه هي «فلورنثيا». و«لوثيا»: التوازنية، الاستهتار في يد والرصانة العميقة في اليد الأخرى، من دون أن تسمح قطُّ بأن يجور أحدهما على الآخر، وهي في الآن نفسه متشككة ومتهاونة. مثلما هي حالها حين تعلق لوحة في بيتها الجديد، بمطرقة في يدها، تغمض عينًا كي ترى المنظور، هناك على الدوام قليل من التبذير والضحك على حافة نظرتها الملائكية والدراماتيكية أيضًا.

من دونهما ليس لديَّ أدنى فكرة عاهرة عما يعنيه الحب.

* * *

أذهب إلى «سنتياغو» بين حين وآخر وأعمل ما يجب عمله: لقاء «ناتاشا»، الذهاب إلى طبيب الأسنان، زيارة إحدى الصديقات أو أحد من أسرتي الواسعة، والتفرج على واجهة متجرين أو ثلاثة. كل شيء على حاله تقريبًا، ولكني أجد نفسي مختلفة. لن أقوم بمقارنة مبتذلة بين العاصمة والقرية الساحلية الصغيرة. أقول فقط إنه في لحظة ما يجب على إحدانا أن تتوقف عن إطلاق اللعنات ضد زحمة حركة المرور والتلوث وتقرر تغيير نوعية حياتها. فالعاصمة ليست كل شيء، ولا بأي حال هي كذلك.

في مجيئي الأخير إلى «سنتياغو» ذهبتُ إلى المشفى لإجراء الفحوص «النسوية» الدورية، المراجعة الفنية، كما تسميها إحدى صديقاتي: الفحص بالتلمس، صورة شعاعية للثديين، صورة «إيكو» للرحم. استلقيت على سرير الفحص، فتحتُ ساقيَّ، ودس الدكتور ـ وهو شاب نصف إيطالي، ومحبب جدًّا ـ المسبار في الأسفل بينما هو ينظر إلى الشاشة في الأعلى. وبعد لحظات، قال لي: رائعة، بلا أية شائبة. ثم أضاف بعد ذلك: المبيضان ضامران، ولكن هذا عادي في مثل سنك، لا تقلقي. رجعتُ إلى البيت وأنا أفكر: في مثل سني يمكن لإحدانا أن تكون **بلا أية شائبة** وأن تكون في الوقت نفسه **ضامرة**.

إنني، شخصيًّا، أبعد ما أكون عن الإحساس بأنني قد ضيقت حياتي، أو قيدتها، أو أن إمكاناتي قد تقلصت. فالسياسة ما زالت تهمني وفي صباح كل يوم، قبل أن أبدأ العمل، أقرأ على النت جريدتي «البابيس» و«النيويورك تايمز». أما الصحافة التشيلية فأخصص لها عشر دقائق، العناوين فقط، لأنها أيديولوجية أكثر من اللازم بحيث لا يمكن اعتبارها صحافة جيدة.

الاهتمام بالشأن السياسي هو جزء من الحامض النووي لديَّ، لا أتحرر منه. وعندما أسافر، تتضخم تشيلي فيَّ، أنفعل عاطفيًا حين أنظر إليها من بعيد. ذلك أننا، نحن سكان العالم الثالث، عاطفيون ووطنيون، لا نتمتع بنأي الأوروبيين، على سبيل المثال، وتدنيسهم للمقدسات. ولا يمكن لنا، إلا بقطعنا وطنيتنا من جذورها، أن نتوصل إلى كلبيتهم فيما يتعلق بمسألة «الوطن». تاريخنا لا يزال هشًا، قصيرًا، يمكن له أن يسقط مثل سقوط فرع من شجرة. ولهذا لا يمكن لنا منح أنفسنا الترف.

* * *

مرة في السنة نقوم أنا وابنتاي برحلة بعيدة (من دون رفاق ذكور، نحن وحدنا). تبين أنني أنفق قليلًا من النقود في حياتي اليومية وقد حوَّلت مدخراتي إلى صديق - خبير في الأمور المالية - كي يحركها لي، ورأيت فجأة أن لديَّ من النقود أكثر بكثير مما كنت أظنه. بعض رحلاتنا باهظة التكاليف، لن يبقى لابنتي شيء كميراث، ولكننا قررنا معًا - نحن الثلاث - أن ننفق كل شيء في حياتنا. في الربيع الماضي مثلًا، استأجرنا بيتًا في «سانتوريني». من الممتع جدًا التسلية باختيار مكان الرحلة القادمة. نجلس وأمامنا خريطة وإنترنت ونبدأ بطرح ما يخطر لنا. «لوثيا»، وهي أوسعنا مخيلة، تختار أمكنة مستحيلة. إنها تحاول إقناعي بأن نقوم برحلة في القطار السيبيري، ونذرع طريق الحرير، من موسكو إلى بكين. فألح عليها بأننا إذا قمنا بهذه الرحلة فسوف ينفد كل ما لدينا من نقود.

إنني أكثر من مهيأة لأن أصير جدة، وعسى أن يكون ذلك قريبًا. المشكلة أن ابنتيَّ، باعتبارهما امرأتين معاصرتين، لم تطرحا هذا الموضوع بعد. ولكن

هنالك ضوء هائل يُستشف وراء هذا الحدث، وأنا أنتظره بصبر وحرص. إنني جاهزة لذلك، بجسد وبيت منفتحين.

هل أشعر بشوق إلى الجنس؟ لستُ أدري، في الواقع لا.

لكي أكون صريحة، انقطاع الحيض شكَّل راحة عظيمة لي. من الذي قال إنها مأساة؟ طبعًا، هنالك بعض الإزعاجات وأوجاع رأس، بعض التبدل في درجة حرارة الجسم، ولكن... انظروا إلى المنافع! لا وجود إلى الأبد لأيام الدم اللعينة كل شهر، ولا حاجة إلى قرص منع الحمل إلى الأبد... يا للحرية الهائلة!

الجنس. ما أشتاق إليه هو حميمية معينة مع رجل، طريقة في الضغط على اليد، من الاستناد إلى جسد مضمون، إخفاء الوجه على كتف، حركات «نسوية» تقليدية، تستند إلى آلاف السنوات السابقة من التعلم.

على الرغم من أن «أوكتافيو» لم يكلمني طيلة أكثر من سنة بعد تركي له، فقد جاء مرتين لزيارتي. وهو، مثلي، لم يعد إلى إقامة علاقة جديَّة، وإنما مجرد غراميات ضئيلة الأهمية. أظن أن كلينا يشعر بأنه نال حصته التي يستحقها من الحب على هذه الأرض، ولسنا نبحث عن حصة أخرى، إننا ندرك أنها مستحيلة.

وبالمناسبة، قبل أيام فكرتُ في أنني إذا ما مت في شقتي على الشاطئ، من سيخبر «أوكتافيو» عن الأبعاد التي بلغتها في حبي له؟ هو لا يعرف ذلك. لا هو ولا أحد آخر يعرف، لأني أنا نفسي أرتعب من معرفة ذلك.

لم أخبره قطُّ. لم يكن ممكنًا قول ذلك. فالحب لا يقال بالكلام.

كلام الحب تَصَنُّع على الدوام، ورديٌّ، وممل قليلًا. لا شيء أكثر ابتذالًا من عبارة حب، ولا شيء أشد منها قابلية للإقصاء. صورة «أوكتافيو»، الفكرة عن «أوكتافيو» كانت تستقر فيَّ مثل يدٍ تحفر، تخرق، إلى أن توقف مصطدمة، لأنه لم يعد ثمة مزيد من العمق. كل شيء كان استئثارًا. كنت أتنفس «أوكتافيو»، أبتلع «أوكتافيو». (حين تعرَّفتُ عليه حدثته عن «أليس»، فتاة بلاد العجائب، وقلت له إنني أريد أن أكون مثل تلك القارورة: «اشربني». ومثل تلك الكعكة: «كلني»).

كل يوم من حياتي، طيلة أكثر من عشرين عامًا، كنت أتناول «أوكتافيو» خبز قربان، ولم يكن يعلم ذلك.

أرسله مكتبه للعمل في برشلونة، وهو منذ ثلاث سنوات يعيش خارج تشيلي، ولكنه قال لي في أحد إيميلاته إنه عندما يتقاعد ـ وهو على وشك التقاعد ـ سيرجع وسيشتري بيتًا على هذا الشاطئ، كي نكون صديقين. وكتب لي: إنني في نهاية المطاف أبو إحدى ابنتيكِ. وأجبته بألا يهددني. وذكَّرته بما كانت تقوله خالتي «صوفيا»: لا وجود لحصون منيعة، وإنما هنالك حصون لم تحاصر كما يجب.

* * *

سأنتهي برواية الاتهامات التي يوجهونها إليَّ وما لها من مغزى بالنسبة إليَّ.

يتهمونني بأنني غير اجتماعية وغير مبالية بالآخرين، وبأنني رفضت المنافع التي كانت تحيط بي كي أتجاهل الآخرين. ويقترحون كتابة تُنقش على قبري: «أنانية صافية وقاسية».

يتهمونني بأنني رهابية. وبرفض الواجبات والتقاليد، بالهروب من العالم المعروف لأني لا أتحمله. وقالوا أيضًا إني كارهة للبشر، أمقت الكائن البشري، وإنني تحولت إلى زاهدة مدفوعة بغرور اعتبار الآخر غير جدير بالتقرب مني. وإنني أدير ظهري لمحبة الناس لأن التقدير الوحيد الذي يهمني هو تقديري لنفسي.

يتهمونني بأنني متحذلقة مدعية لأن العالم يفيض عن حاجتي.

ولا أقول إنهم ليسوا على حق تمامًا بطرحهم هذا. ولكنني أستطيع الردَّ بأن هنالك تطلعًا وراء ذلك: فقدان الاهتمام.

لقد قرأت كثيرًا خلال هذا الوقت بالقرب من البحر، ابتداء من «شوبنهاور» حتى البوذيين. لقد انفصلتُ عن ممتلكاتي كافة، ابتداء من الأثاث والملابس وحتى الزوج. وكذلك عن المكانة الاجتماعية التي كنتُ أحتلها، وربما هي الأصعب في مغادرته. وأنا مهووسة في هذا التعلم والتأمل الذي يساعدني على التحقق من الحاضر. وأتطلع، على المدى الطويل، إلى بلوغ أوسع حرية يمكن التوصل إليها، ويُخيل إليَّ أنها ستكون على الدوام أقل مما أرغب فيه. أشعر أن الحياة بدأت تسيل. إنها تسيل وألمسها. وقد تقلص الخوف من الموت.

لست آسفة على بلوغي الحادية والستين من العمر. بل أكاد أقول العكس: هذه السن أتاحت لي السكون، طمأنينة جديدة. الماضي ليس مهمًّا، لقد انقضى. ولا وجود للمستقبل.

إنني أرفع نخب ما نمتلكه حقًّا: الحاضر.

ليلى

ولدت يوم قدَّمت فرقة «البيتلز» حفلتها الأخيرة على سطح بناء لندني، يوم ٣٠ يناير ١٩٦٩. واسمي «ليلى».

أنا صحفية. درستُ في جامعة تشيلي. عربية الأصل، وأنتمي إلى جيل المهاجرين الثاني في تشيلي. وكعربية، تحولت حياتي إلى ريبة وحذر وهذيان، كما لو أنني يهودية.

إنني كحولية. وبما أن اجتماعنا هذا ليس اجتماع كحوليين مجهولي الهوية، فإنني أشعر بأني حرة من مهمة الدعم. ويريحني أنه بإمكاني شن الهجوم عليكن. ولن تزجرني «ناتاشا». لكنني سأكتفي حيال هذا الواقع بتقديم نفسي أمامكن بهذه الصفة، مختزلة كل شيء فيَّ على الفور بأني كحوليَّة مدمنة. من الغريب أن يكون الميل السائد في العالم الكوني إبراز الهويات، وأن تختاري الهوية التي تهمشك أكثر من سواها: هوية مثلية، هوية عرق، هوية معاق. يُدهشني كيف نهرع جميعنا إلى الالتصاق بجماعتنا، مركزين على ما يميزنا عن الآخرين. كي نجعل أنفسنا متساوين.

* * *

على الرغم من أن أمي جاءت من فلسطين وهي في العشرين من عمرها، إلا أن جدي لأبي كان قد جاء وهو طفل، هربًا من الإمبراطورية العثمانية. حشروه في سفينة مع اثنين من الأعمام. ورسا في هذه البلاد من دون أن يكون قد عرفها ولو على الخريطة. كل ما كان يعرفه هو أن كثيرين من مواطنيه قد اختاروها للهجرة إليها. وقد وصلوا بجوازات سفر الإمبراطورية العثمانية ولهذا السبب أطلقوا عليهم في تشيلي تسمية «توركو». ولكن هذا خطأ، إذ ليس لأهل تركيا أية علاقة بنا. أحد العمين فتح متجر أقمشة، وصار جدي الذي لم يدرس أبدًا مساعدًا له. أبي رجل مبادر، لم يُبد التذمر من العمل يومًا. وفي العشرين من عمره فتح دكان أقمشة خاصًا به، وهو اليوم رجل أعمال في مجال النسيج يملك متجرًا فاخرًا في جادة «إنديبندنتيا». وهو يشكو، بكل تأكيد، من انعدام الإنتاج الوطني. يضايقه أن تكون صفقاته كلها مع صينيين وكوريين، مع أنه يدرك أنه ما لم يفعل ذلك سينتهي إلى الإفلاس. عند بلوغه سن الزواج، لم يخطر بباله البحث بين التشيليات، بل أوصى على زوجة له من بلاده. وتزوج من أمي من دون أن يعرفها مسبقًا.

ولدتُ وترعرعت في جو سيطرة مطلقة للجنس الذكوري. أمي ظلت تتكلم بلكنة مميزة حتى وفاتها. عملتْ طيلة حياتها في متجر أبي، على الصندوق، ولم تحاول التقاعد حين صارت عجوزًا ومتعبة. هكذا هي الأعمال التجارية العائلية. وذات يوم بدأت الأرقام تتراقص أمام عينيها، وأحست بشيء يُثقل على صدرها. وخلال اثنتي عشرة ساعة فارقت الحياة. ومثل أسرتها كلها، كان ظهرها قد انقصف منذ الطفولة في الأعمال القاسية.

لم تستطع أن تمرض إلا اثنتي عشرة ساعة، كما لو أن مصيرها قد تقرر منذ يوم ولادتها. الشيء الوحيد الذي كان يهمها خلال تلك اللحظات الأخيرة في المستشفى هو ألا تسبب إزعاجًا لأبي. وكانت قد روت لي أنهم في بيت أبويها ـ جدَّي ـ كانوا يملكون سريرًا واحدًا في البيت. ينام عليه الجد، وتنام جدتي على فراش على الأرض. والشيء الوحيد الذي فعلته طيلة حياتها هو العمل، بينما كان الجد يخوض حربًا أبدية. وانتهى شهيدًا. كان بطل الشعب. أما هي فانتهت طبعًا بمرض شديد في الكليتين. وأمي، مثل أمها، أنجبت الأبناء الذين قدَّر لها الله أن تنجبهم. إننا ثمانية إخوة. أحتلُّ أنا الموقع الخامس بينهم. وكوني الخامسة جعلني شبه منسية. كأنني غير موجودة. فالأبناء الأكبر والأصغر سنًّا هم من يستحوذون على اهتمام الأبوين. حلَّت واحدة من أخواتي محل أمي في العمل في المتجر. وأظن أنني، لهذا السبب، اخترت دراسة شيء لا علاقة له بعمل الأسرة مثل الصحافة. كيلا يفكر أحدهم في توظيفي محاسبة متجر أو خبيرة استيراد. فمنذ البدء كنت أشعر بنفور من الخضوع لأنظمة البيت. إنني أتخيل أمي المسكينة، المخلوقة البريئة الآتية من بيت جالا في الضفة الغربية، وقد انتُزعت من الجذور من بيتها، من أسرتها، من بلدها، مثل نبتة. اقتلعت من البستان بشَدَّة قوية واحدة من يد بستاني خبير، كي تُرسل إلى قارة أخرى، للزواج من شخص مجهول تمامًا. وكأن هذا كله قليل وغير كافٍ، أُرسلت إلى مكان في أقصى العالم.

* * *

لم أشعر ولو لحظة واحدة بالحسد تجاه النساء العربيات. لقد تطلب

الأمر سنوات كي تتجرأ أمي على الخروج إلى الشارع حاسرة الرأس. مع أنها كانت تعرف ـ وهذا مؤكد ـ أنه لا وجود لأي رادع لذلك في تشيلي. لم يكن أبواي متدينين على الأقل. ولحسن الحظ أنني تمكنت من تجاوز التعصبين الإسلامي والكاثوليكي على السواء. كنت أؤمن فقط بوجود حضور أعلى، وليس مهمًّا ما اسمه. لقد درستُ في مدرسة خاصة، وكانت تربيتي علمانية، مثل إخوتي كلهم. وربما لهذا السبب كنت أشعر، مع تقدمي في العمر، أني مثل أي تشيلية عادية أخرى، على الرغم من أنني لم أنس أصولي. منذ طفولتي المبكرة كنت أطلب من أمي أن تروي لي حكايات عن موطنها. حفظتُ أسماء الأمكنة كلها ومعانيها. كنت الوحيدة بين إخوتي التي تهتم اهتمامًا حقيقيًّا بالموضوع. وعندما نرى في الأخبار مجزرة اقترفها اليهود ضد الشعب الفلسطيني، كنت أغضب كثيرًا وأقول: إنهم يفعلون هذا بنا! فيردُّ عليَّ أخي الأكبر: لا يا ليلى، نحن تشيليون. أجل، إننا تشيليون، ولكننا فلسطينيون أيضًا. كنتُ أندمج في محيطي بسهولة، ولكنني عاهدت نفسي دومًا على معرفة تلك البلاد، أرضي الأخرى.

لم أرغب في معرفة أي شيء عن تجارة الأقمشة وعن المطبخ العربي. الشيء الوحيد الذي توصلتْ إليه أمي هو تعليمي كيفية تحضير الحمص. وحتى لو اتهمتُ بخطيئة الغرور، فإنني أحضِّر حمصًا لذيذًا، أفضل من الجميع. (أضيف إليه كثيرًا من الليمون، وهذا هو سرُّ عمتي «دانة»). عندما أنهيتُ الجامعة وصرت مهنية، قررت أن أمنح نفسي بعض الوقت وأن أحقق ما عاهدت نفسي عليه. فكنت الأولى بين إخوتي الثمانية في السفر إلى الشرق الأوسط. وفي هذه الأثناء لم تكن أسرة أبي تعيش في

إسرائيل، وإنما في لبنان. (عاشوا أول الأمر في شاتيلا، وهذا مخيم لاجئين. وقد قتل «شارون» نصف الأسرة). أما أسرة أمي فما زالت تعيش في بيت جالا. اثنان من أبناء عمومتي يناضلان مع حركة حماس. أحدهما مسؤول بارز فيها. ولم يكونوا حينذاك قد توصلوا إلى تقاسم السلطة مع فتح. وقد توليا الاهتمام بي. وبفضل علاقاتهما تمكنتُ من الاستقرار وقتًا لا بأس به في قطاع غزة. في مدينة غزة بالذات، في قلب الرعب.

لم أشعر قطُّ بأي اهتمام بالصحافة السريعة. ولم أهتم كذلك بـ«الريبورتاجات» أو بالعمل في صحيفة. ما يهمني هو مراقبة ظاهرة ما. اكتشافها. كشف حُجبها. من دون ضغط الكتابة الآنية العاجلة. في ميدان عملي، يمكن لشخص له قلقي أن يعمل في الصحافة البحثية. وكان هذا هو السبب الرسمي لزيارتي غزة. تمكنت من التوغل في أشد مناحيها الخفية المجهولة. ودومًا برفقة أحد ابني عمي أو أصدقائهما. هناك بدأت التعايش مع الألم. ورحت أتساءل، خلافًا لما هو مفترض، عن قيمة النسيان. فبمعيشتي وسط تلك الأسرة وذلك الشعب بدأتُ أفهم الذاكرة كشكل من أشكال المرض. شعبي مريض به. بفلسطين. الأرض الوعد. الأرض القبر. يمكن للذاكرة الجيدة أن تتحوَّل إلى متعسفة. فتذكر كل ما جرى يعادل تناول سكين كل صباح وتقطيع أجزاء مختلفة من الجسد بحدها. يجب علينا تنظيم النسيان. إذا كان للآلام الشخصية حقوقها ومتطلباتها الخاصة، فكيف لا يكون ذلك أيضًا للآلام التاريخية؟! وعلى الرغم من تفهمي لكل شيء، إلا أنني أظن أنه يمكن للنسيان أن يكون نعمة مباركة. النتيجة النهائية لجولاتي وتأملاتي تمثلت في نشر كتاب: «عن البرتقال

والزيتون». وأشعر بالفخر لأني كتبته. لقد زرعت غرسة زيتون أمام بيت خالتي في بيت جالا. وأنجبتُ ابنًا. ويفترض بي أن أكون مطمئنة بسلام. ولكنني لستُ كذلك طبعًا.

* * *

الأجساد تختزن التاريخ. وجسدكِ هو تاريخك في نهاية المطاف، لأن كل شيء مُتَضَمَّن فيه. سأكتفي بالقول إن العيش في أرض محتلة مهين ومأساوي وجائر. ومع ذلك فإن الحياة في الضفة الغربية تبدو جنة بالمقارنة مع قطاع غزة. وإذا ما وجدت نفسي مجبرة على اختيار شعور واحد يكون تلخيصًا للمشاعر كلها، فأظن أنني سأختار الخوف. تستيقظين بخوف، تنظفين أسنانك بخوف، تأكلين - إن وجدتِ ما تأكلينه - بخوف. تمارسين الحب بخوف. تنامين في الليل بخوف. ليس للفقر ما يقارن به. إنه فقر مطلق، ونتائجه بالتالي، من مرض وانعدام نظافة واختلاطات مضطربة، كلها مسائل يومية. والبطل الرئيسي: الجوع، **الجوع**. إما أن تقاتل وإما أن تموت. وهذا لا يعني أن الجميع تسري في عروقهم دماء ثورية ولهذا السبب هم على قدر عالٍ من النضالية، لا، فالمسألة هي مسألة البقاء على قيد الحياة. بالنسبة إليَّ، أنا المعتادة على نوع النظام الذي يميز الطبقة الوسطى التشيلية، كان الوضع بالغ الصعوبة. اللحظات الوحيدة التي كنت أتحملها هي عندما كنا نجتمع ليلًا، بصورة سرية، لنشرب كؤوسًا من العرق، المشروب الكحولي الوحيد المتوافر في المنطقة، وهذا نوع من الخمر الحاد الذي يحرق حتى الأحشاء. كنا نشربه بينما نحن نتداول مص خرطوم شيشة الماء المسماة نارجيلة. عندئذ فقط كنت

أتخلص من الإحساس بالخوف. ولكنني انتبهت، بعد عودتي، إلى أن التغيير قد طال لديَّ حتى مفهوم الموت في غزة: فقد تحول الموت إلى هذا، إلى موت وحسب.

* * *

تاريخي السابق مع الكحول لم يكن مثيرًا للذعر. ففي بيتنا لا نعرف الشرب. وأنا بدأت الشرب في لقاءات شبابية، في حفلات صاخبة إلى حدٍّ ما، مثل أي شاب من «سنتياغو»، من دون نتائج كبيرة تستحق الذكر. والشيء الوحيد الذي لاحظته هو أنني كلما شربت أكثر أشعر بأنني أفضل حالًا. أكثر قوة. أشد إقدامًا. أكثر قابلية على عدم التأثر. لست من السكيرات العاطفيات، لا، ولا بأي حال. وبما أننا في هذا الحديث، فإنني أمقت النزوع العاطفي وكل ما يشبهه.

أمقت قدرًا كبيرًا من الأشياء. وأحب أشياء أخرى. اللون الأسود مثلًا. فكل شيء فيَّ أسود. شعري كهرمان أسود. وعيناي فحم. وكذلك ملابسي. أحيط نفسي بالأسود لأن فيه قوة. اللون البنفسجي العميق يروقني أيضًا. وكذلك الأبيض، لأنه خلاصة الألوان كلها. ولكن إن أُعطيتُ لونًا ورديًا، أبصق عليه. والأزرق السماوي كذلك. أمقت القصص البيضاء. ولتعذرني «سيمونا»، ولكن... كيف تترك رجل حياتها لأنه يشاهد التلفزيون كثيرًا؟ لو أنها تحدثت عن اندفاعات خبيثة، لكنت بذلت جهدًا من أجل تفهمها. لو أنه، في نهاية المطاف، كان يضربها... فأبي كان يعتبر أن ضربه لأمي ولنا جميعًا أمر عادل تمامًا. لقد اضطررتُ، في مراهقتي، إلى التغيب مرتين عن المدرسة لأنني لم أكن قادرة على تقديم مسوغ للورم البنفسجي حول

عيني. وماذا يعني ذلك؟ هل كان أبي مسخًا شريرًا؟ لا، لقد كان يؤمن بكل نزاهة أن تلك هي الطريقة لتعليم الناس، نقطة وانتهى.

* * *

في أحد الأيام، حين كنت في فلسطين، قبل قليل من عودتي إلى تشيلي، خرجتُ من بيت جالا لزيارة ابنة خال لي تعيش في بيت لحم. إنهما مدينتان متجاورتان، مشيت واستخدمت «الأوتوستوب» كي أصل إلى هناك. القرى متقاربة جدًّا بعضها من بعض، مساحة البلاد صغيرة بصورة لا تُصدق وليست لها أي علاقة بحجم مشاكلها. بيت ابنة خالي في شارع جرى تقسيمه ـ قطعة عمليًّا ـ بالجدار الشهير الذي قرر «شارون» بناءه. الجدار يمر، حرفيًّا، في منتصف الشارع، وليس هذا مجرد قول. إنه رمادي اللون مشيَّد من ألواح أسمنتية طويلة، الألواح الأسمنتية رقيقة، ولكنها عالية، عالية جدًّا. كما لو جدار برلين لم يسقط. مساره غير عقلاني وتحدث أمور مشينة في بعض الأمكنة. كما في بعلين مثلًا، حيث مدرسة أبناء خؤولتي التي كانت على بعد ثلاث خطوات من البيت، صارت في الجانب الآخر من الجدار.

أعود إلى بيت لحم. في ذلك اليوم الذي زرتُ فيه ابنة خالي. قررتُ، عند الغروب، أن أرى الجدار من خارج المدينة. أردت التأكد من المسافة التي يمكنني أن أمشيها بمحاذاة الجدار إلى أن ألتقي ببيت أو مدرسة تقطع عليَّ الطريق. مشيت ومشيت ولم أنتبه في الوقت المناسب إلى تقدم الوقت وإلى أن ضوء النهار آخذ بالتضاؤل. الشيء الوحيد الذي كان يشغل ذهني هو الكلمات الدقيقة التي سأستخدمها في بحثي لوصف الجولة غير المسبوقة التي أقوم بها. لم أرهم في الوقت المناسب. كانوا

ثلاثة جنود إسرائيليين. اقتربوا مني فورًا لاستجوابي بنبرة ارتياب مؤكدة. طريقة وقوفهم على الأرض غير متناهية العجرفة. كلموني بالعبرية ورددت عليهم ـ بالإسبانية ـ بأنني لا أفهم ما يقولونه. مجموع أعمار الثلاثة لا يصل إلى ستين عامًا، كانوا شبابًا صغارًا، مُرد الوجوه تقريبًا، اثنان منهم زرق العيون وبيض البشرة، إنهما من الأشكناز، والثالث أشد سمرة، ربما هو سفاردي. والثلاثة طوال القامة، جيدو التغذية. بدلاتهم العسكرية مجعدة، لكنها نظيفة. كانوا يعتمرون خوذًا عسكرية ويحملون أسلحة مصوبة، مهيأة لإطلاق النار. أو أنها تعطي هذا الانطباع على الأقل. لفتت انتباهي العدائية التي أحسست بها تجاههم. ولكن الخوف الذي سببوه لي كان أكبر. وحين لاحظوا أنني لا أبذل أي جهد للتواصل، تحولوا إلى التكلم إليَّ بالإنجليزية. وجهوا إليَّ عشرة أسئلة في دقيقة واحدة. قصف حقيقي. من أكون؟ ما الذي أفعله هناك؟ من أين أنا آتية؟ ما هي جنسيتي؟ لماذا أنا في إسرائيل؟ متى سأغادر؟ أجبتُ على الأسئلة كلها بما يكفي من التماسك. لم يصدقوا شيئًا مما قلته. قرروا أنني لا بد أن أكون جاسوسة. تفحصوا جواز سفري وسألوا أين تقع تشيلي؟ راحوا يتكلمون فيما بينهم بالعبرية. بدا كما لو أنهم يتفقون على شيء غير بسيط لأن جدلًا طويلًا جرى. وأخيرًا، أمسكني اثنان منهم، كل واحد من ذراع، أما الثالث، الأسمر، فمشى في المقدمة كما لو أنه يقودهم. اقتادوني بكثير من الفظاظة إلى كوخ عسكري على بُعد حوالي كيلومتر واحد. سأكون مباشرة، ولستُ أفكر في تزيين الحدث بنعوت: لقد اغتصبوني. واحدًا بعد الآخر. مرة، ومرتين وثلاث مرات.

* * *

رجعتُ إلى غزة، وظللت هناك حوالي شهرين. أخبرتُ أبناء عمي. طلبتُ منهم أن يقبلوني عضوًا في حماس. رفضوا ذلك. أفتقر إلى الصلابة. رباه، أفتقر إليها. إنها متوافرة لديَّ تمامًا. ولكنني في نظرهم امرأة في نهاية المطاف. عائق معرقل، مع أنهم لم يقولوا لي ذلك. (لو أنني كنت مثلهم حقًّا، أما كنت سأحاول الحصول على أسماء أولئك الجنود الثلاثة كي ألاحقهم فيما بعد، وأطلق النار عليهم بدم بارد، حتى لو كلفتني المحاولة حياتي؟). رجعتُ إلى بلادكنَّ، كتبت وجمعت أموالًا لجماعتي. هذا ما طلبوه مني. لا وجود في أذهانهم للأمور الوسط. إنهم مثل الصحراء. إما لاهبة أو جليدية. كل شيء أبيض أو أسود. فصول مثل الخريف أو الربيع ليس لها مكان في الواقع. يعيشون مستغرقين في الغضب الوطني. من المستحيل **الانضمام** إليهم، وكنت أعرف ذلك. رجعت. لم أجرؤ على الرجوع عبر تل أبيب، حيث المطار. اجتزت جسر «أللينبي» بالقرب من القدس ورجعت عبر الأردن، وتجنبتُ بهذه الطريقة استجوابًا آخر. (شرطة المطار مشهورة بقسوتها. لا يتورعون عن انتزاع روح المرء إذا بدا لهم مريبًا. أو أنهم يعيدونكِ من حيث أتيت. يفتشونكِ كما لو أن كل مسافر سيفجر إسرائيل كلها). عندما صعدت أخيرًا إلى الطائرة أدركت أنني قد انكسرت. سمعت الفرقعة: مثل انكسار قوس.

رجعت إلى تشيلي وأنا واثقة من أنني فقدت أي قدرة على الدهشة. كنت مقتنعة من أنه ليس هنالك ما يمكن أن يسبب لي مفاجأة في المستقبل. ومن أنه لن تكون ثمة طمأنينة نهائية ممكنة. رأيت نفسي شديدة اللزوجة

ومهجورة مثل «جاري كوبر» في فيلم «الساعة الموعودة». مفكرة في أنه ما زال بإمكاني إقرار العدالة.

* * *

وسيلتي في منع الحمل في ذلك الحين كانت اللولب. لقد كانت دورة حيضي غير منتظمة إلى حدٍّ كبير، ولم يكن تأخرها يشعرني بأي قلق، مهما طال أمده. فأي تبدل مناخي أو جغرافي أو انفعالي يعني على الفور اضطراب غير منتظم. ولم يخطر لبالي كذلك أنه يمكن للولب أن يخطئ، على الرغم من أنني كنت قد قرأت ألف مرة عن أن ذلك قد حدث لنسبة مئوية معينة من النساء. حانت اللحظة، وإذا شاء القدر فلا مانع له. يمكن للواقي الذكري أن ينثقب، ويمكن لأقراص منع الحمل أن تخفق. إنها مسألة إحصائية. وعندما حطَّت بي الطائرة في تشيلي كنت حبلى في الشهر الثالث. وكنت قد تجاوزتُ الثلاثين من العمر. لم أجد من يوافق على إجراء إجهاض لي، مهما دفعت.

كل شيء جديٌّ في تشيلي، بما في ذلك الأعمال غير الشرعية.

* * *

يا لأحمد المسكين. ولد بعينين خضراوين وشعر أشقر. ويا لاستعراض أسرتي! لم أجب قطُّ على سؤال من هو الأب. كانوا في البيت يتوسلون إليَّ أن أخبرهم، وكنت أرفض الردَّ مهما سألوني.

لقد تعرَّفتُ في لبنان على عمٍّ لأبي. مناضل عجوز. رجل قاتم البشرة، تجاعيده العميقة تُثبِّتُ وجهه وملامحه. كان يضع على رأسه كوفية بيضاء

لا تفعل شيئًا سوى إبراز أثر السنوات الطويلة التي أمضاها تحت الشمس. تحدثتُ معه مطولًا عن حرب الأيام الستة، وعن مخيمات اللاجئين. علَّمني أشياء كثيرة. وحين حدثني عن فترة أمضاها في مستشفى بمخيم شاتيلا ـ بسبب جرح فظيع التهب في بطنه ـ عاين ردَّ فعلي وقال بالإنجليزية، وبجدية كبيرة:

ـ الشفقة!... ليست في متناولنا.

وأحمد لن يكون محط شفقة أحد. لا يمكننا السماح بذلك.

(كنا نتبادل الحديث بالإنجليزية لأنه ليس لدينا لغة أخرى نتواصل بها. لم أولد وأنا أتكلم الإنجليزية مثل «سيمونا». ولم يكن هناك من يتكلمها في محيطي، وقليل في المدرسة. عندما قررت الذهاب إلى إسرائيل اضطررت إلى متابعة دروس مكثفة. وبجهد هائل. يا لعبثية تعلم لغة أجنبية من أجل التواصل مع أسرتي، والإنجليزية هي لغة أجنبية بالنسبة إلى الأسرة أيضًا).

طلب مني أبي أن أغادر البيت. لم يكن يشعر بأنه قادر على تربية ابن زنا. وكنت أنا في سن يفترض بي أن أكون قد غادرت البيت. وكان طبيعيًّا أن أعيش من الإنفاق على نفسي. المشكلة كانت في النقود. طلبتُ منه البقاء إلى أن أنهي تأليف كتابي. فوافق بضغط من بقية أفراد الأسرة. بعتُ الكتاب بسعر جيد. وبتلك النقود أمنت نفقاتي بعض الوقت. غادرت البيت. أنا وأحمد وحيدان في شقة صغيرة في «جادة البيرو». على مقربة من بيت الأسرة كي تساعدني أخواتي في العناية به. في بعض الأحيان أجلس إلى جانبه في الليل، حين يكون نائمًا، وأراقبه. تورده ذاك. تلك اللطخة. وبينما أنا أفعل ذلك، أتناول كأسًا من خمر «البيسكو» مع كوكاكولا، وأفكر. يمكن

أن أفتقد أي شيء في بيتي باستثناء هذا. إنه رخيص جدًّا أيضًا. فأصناف «البيسكو» السيئة أرخص من كيلوجرام من أي فاكهة في بداية موسمها. ومع التقدم قليلًا وجدتُ أن الكوكاكولا زائدة عن الحاجة. فأنا لا أتجاوز زوابع ليالِيَّ الذهنية إلا بـ«البيسكو». وعندما أبالغ وأشرب ست كؤوس بدلًا من ثلاث، أعود إلى الشعور بذلك الإحساس الملحمي. بأنني كنت مقاتلة حرب عصابات، وبأنه لا يمكن لأحد أن ينال مني، وبأن قوتي لا تُضاهى، وبأنني كنت فدائية مرهوبة. الأمر نفسه يحدث دومًا: أوجُه «أناي» المتعددة تبدأ الصراع. منافسة ضارية لتلمس أي من تلك الوجوه سينتهي به الأمر إلى التغلب. «أناي» الأكثر عقلانية تراقب عرقلة بعضها لبعض للاستحواذ على إرادتي. «أنا» الرغبة، «أنا» الإدمان تجلس منتظرة. فهي تعرف أنها من سيكسب أخيرًا. وعن مسافة معينة أراقبها وأخصها في النهاية بابتسامة. ثم أمضي للنوم بإحساس أنه لا يمكن حتى لدبابة إسرائيلية أن تخيفني. عندئذ، قبل نومي، وخلال دقائق قليلة، أشعر بأنني امرأة سعيدة.

* * *

في ذلك الحين كنت أكسب عيشي بإعطاء دروس في الجامعة، في مدرسة الصحافة. صحافة الأبحاث. وكانوا يدفعون لي مبلغًا بائسًا، كما هي حال جميع الأساتذة. فالجامعات العريقة ترى أنكِ أنت من يجب عليها أن تدفع لها كي تُدَرِّسي في قاعاتها. أما الجامعات الخاصة فتدفع أفضل قليلًا ولكني لم أكن أعرفها. لم يكن لي من سبيل إليها. وفي بعض الأحيان أُفضِّل الفقر على مواجهة فتيات وفتيان مدللين ونصف بلهاء تروق لهم الصحافة لأنهم يعتقدون أنها ستوصلهم إلى التلفزيون. أسعى لأن

أكون وقورة في ضيق ذات يدي. ولا أشكو إلا قليلًا في العموم. كيف يمكن لي أن أشكو بعد أن عرفت الفقر الحقيقي في مسقط رأس آبائي!

وفي كل ليلة أجول بعيني على جسد ابني الصغير. إنه ضئيل جدًّا وهش. أغمره بصمت. لقد توصلت إلى ألا يعرف أحد أنه ينحدر من صلب عدوي بالذات.

المشكلة في أنني أنا نفسي أعرف ذلك.

* * *

عندما دخلتُ إلى الجامعة، رأيت أن العالم أكبر بكثير مما كنت أظنه. اثنتان من صديقاتي كن ينتمين إلى محيط الحي الراقي. ومن خلالهما، وكانتا فتاتين طيبتين، راقبتُ عالم الأغنياء الغريب ذاك. كانت «كاتالينا»، أقربهما إليَّ، تعلن أنها يسارية. لقد كانت ناشطة تقليدية. ولم تكن في نظري أكثر من اشتراكية ديمقراطية. لم آخذها قطُّ على محمل الجدِّ. وكيف يمكنني أن أفعل ذلك! فهي تصطاف في إقطاعية أبيها. وتسافر في كل سنة في رحلة «الأسرة». حين بلغت العشرين أهدوا إليها سيارة، فكانت الوحيدة التي تملك سيارتها الخاصة في صفنا الدراسي (جميعنا كنا نقوم بجولاتنا في تلك السيارة). وترتدي ملابس ماركات مشهورة تشتريها لها أمها. وكانت شقراء جدًّا. وباختصار، كنا نحضر أي نشاط أو مهرجان نُدعى إليه. لم نكن نتخلف عن أي لقاء. وكنا نعقد جميع الاجتماعات في بيتها. ومن دون أن أدري كيف، تحولنا إلى صديقتين لا تفترقان. كانت امرأة كريمة، لا تتورع عن عمل أي شيء من أجل أن تراني سعيدة. تحصل لي على بطاقة دخول إلى حفل غنائي. تقدمني إلى أصدقائها لعل أحدهم يروق

لي. تدعوني لقضاء إجازة في ريفهم. وكانت فوق ذلك حانية. يا لشدة ثقتها بالحياة! لا تغلق محفظتها أبدًا. تسلِّم على الجميع بقبلة. فالجميع أصدقاء لها. لقد كانت «كاتالينا» مرحة. وكنا نبدو معًا أشبه برسم كاريكاتير، هي شديدة الشقرة وأنا شديدة السمرة! كنا نتبادل الثياب ونتشاطر ساعات طويلة في الدراسة. إنها تعمل اليوم في التلفزيون وأمورها تمضي على ما يرام. كانت تحب الذهاب إلى بيتي. وتحتفي بالطعام العربي. وأكثر ما كان يروق لها هو المتجر. فقد كانت شغوفة بالذهاب إلى هناك لشراء بعض الأقمشة الجميلة. أمي لديها خياطة، هذا ما كانت تقوله. «لديها خياطة». الجملة تبدو لي غير معقولة. وقد رافقتها في مناسبتين لإحضار شيء من بيت خالة لها، وإلى حفلة لابن عم لها. وهكذا رحت أتعرف على ذلك الجزء من المجتمع. إذا كنتِ لا تنتمين إليه فليس لكِ من سبيل إلى تخيله. في موعد الطعام يتبادل أبواها الحديث معي. يبديان اهتمامًا بمعشري وينتهي بنا الأمر دومًا إلى الحديث عن نزاع الشرق الأوسط. إنهم أناس مثقفون. و«كاتالينا» المعتادة على تلك الأجواء، كانت تُفتن بالفوضى التي يعنيها تناول الطعام في بيتي. ثماني بهائم يتنازعون الصواني بعضهم من أيدي بعض. وليس هنالك أي تبادل للحديث لأن صخب الخلفية هو صراخ دائم. ولا سبيل للحديث عن صوت أمي، لأنه لا وجود له.

كان لـ«كاتالينا» أخ، اسمه «رودريجو». وقد حدث ما لا مفر منه: وقعتُ في حبه. جميعنا وقعنا في لحظة ما في حب شقيق صديقتنا المفضلة. إنه أكبر منا بحوالي سنتين. ويدرس الحقوق. وكان يبدو، لأسباب كثيرة، أشد أفراد الأسرة رسمية. في بداية دراستنا، حين بدأت أنا و«كاتالينا»

نتحول إلى صديقتين، كان ينظر إلينا بازدراء. يدعونا طفلتين. ولكن نظرته راحت تتبدل مع تقدم الوقت. أقمنا علاقة غرامية. وقد فوجئتُ بمدى سريته وتكتمه. ولكنني لم أتوقف لتحليل الأمر. فالتخفي يمنحنا مزيدًا من الحماسة. ويجب أن أعترف أنني وقعت في حبه جدِّيًا. كنت مستعدة لأن أقدم حياتي من أجل ذلك الرجل. ووسط ذلك الحب المتأجج، علمتُ من «كاتالينا» أن أخاها قد بدأ علاقة. وكانت علاقة مع فتاة من عالمه. حين واجهته، قال لي، بكل جدِّية:

- لابد لي من أن أتزوج ذات يوم يا ليلى. وأنت تعلمين أنه لا يمكنني الزواج منك أبدًا.

حين سألته عن السبب، ظهرت القسوة غير المتوقعة:

- المغامرة العاطفية والحماوة هما شيء، والزواج شيء آخر. لا يمكن لي الزواج من ابنة عربي يملك متجرًا في شارع «إنديبندنثيا»!

* * *

هذا البلد هو أحد أكثر البلدان طبقية وعنصرية في العالم. ماذا حدث في تشيلي لتنتج مثل هذه المستويات؟ يمكن فهم ذلك في مجتمعات لديها نظام ملكي. في بريطانيا العظمى مثلًا. ولكن ليس بيننا نحن الذين لم تكن لدينا أرستقراطية بكل معنى الكلمة. وكنا ولاية تابعة لملك إسبانيا. كما أنه لم يبق لدينا كثير من السكان الأصليين بعد الغزو، مثلما هي الحال في البيرو أو المكسيك، يسوغ الخوف من القضاء عليهم. وهنود «المابوتشي» ظلوا في الجنوب من دون أن يتوصلوا حتى إلى تجاوز نهر «بيوبيو». ما

الذي حدث إذًا؟ لا وجود لنظرة بريئة لدى التشيلي. تتوجه عيناه إلى الشخص الذي أمامه، وقبل أن يخفضهما يكون قد رازه. حاكمه. صنفه. كل شيء يحدث بسرعة لا يمكن التحكم بها. ومن دون وعي فوق ذلك. ربما لا يدري هو نفسه ما يفعله. وتكون العينان قد توقفتا. المظهر يعطيه المعطيات المطلوبة. والآن، هنالك الكلام. عشر كلمات، أو عشرون كلمة. لا حاجة لمزيد. فالتشيلي يكفيه السمع والعينان ليعرف فورًا كل ما يجب عليه معرفته. وعندئذ يقرُّ الاختلافات.

* * *

حب الأطفال خاصة غريبة أفتقر إليها. ليست ملازمة لكل كائن بشري أو للنساء. إنها مثل الإيمان، إما أن يكون قد أصابكِ أو لم يصبكِ. لا يمكنكِ اختراعه بمحض مشيئتك. وبمناسبة هذا الحديث، سمعت منذ نحو سنتين قصة ظلت تدور في ذهني. وانتهى بي الأمر إلى نقلها إلى «ناتاشا». إنها قصة امرأة بولونية، تدعى «إيرينا سندلر». ولدت عام ١٩١٠ في ضواحي «فرصوفيا». وكانت تعمل في إحدى إدارات الرعاية عندما احتل «هتلر» بولونيا. وحين احتجز النازيون نصف مليون يهودي في الجيتو منعوا إدخال الأغذية والخدمات الطبية، مع أنهم كانوا قلقين من الأمراض المعدية. ولهذا السبب طلبوا من «إيرينا سندلر» أن تراقب ظهور حالات السُّل في الجيتو. وهذه المسؤولية كانت تعني قدرتها على الدخول والخروج من هناك من دون قيود. استغلت ذلك (الامتياز) لإنقاذ الأطفال. صارت تتحدث إلى الآباء، واحدًا واحدًا. طلبت منهم أن يسلموا إليها أطفالهم الرضع كي تتمكن من إخراجهم من هناك. لم يكن إقناعهم سهلًا. كانت

«إيرينا» تشك في إمكانية نجاة أحد منهم، لكن الآباء كانوا يتشبثون بأوهام مختلفة كيلا ينفصلوا عن أبنائهم. وانتهى الأمر بمعظمهم إلى الرضوخ. ليس بسبب احتمال الإبادة وحسب، بل بسبب الجوع والمرض. وهكذا، شيئًا فشيئًا، راحت تأخذ طفلًا في كل يوم. تخبئه في جعبتها أو بين خرق تحت عباءتها. ودربتْ كلبًا على النباح كلما اقترب منها ألماني. وهكذا كان النازيون يسمعون نباح الكلب وليس بكاء طفل محتمل. كانت تصعد إلى القسم الخلفي من سيارة الإسعاف التي توصلها يوميًّا مع كلبها وحمولتها السرية، وتجتاز أسوار الجيتو. وصارت تضع كل طفل في بيت من بيوت عائلات مسيحية مختلفة تتولى مسؤوليتهم. ولكنها لم تكن ترغب في أن يفقدوا في الغد هويتهم الحقيقية. سجلت كل اسم يهودي مع اسمه الجديد بجانبه. ولفت تلك الأوراق ووضعتها في إناء زجاجي طمرته تحت شجرة تفاح في فناء بيتها.

وذات يوم اعتقلتها «الجستابو». عُذبت بوحشية. كسروا قدميها وساقيها. ضربوها بهراوى خشبية على كل أجزاء جسدها. اعتُبرت مذنبة وتم برمجة إعدامها. لكنها تمكنت من الهرب برشوة أحد الحراس. اختبأت وعاشت في السرية حتى نهاية الحرب. وحين صارت حرة، كان أول ما فعلته هو أنها هرعت إلى شجرة التفاح في بيتها. نبشت الأرض وأخرجت الإناء الذي يتضمن الأسماء. كان جميع الآباء تقريبًا قد قُتلوا.

في شيخوختها، في مأوى للعجزة، تولت إحدى الهاربات العناية بها. امرأة يهودية كانت «إيرينا» نفسها قد أخرجتها من الجيتو وهي في الشهر السادس من عمرها. أخرجتها في صندوق عدَّة، وكلبها إلى جانبها. لقد

ماتت منذ وقت قريب. وقد علمتُ بهذه القصة لأنهم رشحوها لجائزة نوبل للسلام في العام ٢٠٠٧. كان منافسها «آل جور»، وقد كسب الجائزة.

لا أهمية للجوائز: لقد قدمت «إيرينا سندلر» حياتها من أجل آلاف الأطفال الذين لم تكن تعرفهم. أطفال يهود. وماذا لو كانت جدة أحمد واحدة من أولئك الأطفال؟

أفترض أن هذا يمكن تسميته حبًّا. وأنا عاجزة عن الإحساس به.

* * *

سأحاول اتباع خط تسلسل تاريخي، على الأقل منذ ولادة ابني. لم يكن تردي حالتي فوريًا بالطبع. في البدء حاولت التصرف مثل أي أم طبيعية. كنت أعتني به، أغذيه، أحفزه. ولكن تقبيله واحتضانه كانا عملين منافيين للطبيعة في نظري. في الليل فقط كان يباغتني شعور الحب تجاهه. حين أكون قد شربت خمس كؤوس على الأقل. وأنا، حبًّا بالرب، أريد أن أحبه. خلال النهار أعمل. كانت الحياة تروق لي. أجول في المدينة. ولكن عندما يخيم الليل في صالة شقتي الصغيرة، في ساعات الراحة، كنت أنظر إلى كأس «البيسكو» التي تنتظر على المنضدة، وقبل أن ألمسها أسأل نفسي: ما الذي تحرصين عليه أكثر؟ كنت أستجوب نفسي. والإجابات التي أقدمها لنفسي لم تكن مرضية قطُّ. عندئذ كنت أتجرع ـ دفعة واحدة ـ محتويات كأس «البيسكو» كلها، وأُرسل الأسئلة كلها إلى الجحيم. كان يقيني الوحيد في أن الواقع قد تحول إلى منطقة جليدية وتعيسة لا أريد العيش فيها.

* * *

المرة الأولى التي تجاوزت فيها الحد في كمية الكحول ولم أذهب إلى العمل في اليوم التالي، اختلقتُ عذرًا ما ولم يحدث أي شيء. في المرة الثالثة نظروا إليَّ باستياء في الجامعة وأقسمتُ على أن ذلك لن يتكرر. ولكنه تكرر. وفي الفصل الدراسي التالي لم يجددوا عقد عملي.

كانت تلك هي الضربة القوية الأولى: البطالة.

هنالك تنبيهات لم أعرها أذنًا مصغية. الكحوليون لا يعيرون أذنًا مصغية لأي شيء. هنالك سقف بين اللحظة التي تبدئين فيها الشرب بانتظام ولحظة السقوط. في بعض الأحيان يكون هذا السقف طويلًا، وطويلًا جدًّا. أعرف أشخاصًا استطاعوا الاستقرار فيه وقتًا طويلًا. وهنالك عنصر لا يساعد على الشفاء: الإنكار. الكحوليون ينكرون دومًا أنهم كذلك، لا وجود لوعي بالمرض. ولا بد بالتالي، في معظم الحالات، من شخص يفتح عيونهم. والمسألة هي: من يكون ذلك الشخص؟ المؤهلون لفعل ذلك اثنان: الأول، من يملك جرأة كبيرة. والثاني من يكنُّ كثيرًا من الحب للآخر الذي بدأ بالانحدار.

في الكلية كانت لديَّ جماعة من الصديقات، ثلاث أو أربع صحفيات يعطين دروسًا مثلي. كنا نشترك في أمور غير متناهية. العمل، المهنة، النظرة إلى العالم. وعندما بدأ قصوري في واجباتي نبهنني بالطبع. كن مهتمات بتطور الحالة، لأن وضعي يهمهن. يردن وقفي ولكنهن لا يعرفن كيف. وأخيرًا جاءت إلى بيتي أكثرهن شجاعة. تدعى «أبولونيا»، مثل بطلة «العراب». لقد كانت مقربة جدًّا إليَّ، ومع ذلك كان عليها أن تجعل من أحشائها قلبًا شجاعًا كي تواجهني. قالت لي، بنعومة وعذوبة، إنني مريضة.

وإنني لا ألحظ ذلك ظاهريًا. قالت لي الحقيقة. ما كانوا يفكرون فيه بشأني في موقع عملي. قلق كل واحدة من صديقاتي. حدثتني عن أحمد. عن أكاذيبي. عرضت عليَّ كل مساعدة ممكنة. أخذت لي موعدًا عند طبيب خبير في الموضوع. (لم أذهب إلى الموعد طبعًا). وبسبب نمط طبعي ـ القوي والمغلق ـ أعرف أنه كان من الصعب عليها الإقدام على ما أقدمت عليه. إنه يعني من جانبها فعل حب وحسب. وقد كانت أول شخص ذكر لي كلمة «إدمان كحولي». أنكرت كل شيء. وصلتُ أمامها إلى رسم فيلم مختلف تمامًا عن الواقع. تظاهرتُ بسعادة لا أشعر بها. تحدثت عن حياة مستقرة لا أعيشها حقًّا. وقد غضبتُ منها، على الرغم من أنني لم أخبرها بذلك. وفي كل مرة خلال موعد الغداء أو في أثناء لقاء اجتماعي أشرب أكثر قليلًا من المعهود، أشن عليها الهجوم في غيابها، وأسخر من مسعاها. لقد خسرتها. وقد قالت هي فيما بعد: الكحوليون لا يتوقفون عن الكذب، وصداقتي مع ليلى مجرد إضاعة للوقت.

* * *

طرقتُ كل الأبواب. البطالة أصابتني بالجنون. العمل الوحيد الذي وجدته هو مجلة إعلانات حيث كنت أكتب سخافات. ولكنهم كانوا يدفعون لي على الأقل ما يكفي لإيجار الشقة. والحقيقة أن الإيجار كان رخيصًا جدًّا. ولكن ما أحصل عليه لم يكن يكفيني لأعيش. بدأت باستدانة النقود. من أسرتي في أول الأمر. ومن أصدقائي بعد ذلك. في البدء كنت أسدد ديوني بدقة. وبعد ذلك صرت أتراخى. كنت أنسى وحسب. أشعر باستحالة تحميل نفسي المسؤولية. بدأت أكذب كثيرًا، من دون

أن ألحظ ذلك. وكان أحمد يعيش بفضل أسرتي. وجود سبع إخوة يُعتبر نعمة. فهنالك على الدوام من هو مستعد للعناية به. أخواتي الأصغر سنًّا اعتدن أخذه إلى بيت الأسرة وهناك يقدمن له الطعام. لقد انتبهت الأسرة طبعًا إلى أن هنالك شيئًا لا يمضي على ما يرام. أتذكر المرة الأولى التي لم أذهب فيها لإحضار ابني، مثلما اعتدت أن أفعل، في الساعة السادسة مساء. لقد نسيته. كنت في حانة مع صديقين من أصدقاء الجامعة. التقيت بهما في الشارع وذهبنا معًا لتناول بعض الكؤوس. ومرَّ الوقت من دون أن أشعر به. وعندما قررتُ أخيرًا الانصراف لإحضاره، طلب صديقاي مزيدًا من الشراب. وكانا هما من يدفعان. ظللتُ معهما. رجعت إلى البيت عند الفجر ونسيت تمامًا أن هنالك ابنًا ينتظرني. نسيت أحمد. وفي اليوم التالي ـ في ساعة متقدمة، لأني نمت مثلما ينام أي شخص بعد سكرة شديدة ـ ذهبت إلى بيت أبويَّ، كان أخي الأكبر بانتظاري. أتدرين ما الذي فعله؟ لقد ضربني! وجه إليَّ صفعة قوية. إنني عار العائلة، هذا ما قاله لي. وإنهم قرروا انتزاع أحمد مني. وإنني غير مؤهلة لتربيته. وعدته أن أبدأ من جديد. كما لو أنه من الممكن البدء من جديد!

وبمهانة شديدة قررت التوقف عن الشرب. كانت تلك الفترة كابوسًا. صرت أخدع نفسي. أقسم على نوايا ولا أتقيد بها. أخبئ قوارير. كل ما تقوله الأفلام عن الكحوليين صحيح. كانت المشكلة في كيفية مواجهة أمومتي بالقناعة. أو بعبارة أدق: كيف أتقبل أنني قد اغتُصبت من قبل ثلاثة جنود في حالة حرب مع بلد منشئي؟ وأن حصيلة ذلك الفعل كانت ابنًا. فالفيلم، من دون كحول، سيدور ويدور من دون توقف. والصور ستتكرر. من المستحيل

إجراء «ديليت» (حذف). الألم الجسدي، الغضب، المذلة. كل شيء لا ينتهي، إلى اللانهاية. وعينا ابني المسكين، ابني الحزين، الخضراوان، تذكرانني بالرعب. لماذا لم أقدمه لمن يتبناه؟ لأن ذلك لم يخطر لي بكل بساطة، ولأنني كنت مقتنعة بقدرتي على مصارعة الغضب. وفيما بعد صارت الأسرة هي من سيمنع ذلك. فجميعهم وقعوا في حبه، مع أنه غير شرعي. حتى أبي بدأ يحبه، على الرغم منه. لم يكن يكلمني، ولكن إخوتي كانوا يخبرونني كيف بدأ الطفل يستحوذ عليه شيئًا فشيئًا.

* * *

ولكن أحدنا يلامس القاع. لا بد من ملامسة القاع على الدوام تقريبًا.

كنت أعيش اللحظة التي **أحاول** فيها عدم الشرب وإن لم أكن أتمكن من ذلك دومًا. ففي بعض الأحيان لا تؤخذ الإرادة في الحسبان إلا قليلًا. بين حين وآخر كنت أُلقي شيئًا من الكحول في جسمي وأشعر بأنني مشرقة. أعتقد أنني ذكية ـ خطأ كبير، السكارى حمقى **على الدوام** ـ وأنسى مشاكلي مع أحمد. في مثل تلك اللحظات أتخيل أوهام كتابة كتاب آخر. وأفكر في الظاهرة الصينية كموضوع. وكنت واثقة من أن مُحسنًا سيهبط من السماء ليقترح عليَّ إنجاز الكتاب. وفي نوبة الحماسة تلك ذهبت إلى أخي الأكبر وطلبت منه نقودًا من أجل دورة إعادة تأهيل. لم يتردد في إعطائي المال. وبسعادة كبيرة اتصل بأخواتي ـ ممن لا زلن يعشن في البيت الأبوي ـ وطلب منهن أن يهيئن البيت من أجل إقامة مديدة لأحمد هناك. ودعته وانصرفت. كان في جيبي نقود تكفي لشراء كثير من زجاجات الويسكي. الويسكي هو الأفضل. إدمان منظم، لا شيء من الخيوط المفلتة. عندما

طلبوا مني عنوان المكان الذي سأتلقى فيه إعادة التأهيل، لم أعطهم إياه. تذرعتُ بحقي في الخصوصية. لقد كان المساكين عصبيين ومتعبين جدًّا من وضعي، فلم يحاولوا الإلحاح خائفين من أنني قد أندم وأتراجع.

اشتريت كثيرًا، كثيرًا جدًّا، من زجاجات الويسكي. كان يمكن لي اقتناء عدة زجاجات «تشيباس ريجال»، بفضل مبلغ المال الكبير الذي لديَّ. لكنني قررت أخيرًا شراء «جوني ووكر» ذي البطاقة الحمراء، وهكذا أحصل على ما يكفيني وقتًا أطول. قمت بالشراء من عدة محلات سوبرماركت ومتاجر. وكنت أمضي حاملة حقيبة يدوية كي أواري نوعية بضاعتي. أتذكر واحدة من جولات الشراء تلك. كنت أنتقل في الحافلة، وأجلس إلى جانب النافذة. أنظر إلى الخارج. كانت السماء مكفهرة، لها لون البؤس. عندئذ انتبهت إلى زميلتي في المقعد، امرأة تشبهني. في مثل سني. كانت تقرأ في كتاب. لها شعر كستنائي مربوط على شكل ذيل حصان. ترتدي بنطال جينز أزرق مع جزمة سوداء وبلوزة رمادية مطبوع عليها شعار تشيلي. كانت مستغرقة جدًّا. وبين حين وآخر تزيح شعرها الذي يمنعها من الرؤية. تنظر لحظة عبر النافذة من خلالي. ثم تُخرج قلم شفٍّ من حقيبتها وتؤشر على فقرة. في إحدى اللحظات التقت نظرتانا فابتسمتْ لي. كانت ابتسامة بريئة، شفافة كالماء. ما زالت تلك الابتسامة مغروسة في ذهني. لقد ابتسمت كما لو أنها تقول لي: ها نحن الاثنتان، متآخيتان في السن، وفي المظهر. كلتانا عنيدتان، كلتانا ذكيتان، كلتانا شابتان نرغب قبل كل شيء في أن نجعل من حياتينا شيئًا ذا مغزى. بينما أنا أمامها أخبئ زجاجات «الجوني ووكر» في حقيبة بلاستيكية على أرضية

الحافلة. وأهيئ نفسي من أجل أن يسري الكحول ويحرق إلى أن يصل إلى قاع المعدة. يا له من مكان كئيب، قاع معدتي. لقد كانت تلك الابتسامة ـ أكثر من أي موعظة أو تأنيب وجِّه إلي ـ من قالت لي: أنت بكل بساطة مجرد محتالة، ولا شيء سوى هذا.

* * *

انزويت في شقتي. وكنت قد استعدت مسبقًا مفتاحًا تستخدمه إحدى أخواتي. أردت أن أؤمِّن نفسي. فقد يخطر لهم المجيء للبحث عن شيء من أشياء الطفل، أو القيام ببعض أعمال التنظيف. فأخواتي هكذا، منفتحات وكريمات. ويحتفظن بذلك المفتاح تحسبًا من أن «يحدث لي شيء». حسن، لقد انتزعته. كنت أقترب من لحظة لا تتطلب شهودًا: لحظة مداعبة جرحي. وهو في أغلب الاحتمالات سيبقى فيَّ مدى الحياة. ولكنني بحاجة إلى مداعبته ما دام مفتوحًا ونازفًا.

وهذا ما فعلته من دون رحمة.

* * *

وجدوني في اليوم الخامس على حافة الموت. ولأنني كنت قد انتزعت منهم المفتاح، فقد عمد إخوتي إلى خلع الباب، لأن الجار في الشقة التي تحت شقتي أحس بأصوات غريبة. قرع جرس بيتي عدة مرات، وعلى الرغم من عدم تلقيه أي جواب ظل يسمع ضجة. أظن أن ذلك كان يحدث كلما تقيأتُ في الحمام أو سقطتُ أرضًا. اتصل بمؤجرتي وهذه اتصلت بدورها بأبويَّ. يفترض بي أن أكون شاكرة للجار اللعين، ولكنني لستُ كذلك.

حملوني في حالة إسعاف. وبعد زوال الخطر نقلوني إلى مستشفى، مصحة نفسية. ظللتُ هناك وقتًا طويلًا. إلى أن تلاشى الإدمان. لقد أسأت التعبير: فالإدمان لا يتلاشى. لقد توقفتُ عن الشرب وحسب. وكلما كان علينا القيام بتمرين تخيل شيء لطيف وجميل، كنت ألجأ إلى الصورة نفسها: أشجار البرتقال وأشجار الزيتون. فلنعد إلى هناك، إلى تلك الأرض البائسة ولكن لديها دومًا، على الدوام، برتقالة أو قليل من زيت الزيتون تقدمه إليك.

* * *

عندما صرت قادرة على الوقوف على قدمي، رجعت إلى بيت أبويَّ. كانت شقتي قد سُلِّمت. وكانت ممتلكاتي الضئيلة تقبع في أحد مستودعات متجر أبي. بدأتُ حياة جديدة. قاحلة، شاقة، بلا ألوان. وأحمد إلى جانبي، يا للمسكين، الطفل الحزين. في البدء كان يرفضني، كما لو أنه قد نسي وجودي تمامًا. لا يتقبل إلا أذرع أخواتي. وشيئًا فشيئًا صار يركز عليَّ. وبينما أنا مستلقية في الفراش، كنت أنظر إليه ساعات. بل إنني بدأت أشعر بالامتنان لقَدَرِه، لأنه ولد في تشيلي. كنت أفكر في أن كل شيء يعتمد على المكان الذي نولد فيه. إنه تعسف. أمكنة بكاملها على الأرض لم تسمع انفجارًا واحدًا طوال أكثر من خمسين عامًا. وأمكنة أخرى اختصت بها جميعًا. فصديقتي «كاتالينا» مثلًا ـ الشقراء التي حدثتكنَّ عنها، لا تعرف كيف هو صوت رصاصة في الهواء. وكذلك أبوها وجدها (أين كانوا يوم الانقلاب العسكري؟ أكانوا على شاطئ البحر؟). عندما رأيتُ فيلم «فالس مع بشير» فكرتُ في أن ذلك السينمائي الإسرائيلي، الرجل نفسه الذي

رأى بأم عينه القتلى في صبرا وشاتيلا، له أب وأم ناجيان من «أوشفيتز». ابن هذا السينمائي يمكنه أن يروي ما رآه أبوه وجده. إنه يحمل الألم في جيناته الوراثية، في الحامض النووي. وهكذا يمكن أن يكون أحمد قد ولد.

أعود إلى تلك الأيام التالية لخروجي من المصحة النفسية. جعلت الأحداث من أبي شخصًا أكثر ليونة، وعرض عليَّ إيوائي في البيت. وتمويلي إلى الحدِّ الذي أراه ضروريًّا. بل إنه، بنصيحة من عماتي، عرض عليَّ الخضوع لعلاج. ليس علاجًا للتخلص من السموم ـ قال لي، وهو قليل الكلام ـ وإنما علاج يساعدك. يساعدني على أي شيء؟ سألته. فكرر بخجل: يساعدك. لم أكن راغبة في علاج نفسي، لأن فكرة الدفع مقابل حيز من الحميمية لم تقنعني قطُّ. أليس هذا ما يفعله الرجال في الجنس؟ ولست أعني أن «ناتاشا» تقوم بعمل عاهرة. ولكن **الدفع** مقابل أن يستمع أحدهم إليكِ. **الدفع** مقابل أن يحبوك. **الدفع** من أجل أن يقفوا إلى جانبك. لا، لم ترق لي الفكرة. وافقتُ لأنه لم يكن لديَّ خيار آخر. لهذا السبب وحسب. وعندما دخلتُ أول مرة إلى العيادة، انتبهت «ناتاشا» للأمر. ولا بد أنها فكرت في أنني عظم يصعب قضمه.

* * *

لقد مضى زمن لا بأس به.

وقد رجعتُ إلى الجامعة. استعدت عملي القديم بعد حديث طويل مع مشغليَّ. أحاول أن أكون أفضل الأساتذة كي يصدقوني. ومن أجل إصلاح فظاعاتي القديمة. أشعر أنني على ما يرام هناك. إنه مكاني الطبيعي. لستُ أنفع لكتابة تفاهات في مطبوعة سخيفة. وأقل من ذلك للتلفزيون

أو الإذاعة. اختصاصي هو الكلمة المكتوبة. وأنا أعطي فوق ذلك دروسًا في جامعة خاصة. ليست دروسًا بكل معنى الكلمة، يمكن القول: إشراف على أطروحات. وهم يدفعون لي أجورًا محترمة. قررت ألا أكون فقيرة جدًّا. إنني بحاجة إلى كسب نقود. واعتزازي بنفسي يحتاج إلى ذلك أيضًا.

أعلم بصورة مؤكدة أنني سأنشر كتابي عن الصين. لقد بدأتُ بكتابته. إنني أسجل ملاحظات وأقرأ كثيرًا. وسوف تأتي لحظة السفر. ما زلت أعيش في بيت أبي. أعرف أن هذا مخجل بعض الشيء إلى من هي في مثل سني. ولكن مع الأزمة الاقتصادية وقعتْ أمور أسوأ. وفي العمق، لا أحد يريدني أن أغادر البيت. ليس من أجلي طبعًا، بل من أجل أحمد. إنه أشبه بابن متعدد: ابن لأبي، ولأخواتي الأصغر سنًّا، ولإخوتي الكبار، إنه ابن الجميع. وهو يستمتع بذلك. وأنا بدوري أشعر براحة كبيرة لمعرفتي أنه يحظى بعناية جيدة. يدرس في مدرسة عامة ويقضي أمسيات كاملة في المتجر مع أبي. يلعب أنه يساعده بمسطرة القياس ولفافات الأقمشة. يبدو معافى وجميلًا. وإن كانت عيناه تضحكان قليلًا. أفكر فيه ككائن بشري على هامشي. أفكر بشأن مستقبله. بل إنني انفتحت على معرفة بعض الأشياء عن اليهود. إنني أبذل جهودًا، أفعل ذلك حقًّا. أظن أنه يمكن للأدب أن يساعد أكثر من أي وسيلة أخرى. لهذا أقرأ. وقد بدأت تعجبني قراءة «عاموس عوز»، و«يهوشوا»، و«دافيد جروسمان»... وكل ذلك من أجل أحمد.

أظن أنني بدأت أفهم شيئًا ما عن الصدمة النفسية. عن صدمتي النفسية.

حين كنت أسكر، حين أجرح نفسي، أشعر كما لو أن شيئًا ـ على هامش

إرادتي أو مبادرتي ـ لا رجعة عنه يتملكني. كانت الصدمة تكرر نفسها بنفسها، وكأنه لا يمكن للقدر أو لي أنا نفسي بالذات أن نتركها هادئة. أو بعبارة أدق، كما لو أنني أسمع من بعيد نداء لا يُقاوم ولا يمكنني التنكر له، يُنزل بي مرة أخرى تجربة الألم. على الرغم من مشيئتي بالكامل. لا أدري إن كنتن تفهمنني: لم يكن بإمكاني، بكل بساطة، تجاهل الاغتصاب ونتائجه. الكحول وحده كان يوفر مخرجًا لصرخة جرحي الداخلية، صرخة لم أكن قادرة على تمييزها بوضوح. ويتكرر الأذى الجسدي دومًا. فعلى الرغم من أن الكحول يلحق الأذى بالذهن ـ تمزيق للزمن، تمزيق للذات، تمزيق للعالم ـ إلا أن الألم يحل بالجسد. مثلما في كشك الحراسة ذاك قرب بيت لحم.

المفاجئ هو أنني حين بدأت أشرب، **لم أكن أعلم أن ذلك** الشبح هو الذي يعود ليحوم حولي.

عندما غادرت بيت لحم وذهبت إلى غزة، ظننتُ أنني خرجت سالمة. مثل أولئك الأشخاص الذين يتعرضون لحادث. ينهضون عن الأرض من تلقاء أنفسهم. يتحركون. يُقدِّمون إفادة للشرطة. يعودون إلى بيوتهم، ينامون في فراشهم بقدراتهم الذاتية. وبعد أسبوع يدخلون في الصدمة. بعد وقوع تلك الأحداث لم أتوقف عن التفكير: كم أنا قوية. قدرتي على تجاوز ما تعرضتُ له من عنف تثير الإعجاب.

هنأتُ نفسي على أن ثلاثة جنود قساة لم يتمكنوا من تدميري.

كانت صدمتي في الوصول إلى تشيلي. حين علمتُ بأمر الحمل. ما صفعني حينئذ لم يكن واقع فعل العنف بحد ذاته وإنما الطريقة التي

تجاهلت بها ذلك الواقع. لقد اغتُصبتُ مرة أخرى حين رأيت نتيجة اختبار الحمل. من المدهش كيف أن الصدمة ستأتي عاجلًا أو آجلًا. ليس مهمًّا كم تتأخر. لقد فكرتُ بسذاجة أنني قد أفلت من الشر، ولكن لمجرد أن أعود لمواجهته بصورة أشد استعبادًا. لست أدري أي الأمرين كان أسوأ: عيش الحدث في لحظته أم العودة لعيشه فيما بعد.

لم أعد أنا نفسي قطُّ.

فمنذ تلك اللحظة بالضبط تفتتت القصة التي كنتُ أصوغها عن نفسي. لقد تشظت وتفرقت الروابط بين ماضيَّ وحاضري وما كان مقدرًا له أن يأتي.

لم تكن لديَّ طريقة أخرى لأصرخ بالواقعة. لتجسيدها. لم يكن صوتي هو ما يحملني إلى الماضي. لا. لم أكن أنا من تتحكم به. ولم أشأ العودة لسماعه. لقد كان صوت ابني. الشاهد الخفي والذكرى الدائمة للصدمة. إنه صوت الجرح... جرحي.

قالت لي «ناتاشا» إنني برواية هذه القصة فقط سأتمكن من التحكم فيها. وهذا هو ما أفعله الآن. فمن أجل الشفاء، لا بد لكل ناجٍ من أن يكون قادرًا على تحمل مسؤولية ذكرياته. ومن أجل ذلك يحتاج إلى الآخرين. وأنا اليوم أحملكم إياها كشهود. العبء ثقيل.

إنني منهكة.

لويسا

اسمي «لويسا».

أنحدر من الجنوب. من قرية يخترقها نهر «إتاتا» في مقاطعة «نيوبلي». إنني متلهفة للحديث عنه، عن «كارلوس». لقد ترعرعتُ في الريف، فأنا ابنة فلاحين، ولولا «كارلوس» لبقيت هناك. كان أبي مرابعًا في إقطاعية. وكان لي إخوة كثيرون، بعضهم لم يعش، ونحن خمسة إخوة اليوم. ففي تلك الأزمنة كان الأطفال الرضع يموتون في الريف بُعيد ولادتهم. لا وجود لامرأة يبقى لها جميع من أنجبتهم. ولم يكن هناك من يعرف القراءة والكتابة. لقد تبدلت الأمور كثيرًا. حسن، فقد انقضت سنوات كثيرة. أنا عجوز الآن، صرت في السابعة والستين.

كنا نعيش في أقصى طرف العالم، ولكن لم يكن هنالك عاقل يرغب في أن يعيش في المركز مع كل ما يحدث هناك. ذهبتُ إلى المدرسة ولكني لم أتعلم كثيرًا. ففي الشتاء لم يكن الوصول إلى المدرسة ممكنًا بسبب الوحل والمطر، وكان المعلم يتغيب كثيرًا. ويضعوننا جميعنا في قاعة الدرس نفسها، لأنه لا وجود إلا لقاعتين فقط. وكنا متفاوتي الأعمار ولكنهم يعلموننا الأشياء

نفسها. (في أحد الأيام، توجه المالك إلى «إيرناني» (Ernani)، وهذا اسم أحد الفلاحين الذين يعملون مع أبي، وسأله إن كان اسمه يبدأ بحرف الهاء، «هيرناني» (Hernani). أجابه «إيرناني»:

ـ لا، فحرف الهاء للأغنياء. وما الذي سينفعنا نحن حرف الهاء؟).

تركتُ المدرسة كي أعمل، كنت أساعد أمي في زراعة الحديقة وأساعد أبي في رعاية البهائم، مجرد أبقار، أبقار وعجول. وبضعة خيول فقط. كلها للسيد المالك باستثناء «تاي»، فهذا لأبي. و«تاي» حصان أسود وجميل. وكان كثير من القمل والذباب ونُعرة الخيل، وقد اعتادت عليَّ فيما بعد ولم تكن تلسعني. والثعابين هناك نحيلة وغير طويلة جدًّا، ولم تكن تفعل شيئًا. وكذلك العناكب ذات الوبر، كنا نجدها دومًا في الحقول، تُحدث ثقوبًا في الأرض وتدخل فيها، وكان إخوتي يخرجونها من مخابئها ويجمعونها في إناء زجاجي. كانت تبدو قبيحة جدًّا ولكنها لا تسبب أي أذى، مثلها مثل الحيات. لم يكن الريف خطيرًا. وكان أكثر ما يروقني الإحساس بريح الشمال. كنت أعرض لها وجهي كي تداعبني بمحبة. أنتظرها وأنتظرها، وحين تأتي تبدو كما لو أنها آتية لزيارتي أنا بالذات. وحين تذهب تخلِّف أوراق الشجر ملمَّعة بالمطر. لقد شُيد البيت بجوار غدير. وقد وقعنا فيه مرتين، ولكن الغدير لم يكن عميقًا. كان الماء صافيًا جدًّا. وكان في البيت على الدوام كلاب عديدة. لا أحد يدري من أين تأتي ولا إلى أين تذهب حين تغادر، وفي بعض الأحيان كانت أمي تشكو من أنه ليس لديها ما تطعمها إياه. مجرد جراء. المفضلان لديَّ كانا «نينيو» و«باتايًا». أولهما صغير وله لون القهوة الفاتح، أشبه بلون بيض الريف المخفوق مع البسكويت، وكان قصير

القوائم والأذنين. أما «باتايًا» بالمقابل فكان طويلًا، في وبره بقع كستنائية وأخرى برتقالية اللون، بل إنه كان يبدو كلبًا راقيًا، لأنه كان مرتفعًا كذلك. وقد اعتاد «باتايًا» عليَّ ولم يعد يتركني لا في الظل ولا في الشمس، كم كان يحبني! وكان يحب التمرغ في التراب، يتمرغ ويتمرغ وهو يمط قوائمه في حركة دائرية، يتحول إلى كرة نار بفعل البقع البرتقالية فيه، يجول ويدور كما لو أنه كلب بطال. كنت أتأمله وأنا أموت لهفة للتمرغ مثله أيضًا. في أحيان كثيرة كنت أفكر في أنني أتمنى لو أكون كلبًا، فـ«نينيو» و«باتايًا» يستمتعان بالوقت خيرًا منا. كنت أهرب معه أحيانًا إلى المرعى ونذهب هناك لنلعب باختبائنا تحت القصب. وإذا ما أمسك بي أبي فإنه يسحب حزامه فورًا ليضربني ولكن «باتايًا» يبدأ بالزمجرة، فيشعر العجوز بشيء من الخوف ويخشى أن يعضه، وهكذا ينصرف وهو يعيد حزامه إلى موضعه ويصرخ إنه عليَّ أن أرجع إلى العمل، وإنه سيضربني في المرة القادمة إذا أمسك بي. أظرف ما في «باتايًا»، وما كان يجعل أمي تحبه، أنه يصطاد جرذانًا. لقد كان وشقًا في اصطياد الجرذان! والمشكلة أنه حين يمسكها بين أسنانه يأتي بها إليَّ كهدية. أنا لم أحب الجرذان قطُّ، فهي تثير قرفي، وقد كانت جرذان الحقل كبيرة وسمينة، ولم يكن «باتايًا» يتوقف عن تقديمها إليَّ. وبعد ذلك يلحس وجهي وذراعي باللسان نفسه الذي يبتلع به الجرذان.

عندما مات «باتايًا» تمددت تحت شجرة الكستناء وتصنعتُ الموت أيضًا. أجمل ما كان في بيتنا هي شجرة الكستناء، إنها شجرة هرمة، وارفة وكبيرة. كنا نفعل كل شيء تحت شجرة الكستناء، وبخاصة في الصيف. فالمعجن كان هناك، وهناك كنا نغسل الثياب، ونفرط حبوب الفاصوليا

والذرة الطرية ونحن نجلس تحت أغصانها. وعندما مات «باتايًا» ظللتُ مستلقية هناك مغمضة العينين ثلاثة أيام. حتى إنهم لم يرسلوني إلى العمل، ولم يتجرأ أحد على التكلم إليَّ. وفي اليوم الرابع جاءت أمي وقالت لي:

ـ لقد صار «باتايًا» في عالم آخر يا «لويسا»، ولن يرجع.

ففتحتُ عيني، ونهضت وبدأتُ أغسل الثياب معها.

هكذا كان الموت.

إحدى أشجاري المفضلة كانت شجرة الماكي. وهذه شجرة بريَّة تنتشر في كل مكان من أرياف «نيوبلي». إنها نحيلة وأغصانها طويلة وذات أوراق كثيفة. وثمرها حبيبات مكورة صغيرة سوداء ضاربة إلى الزرقة تصبغ الفم واليدين، تصبغ كل شيء. مذاقها حلو، كم هو لذيذ الماكي. وكنا نحب أنا وإخوتي العودة إلى البيت ونحن متسخون بالكامل، مصطبغون بالزرقة تمامًا، فتؤنبنا أمنا. أسناننا تبدو متفحمة، ولكن ليس بفحم شديد السواد، بل على شيء من الزرقة دومًا. ولم نكن نستفيد شيئًا من الاغتسال، وإنما نظل مصبوغين وقتًا لا بأس به.

«مريولكِ مبرقع بالماكي».

* * *

بيت السيد المالك هو أفضل من كل شيء في الريف. كنا نراه بيتًا غامضًا، لأنه البيت الوحيد الكبير. ومحظور علينا الدخول إليه. كان قريبًا جدًّا من بيتنا، وهكذا كنا نذهب أنا وإخوتي إلى مرتفع فوق الإسطبل حيث يحتفظون بالسروج ونراقب من هناك. وكان أبي يذهب أحيانًا ليقص

العشب في البيت الكبير، لم أرَ قط وأنا صغيرة عشبًا يُقص إلا هناك، إنه الوحيد، وكان أبي يسمح لي بمرافقته. كنت أستمتع بالرائحة التي تفوح من العشب المقصوص، إنها أفضل رائحة في الريف، كنت أحبها كثيرًا، أحبها أكثر من رائحة الخبز الساخن تقريبًا أو رائحة الملاءات المكوية للتو. يروون أني كنت أقول إنني حين أكبر سأصبح بستانية. أمر غريب، نساء كثيرات صرن يعملن في كل الأعمال ولم ألتق بعد بواحدة تعمل في تشذيب الحدائق!

عندما كنت في حوالي العاشرة شيدوا كنيسة في القرية، كنيسة متواضعة ولكنها كانت الحدث الجديد الأعظم، ومرة من كل ألف مرة يأتي كاهن، يقيم القداس ويعمِّد ويزوج ويتلقى الجميع المناولة الأولى. وكان الكاهن يتابع أوضاع الجميع، ويقول إنه آت لإنقاذنا، وكيلا نواصل العيش في الخطيئة. كانت الكنيسة جميلة جدًّا، ويروق لي الذهاب إليها. لكن «كارلوس» لم يكن يحب الكهنة. وذات يوم قال لي:

- أتعلمين يا «لويسا»؟ الجحيم لا وجود له.

فأجبته:

- كيف لا يكون الجحيم موجودًا يا «كارلوس»، لا تقل مثل هذا الكلام.

فقال لي:

- إن الكنيسة الكاثوليكية اخترعته كي يظل الفقراء هادئين، ويفكروا أن هنالك أشياء أسوأ من هذه الحياة.

فقلت له:

ـ آه يا «كارلوس»، انتبه لأن الرب سيعذبك على هذه الأقوال.

وردَّ عليَّ:

ـ إنني مُعَذبٌ يا «لويسا»، العذاب يثقل كاهلي منذ ولادتي.

هكذا كان يتكلم «كارلوس» وكنت أؤنبه ولكنني أحب سماعه، كان شديد الاستقلالية. كمن لا يهمه ما علموه إياه وهو صغير. وأفكر فيما كان يمكن أن يقوله «كارلوس» هذه الأيام عن مسائل استغلال الأطفال، وهو الذي كان شديد العداء للكهنة، لا بد أن «كارلوس» كان سيزيد من حدة تهجمه، طبعًا كان سيزيد من حدة تهجمه.

في الخامسة عشرة من عمري أرسلوني للعمل في «تشييَّان». كانت إحدى أخواتي قد ذهبت من قبل، وهي من حصلت لي على العمل. حبيسة وراء الأبواب، أقوم بالتنظيف وأتولى مسؤولية أطفال صغار. لم أتحمل ورجعتُ إلى الريف. ولكن أبي أعاد إرسالي واضطررت إلى القبول مكرهة. لم يكن أصحاب البيت أشخاصًا سيئين، ولم يكونوا أغنياء جدًّا كذلك، كان البيت عاديًا وحسب. وكان الأطفال مؤدبين ولا يسببون مشاكل كثيرة، ولكنني كنت أظل طيلة الوقت جائعة، فكل شيء يحتفظون به وراء أقفال، السيدة تفتح غرفة المؤن مرة في اليوم. لم تكن توجد ثلاجات في تلك الأزمنة، في «تشييَّان» على الأقل. وكانت المواد الطازجة تُشترى كل يوم بيومه من المتجر حيث يوجد للأسرة حساب. ولم أكن أمسك نقودًا أبدًا. إنني أتذكر على الدوام حزمة المفاتيح التي تحملها معها السيدة في كل مكان، وكنت أفكر كيف تهتم بها كثيرًا، بينما نحن في الريف لم نكن نعرف المفاتيح. عملتُ حوالي سنة في ذلك البيت ورجعت في الصيف

إلى الريف. كنت أحب البقاء في بيتنا، مع أنهم لا يتركونني أتراخى في العمل. يرسلونني إلى المرعى ولكنني ألعب مع ذلك مع الكلاب وأصعد على الأشجار وآكل الإجاص والتفاح على الرغم من تفاهة مذاقها، غير أنها كانت تروقني لأني لم أكن أعرف غيرها. وكنت آكل كرزًا كذلك، فقد كانت هناك غابة أشجار كرز بري لم يزرعها أحد، ويقول أبي إنها نبتت وحدها، ثمارها حامضة وضاربة إلى الصفرة. ولم أكن أعرف شيئًا عن وجود الكرز العادي، فهذا النوع تذوقته بعد زمن طويل. وأتذكر دومًا شجرة البولدو على ضفة الغدير، كنت أختبئ في الأعلى بين أغصان البولدو، أوراقها شديدة الخضرة وأنيقة، قاتمة وسميكة، وكنت أنظر إلى أسفل، إلى ماء البركة وأفكر وأحلم بأن يكون لي ذات يوم بيت مثل بيت السيدة في «تشييّان» ويكون كله لي.

وذات يوم جاءت السيدة، زوجة صاحب الإقطاعية، وسألت أمي:

ـ هل صارت «لويسا» في سن القدرة على العمل؟

فأجابتها عجوزي:

ـ كيف لا، لقد صارت كبيرة!

وكان عمري ستة عشر عامًا. أخذوني إلى البيت الكبير في ذلك الصيف، ليجربوني. فإذا كنت مناسبة يمكن لي الذهاب بعد ذلك إلى العاصمة. حين كانوا يتحدثون عن «سنتياغو» كنت أتخيل مربعًا كبيرًا، هائلًا، فيه بيوت بيضاء وحسب، جميعها متشابهة، من طابقين، مع بوابة في المنتصف ونافذتين في الأعلى، آلاف البيوت البيضاء. الجميع في الريف كانوا

يرغبون في الوصول إلى العاصمة، كما لو أنها الأرض الموعودة، هذا ما كان يقوله لي «كارلوس» فيما بعد. وكان ذلك أكثر صعوبة بالنسبة إلى النساء، فإما أن تأخذكِ السيدة المالكة وإلا فلا سبيل. أما الرجال فكانوا يؤدون الخدمة العسكرية، وهكذا يسافرون، أما نحن فلا. الجميع في الإقطاعية كانوا ينظرون إليَّ بعين الحسد، والنساء أكثر من الجميع. لم أكن فقيرة التفكير، وكنت أعرف أن ذلك «امتياز»، لكنني لم أكن أعرف هذه الكلمة آنذاك. وقد سمعتها كثيرًا فيما بعد، حين كان «كارلوس» يتكلم في التجمعات الشعبية عن امتيازات الأغنياء، وفي البيت يكررها ويكررها عليَّ. حسن، اجتزت الاختبار في بيت السيد المالك في ذلك الصيف وذهبتُ إلى «سنتياغو». يا للمدينة الوديعة، هذا ما كنت أقوله لنفسي حين أرى تلك الشوارع الفسيحة والسيارات الكثيرة، أيها الرب المقدس، كانت تخيفني بعض الشيء... لم أكن أجرؤ على الخروج وحدي، وكنت أقضي بعض أيام الآحاد منزوية في حجرتي لأنه ليس لديَّ من أخرج معه إلى أن جاء أحد إخوتي ليعيش في العاصمة، وكان قد ترك الريف منذ زمن طويل لأداء الخدمة العسكرية، وعلمني كيفية الوصول إلى بيته، هناك في ضاحية «لوباييدور». عندئذ بدأت أشعر بالرفقة. وفي بيته جرى لي أهم حدث: تعرَّفت على «كارلوس».

* * *

كان «كارلوس» يعمل في البناء، وكان عاملًا نشيطًا، جديًّا في عمله، يحترمه رئيس العمال. لقد ولد في «إيسين»، وهو من كان يتكلم حقًّا عن الجنوب، واعتاد أن يضحك من جنوبي، يجده صغيرًا جدًّا. كان أبوه بغالًا

وقد تيتم من أمه في وقت مبكر. له أخ ذهب إلى الأرجنتين ولم يعرفوا أي شيء عنه. لم يكن «كارلوس» رجل أسرة. بدأ يغازلني مذ تعرَّف عليَّ، وكنت سمراء جميلة، ممتلئة وظريفة. وبعد سنة تزوجنا، زواجًا مدنيًّا وحسب، كنت راغبة بالزواج على الطريقتين ولكن «كارلوس» كان مصرًّا على فكرته بأنه لا يمكن بأي حال أن يتزوج في الكنيسة. وباختصار، ليس هنالك فرق. الرب لا تروقه السعادة، هذا ما قاله لي. استأجرنا في البداية غرفة في بيت هناك في شارع الجنرال «بيلاسكيث». وقد واصلتُ العمل حتى ولادة «جولوندرينا». وعندما حبلت، انتبهت السيدة إلى ذلك فورًا وقالت لي: «لويسا»، الأبواب مفتوحة لك، ارجعي عندما تشائين. واصلنا قدمًا بما كان يكسبه «كارلوس». وبعد سنة جاءنا «كارليتو» الذي يعيش اليوم في السويد، تزوج من سويدية شقراء جدًّا، من أولئك اللاتي يبدون كأنهن خارجات من مجلة، وهو يعمل كهربائي. ما لا أسامحه عليه هو أنه أخذ إليه ابنتي «جولوندرينا»، حدثها وحدثها عن السويد إلى أن وقعت هي الأخرى في الغواية. وتركاني وحيدة. كفى يا «لويسا»، أقول لنفسي، إذا كان للصغيرين الحق في بناء حياتيهما، فلن يبقيا إلى الأبد بجانب أمهما. ولكن هذا حدث فيما بعد، بعد زمن طويل.

كنت سعيدة جدًّا بالعيش مع «كارلوس» الذي لا يقول شيئًا عن الريف. وكنت صموتًا أنا، أشعر بشوق إليه، وكيف لا؟! وعندما انتقلنا إلى بيت آخر ـ لأن الغرفة في شارع الجنرال «بيلاسكيث» لم تعد تتسع لنا مع الصغيرين ـ اشتريت ديكًا ودجاجة كي أسمع صياحهما. وقد تبين لي أن ذلك الديك خارج تمامًا عن الانضباط، أو أنه شارد

الفكر، من يدري؟ فقد كان يصيح في أي وقت، وليس في الفجر مثلما اعتدتُ من قبل. فهناك في الجنوب تصيح الديكة كلما وضعت إحدى الدجاجات بيضة. كان الصياح احتفاليًّا، هذا ما أخبرني به أبي، وعندما يتكرر صياح الديك كثيرًا في ساعة الهدوء المسائية، يستعد أبي لجمع البيوض التي سيأكلها في اليوم التالي. وفي «سنتياغو»، كنت أحتفظ بالبيض الطازج للصغيرين لأن «كارلوس» لم يكن يأكله، يقول إنه لا يمكن أن يأكل بيوض «دجاجة يعرفها». يا لحماقة «كارلوس»، ويا للأفكار التي كانت في رأسه. ومثلما قلت لكنَّ، كنت أشعر بالشوق إلى الريف. في الليل. الناس يظنون أن الليل هناك ساكن، ولكن هذا غير صحيح. لا وجود طبعًا لحافلات ولا موسيقى صاخبة ولا نفير سيارات ولا صغار يتصايحون مثلما هي الحال هنا، غير أن هنالك بحرًا من الأصوات. وأنا أميز تلك الأصوات، صوت كل طائر، هنالك آلاف نغمات التغريد، ابتداء من الزيزان وحتى الجداجد، جميعها تصدح بأصواتها في آن واحد وتختلط الأصوات. وهنالك الكلاب... فالكلاب تبكي في الليل، يا لكثرة أحزان الكلاب.

كنا على تلك الحال، «كارلوس» يبني عمارات وأنا أربي الطفلين عندما انتخبوا «ألليندي» رئيسًا. العالم سيتغير يا «لويسا»، هذا ما كان يقوله لي ويعيده «كارلوس» الذي يمضي حالمًا. جاءت تلك السنوات سريعة مثلما ذهبت، كما لو أننا محشورون طيلة ذلك الوقت في زوبعة، كنا جميعنا نمضي متعجلين. «كارلوس» يعمل كثيرًا، في النقابة، في الأحزمة الصناعية، في الاجتماعات.

في أحد الأيام جاءني في الساعة الحادية عشرة وطلب مني أن أستمع إليه. قال لي:

ـ أنا أريد أن أكسب يا «لويسا». أصارع من أجل الكسب وأعرف لماذا أفعل ذلك. أفعله لأني حين كنت صغيرًا لم أمتلك سلطة. لقد عشتُ مع أشخاص مسالمين وتعلمتُ أن كل الشر الذي كان يحيط بنا، وهو شر كثير، يكمن جذره في استغلال ذلك الشيء الذي لم أمتلكه. هل تفهمينني يا «لويسا»؟

بدأ الحديث عن الأحزاب السياسية. وكنت أقول له:

ـ لا تتدخل يا «كارلوس»، لماذا...

فينظر إليَّ بصرامة ويفكر ولا يخبرني بشيء مما يدور في رأسه. كان يتحدث عن الرفاق، الجميع كانوا رفاقًا. وبعد ذلك لم أعد أسمع هذه الكلمة. كان يأتيني بكتب. أرادني أن أفهم. أراد أن يطورني. كان يقول لي:

ـ لن تنظفي بعد اليوم قذارة الآخرين يا «لويسا»، عندما تعودين للعمل ستقومين بشيء جدير بالذكر.

لقد كانت تلك الأيام أيامًا بديعة، ألف اليوم، هكذا كان «كارلوس» يسميها فيما بعد، بعد كل الفظائع الرهيبة.

ذهبنا إلى الجنوب في إجازة حين بدأ العام ١٩٧٣. وقد قال لي أبي إن السنة تبدو سيئة لمحصول القمح يا «لويسا».

مثل قاتل محترف هوت الشمس على رؤوسنا في ١١ سبتمبر.

* * *

ذات ليلة جاؤوا في طلبه. أخذوا مني «كارلوس». كنتُ في الحادية والثلاثين وكان هو في الثالثة والثلاثين. حدث ذلك في نوفمبر، بعد شهرين من الانقلاب العسكري. كنا نائمين وكان هنالك حظر للتجوال. عندما دوت الطرقات على الباب قلت إنه ليس هنالك أحد في الشارع في هذه الساعة، ولكن الطرق على الباب تجدد. دخلوا صارخين ومنادين على «كارلوس». اقتادوه في لحظات. دعوني أرتدِ ملابسي، قال لهم، ولكنهم أمسكوا به من ذراعيه وهكذا، وهو بالبيجاما، اقتادوه. أخذت أصرخ. لا تصرخي يا سمرائي، سأعود بسرعة، لا بد أن هنالك خطأ. كان هذا هو كل ما قاله لي:

- لا تصرخي يا سمرائي.

استيقظ الطفلان. لم يرياه يخرج، ولم يريا العسكريين كذلك، لم ير الصغيران شيئًا. قلت لهما في اليوم التالي إن أباهما قد سافر إلى الجنوب، وإنه سيعود.

منذ ١١ سبتمبر، منذ اللحظة التي قصفوا فيها قصر «لامونيدا»، كان «كارلوس» يمضي مغمومًا جدًّا، وكثرة غمه أصابته بالنحول، فكنت أتساءل: هل لديه من القوة ما يكفي لتحمل ما ينتظره؟ كان ذلك هاجسًا وحسب، وليس تفكيرًا.

وبدأ الانتظار.

كنا نعيش في بيت صغير بضاحية «بابلو نيرودا» في المحطة السابعة من «جران بييًّا». وتحوَّلت التسمية إلى «برناردو أوهيجينس»، فكل ما له علاقة «بنيرودا» انتهى آنذاك. كنا جديدين هناك ولم نكن نعرف جيرانًا كثيرين، كان الانشغال كبيرًا في أزمنة الوحدة الشعبية، ولم يكن لدينا متسع من الوقت لإقامة علاقات اجتماعية. في اليوم التالي خرجتُ إلى الشارع. كنت راغبة في اللقاء مع أحد، مع أي شخص يمكن أن يقول لي شيئًا عما حدث. ولكن أحدًا لم يقترب مني، لا أحد يعرف شيئًا، كما لو أن كل شيء هو مجرد فكرة في ذهني. كان سريري خاويًا، وهذا ليس من تخيلاتي. ظللتُ صامتة. فكرتُ في أنه يجب أن أظل صامتة، وأن «كارلوس» سيعود إليَّ إذا ما أبقيت فمي مطبقًا. وكلما تكلمتُ أقل تكون عودته أسرع.

مرت أيام. لم أكن أتجرأ على الخروج حتى من أجل المشتريات، فقد يعود «كارلوس» ولا يجدني. اعتكفتُ في البيت مع الطفلين الصغيرين، وكانت الحال كما لو أنني آخذة بالاختناق. كنت أتكلف مشقة كبيرة في القيام بأي جهد. ذهبت معهما ذات يوم إلى «لوباييدور»، حيث يعيش أخي. أخبرته بما حدث. عرض عليَّ أن يذهب للسؤال في عمله، لدى رئيس العمال. ولكن أحدًا لم يكن يعرف أي شيء. وقد أخبره رئيس العمال أن ثلاثة عمال من فريق عمله لم يرجعوا. وأنا لم أكن أعرف رفاقه، لأن «كارلوس» لم يكن يأتي بهم إلى البيت. وقال لي أخي:

ـ «لويسا»، اذهبي إلى الريف وسيهتمون بأمرك إلى أن يرجع «كارلوس».

فأجبته:

ـ وماذا لو رجع من دون أن أكون هنا؟

أتذكر ما كان «كارلوس» يقوله لي: «القانون والعدالة ليسا الشيء نفسه يا «لويسا». تذكري هذا، القانون **ليس** العدالة»، وعندئذ أعمل بنصيحة «كارلوس»، فإلى **أي** عدالة سألجأ؟

ومن هناك بدأت جلجلتي.

المشكلة الأولى هي التظاهر بأن شيئًا لم يحدث. والمشكلة الثانية هي الحصول على نقود. لديَّ طفلان صغيران وإيجار بيت يجب دفعه.

أناسٌ آخرون كانت تتوافر لهم إعانة مالية، أما أنا فلا شيء، شعرتُ بالغضب من «كارلوس»، فمع كل تلك الأمور النقابية، وكل تلك الحماقات، لماذا لم يهتم بامتلاك بيت خاص؟ لا بد أن المسكين كان يفكر في أن الحياة ما زالت طويلة أمامه لتحقيق ذلك. والمشكلة الثالثة هي في تعلم العيش من دون «كارلوس». فإحدانا تصبح مجنونة حين تعيش مع أطفال صغار وحسب. لم أكن أتبادل الحديث مع أحد، كنت أعرف أناسًا قليلين جدًّا. بدأت أفتقد الحديث مع أناس كبار وبالغين. ولكنني رحت أتعلم شيئًا فشيئًا، وإن كان ذلك قد كلفني عرقًا ودموعًا. والحقيقة أن الدموع كانت أكثر من العرق، وكان عليَّ أن أنتظر مجيء الليل كي أبكي. أبكي بصمت في فراشي، كمن هي غير راغبة... وهناك تعلمتُ البكاء في داخلي.

كنت أشتاق لـ«كارلوس». أفكر في أنه قد يعاني البرد. لماذا لم يسمحوا له بارتداء ملابسه؟ فتلك البيجاما لا تدفئ شيئًا. كنت أشعر برغبة في معانقته. وأشعر برغبة في كل تلك الأشياء التي لا تقال.

ذهبت إلى حيث سيدتي القديمة، صاحبة الإقطاعية التي يعيش فيها أبواي. بعضهم يتساءلون لماذا توجد نساء فقيرات كثيرات يخدمن في البيوت؟ المسألة أن هذه المهمة هي جزء من حيواتهن، أشبه بامتداد لها. لأنهن لا يعرفن عمل شيء آخر، ولأنه من الطبيعي أن تعمل إحدانا ما تفعله كل يوم ولكن بأجر. أين يمكن لي أنا أن أعمل؟ ما الذي أعرف عمله؟ طبعًا، لا يروق لـ«كارلوس» أن أترك جهدي في بيت غريب، ولكن لم يكن هنالك مكان آخر أقدم فيه جهدي. وكانت المشكلة في الطفلين. فالسيدة تحملتني بأحدهما فقط. أما مع الاثنين فغير ممكن يا «لويسا»، هذا ما قالته لي السيدة. عندئذ ذهبتُ إلى بيت الجارة، امرأة لطيفة لكنها قليلة الكلام، لا تتكلم كثيرًا. أعجبني أنها ليست محبة للثرثرة والتقولات. سألتني عن زوجي، فقلت لها إنه قد ذهب إلى الجنوب، وصدقتني. اتفقنا على أن تعنى بـ«كارليتو» الصغير مقابل جزء من أجري. كان لها ابنان هي أيضًا، وعليها أن تظل في البيت للعناية بهما. وهكذا ذهبت للعمل ومعي «جولوندرينا». كانت تلتصق بي في الحافلات من دون أن تنبس ببنت شفة. وتتصرف على خير ما يرام بينما أنا أعمل. يا لصغيرتي المسكينة! من الثامنة صباحًا حتى السادسة مساء أقوم بالعمل، أغسل ملابس. أكوي. أما المطبخ فتتولى العمل فيه امرأة أخرى، واحدة تقيم في البيت. وخلال تلك الساعات كنت أرى وأرى الحياة في البيت. لم أكن حسودة قطُّ حتى ذلك الحين، بل لم أكن أعرف الحسد. وكانت السيدة امرأة لطيفة ولكنها متكبرة، ومسيطرة وبالغة الأناقة... كانت تخرج عند الضحى «للقيام بمعاملات»، كما تقول لنا. ومن يدري ما الذي كانت تفعله؟ فالسيد قليلًا ما يكون في البيت، يذهب بكثرة إلى الجنوب، إلى أراضيه.

والأبناء يدرسون في الجامعة، إنهم ابنان وابنتان. وكم كانوا فوضويين وغير مرتبين. يتركون الملابس ملقاة على الأرض، ماذا يكلفهم ترتيبها؟ كل شيء على الأرض، كتب، دفاتر، ملابس داخلية، رسائل، أسطوانات، كل شيء مبعثر. الصغرى، واسمها «باولينا»، كانت بهجتي، فقد عرفتها وهي صغيرة جدًّا، بوجهها الجميل البريء.

في أحد الأيام اعتكفت في حجرتها ولم تكن هناك طريقة لإخراجها منها. أخذوها إلى الطبيب. وجاءت السيدة بعد ذلك بجدية كبيرة وقالت لي:

ـ الأمر فظيع يا «لويسا»، «باولينا» مصابة بالاكتئاب.

سألتها:

ـ ومِم هي مكتئبة «باولينا»؟

وكيف يمكن لي أن أفهم ذلك ما دامت تملك كل شيء في الحياة. لم يأخذوا زوجها، يتوفر لها سقف وطعام، ليس عليها أن تربي طفلين. وفوق ذلك كله يمكنها الذهاب إلى الجامعة، ولا أحد يسبب لها أي مشكلة. تكلفتُ صعوبة كبيرة في فهم الاكتئاب. بدا لي أنه مرض أغنياء. شتاء بطوله ظلت «باولينا» مكتئبة وملتصقة بي طيلة النهار، لا تتركني هادئة أبدًا. يا لأولئك الفتيات الشابات والجميلات اللاتي يمتن فجأة من الحزن، من دون أن يُفهم السبب. تكلمت السيدة إليَّ، وقالت إنها ستتعاقد مع امرأة أخرى من أجل أعمال التنظيف، وأن أظل أنا مع «باولينا» لا أفارقها. وهكذا أمضيت ذلك الشتاء القاتم والبارد في حجرتها، أشاهد

التلفاز معها وأرافقها. كنا نبدو كشبحين، أي الاثنتين أشد حزنًا. في بعض الأحيان يبدو كما لو أن الظلال تكلمنا. كنا نسمع وقع المطر على زجاج النافذة. وتسألني هي: هل أنت حزينة من أجلي يا «لويسا»؟ كانوا يسمحون لي بأخذ «جولوندرينا» معي إلى الحجرة، وكانت تلعب بصمت على السجادة. وفي أحد الأيام قالت لي «باولينا»:

- أتعرفين يا «لويسا» لماذا أمي قلقة جدًّا وتريد منك العناية بي؟

وأجبتها:

- لا يا «باولينا»، أخبريني أنت.

- لأنها تخشى أن أنتحر، هذا هو السبب.

- تنتحرين أنتِ أيتها الصغيرة الجميلة! ما الذي تقولينه بالله عليكِ؟

كنت أتخيل مستقبل «باولينا» حين تكبر، بمهنة محترمة، ومع زوج يحبها. مع زوج ذي وظيفة وأموال، ومع إقطاعية أبيها لقضاء الإجازات، ومع «لويسا» أخرى تقوم لها بأعمال التنظيف، ومع أطفال جميلين وأصحاء ترعاهم، ومع رحلات إلى الخارج، وملابس، وبيت جميل. مع العالم بأسره بين يديها، كيف يمكن لصبية كهذه أن تتكلم عن الانتحار؟ آه، رباه، ربما أنني لم أتعلم شيئًا عن البشر، ولكني لا أجد معنى لشيء من هذا. إذا ما فكرتُ في مستقبل ابنتي «جولوندرينا» بالمقارنة مع مستقبل هذه... ما الذي سيحل بابنتي إذا كانت هذه، وهي تملك كل شيء، تبيح لنفسها مثل هذا الترف؟ ذلك الشتاء الأول كان أسوأ شتاء، أمضيته بفضل «باولينا» وكانت ابنتي «جولوندرينا» محمومة. لأننا كنا نرجع إلى بيتنا ويبدأ البرد.

كانت لدينا مدفأة كيروسين لتدفئة البيت كله، ولكن «كارلوس» علمني ألا أنام والمدفأة مشتعلة لأن الحرائق تبدأ بذلك، فكنت أطفئها عند النوم. الصغيران يندسان متدثرين جيدًا في فراشي مثل عصفورين مخدرين وننام متلاصقين. لم يفتقر أي منهما إلى الطعام، ولا الملابس. لم يلبس صغيراي ثيابًا رثة قط. وكانت الكذبة جاهزة على شفتي دومًا: لأنهما كلما سألاني عن أبيهما، أردُّ عليهما: إنه في الجنوب.

و«كارلوس» لا يرجع. تمضي الليالي وتمضي النهارات ولا يرجع. والأسى في أعماقي لا ينقضي أبدًا. أسى دبق مثل شمس المساء، لا يغيب أبدًا.

* * *

ذات يوم سألتُ السيدة إن كانت تظن أنه يمكن للناس أن يختفوا في ظل الحكومة الجديدة. أجابتني:

ـ كيف يخطر لك هذا يا «لويسا»!

وفي العمل كنت أبذل الجهد لمعرفة شيء مما يحدث. ولكن يبدو أن شيئًا لم يكن يحدث. فهناك في «لاس كونديس» لم يكن يحدث شيء. والجميع كانوا يظنون أن «كارلوس» في الجنوب، وأنه قد هجرني.

لقد فهمت اليوم بعض الأمور. عرفت أن هنالك أمكنة يمكن الذهاب إليها للسؤال والبحث عن مساعدة، وأن أولئك النسوة لم يكن جميعهن وحيدات مثلي. ولكن، كيف كان يمكن لي معرفة ذلك من قبل؟

يا للعنة كم تلهفت إلى أن تكون لي أسرة! حماة أعاني وإياها معًا. شقيق

زوج يتقصى الأمور. شقيقة زوج أترك عندها الصغيرين بين حين وآخر. أحدٌ أفرِّج له عن همومي. شخص أتكلم معه عن «كارلوس» ولا يبدو ما أقوله شبهة. والأدهى من ذلك أن أمور أخي قد ساءت وترك العاصمة. رجع إلى الجنوب ليعمل في الريف. وظللتُ من دون أحد.

كل صباح، في الساعة السابعة إلا الربع، عند خروجي للعمل، كنت أعلق قطعة كرتون على الباب، وهي نفسها التي أنزعها في المساء كي أعود لتعليقها في اليوم التالي. الكتابة عليها تقول: («كارلوس»: إنني في العمل. سأرجع الساعة السابعة والنصف. «لويسا»). وفي أحد الأيام قالت لي الجارة، الجارة نفسها التي تعتني بـ«كارليتو»:

ـ إلى متى يا جارتي ستواظبين على تعليق هذا الإعلان؟

فأجبتها:

ـ إلى أن يعود بفضل الله.

فنظرتْ إليَّ بحزن.

أتعلمن ما الذي يقتل؟ الصمت. هذا هو ما يقتل.

باستثناء أخي، لم أتكلم قطُّ مع أحد.

لا تصرخي يا سمرائي.

سنوات وسنوات وأنا صامتة. وقد راح الصمت يشكل ما يشبه العقدة في داخلي، مثل شلة خيوط متشابكة، ولم تعد هنالك من طريقة لفك تشابكها. كل شيء يصير قاتمًا. تميل إحدانا إلى تجاهل الأمور المؤلمة،

وهذا خطأ، هذا شكل من أشكال عدم التعلم. فحتى لو كان الأمر مكلفًا، لا بد من التوقف وإمساك تلك المسائل، اصطيادها كما لو أنها أرانب برية في الريف، وضع مصايد لها للإمساك بها كيلا تهرب. وإذا كان ما تريده منا الدكتورة هنا أن نتكلم، فإنني أقول من خلال التجربة: سيحسن ذلك من حالنا. وأقول «الدكتورة»، لأني لم أستطع قط أن أدعوها باسمها المجرد. في البدء كنت أدعوها السيدة «ناتاشا»، ولكن ذلك لم يكن يروقها فبدأتُ أدعوها «دكتورة». إنني أُعالج هنا بمعونة. بـ ـمـ ـعـ و نـ ـة. فأنا لا أملك مالًا للعلاج. ولحسن الحظ أنني لستُ الوحيدة. أشعر بقليل من الخجل، ولا أريد أن أعرف كم هي كلفة المعاينة. لأن الطريقة الأخرى هي الذهاب إلى المستوصف كي يقدموا لإحدانا حبة الأسبرين. إنني مريضة يا دكتور، إنني أتألم. مِم تتألمين؟ إنها الأعصاب يا دكتور. كل شيء يؤلمني. وتتلقى إحدانا تلك النظرة وحبة الأسبرين. لقد أُدخلتُ إلى المستشفى حين أشفقت طبيبة نفسية لطيفة عليَّ، وبدأت الأمور تتغير. وهي من أخذتني إلى حيث الدكتورة. ورويت قصتي أول مرة. أخبرتُ شخصًا آخر لأول مرة أن زوجي معتقل اختفت آثاره. كنتُ أمتنع عن قول ذلك حتى لنفسي بالذات. ولكن ذلك جاء فيما بعد، بعد وقت طويل.

مرت الأيام، والشهور، والسنون. وكان كل شيء، من السماء إلى أسفل، يبعث على الحزن. وكامرأة ريف طيبة، ظللتُ متشابكة الذراعين، هذا ما نفعله في الريف. وواصلت انتظار «كارلوس». لم تخطر ببالي فكرة الموت. لقد كان حيًّا. بالبيجاما، وبالبرد، ولكنه كان حيًّا. في أحد الأيام أخبرتني السيدة بأن المختفين موجودون في الأرجنتين. أجل، قالت لي، هجروا نساءهم وذهبوا

بصمت، مستغلين الوضع السياسي. وتذكرتُ أخا زوجي ذاك الذي اجتاز سلسلة الجبال ولم يعد بعدها. ولكن ما الذي يمنع «كارلوس» من العودة؟ لقد كان «كارلوس» يحبني. ومع ذلك تشبثتُ بعض الوقت بفكرة الأرجنتين. فلعل وعسى. تذكرت موت «باتايًا». وكان من الأفضل إطباق العينين لثلاثة أيام والاستلقاء تحت شجرة الكستناء. أي شيء كان أفضل من الانتظار.

«أين أنت أيها المحبوب العزيز؟ أين أنت كيلا تسمعني؟».

كانت هنالك في الحي ملصقات تحمل صور «بينوشيه». والناس معجبون بها. وإذا كانت لا تعجبهم يظلون صامتين. الجميع يشعرون بالخوف. الخوف من فقدان العمل، أو فقدان الحياة طبعًا. لقد كان «بينوشيه» أشبه بمرض. ونصف أهالي البلاد كانوا مرضى ويعيشون بقدر ما يتيحه لهم المرض وحسب. ما كنت أريد لأبنائي أن يصابوا بالعدوى، أن يُدمر أبنائي بسبب أبيهم، يكفي ما لحق بي أنا من دمار.

قبل المجيء إلى الدكتورة، زرتُ منجمات ومنجمين، أي شخص يمكن أن يقدم لي خبرًا. في أحد الأيام، في الحافلة، مررت لي امرأةٌ بطاقة تقول: «محوِّلة ذهن». وإليها ذهبت. وقد قالت لي:

- من السماء حتى آخر ذرة تراب، حزن محض، ولا شيء سوى الحزن. سوف تمرضين بداء الحزن.

وبدأت أفكر: أيمكن لإحدانا أن تمرض بالحزن؟ ولكن المعاناة تبدأ فورًا، بمجرد فتح العينين، أتذكر عندما ولدت «جولوندرينا»، ولدت بصرخة وبكاء، كان هذا هو أول ما فعلته عند مجيئها إلى الدنيا. أتتخيلون

طفلة تولد ضاحكة؟ إلى أي عالم يمكنها الذهاب؟ ولكن «المحوِّلة» كانت محقة. فقد كنت مريضة من دون أن ألحظ ذلك. جسمي يؤلمني دومًا، الجسم كله، ما هو الفرق إذًا؟ والأعصاب... الأعصاب دومًا. ومع ذلك ظللتُ أقلب الأمر في رأسي. طلبتُ موعدًا في المستشفى، تأخروا فترة طويلة في تحديد الموعد لي، وعندما ذهبت عثروا على الكتلة. في الثدي الأيسر. لديَّ سرطان. كيف لا! أتعرفن ما الذي أفكر فيه؟ أفكر في أن الصمت والحزن قد اندسا في الثدي.

* * *

مسألة السرطان هذه أتت فيما بعد.

البيت.

يا للسمِّ.

كنت أفكر وأفكر، إذا ما رجع «كارلوس» فسوف يرجع إلى هنا، إلى هذا البيت. لن يستطيع العثور عليَّ إذا ذهبتُ إلى أي مكان آخر. كنا ندفع إيجارًا. حتى اليوم الذي جاء مالك البيت لمقابلتي، وهو عجوز يعيش في حينا، وكان يملك كذلك الكشك الذي على الناصية. وقال لي:

ـ أريد بيع البيت.

أصبتُ بالذعر وقلتُ له:

ـ غير ممكن يا «دون أليبرتو»، كيف ستبيع البيت؟

فقال:

ـ أجل يا «دونيا لويسا»، أريد بيعه، لديَّ صفقة جيدة وأحتاج إلى النقود.

يا للضجة الرهيبة التي أثرتها له! وإلى أين سيعود «كارلوس»؟

«فيوليتا بارًّا» تغني: «لويسا بلا بيت». ولا أدري كيف وصلت تلك الأغنية إلى أذني، ربما سمعتها وأنا صغيرة في «تشيِّان».

في يوم العيد الوطني

لويسا لا تملك نارًا

ولا مصباحًا ولا دثارًا

لويسا بلا بيت

وفي العرض العسكري

إن ذهبت لويسا إلى العرض

فإلى أين ستعود؟

كنا في شهر سبتمبر. وخطر لي خاطر. تشبثت بفكرة البيت. فالشيء الوحيد الذي كان يهمني هو البيت. فذلك العجوز «دون أليبرتو» يملك الكشك على بعد بيتين من بيتي، عند ناصية شارعي. الجميع يشترون من هناك المشروبات والسجائر والحلوى، والإبر والخيطان، وقسائم اليانصيب. ولكن الكشك صغير، ولديه عقار خلفي فسيح فيه مستودع يحفظ فيه البضاعة. لم يكن سوى بضعة ألواح خشبية، ولكنه سقف على أي حال. عندئذ قلت للسيد:

ـ بعني المستودع يا «دون ألبيرتو»، وسأدفع لك الثمن بالعمل عندك.

نظر إليَّ بوجه كأنه يقول إنني مجنونة. وسألني:

ـ عمل؟ أي عمل يا «دونيا لويسا»؟

فاقترحت عليه أن أتولى الخدمة في كشكه كل يوم مساءً، منذ الساعة السابعة ـ وهو يغلق الكشك في الساعة التاسعة ـ وفي عطلات نهاية الأسبوع. قال لي بكل احترام أن لا، وإن الأمر ليس صفقة بالنسبة إليه، ولا يناسبه. لم أنم في تلك الليلة، بل فكرتُ وفكرت. وفي اليوم التالي اتصلت بالسيدة وقلت لها إنني غير قادرة على الذهاب إلى العمل، وإنني مريضة. تناولت قطعة كرتون كبيرة وكتبت عليها: ««لويسا» بلا بيت». أخذت مشمع أرضية المطبخ وجلست قبالة الكشك مع يافطتي وابنتي «جولوندرينا» بين ذراعي. بدأ الجيران يتوقفون ليسألوا. جميع من في الحي علموا أنني صرت بلا بيت وأنه ليس لديَّ مكان أذهب إليه. وحين كانوا يسألونني عما إذا كنت غير قادرة على استئجار بيت في حي آخر، أقول لهم لا، هذا هو حيي، ابناي ولدا هنا، ولن أغادره. ربما فكروا في أنني عنيدة ويابسة الرأس. ولكن لا أحد، لا أحد أبدًا عرف أن كل تلك الضجة إنما هي من أجل «كارلوس». أمضيت ثلاثة أيام من دون أن أتحرك، جالسة على قطعة المشمع واليافطة في يدي. إلى أن جاء «دون ألبيرتو» في اليوم الرابع: اللعنة يا «دونيا لويسا»، جميع الجيران تكلموا معي، ماذا أفعل؟ سأوافق على اقتراحك، سأعطيك المستودع فقط وأنت تتدبرين حفظ البضاعة.

هكذا تتم الصفقات في حيي.

حصلت لي السيدة على ألواح خشبية من جمعية «بيت يسوع»، وبعد شهر كان لديَّ سقف مائل جاهز، مع غرفة واحدة فحسب، ولكن لا فرق. يمكن توسيعها فيما بعد. أول ليلة نمنا فيها هناك كانت تعبق برائحة السعادة، كرائحة قطن مغسول للتو. أرضية المكان مع كل ما فيها من تراب بدت لي مثل حقل أقحوان. في ذلك الخريف لم تبدأ الأمطار قطُّ، وكنت أنظر في كل يوم إلى ما زرعته، أسكب قليلًا من الماء على أزهار إلان ـ إلان العطرة، كي تستقبل «كارلوس». كانت تلك الفترة هي أكثر فترة أشتغل فيها في حياتي، والحمد لله أنني كنت شابة وأتمتع بالقوة، أذهب من أعلى إلى أسفل من دون توقف وأنا أعمل عند السيدة حتى الساعة السادسة وأتولى مسؤولية الكشك بعد ذلك. كانت نافذة مطبخ بيتي الجديد تطل على الشارع، الشارع نفسه الذي غادر عبره «كارلوس» والذي سيعود «كارلوس» عبره.

* * *

من عليتي البائسة ذات السقف المائل كنت أنظر إلى مرور الحياة. لم ترق لي قطُّ سماء «سنتياغو» المكفهرة التي تتوقف عند ذلك الحدِّ وحسب، من دون أن تبشر بمطر. ما فائدة هذه السماوات؟ كبر الابنان. خرج «كارليتوس» أخيرًا من المدرسة ودخل متدربًا عند كهربائي في المحطة العاشرة إلى أن تعلم المهنة وبدأ يأتي بنقود إلى البيت. وقد رتب لي فيما بعد الأوراق مع «دون أليبرتو» وتوقفتُ عن العمل ساعات طويلة. لقد صار البيت لي واسترحت. جاءت مرحلة الاحتجاجات. ثم الاستفتاء. وأتت السعادة. جاءت الديمقراطية. كسب الناس. وكنت لا أزال ساكتة. وصدر تقرير «ريتيج»، شاهدته كاملًا في التلفزيون.

«الراية مهدئ».

ولكن اسم «كارلوس» لم يظهر في التقرير. وكيف سيظهر يا «لويسا» إذا كنت لم تتقدمي بشكوى؟ قال لي أخي ذات يوم ذهبت فيه إلى الريف: لقد فات الوقت على ذلك. ابناي كبرا كثيرًا. وليس هناك من يشير إليهما بالإصبع. وما دام «كارلوس» ليس معي، ماذا يهمني ظهوره أو عدم ظهوره في القوائم؟ كنت أشعر أحيانًا أنني ما زلت في حالة حرب بينما جميع الآخرين قد وقَّعوا السلام. هنالك ديمقراطية، ولكنني ما زلت وحيدة. في بعض الأيام يخيل إليَّ أن «كارلوس» يكلمني. أي نضال خضتِهِ يا «لويسا»، يسألني. فأجيبه: لقد انتظرت. انتظرتك كل يوم. لم أفكر في أنك هكذا يا أسمري.

أتعلمن ما هو أسوأ ما يمكن أن يحدث لكائن بشري؟ الاختفاء. الموت أفضل بكثير من الاختفاء.

* * *

أكثر من ثلاثين عامًا بلا رجل. لا أحد يموت بسبب غياب رجل. ما أعرفه هو أنني متعبة. إنني متعبة. متعبة جدًّا.

* * *

أجروا لي عملية جراحية، عالجوني من السرطان بالعلاج الكيماوي وكل شيء، كان عليَّ أن أتوقف عن العمل بعض الوقت وغطى لي التأمين ذلك. استأصلوا ثديي. كانت هناك نساء كثيرات في مثل حالتي، نساء كثيرات وحيدات، أرامل، مهجورات، منفصلات، أي شيء، ولكنهن

جميعهن وحيدات جدًّا. في مواعيد الزيارة تمتلئ قاعة المستشفى بنساء وحسب، بعضهن يعتنين بالأخريات. وحين كان يدخل «كارليتوس» يمازحنه جميعهن. الجيد في الأمر أن أحدًا لا يلقي بنفسه إلى الموت هناك في الداخل. يروقني كثيرًا الذهاب إلى مكتب، من خلال مؤسسة السرطان، حيث توجد امرأة باهرة الجمال تُجري لي «مساجًا». لم يلمسني أحد قطُّ سوى «كارلوس». في البدء كنت أشعر بالخجل، ومن يمكن له أن يظن أنني سأشعر بشيء من اللذة في جسدي. وكنت أفكر: ما الذي سيقولونه في الريف لو أنهم يرونني. كنت أخلِّف كيلوجرامات من الهموم على سرير «المساج» في كل جلسة. إنني أتذكر تلك «المساجات» على أنها من الأمور الطيبة التي جرت لي في الحياة.

لقد تجاوزت خمس السنوات. ويفترض أنني في حالة جيدة. لم يشأ ابناي المغادرة إلا بعد أن تأكدا من أنني معافاة وفي حالة جيدة. عندما ذهبا، حملا الحقيقة في رأسيهما. لأن الدكتورة أجبرتني. أجبرتني على أن أخبرهما كيف جرت الأمور. كان ذلك شاقًّا عليَّ وعليهما، وكيف أنهما لم يسامحاني. أخيرًا، قال لي «كارليتوس»:

- لقد كان لي الحق في معرفة ذلك، فالفرق كبير بين أن أكون ابن معتقل مختف وليس ابن أب غير مسؤول هجرنا، كان عليك أن تخبرينا بكل شيء من قبل.

* * *

قصتي ليست أكثر من هذا. لقد رويتها كلها. لستُ أنفع للكلام، ولا أجد ما أقوله. لم أعد اليوم أعمل خادمة، أتولى أمر الكشك

بضع ساعات فقط، و«دون ألبيرتو» يدفع لي أجرًا الآن. أقضي الوقت على ما يرام هناك، لا أتعب وأتبادل الحديث مع نساء الحي. الصغيران يرسلان إليَّ نقودًا. وأعيش في بيتي المعهود. وفي الصيف أذهب إلى الريف حيث أسرتي. أمي ما زالت حية، عمرها أكثر قليلًا من تسعين عامًا، وما زالت تصارع الحياة مع أنها لم تعد ترى شيئًا، لقد صارت عمياء تمامًا العجوز. وما زالت شجرة الكستناء والبولدو والغدير كلها على حالها. وما زالت هناك كلاب في كل مكان. لديَّ أربعة أحفاد أراهم قليلًا، مرة في السنة. يا لبهجتي بهم! ابناي يريدانني أن أسافر إلى السويد، ولكن مستحيل، كيف سأركب طائرة، إنني أموت خوفًا. ستقلن إن كل الأبواب قد أغلقت أمامي. عمري سبعة وستون عامًا. كل شيء قد انقضى وانتهى. ومع ذلك ما زلت حية.

وإذا أردتم معرفة الحقيقة، ما زلت أفكر في «كارلوس». ما زلت في تفكيري أمشي إلى جانبه، أنا أنظر إلى السماء لأني أمضي دائمًا وأنا أنظر إلى السماء، وأشعر بدفئه يمشي إلى جانبي. لقد ظل ذلك البارد شابًّا في ذهني. عمره ثلاثة وثلاثون، العمر الذي مات فيه المسيح. شخص رحالة، هكذا أفكر في «كارلوس». العودة إلى البيت. كما لو أن كل شيء معلق بهذا. منذ الحرب وما تلاها. أفكر في «كارلوس» كرحالة يريد العودة، يستخدم إرادته كي يعود، ولكن هناك من يمنعه. مع أن ما يريده بكل بساطة هو العودة إلى البيت.

جواد الوبي

اسمي «جوادالوبي»، عمري تسعة عشر عامًا. أُعرِّف بنفسي على أنني «لوبي»، كيلا أبدو شديدة العذرية وشديدة المكسيكية، فأنا تشيلية، وقليلة التدين الكاثوليكي. المقربون مني أكثر يدعونني «لو»، كما لو أنني صينية، وهذا يروقني.

* * *

حياتي معقدة، وفي بعض الأحيان مضطربة، والسبب هو أني مختلفة كثيرًا عن بقية النساء.

أولًا: أنا سحاقية، وقد كنتُ كذلك على الدوام ولا أخجل من كوني كذلك، بل على العكس. ثانيًا: دماغي يعمل بسرعة إلى حدٍّ لا أتمكن معه من فهم كمية الأمور التي تمر فيه. إنه يسبقني دومًا ويجعلني آكل الكلمات، ليس لأني لا أعرف التكلم وإنما لأن كل شيء في داخلي أشبه بإعصار، كل شيء سريع وعابر. أشعر أنني مثل جدِّي: يخطر له في بعض الأحيان أن يكون كاتبًا ويفكر في كلمات كثيرة في آن واحد، ولكنه يعرف كيف ينظمها على الآلة الكاتبة، لأن إيقاع يديه لا يتوافق مع إيقاع دماغه. لديَّ

معدل ذكاء مرتفع جدًّا، وفق ما بينته الاختبارات، وهذا أمر ينهكني، ولكنه ليس السبب في أن الأمر انتهى بي إلى العلاج النفسي. لقد أجبرتني أمي على المجيء إلى «ناتاشا». ألحتْ على ذلك وهي تفكر في تحليل مسألة السحاقية، أما أنا فجئت بدافع الفضول. واستمررت.

* * *

أنهيتُ المدرسة في العام الماضي، وأدرس المعلوماتية. لديَّ الطموح السري بأن أنتهي يومًا إلى تأسيس ما يشبه «وادي السيليكون»، أن أخترع «سوفتويرز» وربما أتخصص في تصميم ألعاب، وسيكون ذلك خبطة عظيمة، إنه أقصى ما أتطلع إليه. وهكذا، إذا ما أصبتُ بواحد من هذه الأمور يمكن لي أن أتحول إلى مليونيرة، وهذا ليس سيئًا بأي حال. فجميع أبناء جيلي نريد أن نكون أغنياء.

وبمناسبة هذا الكلام، أنا أنحدر من أسرة متمولة، ولكنها حسب فهمي ليست تقليدية. أعيش في حي «لاديهيسا»، في بيت فسيح جدًّا وممتلئ بوسائل الراحة، مع كثير من التكنولوجيا وبذوق ليس جيدًا جدًّا، كل شيء فيه جديد. وأجدادي، سواء من جهة أبي أو من جهة أمي لم يخرجوا من منطقة «نيونوا» أو من مركز «سنتياغو». وعندما أتكلم عن وسائل الراحة أعني أنني لم أتقاسم قطُّ غرفة نوم أو حمام مع أحد، وأنني حصلت على أول ««لاب توب»» في الخامسة عشرة من عمري، وكنت أول واحدة في فصلي تأتي إلى المدرسة ومعها «آيبود». أبي يعمل في استيراد قطع غيار للآلات، وأموره تمضي على ما يرام. أمي لا تعمل شيئًا، حتى إنها لا تهتم بشؤون البيت لأن لديها من يفعلن ذلك عنها. فهنالك خادمتان مقيمتان

تُبقين كل شيء على أحسن حال. أمي كسولة جدًّا، ولا أدري كيف لا تملُّ، أبي يطلب منها أن تبحث عن وظيفة تتسلى فيها فتجيبه بأنها تربي أبناءها. إننا خمسة إخوة، وهذا كثير في الحقيقة. أنا الثانية بينهم، ومن بعدي يأتي ثلاثة أبناء صغار، أصغرهم عمره سبع سنوات. أما الأخت الكبرى فهي امرأة، ومتزوجة ـ تزوجت في العشرين من عمرها، إنها مجنونة تمامًا، أليس كذلك؟ وهي الآن حبلى، وهذا يجعل الأسرة كلها تصرخ بسعادة. اسمها «روثيو»، مع أنني وإياها مثل الزيت والماء، إلا أنني أحبها. لأمي شعر أشقر ولديها سيارة سوداء ضخمة رباعية الدفع، وهي تحب أن نصعد إليها جميعنا معًا كي نذهب إلى «المول» لتناول المثلجات والشراء، دائمًا لديها أشياء تريد شراءها. إنها مرحة، ومسلية أحيانًا، الظل القاتم الوحيد في حياتها هو أنا. وأؤكد لكنَّ أن هذا الظل ثقيل.

* * *

نبدأ بما هو أكثر تقليدية، بفكرة القبلات. فكل شيء يمر عبرها، ابتداء من قصص الطفولة وحتى الروايات التلفزيونية.

جميع زميلاتي في المدرسة كنَّ يتكلمن دومًا عن لذة القبلات، عن تلك النار التي يشعرن بها، عن تلك الدغدغة وعن ألف شيء آخر يحدث لكِ في الداخل. أما أنا فلم يكن يحدث لي شيء من ذلك، ومهما أعطيت من قبلات لم أتوصل قطُّ إلى ذلك الإحساس العجيب، مما دفعني إلى التساؤل عما إذا كانت المشكلة في أنني لا أعرف التقبيل أو أنه لا يروق لي بكل بساطة.

اضطررنا بسبب عمل أبي إلى السفر إلى فنزويلا بعض الوقت، ورجعنا

إلى تشيلي حين أكملتُ الرابعة عشرة من عمري، أي أنني صرت عجوزًا وما زلت لا أعرف أية شياطين هي القبلة. عند الوصول إلى أول صداقة حب رسمية، مع «ماتياس». وكانت الأمور على ما يرام، هادئة، ولكنني لم أكن أشعر بذلك الجنون السخيف الذي ينتاب صديقاتي. إلى أن حدث لي ذلك، ولكن ليس معه.

لقد كان لي صديق سرِّيٌّ، يدعى «خابيير»، وكان أكبر مني سنًّا ومثلي- أقول إنه صديق سرِّي لأن أبويَّ كانا سينظران بريبة لو أنهما رآياني معه. كنا قد تعارفنا في حفلة واعتدنا على الخروج معًا. وفي ذات ليلة، وكنا قد خرجنا للرقص، ظهر فجأة، في منتصف الرقص وبعد كأس التيكيلا الثالثة، أبله شديد الجمال معه فتاة حسناء، كل منهما يتأبط ذراع الآخر. اقتربا منا لدعوتنا للرقص معهما. انبهرت عينا «خابيير» بذلك الفتى الوسيم، آي؟ ومن أجل مساعدته رحت أرقص مع الفتاة، متظاهرة أنها في مثل حالي. رقصنا حوالي ساعة ثم طلبت مني أن أرافقها إلى الحمام، دخلتْ هي وظللتُ مستندة إلى الجدار بانتظارها. عندئذ فتحت الباب وسألتني إن كنتُ سأدخل أم لا. وقد دخلتُ طبعًا، وجلستُ على البيديه وانتظرت وأنا أنظر إلى ستارة الدوش بتركيز شديد. حينئذ سمعتُ ماء المغسلة يتوقف عن التدفق، كانت قد أقفلت الباب فتوجهتُ كي أفتحه لنخرج معًا، ولكنها لم تتركني أذهب، جعلتني أستدير وقبَّلتني.

وأخيرًا أحسست بتطاير ذلك الشرر اللعين، بثوران، بنيران، كل شيء!

توترت أعصابي وفتحت الباب، مشيت نحو حجرة في نهاية الممر حيث وجدت صالة جلوس صغيرة بالغة الهيبية، فيها وسائد على الأرض

وأقمشة على الجدران وألف شيء شبه عربي. لحقتْ بي، جلسنا على وسادة كبيرة، وانتهزتُ الفرصة لأتخلص من كل القبلات الكريهة السابقة التي كنتُ قد تبادلتها حتى ذلك الحين. والمسلي في الأمر أنني تذكرتُ في إحدى اللحظات صديقي «ماتياس»، «ماتي»، انتبهت إلى أنني «أُلبسه طاقية القرون»، فخرجتُ من الحجرة وذهبت إلى قاعة الرقص، أمسكت «خابيير» من ذراعه وانصرفنا.

واصل «خابيير» الخروج مع فائق الفتى باهر الجمال، وعدتُ إلى رؤية تلك الفتاة عدة مرات ـ اسمها «كلوديا» ـ ودائمًا بتوافق جيد جدًّا، وحافظتُ في الوقت نفسه على علاقتي مع «ماتي»، والحقيقة أنني كنت أقاوم الرغبة في إعطائه قبلة في كل مرة أراه. وكان «ماتي» بدوره يمل مني أكثر فأكثر، ولكنني كنت أحبه.

وذات يوم حدث شجار بيني وبين «ماتياس»، لسبب سخيف، وقطعنا علاقتنا. أو بكلمة أدق، قررنا منح نفسينا بعض الوقت. ولسبب ما، كان فقدانه أشبه بانهيار مفاجئ أشد بكثير مما كنتُ أتوقعه. أظن أنني أدركت في أعماقي أن العلاقة بيني وبينه كانت ترسم **خط الحالة الطبيعية**. فقد كان هو، بكل اختصار، السبب في عدم اندفاعي نحو «كلوديا».

وباختفائه ما عاد يمكن لشيء أن يكبحني. وهكذا وقعت...

كانت أيامًا صعبة. ففي تلك الفترة ذهبت أمي برفقة أبي في رحلة إلى «بوينس آيرس»، وكان إخوتي الثلاثة الصغار عند الجدة. وكنت أجد نفسي وحيدة بعض الشيء منذ عودتنا من «كاراكاس»، وكان عليَّ أن أنتظر نهاية الفصل الدراسي كي أعود للانضمام إلى المدرسة. فكنت أقضي أوقاتًا

طويلة من دون عمل أي شيء. بدا البيت شبحيًّا، ولم أكن أعرف أين هي أختي «روثيو» التي لم أعد أراها. تناولت الهاتف المحمول لأبحث في الحرف «ك» عن رقم صديقتي «كوكا» والاتصال بها، وفجأة، «هوب»، رن الهاتف وظهر على الشاشة رقم «كلوديا». كما لو أن ذلك بفعل السحر.

جاءتْ بعد ساعة إلى بيتي، وجدت خلالها الوقت اللازم بالضبط لترتيب الحجرة، والاستحمام، وارتداء ملابسي وأكل شيء ما. ظللنا في حجرة المعيشة نستمع موسيقى من جهازي ومن حقيبة أسطواناتها، هي جالسة على الأريكة وأنا مضطجعة أسند رأسي إلى ساقيها. تحدثنا وقتًا طويلًا. وفي إحدى اللحظات تبادلنا قبلة. وبعد عشر دقائق كنا في السرير.

الحقيقة أنني لم أنته إلى ما كنت أفعله. فقد كانت دوافعي، طبيعتي هي التي تتصرف. وكانت تلك هي المرة الأولى في حياتي التي أمارس فيها الجنس. لم أفعل ذلك مع رجل من قبل قط، لأنني كنت أعتبره آنذاك، وأنا في الرابعة عشرة، أمرًا على شيء من القرف طبعًا. ولكن ما إن استيقظت تلك البهيمة في داخلي حتى لم أعد أعرف كيف أتوقف.

في اليوم التالي اتصلتُ بـ«ماتي» وطلبت منه أن ينسى موضوع «منح نفسينا بعض الوقت»، وأنني لم أعد بحاجة إليه، وأن الأمور بيننا قد انتهت وكفى.

كانت «كلوديا» أساسية بالنسبة إليَّ. ولكنها حبلت بعد ذلك وانتهت غرامياتنا (لم تشأ أن تكون «سحاقية رسمية» إلى أن يكبر ابنها) ولكننا ما زلنا صديقتين مقربتين حتى اليوم.

وبانتهاء تلك العلاقة، حاولت عدم اجترار ذلك الأمر الغريب الذي حدث لي. «أوكي»، لقد كانت تجربة، وليس خيارًا نهائيًا. وعلى الرغم من صعوبة الأمر عليَّ، فقد حاولت تجاهله أو تجاهل نفسي بالذات، لا أدري كيف أحدد ذلك، لكنني كنت نفسي أحيانًا وأنا ألعب لعبة «أنني عادية»، أتحدث إلى رجال مثلما يحدث في تلك السن، وأفتتن بوسيمي السينما أو التلفزيون، وأخرج للهو مع أصدقائي مثل أي واحدة أخرى. بل إنني خرجت مع شبه خطيبين في أحد الأوقات، لكن أيًّا منهما لم يرق لي حقًّا ولم يقلب كياني مثلما كنت أتوقع أن يؤثرا بي. والمثير للفضول أنني كنت لا أزال أنتظر أن ألتقي برجل يعجبني.

بعد قرابة ستة أشهر من تعرفي على «كلوديا» حضرت افتتاح معرض رسم لابنة عم لي، ذهبتُ مع الأسرة كلها. وخلال الكوكتيل أمعنتُ النظر إلى إحدى النادلات اللاتي يجلن في المعرض. كانت ترتدي الأبيض والأسود وتتبختر وهي تحمل صينية في يدها تقدم فيها كؤوس نبيذ أحمر. لفتت انتباهي أنوثتها وظرافة حركاتها وظللت أنظر إليها بعض الوقت. ذهبتُ بعد ذلك إلى الحمام والتقيت بها ـ دائمًا في الحمام! وبدأنا الحديث، حديث كتلك الأحاديث التافهة لفتاتين في حمام، ما هو اسمي، وأي مدرسة أرتاد، وأشياء من هذا القبيل، ثم خرجتُ بعد ذلك من الحمام وانضممت إلى جماعتي قبالة لوحة لحصان ضخم بالألوان وسعيت إلى شغل نفسي.

في اليوم التالي لافتتاح المعرض، وجدتها تنتظرني عند مخرج المدرسة. لم أستطع تصديق ذلك! إنها امرأة باهرة الجمال في التاسعة عشرة من العمر

وأنا صغيرة في الرابعة عشرة ولستُ ملكة جمال بالضبط على أي حال. لقد تكلفتْ جهد التحري عن مواعيد الدروس وجاءت تبحث عني. منذ ذلك الحين بقينا معًا، وكوَّنت معها أول ثنائي لي، مع كل ما يعنيه ذلك: طفلة في الرابعة عشرة تخرج وتحب حقًّا أخرى في التاسعة عشرة. وخمس سنوات في تلك السن هي فارق كبير.

اسمها «أجوسطينا»، ويدللونها باسم «جاتا».

تحولت «جاتا» إلى مرجعيتي في الحياة. وكانت الأمور معها تجري على أحسن ما يرام، أشعر معها بالأمان وتهز مشاعري متانة علاقتنا. وحين كنت أسمع أمي في إحدى لحظات الانزعاج مع أبي تتذمر من الرجال، كان شيء في داخلي يُشعرني بالراحة. وأقول لنفسي: أنا غير مضطرة إلى معاناة ذلك. وفي أحد الأيام، بعد حديث طويل مع «جاتا» أخبرتها فيه ببعض تفاصيل حياتي، رجعت إلى البيت وسمعت أمي تقول لأختي: الرجال لم يستمعوا قطُّ إلى النساء، **بالمطلق!** فابتسمت في سري. أما أنا فتستمع إليَّ «جاتا». وأنا أستمع إليها. إنها صديقتي المفضلة، حافظة أسراري، نصفي الآخر، إنها كل شيء. راودني إحساس بأنه صار لديَّ أخيرًا شيء خاص بي، كما لو أن مشاعري من قبل لم تنل استقلالًا وبالتالي لم يكن بمقدوري استخدامها. ظللنا معًا ثلاث سنوات. ذهبنا وجئنا ما لا حصر له من المرات، كنا نتشاجر، ننهي العلاقة وفي اليوم التالي نرجع للقاء. فاصل... حين أرى رجلًا وسيمًا ويبدو لي أكثر جاذبية من الآخرين، كنت أخرج للتسلية معه طوال شهر، كستارة فقط أمام عيني أبويَّ، لأنني لم أرغب في أن يعلما أن لهما ابنة سحاقية. وطبعًا، مع تعمق المغامرة مع

«جاتا»، أدركت ما الذي تعنيه «إقامة علاقة»، الجيد والسيئ في ذلك هو المحاسن والمصاعب التي تتعلمها المرأة مع رجلها الأول.

كانت لدينا خطط كثيرة للمستقبل: حين أبلغ الثامنة عشرة نذهب معًا إلى نيويورك، ونعيش في «سوهو»، أبحث أنا عن عمل «فول تايم» (بدوام كامل) لمدة سنة، أيًا يكن العمل، كي أتمكن بعد ذلك من دفع نفقات دراستي للمعلوماتية. أما «جاتا» فلها اهتمام بتصميم الملابس ولديها اتصالات مع اثنين من المصممين اللاتينيين الشباب، وتعرف إلى هذا الحدِّ أو ذاك كيف تنطلق، وماذا عليها أن تفعل. كنا في بعض الأحيان نستغرق في تخيل ما ستكون شقتنا التي سنعيش فيها، القماش الذي سنضعه على الأريكة، الطلاء الأخضر التفاحي الذي سنطلي به المطبخ، آلة صنع القهوة التي سنستخدمها، وكيف سنقتسم الخزانة (هي تحب الملابس أكثر مني بكثير). أكبر أعدائنا كان التقويم الشهري: أنظر وأنظر إليه ويبدو لي أبديًا. كيف أُسرِّع الوقت، يا للعنة، ماذا أفعل كي أكبر وأصير حرة! كان صبر «جاتا» ثقيلًا، فلو أنها أحبت واحدة أكبر سنًّا لأمكن لها أن تكون الآن تمشي في الجادة الخامسة وليس في حديقة «سنتياغو» الحراجية.

أبوا «جاتا» يعيشان في الجنوب، في مدينة «تيموكو»، وقد استأجرا لابنيهما شقة صغيرة في ساحة «باكيدانو» كي يدرسا في «سنتياغو». أخوها نوع من الطالب المجتهد، عبقري صغير يدرس الهندسة المدنية، لا يرى ولا يسمع شيئًا، منزوٍ طيلة الوقت في عالمه، وغائب عن البيت في معظم ساعات النهار، إنه الرفيق المثالي لنا. كانت مواعيد دوامي مقيدة إلى أقصى الحدود خلال أيام الأسبوع، وتعرف أمي بالضبط برنامج مدرستي

وساعات خروجي. غير معقولة مستويات الحبس الذي تعيش في ظله تلميذات المدرسة الخاصة في الحي العالي: كل حركاتهن مراقبة. لا بد لي من خلق وقت لحياتي الخاصة. كان عليَّ حينئذ أن أخترع لنفسي **هواية**، ولم تكن ثمة وسيلة أخرى للقاء «جاتا» من دون أن يمسكوا بي: قررتُ أنني أريد أن أكون كاتبة وأن أسجل في الورشة الأدبية الأشد شمولًا، ورشة تعطي دروسًا مرتين في الأسبوع، ومن يعطي الدروس، بالطبع، كاتب فاشل يعيش في مركز المدينة. لقد كلفني اختراع ذلك عشر دقائق، لأن أمي جاهلة غير مثقفة إلى حدٍّ يمكن لي معه أن أذكر أي اسم وتصدقني. كانت سعيدة لرؤيتي مهتمة بشيء كهذا وتتحدث في الأمر مع أبي ممتلئة بالإعجاب. وفي بعض الأحيان، حين تطلب مني أن أريها شيئًا من العمل الذي نقوم به في الورشة، كنت أُنزل أي نص من الإنترنت وأعطيها إياه لتقرأه، وأخلِّفها مبهورة. أضف إلى ذلك أنها كانت تتولى دفع تكاليف الورشة، وهذا طبيعي، لأنه لا وجود لورش مجانية. وكان ذلك يحزنني لشعوري بأنني لصة. وليس السبب في أن أبويَّ يفتقران إلى النقود، فليس هذا هو ما يقلقني، وإنما المصداقية. لكنني كنت أعي أن أي خدعة هي أفضل من الواقع بحد ذاته. «أوكي»؟

* * *

مع مرور الوقت ومعرفتي لها أكثر فأكثر، سواء هي نفسها أو وسطها المحيط أو أصدقاؤها، بدأت أنتبه إلى أنها تضع لي قرونًا من دون توقف. ولأنها كانت تجربتي الأولى، ارتضيت فكرة أن العلاقات بين النساء تكون على ذلك النحو، وتقبلت أن هذا النوع من الخيانة هو أمر عادي

ويومي. وحتى يومنا هذا ما زلت متسامحة بهذا الشأن، على أن تتم مناقشة الأمر وتوضيحه. إنني أميل إلى الغفران. ولكنني لست بلهاء كذلك، وإذا ما علمت بالأمر من شخص آخر، فلا مجال ممكن للنقاش، اجمعي أشياءك وانصرفي.

خلال الوقت الذي أمضيته معها تعلمتُ كثيرًا حول العلاقات، لقد نموت كثيرًا جدًّا، ولكنني وقعتُ في الخوف أيضًا. فقد شعرت أنني وحيدة بالمطلق، غير واثقة، متخفية، غير مقبولة. فالمداراة أمام الجميع والتستر على حب تشعرين به نحو شخص آخر هو أمر شديد التعقيد وباعث على الغم. ويخيل إليَّ أن هذا هو سبب وجود علاقات رسمية مثل الخطوبة، والزواج. لا بد أن هذه الأمور قد اختُرعت من أجل أن يكون للمشاعر الكامنة الحق في الوجود، ومنحها سبيلًا حرًّا للتعبير عن نفسها والتطور. ما يشبه صمام الأمان بعبارة أدق. وأرى أن ذلك منتهى العقلانية، ولا سيما في مرحلة المراهقة، حين يكون عليكِ كتم الشيء الوحيد، **الوحيد** المهم الذي تشعرين به، كيلا يتسرب من فجوة ما ويُلاحظ، يُرى. لقد كانت سنوات من الصمت الحذر: أمر ثقيل الوطأة أن نحب على ذلك النحو من دون أن نتمكن من إخبار الآخرين بحبنا. لم أكن أتحدث مع أحد بسبب الخوف، أتصنع أمام الجميع، أحاول التظاهر بأنني لست الشخص الذي أنا عليه في الحقيقة، وأقسم لكنَّ إنه وضع رهيب، إنه من أسوأ الأمور التي يمكن أن تحدث لإحدانا. كنت أشعر أنني غريبة عن كل ما هو خارج علاقتي. وأنني مهمشة، كما يمكن لـ«ناتاشا» أن تقول. في أحد الأوقات قررت أن

حياتي ليست على ما يرام وراودتني شكوك حول قواي والخروج من تلك الحال سليمة ومعافاة.

* * *

ربما تتساءل إحداكن عن كيفية تقبُّل الشذوذ الجنسي. أظن أنها عملية طويلة، بطيئة، شاقة وتغص بالفخاخ. فمظهري، على سبيل المثال، كان ذكوريًّا على الدوام: منذ صغري لم أكن أتحمل الأشرطة الحمراء في الشعر ولا الكشاكش في الأثواب، وكنت أحتفظ بشعر قصير جدًّا على الدوام، ومنذ أن توقفت أمي عن شراء ملابسي وصار بإمكاني الاختيار بنفسي، اخترت الأسود كلون لي ولم يكن أي لون «أنثوي» يروق لي. مثل ليلى: لا وردي ولا سماوي. كان إخوتي الذكور يسمونني «سائقة الشاحنة» ويتضايقون من طريقتي في المشي والتدخين. في بعض الأحيان، بينما أنا أحلم بعينين مفتوحتين، أرى نفسي رقيقة، خفيفة، بأثواب طويلة وبيضاء وبشعر ناعم يتطاير مع الريح، مثل إحدى إلهات «جي آر تولكين»: جميلة، خالدة، فائقة الأنوثة، كما هي «جالادريل» - أو كما هي «كبت بلانشيت» في دور «جالادريل» - جوهر ما يُعبر امرأة. وحين أرى نفسي على هذا النحو، أشعر برغبة في الاستسلام، وعدم الصراع أكثر مع العالم، وفي أن أتخلى عن دفاعاتي، وأن يقول لي أحدهم: نامي يا «لو»، نامي فأنا أحبك، استريحي.

* * *

«أوكي». حين بلغتُ السابعة عشرة وصرت أعتبر نفسي سحاقية ذات خبرة ومرغوبة من جميع الحسناوات، وإن يكن هذا ليس مبالغة في الكلام

إذا ما أخذنا في الاعتبار النساء المرعبات اللاتي يترددن على عالم المثلية في «سنتياغو». كانت أموري مع «جاتا» تمضي على ما يرام، وكنت واثقة أكثر فأكثر بأنها هي المنتظَرة: «شي واز ذا وان». وإن كنا لا نزال متخفيتين.

قبل قليل من عيد ميلادي، التقيت بها في مقهى «بروفيدنشيا»، مقهانا المعهود، وأخبرتني بأنهم عرضوا عليها دورة تدريب في ورشة تصميم ملابس في نيويورك وأنها ستنتهز الفرصة لتعميق دراساتها، وأنهم سيدفعون لها ما يكفي لتعيش، ومع ما يرسله إليها أبوها كل شهر، يمكنها أن تستأجر شقة وتعيش مطمئنة. هذا يعني... ستذهب قبل سنة من الموعد الذي خططنا له، وبالتالي ستذهب من دوني.

انهارت السماء فوق رأسي.

وخلال شهر سافرتْ.

* * *

كانت إحدى بنات عمي تدرس الماجستير في أيرلندا، وخلال إجازة الصيف توسلت وتوسلت: بابا، ماما، اسمحا لي بالذهاب، إنني بحاجة إلى الخروج من هنا. أرجوكما، أرجوكما. وقالا لي موافقين: يا ماكرة! ذهبت. أردت الانتقام. توليت اصطياد أي أبله أستطيع اصطياده من دون أن ألتفت إلى النساء. لقد كرهتهن: جميعهن خائنات.

في شهر فبراير، وكنت لا أزال في «دبلن»، تلقيت إيميل من «جاتا». وفيه تخبرني عن شقتها المرممة في «سوهو»، عن آلة صنع القهوة، ولون الفراش، وكم تتذكرني وتتذكر رغبتي في العيش في نيويورك، وأن المدينة

تناسبني تمامًا في الواقع وبلا بلا بلا. وفي نهاية الإيميل، ملاحظة تقول: «تعرفتُ على فتاة تدعى «سوليداد». إنها باهرة الجمال وأنا أخرج معها، أخبرتها عن علاقتنا وليس لديها أية مشكلة، وإن كانت تغضب أحيانًا لأني أتكلم عنكِ كثيرًا، ألا يحدث لكِ أنت الشيء نفسه؟».

انفجرت. قررت عدم العودة إلى التكلم معها. رددت عليها بإيميل مضبوط بصورة فائقة سياسيًّا، وبعد شهر ردَّت عليَّ - أيوه، بعد شهر! وأخبرتني أنها صارت تعيش مع ملعونة الأم المدعوة «سوليداد» وأنها سعيدة جدًّا.

وهكذا قطعت صلتي بحياة «جاتا» ورجعتُ إلى تشيلي مصممة على عدم الارتباط وقتًا طويلًا جدًّا جدًّا.

كنت مخطئة.

هنالك في العالم أنماط كثيرة من التمييز، ولكن قلة منها تشبه التمييز الذي نعاني منه نحن السحاقيات. لقد حقق الرجال المثليون التقدم، وواقعهم اليوم ليس له أية علاقة بما كان عليه قبل عشرين أو ثلاثين عامًا.

العالم صار أكثر إنسانية، هنالك امرأة رئيس جمهورية في تشيلي، ورئيسٌ زنجي في الولايات المتحدة، والرجال المثليون يتقدمون إلى السلطة أيضًا. أما نحن فلا. لقد وصل الرجال المثليون ليس فقط إلى نقطة التسامح معهم، بل إلى تقديرهم أيضًا. حتى إن الأحياء التي يستقرون فيها ترتفع أسعارها، ها هم المثليون قد وصلوا، وسيصبح كل شيء أجمل، وأكثر أناقة. لأن المثليين يتمتعون بذوق مرهف، لأنهم يعتنون بالوسط

المحيط... وبلاهات من هذا النوع يعرضونهم في التلفزيون كأشخاص مهمين ومحبوبين. وينتهي الأمر بأمهات الرجال المثليين إلى التعلق بأزواجهن، وتشعر إحداهن بأنها محمية من قبل ذلك الابن الذي سيعتني بها مدى الحياة - أسطورة أخرى إضافية - مع أنهن كن قد وصلن في البدء حتى البراز حين علمن بميول ذلك الابن الجنسية، ثم تجاوزن الأمر مع مرور الوقت وصرن يعشنه بسعادة. المثليون هم الزينة الحقيقية في أي وليمة اجتماعية. أما نحن: مختبئات، دائمًا مختبئات. لم أعرف قط، في أجوائي، أن أبًا يجلس إلى مائدة مع ابنته السحاقية ورفيقتها بحضور أصدقائه. الأبناء المثليون يتحولون أحيانًا إلى غنيمة، بينما نحن نشكل عقبة. في تشيلي على الأقل. لقد قيل لي إن وزير الثقافة الفرنسي ليس مثليًّا وحسب، بل إنه كتب كتابًا مفصلًا عن تحولاته الجنسية. أنا لا أفهم كثيرًا في السياسة، وإذا ما تفرغت لها فإنني سوف أداري حالتي بكل تأكيد. الأمور في المجال الفني أكثر تراخيًا، ولكن من الذي قال إن جميع السحاقيات متفرغات للفن وحسب؟

* * *

أواصل قصتي.

رجعتُ من دبلن أكثر جمالًا مما كنت عليه منذ وقت طويل؛ ولا تظنوا أن ذلك حدث مصادفة. فقد كنت أكبر بكثير وغاضبة من العالم أكثر بكثير مما كنت عليه من قبل. في المقعد المجاور في قاعة الدروس تعرفتُ على «روساريو»، فتاة ذات شعر بالغ النعومة، بلهاء تقليدية في السابعة عشرة، أنوثة طافحة وغريبة الهيئة تمامًا. والحقيقة أنني لم أجد فيها شيئًا خاصًّا

إلى أن بدأت هي نفسها تفكر في أنني آسرة وتريد قضاء وقت معي أكثر مما تريده مع أي شخص عاقل. بدأنا نخرج معًا في بعض الأحيان لتبادل الحديث، ونجلس متجاورتين في الدروس، وفي أحد الأيام ذهبنا إلى حفلة شواء مدرسية وبعد حصة لا بأس بها من المرح واصلنا حفلة أضفنا فيها درجات من الكحول إلى جسدينا. في ذلك اليوم ظللت للنوم في بيتها، وبينما نحن نتبادل الحديث مستلقيتين في الفراش، انقضت عليَّ وقبَّلتني.

وهنا بدأت المشكلة!

لقد أمسكوا بنا.

ففي تلك اللحظة، صعدت أمها، ورأتنا وكان عليَّ أن أتحمل ساعتين من الحديث وأنا جالسة إلى منضدة غرفة طعام أبويها. هددت أم «روساريو» بالاتصال بأمي لتخبرها وبدأ الخوف يغمرني. تمكنتُ من إقناعها بألا تفعل ذلك، ولكنني أمضيت أسبوعين خائفة، من دون أن أعرف إن كانت ستنفذ تهديدها. في أثناء ذلك، وخفية عن آبائنا صرنا نلتقي. لم تدرك «روساريو» قطُّ جدية الموضوع، ولم يكن ينقصها إلا القليل كي تنشر الأمر في جريدة الحائط المدرسية. وعاجلًا أو آجلًا، علم الجميع بالأمر وانتهى بي المطاف جالسة في مكتب المديرة: إما أن أتكلم أنا مع أبويَّ وإلا ستخبرهما هي نفسها في اجتماع الآباء في اليوم التالي.

* * *

وصلتُ إلى البيت في ذلك اليوم وأنا أموت خوفًا، محاصرة من الجهات كافة، مدركة بوضوح أنه لا سبيل إلى التراجع. يجب عليَّ أن

أتقبل «ما فعلته» ـ حسب كلمات المديرة ـ وأن أخبر أبويَّ أنني أحب النساء. يمكن لأمي أن تكون غير مبالية ولكنها ليست بلهاء بأي حال، وكانت قد سألتني حول الموضوع أحيانًا. أعتقد أن السبب هو شعري القصير، وسلوكي الذكوري وأصدقائي «الغايي». وقد كان هؤلاء إشارة واضحة. والحقيقة أنها لم تكن بحاجة لأن تكون ثاقبة الفكر كي تنتبه إلى ما يجري. ولكن، بحمد الله، كنت أُحسن التملص دائمًا، وهكذا لم أتكلف مشقة كبيرة في جعل أمي تصدقني حين أقول لها إن الرجال يروقونني حقًّا.

جاءت أمي إلى البيت، وكانت لحظة مواجهتي لها، سألتها إن كان بإمكاني التحدث معها في مسألة مهمة. فوافقت على الفور. جلست في مواجهتها إلى منضدة غرفة الطعام، نظرت إلى عينيها وقلت لها:

ـ ماما، حتى هذا اليوم كنت على علاقة بزميلة لي في الفصل.

هذا هو كل ما أتذكره. بعد ذلك بدأت سحابة ضبابية، أسئلة وأجوبة ليست واضحة في ذهني. ولكنني أعرف أن أمي انفجرت في البكاء بعد خمس أو عشر دقائق فقررتُ التوقف والصعود إلى حجرتي لأنزوي فيها بعض الوقت، دخنت علبة سجائر في وقت أقل مما توقعته وظننته ممكنًا.

بعد ساعة من ذلك صعدت مربيتي لرؤيتي، وهي تعرفني منذ ولادتي. احتضنتني بقوة. نظرت إليَّ وقالت:

ـ أنا سأحبك مثلما أحببتك دائمًا مهما يكن ما يحدث.

تلك الجملة ما زالت تدور في ذهني حتى اليوم وأظن أنها هي من منحتني القوة لمواجهة ما ينتظرني.

كان أبي آتيًا في الطريق، بعد اتصال من أمي على ما أعتقد. وأظن أنه كانت لديه شكوكه المسبقة، ولكن الموضوع لم يكن يؤثر عليه كثيرًا في الواقع. المسألة أن أبي وصل وجلس مع أمي في غرفة المعيشة بانتظار أن أنزل إليهما. دخلتُ ميتة من الخوف. انتبهتُ في ذلك اليوم إلى أن أبي قد ارتدى قميصًا مخططًا بخطوط وردية اللون، وأن عيني أمي كانتا مبللتين بالدموع.

جلستُ إلى واحدة من الأرائك ذات الألوان الدمشقية ونظرت إليهما بعيني رعب. طلب مني أبي أن أشرح له. قلت لهما إنني ثنائية الميول الجنسية (كذبة رحمة صغيرة) وإنني لم أكن أعرف أي موجة أتبع، وبدأتْ بعد ذلك سحابة ضبابية أخرى. لا أتذكر المحادثة جيدًا، أعتقد أن الرعب كان يمحو ذاكرتي فور البدء بتخزينها. وفي إحدى اللحظات نهضت أمي وشعرتُ بعد لحظات أنها تُخرج السيارة من الجراج. ظللتُ وحيدة مع أبي. كان سؤاله الأول عما إذا كنت قد نمت ذات مرة مع رجل، وأجبته أن لا. ثم سألني إن كنت قد فعلت ذلك مع امرأة. وقلت له أجل. فأجابني:

- لا تقرري أنك تفضلين الفانيلا ما دمتِ لم تجربي الشوكولاتة.

ضحكتُ ورافقني في الضحك. كان أكثر ما يغضبه أنني لم أخبره بذلك من قبل. وكان يظن أن الثقة بيننا أكبر مما أثبته بإخفائي هذا الأمر عنه لسنوات. لقد كان أبي أكثر تفهمًا بكثير مما كنت أتوقعه.

صعدتُ إلى حجرتي وأنا أشد تحطمًا. أغلقت الباب، استلقيت في سريري وحاولت النوم. في اليوم التالي ذهبت إلى المدرسة لانتظار نتيجة اجتماع المديرة مع أبويَّ. لم يسألني أحد إن كنت قد أخبرتهما أم

لا، والمديرة لم تأتِ على ذكر الموضوع معهما. أتلاحظن؟ لقد أجبروني على «الخروج من الخزانة» بالتهديد، وكان ذلك كله كذبًا. أي أنني لو لم أخبرهما فربما ما كانا سيعلمان بالأمر حتى يومنا هذا وكان يمكن لي أن أتجنب كل ذلك الألم. لقد أوقعوا بي. ولكنه كان في الوقت ذاته القرار الأفضل. القرار الوحيد الممكن لتوقفي عن الكذب.

* * *

كانت الحال مع «روساريو» تمضي من سيئ إلى أسوأ. فبعد أن كانت ثرثارة متشدقة، صارت تبدو مذعورة مما يحدث. لا تستطيع فهم كيف يمكن لها أن تكون مع امرأة ما دام الرجال يروقون لها دومًا، وأظن أن هذا هو السبب في أنها لم تخبرني بماضيها. واصلنا معًا لمدة شهر ثم وبختني، وكانت أول وآخر فتاة تفعل ذلك معي. إنني أتفهمها الآن، لا بد أن الأمر كان معقدًا جدًّا معها، ولكنني في ذلك الحين ألقيت عليها مسؤولية كل شيء، وكرهتها من أعماق روحي، وتحوَّلتُ منذ تلك اللحظة إلى «بارتي مونستر»، مدمنة سهر.

لقد كانت مرحلة تدمير ذاتي كبيرة.

حتى ذلك الحين كنت أخرج في كل نهاية أسبوع وأمرح كثيرًا ولكن من دون وعي كبير بما أفعله، إذ كانت في العمق مجرد «ولدنات»، تصرفات مراهقة. أما الآن فلم يعد الأمر كذلك، فقد صرت أخرج لتدمير نفسي. وهذه كانت نيتي. أدخن لفائف الماريجوانا كل يوم. وهذا لا يعني أنني بدأت أفعل ذلك أول مرة، ولكنني كنت أدخنه من قبل كي أحافظ على هدوئي، كي أكتب أو أرقص. أصبح الأمر مختلفًا الآن. صرت أفعله

بصورة جبرية، وبما يشبه الإدمان. أدخن لفافة كلما خرجت، ومع أنني لم أكن أدوخ عادة ـ لديَّ رأس جيد ـ إلا أنني كنت أطلق اللعنات البذيئة وأتلاعب بكل ما أشاء.

يجب أن أذكر «جوني»، صديق روحي حتى يومنا هذا. إنه مثلي طبعًا. وكان في تلك الفترة رفيقي في اللهو، والخداع، واللعب والكذب، وفي كل شيء. وفي الكوكا. لأنني عودته على الكوكا بعض الوقت.

قلق أمي كان يزداد أكثر فأكثر بسبب ما يجري لي. فدرجاتي في المدرسة صارت مقرفة، وكنت أغفو في الدرس أو أتصرف بصورة سيئة، لم أكن أشعر بأي أهمية لوجودي هناك، أرغب في الهرب كي أدخن لفافة أو لمشاهدة التلفزيون طيلة النهار والمشي في شوارع «سنتياغو» أو الذهاب للرقص. كانت الدروس تشطرني إلى اثنتين، ومثلها زملائي الذين هم مجرد بلهاء كاملين.

ذات يوم، بعد الدروس، كنت أتبادل الحديث مع جماعة تدرس في فصلين أدنى مني، وسألني أحدهم إن كنت أعرف من أين يمكنه الحصول على بذور ماريجوانا لأنه يفكر في زراعتها. لقد كان الأبله في الصف الثامن مع أن عمره ستة عشر عامًا، كي تتخيلن الوضع، سنة دراسية أقل مني. قلت له إن لديَّ بعضها في بيتي وسأهديها إليه إذا رغب. بعد أسبوع تذكرتُ الأمر وألقيت بها في جعبتي المدرسية. وقبل الدخول إلى الدروس أعطيته لفافة ورق وفيها البذور التي كانت قديمة، عمرها أكثر من سنة، وأغلب الاحتمالات أن شيئًا منها لن ينبت.

بعد يومين من ذلك اكتشفتُ سبب بقاء نذل عمره ستة عشر عامًا في

الصف الثامن الأساسي. كان يومًا رماديًا قذرًا وكنت متضايقة مرة أخرى من المدرسة وأريد أن تصل الساعة الثالثة والنصف كي أتمكن من الذهاب إلى الساحة أو إلى بيتي أو من يدري إلى أين. أتذكر أنني أمضيت الساعة الأولى من الدروس في إرسال رسائل نصية إلى صديقة لي أطلق فيها اللعنات ضد الجميع.

بعد انتهاء الدرس الأول استدعتني الأستاذة المسؤولة إلى خارج قاعة الدروس وأرسلتني إلى المديرة. من دون أن أدري أي لعنة دبروها لي اليوم. المسألة أن «مريانو»، أبله بذور الماريجوانا راح يهدي بذورًا، وقد اكتشفه أبوه فوشى بي خلال أقل من ثانية. اتصل الأب طبعًا بالمدرسة. كانوا قد طردوا ثلاثة من أصدقائي بسبب الماريجوانا: أحدهم لأنه يدخنها، وآخر لأنه يبيعها، والثالث لأنه يأتي ببذور. ولكن هذا لم يكن غير شرعي، ولهذا ظننتُ أنه لن يحدث لي أي شيء. حسن، منذ شهرين كانوا يحاولون إمساكي بتهمة ما. فأم «روساريو» تولت شن حملة رعب ضدي مع آباء تلاميذ صفي المتنفذين على موجة أن لي تأثيرًا خبيثًا على أبنائهم المساكين.

وطردوني من المدرسة.

«أوكي». فقدت المدرسة التي كانت حتى ذلك الحين، مهما قلت إنني أكرهها، المكان الوحيد الذي أشعر فيه أنني ضمن أسرة. كان عليَّ أن أغادر. تركت جميع أصدقائي. لا بد من البدء من جديد. أدخلوني إلى معهد حيث تذهب الفتيات المطرودات من المدارس النظامية. مكان رعب.

* * *

في تلك الأثناء تعرَّفت على امرأة، أقول امرأة، ليس فتاة ولا صبية ولا مجنونة في مثل عمري. اسمها «شيمينا». كان ذلك في سوق خيري أقامته مدرسة «جوني». وتولى هو فيه مسؤولية كشك قهوة ووعدته بأن أساعده. كنا نتعاون كلانا على خدمة الناس وبعنا كؤوس قهوة أكثر من الجميع، وكذلك قطع حلوى صنعتها مربيتي. كنت أتلقى النقود بسعادة، وأشعر كما لو أنني سيدة أعمال كاملة. وفي إحدى اللحظات بدأ عرض مسرحي يقيمه التلاميذ، فذهبنا جميعنا لمشاهدته وأغلقتُ كشك القهوة بعض الوقت. لكنني ضجرت في منتصف المسرحية وخرجت لأدخن لفافة. وبينما أنا أنهيها، رأيت سيدة جميلة جدًّا تنزل من سيارة، وفكرتُ في أنها قد ترغب في طلب فنجان قهوة. فأسرعت نحو الكشك كي أصل قبلها. مئتا بيزو ليست بالمبلغ الكبير، ولكنني كنت أسعى لأن يجمع كشكنا أكبر مبلغ من النقود. انتظرتُ وصولها، وكانت سنوات عمري السبع عشرة وحذائي الرياضي أسرع بكثير من سنوات عمرها السبع والثلاثين وكعبي حذائها العاليين. لست أدري ما الذي يصيبني مع الكعوب العالية ولكنني أجدها شديدة الجاذبية، و«الستايل» أكثر من كل ما عداها. وحين ترافقها الجوارب الطويلة المناسبة، تكون تلك الكعوب قنبلة مؤكدة. عند وصولها نظرتْ إليَّ متفاجئة من عدم وجود أحد وسألتني منذ متى دخلوا. أجبتها: منذ نحو عشرين دقيقة. وانتهزتُ الفرصة لأعرض عليها قهوة. فقالت لي إنها لا تحمل نقودًا وقلت لها ـ طبعًا ـ إنها على حساب المحل. أخرجت من محفظتي قطعتين نقديتين من فئة المائة بيزو ووضعتهما في الحصالة. فضحكت وقبلت الدعوة بسعادة. أوضحت لها أن العمل المسرحي يتضمن استراحة بعد نصف ساعة ويمكنها عندئذ أن تدخل لأنه ليس

بالفكرة الجيدة أن تقاطع العرض بدخولها الآن. قبلت نصيحتي وظلت خلال الوقت المتبقي تتحدث معي. كانت متحمسة. عرفت حينئذ أن اسمها «شيمينا»، وأنها قد انفصلت حديثًا عن زوجها، وأنها محامية، وأن لها ابنًا في الصف الرابع الأساسي. وعرفت كذلك أنها بحاجة إلى أستاذ خصوصي لإعطاء دروس باللغة الإنجليزية لابنها الصغير. عرضتُ نفسي عليها فورًا، وأخبرتها بالدورات التي اتبعتها في دبلن، ووافقت هي من جديد بسعادة. تبادلنا أرقام هاتفينا المحمولين وواصلنا الحديث، بدت منبهرة بي وكيف أنها تجد سهولة بالغة بالتحدث إلى من تصغرها بعشرين عامًا. ضحكت لكل قصصي التي رويتها لها، وانتهزتُ الفرصة كي أبدو لها بأقصى ما يمكن من الذكاء والتشويق، فقد كانت جذابة إلى أقصى الحدود.

بعد أسبوع من ذلك بدأتُ بإعطاء دروس اللغة الإنجليزية. كانت تدفع لي جيدًا. وفي بعض الأحيان كنت أطلب منها أن تدفع لي أقل لأنه لا يمكن لي تقاضي أجرًا عن الوقت الذي أقضيه في التحدث مع «سيمون»، ابنها، ناهيك عن الوقت الذي نتناول فيه الشاي ونشاهد فيه حلقات مسلسل الأطفال «بوب الإسفنجة» معًا. لقد كانت «شيمينا» تروقني جدًّا إلى حدٍّ لم أخبر معه أمي بأنني أعطي تلك الدروس لأنني سأشعر بالعصبية. فضلًا عن أنها إذا عرفت أنني أكسب نقودًا فالاحتمال الأكبر أنها ستقطع عني مصروفي الشهري، وهو ما سيخفض مستوى حياتي، لأن كل شيء صار يكلف غاليًا.

* * *

بعد قليل من طردي من المدرسة، ذهبت لإعطاء دروس لـ«سيمون»،

وحين وصلت فتحت لي «شيمينا» نفسها الباب، وكانت تبكي مثل مجنونة. وما إن رأتني حتى احمرَّ وجهها وبدأت تعتذر مني. أوضحتْ لي أن زوجها السابق كان في البيت، وأنه قد أزعجها وغادر ومعه سيمون، ولكنها نسيت أن تخبرني بذلك. وطلبتْ مني ألا أقلق، وأنها ستدفع لي أجر الدرس كالعادة. طلبتُ منها ألا تفكر في ذلك، وأن تجلس وسأجيئها بكأس ماء. جلستُ إلى جانبها وحاولت تهدئتها. تحدثنا وقتًا طويلًا وانتهتْ إلى معانقتي وهي تبكي من دون توقف.

لست أدري جيدًا ما الذي حدث، ولكنني قبَّلتها.

بدتْ عصبية، لكنها احتضنتني بمزيد من القوة وردَّت عليَّ برضا.

منذ ذلك اليوم صرت أجيء إلى الدروس في وقت أبكر وأغادر أحيانًا في وقت متأخر، أبقى لتبادل الحديث مع «شيمينا». وصارت تبدو أكثر سعادة وصرت أنا، من جانبي، أورط نفسي أكثر قليلًا في أموري الخاصة. كنا نتبادل القبلات أحيانًا، وفي أحيان أخرى لا نفعل، بل نتحدث أكثر من أي شيء آخر.

ذات يوم دعتني للخروج، كلتانا معًا، كصديقتين، وذهبنا لتناول الطعام. لأني بدأتُ أعجبها كما قالت. حسن، أنا مفتونة بها. ولم أنس أنها في السابعة والثلاثين، لديها ابن، ومنفصلة عن زوجها ومن يدري كم من الهموم لديها. ولكنها كانت تبدو كطفلة. لأنها لم تكن تدري كيف تواجه حالة - يروق - لي - شخص - من - الجنس - نفسه.

بدأنا نخرج بتواتر أكثر. وظللتُ للنوم عندها في البيت مرتين. وفكرتُ

في أنه يمكن لي، حقًّا، أن أظل على تلك الحال زمنًا طويلًا من دون أن أضجر. ولكنني كنت معتادة، بعد المدى الذي وصلتُ إليه، أن تلك الحال لا يمكن أن تدوم. وفجأة أصابني اكتئاب لم أعرف مثله من قبل. كنت لا أزال أخرج مع «جوني» في نهاية كل أسبوع تقريبًا للهو. وفي واحدة من تلك الليالي تعرَّفت إلى «لولو»، فتاة في السادسة عشرة، جميلة.. باهرة الجمال وحزينة بعمق، وقد أثر بي ذلك كثيرًا وصممت على أن أجعلها تبتسم مهما كلف الأمر، وهكذا انهمكت طيلة تلك الليلة في جعلها تستغرق في الضحك. وانتهى بنا المطاف إلى التحدث والضحك كثيرًا، وانتبهت إلى مدى إعجابي بذلك الإحساس.

يفتنني تحويل مزاج أحدهم، ولو لحظة واحدة فقط.

وأكثر ما يسعدني في ذلك كله أنهم يحبونني، أعتقد أن الجميع يحدث لهم الشيء نفسه. لأي سبب برازي تبحث إحدانا طيلة حياتها عن أن تكون محبوبة؟ لماذا هي مستعدة لعمل أي شيء من أجل أن يحبها الآخرون؟ في بعض الأحيان، حين أكون في أجواء مثليين ممن يعرفون ميولي، أشعر بأن أولئك المساكين ينظرون إليَّ كما لو أنني هدف للشفقة. وقد ضبطتُ نفسي أحيانًا وأنا أفكر: إذا كانت الشفقة تعني مزيدًا من الحب، فلأمضِ قُدمًا، وليشفقوا عليَّ.

حدث في ذلك الأسبوع بالذات أن قالت لي «شيمينا» إنني أُعقِّد وضعها كثيرًا بشأن «سيمون» والانفصال وإنها تفضل أن نتوقف بعض الوقت. وإنها لا تريد التخلي عن اللقاء بي ولكنها مشوشة جدًّا، وإننا لن نغلق الأبواب نهائيًّا كي نتمكن من اللقاء مستقبلًا في الحياة، وإننا سنلتقي

مجددًا. فكونها تكبرني بعشرين عامًا تبدو مسألة تفوق قواها ولا تدري كيف تتقبلها.

وأنا، المنكوبة مرة أخرى، أمضيت أسبوعًا من دون الذهاب إلى الدروس، أهرب من المدرسة مع زملائي الجدد في المعهد وأنطلق في حماقات محضة. كنت طوال الوقت أفكر في الجنس. لقد توصلتُ في بعض الأحيان إلى التساؤل إن كانت الميول السحاقية تجعل إحدانا أشد حماوة من التغاير الجنسي. فجميع صديقاتي السحاقيات لا يفكرن إلا في الجنس. إنه هاجس متسلط على نصف العقل، كما لو أننا قد أصبنا هناك بسهم. وحين أسمع أشخاصًا مثل «سيمونا» أو «مانيه» أتساءل: كيف يمكن لهم أن يعيشوا من دون جنس؟ أيكون السبب في كونهما عجوزين؟ كيف كانتا وهما في مثل سني؟ ربما هي مسألة العمر وحسب. لا فرق، لا يمكن لي أن أتصور نفسي في المستقبل من دون الحماوة الدائمة، ومن دون جسد آخر إلى جانبي في الفراش. وفي اليوم الذي أفقد فيه هذا الشعور، سأكون قد فقدتُ كل شيء على ما أظن.

وباختصار، جاءت بعد ذلك «لولو». وشيئًا فشيئًا صرنا نلتقي، بهدوء، انسجام طيب، كنت أستمتع كثيرًا بمرافقتها، وكان وجودنا معًا سهلًا، ومعظم الأشياء تبدو لها مبتذلة، ولا تتعلق بتفاهات. وهكذا كانت الأمور معها سهلة وسريعة وتُستغل على أحسن وجه.

بقينا معًا سنة ونصف. تقاسمنا الحياة وكانت المرة الأولى التي تزوجتُ فيها. تنتشر هذه الأسطورة بين السحاقيات: بعد اللقاء الثاني يتزوجن. وهنالك نكتة حول هذا الأمر:

- ما الذي تحمله السحاقية بعد الموعد الثاني؟

- الحقائب.

«أوكي»، ليست نكتة مسلية جدًّا ولكنها شائعة. وهذا ما حدث لي مع «لولو». وقد كنتُ قوية إلى حدٍّ أني تشاجرت مع أسرتي كلها كي أحافظ على تلك العلاقة. كنا نعيش معًا، نسافر معًا وأقمتُ علاقات قوية مع أسرتها. وصارت أمها أشبه بأم لي أيضًا. أحست أمي بالفضيحة، لم تستطع أن تفهم كيف يمكن لأم «لولو» أن تتحمل نومنا معًا تحت سقف بيتها. مرضتُ ذات مرة في بيت «لولو» وجاءت أمي لرؤيتي. حين رأيت ظهورها في ذلك البيت وجلوسها على أريكة غرفة النوم تلك، أدركتُ أنني قد كسبت الحرب، ليس معركة صغيرة، وإنما الحرب نفسها.

حسن، بما أن كل شيء، في هذه الحالة، بدأ بسرعة، فقد انتهى بسرعة أيضًا. في أحد الأيام نكون على أحسن ما يرام، وفي اليوم التالي نتشاجر حتى الموت.

* * *

انتهت قصة «لولو»، رجعت إلى «شيمينا». أقمنا علاقة قصيرة إنما زخمة. كان غريبًا أن أعود إلى حياتها كما لو أن شيئًا لم يحدث. ولكن زوجها السابق ضبطنا بعد أسبوعين. جاء من دون إشعار مسبق لأخذ «سيمون» الذي كان في بيت زملاء له في المدرسة، وفتحتُ أنا الباب، وكنتُ بروب بيتي. فعمَّ الخلاف من جديد. بعد هذا الحادث قررنا أن هنالك مجازفة كبيرة بالنسبة إليها (مع أنني لم أكن أخسر شيئًا بذلك).

إنني أتساءل لماذا تفتح إحدانا الباب دائمًا. ولماذا لا يستطيع أحدنا ترك جرس الباب يرن. الناس شديدو الحماقة، وأنا كذلك. وأتساءل أيضًا عن ذلك الزوج السابق وجميع من هم من صنفه: ما الذي يعنيه الشذوذ الجنسي في نظرهم؟ أو الثنائية الجنسية، مثلما هي هذه الحالة؟ علماء كثيرون يقولون إن جميع الكائنات البشرية لديها ثنائية ميول جنسية، وإن الميل الجنسي مرتبط بمقدار الهرمونات الذكورية والأنثوية الموجودة في الجسم، وإن أشد المصابين برهاب هذا الموضوع هم، في حالات كثيرة، من يخشون هذا الجزء من ذواتهم. ولكن لنرجع إلى حالة «شيمينا»: إنها تفكر في أنه يمكن لها أن تفقد حضانة ابنها إذا ما وجدني وزوجها السابق معها في الفراش. فهل «شيمينا» تكون أمًّا أقل لأنها تشعر بالحماوة مع امرأة أخرى؟ وهل يُعرِّض ذلك «سيمون» لأي خطر؟

لقد أجبرني الوضع على التساؤل، على اجترار الأمور، مثل بقرة دائمة الجوع. وإلى الشعور بالغيظ طبعًا.

ووسط تلك المأساة، وجهت إليَّ «شيمينا» سؤالًا، بجدية كبيرة، قائلة لي:

ـ ألم تفكري يا «لو» بالاستسلام؟

سألتها:

ـ ما الذي تعنيه.

ـ أن تذعني.

استغرقتُ في التفكير هنيهة: يمكن لَكُنَّ أن تسألن ـ وسيكون السؤال

مشروعًا ـ إذا كانت الرغبة بذلك لم تراودني وسط كل تلك الجراح، ألم تراودني الرغبة؟ ولو مرة واحدة؟ وستفكرن في أنني انكسرت. ولكن لا.

أنا لا أستسلم، هذا ما قلته لها.

* * *

الحمد لله أن العلم قد أوضح أن الشذوذ الجنسي ليس خيارًا: فالمرء يولد به. وقد بدَّل ذلك أمورًا كثيرة. لا أحد «مذنب»، لا الآباء، ولا التربية، ولا إحدانا نفسها. فالمسألة ليست مسألة إرادة، مثلما كان يُعتقد من قبل. إنها مثل الولادة بعينين زرقاوين. إنهما هكذا، فهل تقضين حياتك بنظارة شمسية أو عدسات لاصقة، كي تخفيهما؟ عيناكِ هما عيناكِ. الحزن هو كل ما يجب دفعه بسبب امتلاكهما. وهذا غير عادل بصورة حاسمة.

لديَّ عدد من الأعمام والعمات، فأبي ينحدر من أسرة كبيرة وأسرتي لأمي كذلك ليست صغيرة. من المشوق رؤية كيف كان رد فعلهم عندما «خرجتُ من الخزانة». بعضهم استنكر كثيرًا إلى حدٍّ فرضوا معه حجرًا على الموضوع، كما لو أنه لم يكن. وقرر آخرون أنها مجرد «بلاهة في هذه السن»، ويجب عدم إيلائها أهمية لأنها نزوة وستمر. هذا ما كانوا يقولونه في إحدى المراحل لأمي.

لو أنني أظهرت سحاقيتي في مرحلة متقدمة من العمر، لما كان يمكن لأحد أن يتدخل على ما أعتقد. ولكن حين يحدث الأمر في سن المراهقة، يكون عامل «الأسرة» كارثيًا. فالجميع يشعرون بأنهم مدعوون لإبداء الرأي، والجميع يشعرون بأن لهم الحق في ذلك. تكون إحدانا

مستغرقة في محاولة إقرار هويتها، وهذا كافٍ لملء كل العواطف التي يتسع لها جسدك. تخيلوا ما الذي يعنيه، فوق ذلك، الصراع مع من يحيطون بكِ، من لم تختاريهم أنت؟ وهل رأيتم من هو أكثر بعدًا عن اختيارنا من الأعمام؟ عندئذ تفقد إحدانا كثيرًا من طاقتها في الصراع معهم. في استيعاب الضربات. كان يمكن لكل شيء أن يكون أسهل لو أن الموضوع ظل بيني وبين نفسي. أكنت سأحله بصورة أفضل بكثير!

ولكنني أؤكد لكم أمرًا: الانقطاع لا علاقة له بالإقصاء.

* * *

الخروج من المدرسة غيَّر كل شيء. أنهيت هذه المرحلة وعدة مراحل أخرى في آن واحد. بدأتُ أتردد على «ناتاشا». وكان ذلك عملًا صائبًا مهمًّا. ففجأة، وجدت أمامي شخصًا ناضجًا يقف إلى جانبي، أجل، وجدتُ ذلك أمرًا جديدًا! وكذلك الجامعة. فتكريس اهتمامي لموضوع يهمني حقًّا، مثلما هي المعلوماتية، جعل ثورات ذهني تستقر. لم أعد أفكر بسرعة. بدا كما لو أن ذكائي قد استقر، أو أنه وجد وجهته، لا أدري كيف أعبر عن ذلك... لم يعد يحلق في الفضاء كما في السابق. مثلما يحدث حين تجري لي «ناتاشا» الاختبارات وتنظم تحولاتي. ولكنني أشعر بذلك، أشعر به في جسدي، أشعر كيف أن كل شيء قد استقر. إنني ملتزمة بما أفعله. ربما تكون هذه هي بداية «سن النضج»، وإن كانت الكلمة تضحكني قليلًا.

إنني أخرج منذ بضعة أشهر مع فتاة رائعة. كنتُ في «انقطاع» وقتًا لا بأس به، لو أنكن رأيتني! كنت غليظة، غليظة، لا أسمح لنفسي بتجاهل مشكلة واحدة! ولكن «إسيدورا» استحوذت عليَّ: بعذوبتها، باهتمامها

بالموسيقى، بصبرها. الحقيقة أنها رائعة. لقد بدأ كل شيء بالطبع في حفلة، وبذهاب إلى الحمام، إنها الكارما الخاصة بي. لقد قاومتُ كثيرًا، وكانت هي مندهشة جدًّا، فقد ظنت أنني لم أُعجب بها. ولكنني في النهاية، وبعد ذهاب إلى سينما نورماندي ونوبة هوس، انتهى بنا الأمر في الفراش. ولم نعد نفترق بعدها. لم أعد إلى التفكير في أنها ستكون امرأة حياتي، كفى، فهذا ما كنت أظنه منذ «جاتا» وكل من جئن بعدها! وأظن كذلك أن شعوري هذا هو جزء من أنني قد كبرت.

وأقول الحقيقة أنني منذ زمن طويل لم أشعر بمثل هذه السعادة. ما بين دراسة المعلوماتية، و«ناتاشا»، والأسرة، و«إسيدورا»، تمضي الحياة بصورة أفضل فأفضل.

وعلى الرغم من أن نوبات الغضب والهياج التي تلازمني منذ سنوات كانت تعود للظهور أحيانًا ولا تتوقف «لو» العدوانية عن الإزعاج، إلا أنني أظن أني صرت أقرب إلى نفسي مما كنتُ عليه في أي وقت. أعرف طبعًا أن الأشباح، والخيبات، والمخاوف، والأخطاء، واللعنات وكل المشاكل الأخرى سوف تلاحقني وقتًا لا بأس به. إنني أحاول أن أدفنها بدءًا من الآن في أصيص ومقاطعة أصابعي فوقها كيلا تُبرعم. وكالعادة، يحدث العكس: فالجميع يريدون لما يزرعونه أن يبرعم. أما أنا فلا. ولدتُ مختلفة، مثلما قلتُ لَكُنَّ في البداية. وعليَّ أن أعنى كل يوم بهذا الاختلاف.

آندریا

أرغب في التحدث عن الصحراء، عن الصحراء وحسب. صحراء «أتاكاما». إنها الشيء الوحيد في ذهني. الصحراء الأشد قحولة في العالم. لو أنني تحدثت وأنا صغيرة لقلت ذلك عن الصحراء الكبرى، بكل تلك الرمال الأبدية، المتصلة من دون انقطاع، مثل صحارى أنبياء كموسى و«لورنس» العرب. ولكن لا، صحراؤنا هي الأشد جفافًا من جميع الصحارى. وإليها ذهبت، مكان بديع لترك عظامنا فيه، لو كانت هذه هي نيتي (حقًا إنها مكان جيد للموت فيه).

* * *

أنا «آندريا»، وأنتم تعرفونني من خلال التلفزيون.

كنت أعرف منذ الأزل أنني أريد أن أكون صحفية وأن أكون في مركز الأحداث. بدأتُ كمتدربة في القسم الصحافي في القناة، وبعد سنتين صرت أقرأ نشرة الأخبار. ثم تحولت بعد ذلك إلى أن يكون لي برنامجي الخاص وبعدها رحت أتنوع. وعندما صرت قادرة على إجراء مقابلات مع شخصيات مختلفة، ابتداء من ممثل هزلي وحتى رئيس الجمهورية،

أصبح الطريق أمامي مفتوحًا. وأنا اليوم متغلغلة في بنية القناة واكتشفت في نفسي موهبة هائلة في إدارة الأعمال وموهبة إدارة السلطة كذلك. لقد سارت أموري على أحسن ما يرام. إنني مشهورة جدًّا وقد كسبتُ كثيرًا من النقود. ولنقل إن حياتي تبدو رائعة. لماذا أنا هنا؟ ليست لديَّ أدنى فكرة. لديَّ مشاكل بالطبع، مثل جميع الناس. وكوني مشهورة لا يساعد. فقد كان عليَّ الصراع ضد عدة مصاعب، ومخاوف مشهدية، ونوبات رعب، ومؤامرات، ومكايد. استعراض متواصل. وكذلك القليل من البارانويا، فلا شيء يجعلكِ تشعرين بأنكِ ملاحقة أكثر من الشهرة. إنني أهرب بين حين وآخر. ومنذ سنتين ذهبتُ بعيدًا، حتى تايلند، وكنت أقسم إن مستقبلي في الأديرة البوذية وليس على الشاشة: اكتفيت بصباحات الاستيقاظ المبكر والصيام وانتهى بي المطاف في شاطئ بديع على المحيط الهندي، أسبح في مياه ذهبية وأشتري منسوجات حريرية.

أردت الآن أن أهرب من جديد. لأنني كنت غاضبة ظاهريًّا. أكرر أمامكنَّ: كل شيء يمضي على ما يرام، عملي، صحتي، أسرتي. لا شك لديَّ في نفسي ولا في موهبتي ولا في حب زوجي لي. (ألا تكون هنالك شكوك في حبك له؟ يمكن لـ«ناتاشا» أن تسألني هذا السؤال، لأنها تستمتع بتعذيبي، ولكن لا، ليس هذا هو السؤال). لماذا إذًا أنا غاضبة؟ حتى إنني لم أنتبه إلى أنني كذلك. فذات يوم، وبعد انتهاء جلسة «مساجي»، قالت لي «سيلفيا»، وهي أرجنتينية رائعة: آه يا «آندريا»، يا للجهد الذي سببتِه لي اليوم! لقد عملت في وجهكِ بجهد لم أعرفه من قبل وتمكنت أخيرًا من نزع ملامح الغيظ عنه. وعندما ذهبت «سيلفيا» ظللتُ أفكر، أي غيظ؟

عم تتكلم؟ بعد أيام قليلة كانت لديَّ جلسة التقاط صور لمجلة. وما كادت المصورة، وهي شابة ذات وجه ضجر، تقف أمامي حتى قالت لي:

ـ أرجوكِ، هذا التعبير...

فسألتها مشوشة:

ـ أي تعبير؟

وردَّت عليَّ:

ـ هذا الغيظ.

وعدت أتساءل عما عنته. بعد أسبوع ذهبتُ مع «كارولا» ـ ابنتي ـ إلى السوق الخيرية في مدرستها. وحين عدنا علقتْ قائلة لـ«فرناندو» ـ أبيها:

ـ لو أنكَ رأيت وجه غيظ أمي، بدت كما لو أنها ساخطة!

فقاطعتها:

ـ ولكن... عم تتكلمين يا «كارولا»؟

حينئذ ذهبتُ إلى «ناتاشا» وسألتها إن كنتُ غاضبة. وكالعادة، أعادت إليَّ السؤال ورمت إليَّ بالمشكلة.

انزويت بعد ذلك في الساونا للتفكير. (إنه المكان الوحيد الذي أفكر فيه). لا يمكن أن يكون مصادفة أن الجميع يرون غيظي باستثنائي أنا. راودني إحساس معروف: اللهفة إلى الهروب. لقد خدعونا بإخبارنا أن الكائن البشري يعيش فقط تحت تأثير الدافع الحيوي العظيم. هنالك

«الدوافع الصغرى» أيضًا. وهي تعلن عن نفسها، في حالتي، برغبة كبيرة التوقف، في التخلي عن كل شيء، في الهروب. تبدأ بدغدغة تجوب بدني، شيء أشبه بوهم أو لهفة غير واضحة أحيانًا، إلى أن يتحول إلى اسم مكان. فكرتُ في مشهد يكون غريبًا عليَّ، مشهد يوحي إليَّ، بمجرد كونه جديدًا، بانحباس وانطلاق متزامنين. نظرت لأول مرة منذ سنوات طويلة إلى خارطة تشيلي. من السهل والممتع جدًّا السفر ضمن حدود بلادنا بالذات. وحينئذ قررتُ أن القحولة هي الرد.

الصحراء.

أخبرت القناة بأن لديَّ فكرة جيدة من أجل برنامج جديد ـ وهو أمر كان صحيحًا أيضًا ـ وأنني سأتغيب بضعة أيام. استيقظتُ في الموعد المحدد، في الساعة السادسة والنصف صباحًا في سريري في «سنتياغو»، وتم ترتيب كل شيء كي أحطَّ في الساعة العاشرة وأربعين دقيقة في مطار «كالاما» حيث ينتظرونني، وما استثار انفعالي أنني كنت المسافرة الوحيدة (كل ذلك العمل من أجلي أنا وحدي؟). الفتاة المكلفة باستقبالي نظرت إليَّ وطلبت مني أوتوغرافًا. السائق، واسمه «رولاندو»، يُعرِّف بنفسه على أنه «أتاكامي»، وهو ما علمتُ بعد ذلك أنه يعني شخصًا من السكان الأصليين. وبينما كان ينزلق واثقًا بالسيارة الكبيرة عبر ذلك المشهد المجهول بالنسبة إليَّ، فكرتُ في أن مجيئي وحيدة كان فكرة جيدة. فلديَّ عدة أمور يجب عليَّ التفكير فيها. كم هو غريب المشهد اللامبالي الذي لا يتغير بحضورنا. لم تكن عيناي تصدقان. رأيت جبالًا كأنها ثمار باذنجان عملاقة، وجبالًا أخرى بلون القهوة بالكريما كأنها مثلجات شوكولاتة هائلة، والرمل يتجعد

مثل بحر محيط ذي أمواج ثقيلة. وللسماء زرقة شبه خضراء، زرقة تكاد تكون مجهولة للعيون المدنية، زرقة لامعة، صافية، مبهرة.

بعد أكثر من ساعة بقليل من مغادرتنا «كالاما» وصلنا إلى «ألتو أتاكاما»، هكذا يسمى الفندق. مكان صغير محصور. تطوقه الجبال من الجهات الأربع. وفي وسط تلك الجبال وجدت بناء طويلًا ومنخفضًا له لون الطين، الطين نفسه الذي كان يستخدمه القدماء في البناء: الفندق يتبع التلون نفسه من أجل المحاكاة، كيلا يخالف الصحراء.

وعند بوابة الفندق كان المدير بانتظاري. شعرتُ منذ البدء أنني محط ترحاب، وكانت المودة تعبق في الجو.

كانت غرفتي جميلة جدًّا، مطلية بلون التبغ القاتم، أحسستُ في كل مكان بطين «أتاكاما» الذي كان يستخدمه السكان الأصليون في البناء منذ أيام تاريخهم الأولى. وتمتد الغرفة إلى شرفة خاصة فيها سريران من الأسمنت وفراش من أجل مشاهدة الغروب ـ أو الشروق، حسب الرغبة ـ وتتيح هندسة البناء رؤية الجبال والصحراء فقط، وعدم رؤية أي جار. وبلا تلفاز. (بلا وجهي على الشاشة). خطوط البناء الكالحة المتقشفة بدت لي أنيقة. وضعت كمبيوتري في الخزانة، مرتابة في أي استخدام سأحتاجه، ووضعتُ الكتب على المنضدة الصغيرة بجوار السرير ـ في «سنتياغو» لا أجد إلا قليلًا من الوقت للقراءة ـ أفرغت حقيبتي، وفي الساعة الواحدة ظهرًا كنت في قاعة الطعام من أجل الغداء (أصبح هناك سلطات بـ«الكينوا»، وأسماك «كورفينا» وفاكهة، وجبة لذيذة). نمتُ قيلولة ـ لقد أنهكني الاستيقاظ منذ السادسة والنصف ـ وتأكدتُ من

عدم وجود أي ضجيج في محيط المكان. كان ذلك الصمت بالنسبة إليَّ مثلما هو الكلوروفيل بالنسبة إلى النباتات أو الموسيقى الراقصة. في هذا التواصل يمكنني الاتصال مع نفسي بالذات. لأن هذه واحدة من مشكلاتي: لا أتواصل مع نفسي، على الرغم من أنني أحاول ذلك جاهدة. في بعض الأحيان لا تكون لديَّ أية فكرة عمن أكون. لا أعرف إلا «آندريا» التي تعرضها عليَّ الشاشة، وما دامت «آندريا» تلك على ما يرام، يبدو أن كل ما سوى ذلك لا أهمية له. وأنتهي إلى الاعتقاد بأن تلك المرأة هي الحقيقية، وأنها الوحيدة الموجودة في داخلي. صمت الصحراء يتيح لي الاقتراب من أناي الحقيقية. كان هنالك شيء من الصدى، شيء قادر على حبس صوتكِ إلى الأبد، على جعلك تخرسين.

* * *

بعد تلك القيلولة المجيدة ذهبتُ إلى مركز «السبا» الذي يفتح طيلة اليوم، وهو ما بدا لي ترفًا. ووسط الساونا، كان هناك مهندس مناجم نحاس في مناجم «تشوكيكاماتا» ـ كنت أظن أنه لا يوجد هنا سوى أجانب، ممن هم قادرون على دفع تكاليف فنادق غالية ـ وقد شعر الرجل بالانتشاء حين عرف أنني من أكون. فصاح بأصدقائه الذين كانوا في الجاكوزي، إيه، احزروا من هنا! كانت صرخته أشبه بصفعة. انزويتُ في حمام البخار ولم أعد للخروج. وعندما غادروا، خرجت بروب الاستحمام، وبشعر مبلل، واستلقيت وسط اللاشيء أتأمل الغروب. كانت الوحدة عميقة إلى حدٍّ لم أعد أعرف كيف أتفاعل.

إنني سعيدة تمامًا، قلتُ لنفسي. قد يكون ذلك كذبًا، ولكنني قلته. ثم

فكرت: اللعنة، منذ متى لم أنطق هذه الجملة؟ منذ آخر مرة كنت فيها في الريف، في بيت أبويَّ «كونسويلو». فهي صديقة روحي، ونحن يعرف بعضنا بعضًا منذ صغرنا، ذهبنا إلى المدرسة نفسها، وترافقنا في كل مرحلة من مراحل الحياة. إنها تسميني «المشهورة» ولا تأخذني على محمل الجدِّ. لا تفاجأ عندما تراني على غلاف مجلة ولكنها ترفض أن ترافقني إلى «الجمبو»، لأنها لا تتحمل توقعات الناس. حسن، وأنا أيضًا لا أتحملها، لم أعد أذهب تقريبًا إلى السوبرماركت. لم أشأ إخبار «كونسويلو» بخططي الجديدة: لقد أصرت على أن نتبادل الحديث، وأنا لست مهيأة لذلك. وعلى أي حال، لقد اعتادت «كونسويلو» على هذه المرأة التي هي أنا، والتي تعيش من زخم إلى زخم ولا ترتعب بسهولة. إنني أتخيلها تراقب هذا المشهد الصحراوي. لو أنها معي لوصفته بأنه «متسلط»، كانت ستستخدم هذه الصفة، وكنت سأرد عليها: إنه فراغ، فراغ شاسع.

* * *

استيقظت مذهولة عند الفجر. فتحت الستارة وكان المشهد قد تبدل: بدت للجبل أسنان، عند كل شرخ نحتته مياه سلسلة الجبال خلال الشتاء، وتحتها أحزمة ألوان كأنها ثوب تفتا أنيق، أحزمة حمراء، بنفسجية، بنية بلون القهوة، زرقاء. لقد تنكرت الجبال من أجلي. كانت الساعة الخامسة صباحًا وأنا موجودة في الصحراء، بينما في المدينة، هناك بعيدًا، في مدينتي، لم يحلَّ النهار بعد. تذكرتُ تلك العبارة المبتذلة عن أنك لست أنت من تقومين بفعل الرحلة وإنما هي التي تفعل فعلها فيك أو تفسدكِ، وفكرتُ في الرحلة كاختفاء.

كنت في إجازة من الحياة الواقعية. أظن أننا جميعنا نكره «الحياة الواقعية» ونعرف كيف تسحقنا ما لم نتناولها على جرعات.

نمت اثنتي عشرة ساعة.

انتبهت إلى أن نومي ليس تلقائيًا بالكامل على الدوام. فحين أنام أفعل ذلك كمراهقة، ولكنني انتبهت إلى أن بلوغ إغفاءة النوم تكلفني مشقة كبيرة. فكثيرة هي الأمور التي تدور في رأسي قبل أن أرقد بسلام. وإذا لم أتناول شيئًا، يمكن لي أن أظل حتى الساعة الرابعة فجرًا بأفكار متسلطة على ذهني. (أعترف أن التصنيف واحد منها، وهو الأساسي). ألجأ إلى الأقراص المنومة، ولكنني أمقتها كثيرًا، أعيش وأنا أستنبط مسوغات غير إدمانية. قرص للاسترخاء بعد الظهر، قرص مضاد للقلق في الليل، يضايقني الاعتماد على العقاقير الكيميائية. عندئذ أتلاعب بالجرعات، أخفضها وأتناول ربع هذا القرص ونصف ذاك، وهكذا آخذ في التحكم فيها. إنني المرأة النموذجية في مداواة نفسها.

* * *

ارتديت سترة فوق البيجاما وذهبت بهذه الملابس إلى قاعة الطعام. أظن أنني ما كنت لأفعل ذلك قط في «سنتياغو». فأنا لا أخرج إلى الشارع ما لم أكن متأنقة. لأن وعيي بأنني شخصية عامة بلغ حدَّ تحوُّل مظهري إلى نوع من التقييد. وأنا أشكر على الدوام حسن حظي بأني ولدت بوجه جميل نسبيًّا. فما كان لي أن أحقق المسيرة المهنية التي حققتها لو أنني كنت ضئيلة الأهمية أو قبيحة وحسب. الموهبة وحدها غير كافية، لا يمكن للموهبة المحضة أن تكون كافية قطُّ.

تناول الفطور بالبيجاما في مكان عام كان تجربة جديدة. وبمناسبة الحديث عن الفطور، لا وجود في الفندق لخدمة غرف. الفتى الذي قام على خدمتي في قاعة الطعام عرض عليَّ بلطف أن يحمل لي الفطور إلى الغرفة إذا رغبتُ في ذلك، ولكنني لم أشأ التميز: إذا كان الجميع يتناولون الفطور هناك، فسأفعل ذلك أنا أيضًا. أكلت بيضة في قدح على الطريقة الإنجليزية، أمر سيئ جدًّا، أحرقتُ أصابعي، ولم يُشبعني. فطلبت أومليت. وعندما رأيت الخبز مقطعًا في شرائح ـ كخبز القوالب ـ شكرتُ طالعي بكوني وحدي: تخيلتُ «فرناندو» يحتج على الخبز. فهو يصر على أن خبز القوالب ليس خبزًا، حتى لو كانوا يصنعونه هناك بالذات صباح كل يوم. ليس عليَّ الآن أن أتولى مسؤولية أحد، يا للراحة.

الأزواج يحتجون كثيرًا في العادة، أكثر من النساء بكثير.

وضعوا، بمحبة، منضدة وكرسيًّا ووصلة كهربائية على شرفة غرفتي كي أتمكن من العمل على ضوء النهار. لقد كان فندقًا، وما بدا غريبًا، الترف والتكلف اللذان يكادان لا يلمحان كذلك.

* * *

العمل. إنه مسوغي الوحيد في الوجود. ولكنني جئتُ إلى الصحراء كي أفكر، أو أتذكر. ضبطتُ نفسي وأنا أصحح ذكرياتي. هنالك ذكريات كثيرة لا تروقني، ولهذا أصححها. ظللتُ مستغرقة في هذا الأمر إلى أن ذهبتُ إلى «سبا»، ففي اليوم السابق لمحتُ قاعة «المساج»، ومن دون أي تروٍّ، توجهت إليها فورًا وسجلت اشتراكًا. كانت الكلفة عالية جدًّا. فقلت لنفسي مرة أخرى: لا أهمية لذلك، ليس عليكِ أن تقدمي تفسيرًا

لأحد. كانت بانتظاري «يو»، وهي امرأة شابة آتية من الصين، لها يدان رائعتان وقوة كبيرة. ساعة كاملة من الاسترخاء التام مع كريمات جيدة، وشموع وموسيقى بالغة العذوبة. وفي إحدى اللحظات فكرتُ في أنني قلما أعيش بما يتوافق مع مداخيلي. فإنفاق النقود عمومًا يُشعرني بالذنب. ومع ذلك تفتنني النقود، أجدها «سكسي». «فرناندو» يظل متيقظًا على الدوام لكبح كلماتي الخشنة. ومع ذلك **يمكن لي** أن أسمح لنفسي بهذا، **يمكن لي** أن أكون في أحد أغلى فنادق البلاد وأن أهدي لنفسي ساعة «مساج». هنالك متسع فقط للسؤال: لماذا لا أفعل ذلك بصورة متواصلة؟ أي لعنة تصيب النساء بالنقود حين يكسبنها بأنفسهن؟ لماذا يتملكنا كل ذلك الشعور بالذنب؟

لم أولد غنية. كان أبي صحفيًّا متخصصًا بأخبار الحوادث، وأمي ربة منزل. خلال طفولتي لم تكن النقود تكفي قطُّ لبلوغ نهاية الشهر. وقد عملت أمي في بيع البيض والجبن من بيت لبيت من أجل دفع تكاليف دراستي الجامعية. لقد كانت ترغب على الدوام في أن تكون ابنتها «شخصية مهمة»، وألا تتبع مثالها وتعيش في انعدام الأهمية والمجهولية التي عاشت فيها هي وجدتي. يقال إن كل شيء يتكرر، وإن كل شيء يعود للحدوث جيلًا بعد جيل، من الجدات، إلى الأمهات، إلى البنات، في خط أبدي. إلى أن تكسر إحداهن ذلك، توجه ضربة قوة وتكسر التكرار.

أكلت ساندويتش سلمون لذيذًا وشربت كأس «بيسكو» إلى جوار مدفأة الحطب بينما دليلان سياحيان يحدثانني عن روائع جغرافية المنطقة. لم أشأ الخروج من الفندق، كما لو أنني ملتصقة بأرضيته، لأني فُتنت به.

كانت المطالعة على الشرفة ممتعة جدًّا. وكذلك القيلولة. وعندما خرجتُ للمشي ورأيتُ ظلي على الرمل أحسست أنه ظلٌّ غازي غريب، وبسببه يتلاشى النقاء.

بينما كنت أنظر إلى غرفتي التي من الطين ولونها الفاتن كلون التبغ القاتم، فكرتُ في أنني أريد أن أعيش في فندق. إنني أفكر في الشيء نفسه دومًا. فالفنادق تجعلني أشعر بأنني حرة. لقد تخيلت مرات عديدة فكرة تحويل الفنادق إلى بيت لي، مثلما كان يفعل كثيرون في أوروبا ما بين الحربين.

فكرت أيضًا في عدد الفنادق التي نمت فيها خلال حياتي. وقدرتُ أن هنالك نساء لم ينمن قطُّ في فندق. أجد صعوبة في فهم توزيع الخبز. لأنه عليَّ أن أضيف أنني نمت في بعض أجمل الفنادق في العالم. أسافر بفضول. بأمل العثور على الصفاء في مكان ما. ربما هذا هو لب المسألة، وإلا ما هو سبب السفر؟ عمري ثلاثة وأربعون عامًا وقليلة هي الأمكنة التي لم أزرها، ربما مدينة سماوية في راجاستان بالهند، أو جمهورية مونتنجرو الجديدة، أو جزيرة الكناجر في أستراليا. ولكنني حتى يوم أمس لم أكن أعلم بأمر وجود هذا المكان في «أتاكاما»، مما يؤكد قصور جرافيتي. وما كان سيروق لي أن أموت من دون أن أعرفه.

كنت أسجل، كل يوم، في هذا الدفتر الصغير، قائمة وجبات الفندق. مثال من العشاء: تارتر السلمون، دجاج بالثوم وكريما محروقة. لماذا كنت أدونها؟ لست أدري، ربما من أجل تأكيد التجربة، كيلا يفلت شيء من بين يدي، كما لو أنه يمكن لما آكله أن يثبتني إلى الأبد في الصحراء.

إنها طريقة في حفظ يوميات الحياة. رحت ألعب بفكرة أنه يمكن لي أن أهجر الحياة التي أعيشها، بما في ذلك «فرناندو»، من دون أن أدري إن كان ذلك تعبًا أم مجرد طريقة لإقرار استقلاليتي وتأكيدها.

لقد كنتُ الشخص الوحيد المقيم بمفرده في الفندق. أحب أن أكون وحيدة. وكان قاسيًا الاعتراف بذلك: إنني أتضايق قليلًا من «فرناندو»، وأتضايق قليلًا من الأطفال.

أجل، أجل لقد قلت ذلك.

* * *

لم أكن قادرة على التوقف عن النظر، كان المشهد يستحوذ عليَّ. الصحراء لا تتخلى عن كونها توراتية. ساعات وأنا أنظر، أنظر وحسب. ولأنني فائضة النشاط، كنت أستغرق في قدرتي على التأمل. حتى العصافير كانت تلفت انتباهي. الجبال وراء الفندق تبدو، في وقت معين، جروحًا هائلة، نازفة، عميقة، كما لو أن أحدهم يحك قشرتها سنة بعد سنة، وفصلًا بعد فصل.

وكذلك الناس. كنت أراقبهم في محاولة لفهم من هم.

حيوات الآخرين تثير فضولي. ولكن المشكلة الحقيقية، على كل حال، هي في الفضول الذي أستثيره **أنا** في الناس. يا لغرابة أن تكون إحدانا مشهورة. لن أنكر أن ذلك يأتي بكثير من المنافع. فإحدانا تفعل ما يحلو لها ويميل الآخرون إلى احترام ما نفعله، كما لو أن الشهرة تمنحكِ التصريح. تُفتح لكِ الأبواب كلها. يدفعون لكِ أكثر مما تستحقين. لا تحتاجين إلى

الاتصال بأحد، يمكنك رؤية الآخرين كما من وراء خمار قاتم، كحسيرة بصر، من دون أن تزعجي نفسك من أجل صفاء الرؤية.

ليس لي مزايا كثيرة غير موهبتي التلفزيونية، ولكنني أتعرف بين تلك المزايا على عدم كوني شديدة الغرور. فعلى الرغم من تقييمي الكبير للنجاح الذي راكمته، إلا أن النتائج لا تصيب عينيَّ بالغشاوة. في الهند اشتريت صندوقًا خشبيًّا كبيرًا جدًّا، مزينًا بترصيعات معدنية من الخارج وبرائحة صندل من الداخل. إنه المكان الذي ستنتهي إليه تذكارات شهرتي المزعومة كلها: صور، مجلات، أشرطة فيديو، أقراص «الدي في دي»، أوسمة، جوائز. تتراكم من دون أن أعيرها أدنى اهتمام. وفجأة خطر لي: لقد صرتُ صورة لا غنى عنها في التلفزيون التشيلي. وانتبهتُ بعد ذلك إلى أن ما يهمني هو السلطة. وكان اكتسابها أكثر بطئًا، وأكثر صعوبة. كل شيء موجود في الصندوق، لعل أبنائي يرغبون ذات يوم في رؤيته. ولكن هذا لن يحدث. فما دام لا يهمني أنا، لماذا سيهتمون هم به؟

عدم فتح هذا الصندوق لا يعني أنني لستُ صارمة في عملي، إنني صارمة، وصارمة جدًّا. أتذكر كل ما كان عليَّ أن أتغلب عليه كي أصل إلى ما وصلت إليه، ابتداء من الرعب المشهدي في البدايات، وقد كان يجعلني أحيض في كل مرة يكون عليَّ فيها أن أظهر على الشاشة ـ مهما كان موعد دورتي الشهرية ـ حتى في «البروفات» وفي ليالي التسجيل الأبدية، أكون مستنفدة، مع شعور بالخوف من ألا أكون جيدة بما يكفي. الفرق بين هاوٍ ومحترف هو أن الأول يفقد هدوءه حين تسوء الأمور،

بينما يحتفظ الآخر بهدوئه. هكذا، أحتفظ بالصرامة. الموهبة هي شهادة مسؤولية، كما يقولون هناك.

من الغريب أن أفضل كلمة تعبِّر عن حياتي هي «النجاح». فالأحزان، والآلام، والقلق، كلها تظل مغطاة بصدأ حروف هذه الكلمة. التشيليون يكرهون نجاح الآخرين، وعلى الرغم من أنهم ينحنون لي احترامًا حين يكونون أمامي، إلا أن كثيرين منهم يمقتونني. نبدو كما لو أن سلسلة الجبال ستسحقنا: نحن ضيقون جدًّا، لا يتسع لنا شريط الأرض الضيق؛ والضيق هو الذي يجعلنا خسيسين، نشعر دومًا بالخوف من السقوط في البحر أو من بقائنا مسمرين إلى الجبل إذا ما أفسحنا مجالًا للآخر.

* * *

في أحد الأيام، وصلت إلى قاعة الطعام لتناول الفطور ووجدت الموائد فارغة، حتى إنهم كانوا قد رفعوا القهوة. لقد جرى تبديل الساعة في تشيلي، أوضحوا لي، والساعة الآن العاشرة والنصف. وكيف سأعرفُ ذلك؟ حتى لو وقع انقلاب عسكري، ربما لن أستطيع أن أعلم به. إلى ذلك الحدِّ بلغ انفصالي عن الأجواء، ولكنني على الرغم من كوني معزولة، كنت أشعر بأنني محمية.

أردت أن أعمل لمجرد أن أتضمخ بما يُحدثه فيَّ العمل دومًا: لا شيء يهمني، إذا سار هذا جيدًا فلا يمكن لأي شيء أن يمسني. هذا كذب بالطبع، ولكنني أعيشه حقًّا على هذا النحو بضع ساعات، وهو ما يُشعرني بالراحة. مثلما تقول «مرجريت أتوود»:

«حين يخرج معي كل شيء على ما يرام، أشعر كما لو أنني عصفور يغرد».

يا لدفاعنا عن أنفسنا بالعمل! ومن دونه، أي خوف من العري نظهر به.

* * *

وبينما أنا مستلقية على كرسي مفتوح بجوار المسابح الستة، واحد من تلك الكراسي الطويلة القاتمة والأنيقة، فكرتُ في التناقض الذي أنا غارقة فيه. قلتُ لنفسي: إنني في تجاوز لحياتي الحالية، للطلبات المتواصلة، للتصنيف، للتفوق الذي عليَّ أن أحافظ عليه كيلا يكدروني، للنجاح، للنقود، لبيت كبير جدًّا، لإمبراطورية حقيقية عليَّ أن أديرها، وحتى لحجم خزانة ملابسي. أريد امتلاك ما هو أقل بين يديَّ. وتذكرت ابني «سيباستيان» الذي حين سمع خطابي هذا ذات يوم في موعد الغداء، قال لي:

ـ أماه، ما ترغبين فيه أنت هو أن تكوني هيبية.

أن أكون هيبية؟ تذكرتُ عندما كنا أنا و«كونسويلو» شابتين، نرتدي ملابس من الهند ونضع أساور في القدمين، ولم يكن معنا بيزو واحد. لقد كنا سعيدتين. أتذكر أنني أرسلت إيميلًا إلى «كونسويلو» أخبرها فيه بعبارة «سيباستيان». وقد ردَّت عليَّ باقتباس من «جيمس جويس»: «بما أننا غير قادرين على تغيير الواقع، فلنغير موضوع الحديث». قلت لها ألا تحاول الظهور كمثقفة، ولكن «فرناندو» وجد أنها محقة تمامًا. وقد قال لي «سيباستيان» حين جئت لأركب الطائرة:

ـ أماه، هل ستغيرين موضوع الحديث في فندق فاخر؟

هيبية أنا؟ أعدتُ النظر إلى أعماق تلك المسابح البديعة الموزعة بين

نباتات الصبار والصخور وتساءلت عما أصبو إليه إن كنت أنتهي أخيرًا إلى أن أكون ملقاة على **هذا** الكرسي، في **هذه** المسابح، في **هذا** الفندق.

لم تكن هنالك نفسٌ واحدة فيما حولي، مما يعطي الانطباع بأنني الكائن البشري الوحيد على امتداد كيلومترات وكيلومترات محيطة. القمر المكتمل يُظهر الجبال، وهي بديعة، فارضًا لمسة من اللاواقعية المطلقة. وكان أن انتبهت حينئذ إلى وجود حيوانين، نزيلين مثلي. رأيتهما وراء حاجز قضبان حديدية، في حيز فسيح يمشيان فيه ويتنزهان. إنهما «لاما» و«جواناكو». ذهبتُ لرؤيتهما عن قرب. إنهما متشابهان، ويمكن لشخص من أراضٍ أخرى أن يظن أنهما من الجنس نفسه. نظرت «اللاما» إليَّ بعينين أشد حزنًا من أي عينين نظرتا إليَّ من قبل. وكان الحاجز الحديدي بيني وبينها يحول من دون أن أتمكن من لمسها. تبادلنا النظر برهة طويلة. خُيِّل إليَّ أنها ستبدأ بالبكاء. ما الذي يُحزن «اللاما» وهي محاطة بكل ذلك الجمال وتلقى العناية والغذاء؟ أم إن ذلك كله ليس كافيًا أبدًا؟

وبينما أنا أنصرفُ، حرك «الجواناكو» رقبته بذرَّة صغيرة من الاستياء. وماذا عني أنا؟ ألستُ وحيدًا أيضًا؟

* * *

ذهبتُ لتناول العشاء في قاعة الطعام، وأحاطت بي ثلاث نساء. منذ أيام وهنَّ ينظرن إليَّ، وقد ألزمن أنفسهن بتركي هادئة، ولكنهن لم يستطعن في نهاية الأمر كبح أنفسهن. لا بد من الشكر على الدوام أن المعجبين موجودون. ولكن ليس وأنا متوارية عن العالم في وسط الصحراء. الشهرة تحولني إلى شخص سريع العطب.

تذكرتُ ذلك الفيلم، «المسبح»، وفيه كانت «شارلوت رامبلينج» كاتبة وكانت تنزل من قطار إذا ما توجه إليها أحد بالكلام أو تعرَّف عليها. كان عليَّ أن أولد إنجليزية وأن أتجرأ على أن أكون عصابية لا تطاق مثلما هي الشخصية التي جسدتها «رامبلينج».

ـ أتراني نسيتُ الغيظ الذي قادني إلى هناك؟

* * *

الصحراء تدعو إلى الانفصال عن زمن الآخرين. إنها مكان من أجل التفريج عن النفس، إفراغ الذات، فقدان المرجعيات والعودة إلى العدم. أظن أنه من ذلك العدم يولد كل إبداع. الفن على سبيل المثال. ألا يقولون إننا نعتمد على الفن كيلا تدمرنا الحقيقة؟ الصحراء هي انعكاس دقيق. لكل شيء. للجميع.

سجلتُ اسمي من أجل إجراء «مساج تاي». كان المُدلِّك صبيًّا جميلًا ومحببًا، يمكن له أن يكون صديقًا لابني «سيباستيان»، هذا ما فكرتُ فيه. وكان «مساجه» حسيًّا، ذكَّرني بإقامتي في تايلاند. وبينما أنا أتنقل وحدي في مركز الاسترخاء من الحر الجاف إلى الرطب إلى ماء الجاكوزي الساخن، قلت لنفسي: هيبية أنا؟

لم أقم بسياحة. كنتُ محاطة بأمكنة بديعة. ليس مهمًّا، سأتعرف على تلك الأمكنة ذات يوم. كنت أرى أفراد المجموعات السياحية يرجعون منهوكين في المساء، حاملين جعبهم على ظهورهم وزمزميات مائهم، ووسائل الحماية من الشمس، ومعاطفهم، وكنت أفكر أنني، بفضل جولاتهم، أستمتع وحدي بالمكان كله. فأنا المجنونة الوحيدة التي لم تشارك في الجولات السياحية.

حين أرى جماعة من الناس، يكون الشيء الوحيد الذي أتطلع إليه هو عدم التعرُّف عليهم. ذلك أن حياتي في «سنتياغو» مترعة جدًّا، وهنالك أشخاص مختلفون في كل ساعة، ولا وجود لحدث لا أُدعى إليه، وعلى الرغم من أنني أختار جيدًا ما أقبله وما أرفضه، إلا أن ما يبقى لديَّ يظل كثيرًا. أضف إلى ذلك أنني لم أُعجب قط بالتجمعات، والكرنفالات، والمهرجانات وكل ذلك الصخب الذي يُفترض أن يكون مرحًا ومبهجًا.

المرة الأخيرة التي كنتُ فيها في «بوينس آيرس» اشتريت الجريدة من أحد الأكشاك ودخلتُ مقهى لقراءتها. وجدت بين صفحاتها ورقة دعائية مفلتة، مربعة الشكل ومن ورق ناصع البياض، وعليها الإعلان التالي: **معالجات نفسيات ـ جامعة بوينس آيرس**، وتحت العنوان القائمة التالية:

رهاب
توتر
اكتئاب
إدمان
مشاكل شخصية
نوبات هلع
علاج أزواج
تقلبات تعليم.

وينتهي الإعلان بأسماءٍ وأرقام هواتف وعناوين. ظللتُ في الحجرة. هل تحول المرض الانفعالي إلى شيء مبتذل؟ وهل الأرجنتينيات أكثر

عصابية منا؟ لا، هن يعترفن بالعصاب، وهذا أمر يختلف كثيرًا. راجعتُ القائمة لأرى تحت أي بند أندرج أنا وانتبهت، بذهول مفاجئ، أنني أتطابق مع ثلاثة بنود منها على الأقل.

في أحد الأيام قررت أن أكسر عادتي وأذهب إلى القرية، وهي تبعد حوالي ثلاثة كيلومترات عن الفندق. إنها قرية «سان بيدرو دي أتاكاما» نفسها التي تظهر بكثرة في الكتيبات السياحية. أبهجني التحدث إلى السائقين، ربما لأنهم الوحيدون الذين لا يعرفونني كما يبدو. فوجئت برؤية تلك الوجوه الجبلية التي لم أرها إلا في «البيرو» أو «بوليفيا»، وسماعهم يتكلمون إسبانيتنا ذات اللكنة.

كل شيء في «سان بيدرو» له لون القهوة، والأبنية منخفضة. بعض العجائز يرقصن على أنغام موسيقى صاخبة في الساحة قبالة البلدية، بتلك الملامح عميقة اللامبالاة أو النائية التي تبديها النساء الشعبيات حين يرقصن. توجهت مباشرة إلى الكنيسة المشهورة التي رأيتها آلاف المرات في الصور. ففي العام ١٥٥٠ وبضع سنوات، احتفل الإسبان بإقامة أول قداس هناك. نحن لسنا معتادين في تشيلي على أبنية تخصنا لها مثل هذا القِدم التاريخي. السقف طيني، وفي منتصف المذبح تمثال للطاهرة، للسيدة العذراء، قبل أن يكون ملاك الرب قد زارها.

مشيتُ باتجاه سوق هائل للمشغولات اليدوية، بحثت بعد ذلك، بحيرة، عن مكان أتناول فيه الغداء. انتهيت إلى مطعم رخيص حيث أكلت لازانيا خضار، وحيث كان الجميع ينظرون إليَّ. لحسن الحظ أن أحدًا لم يقترب للتحدث معي.

عند الخروج من المطعم، تلقيت اتصالًا من «كونسويلو» في «سنتياغو». وكان في ذلك حسن طالع، لأن التغطية ضعيفة في الفندق. وكانت أيام عديدة قد مضت من دون التكلم معها! جلست تحت إحدى الأشجار الكبيرة في الساحة وتبادلنا الحديث كما لو أن كلًّا منا مستلقية على سريرها في غرفة نوم طفولتها. حدثتها عن جمال المكان ومحيطه، فقالت لي:

ـ يا للروعة، اذبلي بتأنق!

كانت الشمس شرسة، محرقة.

* * *

جاءني الإلهام في غرفة الفندق، كما لو أن «سان بيدرو» قد أعادت إليَّ الحيوية فانهمكتُ في العمل. كنت قد وضعت مخططًا مشوقًا، يقوم على فكرة أساسية مبتكرة جدًّا. كانت الكلمات تتدفق، والأفكار تتراكب من تلقاء نفسها.

خرجتُ للقيام بجولة على المسابح. وأخيرًا ظهرت امرأة أخرى وحدها، لم أعد الوحيدة. كانت صينية. أشعرتني وحدتها في بلد بعيد جدًّا عن بلادها بقليل من الأسى.

بدأ الارتفاع يضايقني، فالتنفس متقطع على الدوام وشاق.

* * *

ذات مساء رأيت حيوانات من شرفتي. بينما كنت مستلقية على الفراش، مغمضة العينين، سمعت فجأة ثغاء نعجة. بعد ذلك اثنتان، ثم ثلاث، راحت

تثغو معًا. نهضتُ ورأيت في مواجهتي بقرتين وكثيرًا، كثيرًا جدًّا من الأغنام مع راعيها. ظللت أتأملها وقتًا طويلًا، كل نعجة منها مع صغيرها، جميعها لديها وليد. وباستثناء «اللاما» و«الجواناكو»، كانت تلك هي الحيوانات الوحيدة التي رأيتها.

* * *

أحاول أن أتخيل نفسي من دون «فرناندو». ومع أن الاستقلال يغويني، إلا أن الأمر ينتهي فيَّ بتفوق الرغبة الهائلة في أن أكون حميمة مع أحدهم، الحاجة إلى التحدث إلى شريك متواطئ وسط العدائية. (عالم النجاح هو الأكثر عدائية بين جميع العوالم). واحتمال المشاركة... لا بد من جرأة من أجل الاستغناء عن ذلك. طبق قنافذ يؤكل على انفراد، أتكون له المتعة ذاتها؟ أو لون الأحجار في البتراء، كيف تُرى؟ إذا لم يكن اللجوء إلى القرين، فإلى أين ستصل إحدانا حين يخامرها الشك بنفسها، حين تشعر أن العالم يُصرُّ على الوقوف ضدها؟ إلى من تبوح إحدانا بكل شيء، ابتداء من رصيد الحساب المصرفي وحتى استيائها أحيانًا من أمها نفسها أو من ابنتها بالذات؟ مع من يمكنك الاستماع بصمت إلى «كونشيرتو» لـ«بيتهوفن»؟ لم أكن قد فكرتُ في «فرناندو» باعتباره «هدفي الرمزي»، مثلما تسميه «سيمونا»، ولكنني أعترف كم تحميني صورته في مواجهة العالم. ففي وسطي، إذا لم تتوافر صورة الزوج التي أضعها أمامي، سوف أشعر كما لو أنني ملقاة للأسود وسط مدرج روماني.

الزوج كمكان.

يمكن للزوج أن يكون مقدمة.

أو أن يكون ملحقًا.

* * *

أخبرت «كونسويلو» هاتفيًّا بأنني أسجل كل يوم في دفتري الصغير قوائم الوجبات.

أعيش على حِمية. ليست بالطريقة المناسبة لقول إنني في حمية دائمة. لقد جربت كل أنواعها. المشكلة أن الأكل يفتنني. والحلويات هي أكثر ما يروقني. فالحياة من دون عجينة لا معنى لها، جبن، كيك فاكهة، قطعة جاتوه، أي شيء. ولكن لا سبيل إلى التوفيق بين الشاشة وزيادة الوزن. الظهور العام هو العدو الأول للملذات. مع مرور السنوات تتبدل الملذات. اليوم، أكبر ملذة لي هي الطعام. لقد انتقل الجنس إلى مكانة ثانوية، وهو أمر يحزنني أحيانًا.

لديَّ انطباع بأن العلاقات كلها في يومنا هذا تتحدد تبعًا للجنس. باستثناء علاقاتي أنا. ليس لديَّ وقت حتى للخيانة الزوجية.

* * *

أخشى أن تتخلى إحدانا مع مرور السنوات عن محبة الناس. في مرحلة الشباب، يكون نثر العواطف جزءًا من كون إحدانا شابة، اللعب بالعاطفة مائة في المائة، والتوسع بها إلى اللانهاية. توزعها إحدانا يمينًا وشمالًا، ببراءة ومن دون انتقائية. ومع مرور السنوات، نبدأ بانسجام أكثر رهافة، وتكون النتيجة أن نبقى منفردين جانبًا. في حالتي، صار نظري أكثر ارتيابًا، أكثر تحقيقًا، وصارت هاتان العينان أنفسهما تنظران إلى الآخرين بمزيد من

الريبة. فالأشخاص أكثر حماقة مما يبدو عليهم، وأشد إزعاجًا، بعضهم أكثر عجرفة، وآخرون أكثر حسدًا، الوفاء ليس كاملًا على الإطلاق. التقدم في السن يعني إدراك العيوب بصورة أكبر. يبدأ الناس بإشعاركِ بالضجر. أخشى أن أحب في كل مرة أقل. أفكر أحيانًا في أن هذا هو أحد أسباب عزلة المسنين: يُعتقد بأن المسنين متوحدون لأن لا أحد يحبهم، ربما يكونون متوحدين لأنهم هم أنفسهم لا يحبون أحدًا.

لم أعد أكاد أخوض في محادثة بلا هدف، ليس لديَّ وقت للأحاديث المجانية.

إذا ما وضعت اليوم قائمة بمشاعري الودية، فإنني أشك في أن هذه القائمة ستأخذ بالتقلص مع مرور السنوات.

كانت ليالي الصحراء هي الأكثر صمتًا بين جميع الليالي، إنها بكماء، مثل عباءة صمت ملقاة فوق عباءة أخرى وأخرى ثم أخرى. مثل قطعة حلوى من ذات ألف الرقاقة. لقد عرفتُ الصمت سابقًا، في بيت «كونسويلو» الريفي. فعندما ينتهي النهار، ينتهي معه الصخب أيضًا ويأتي الليل، ليس مع ضجيج وإنما مع صوت. إنه صوت طويل. وكنتُ أقضي ساعات وساعات في حلِّ لغزه: الغناء، العواء، الخوار، التنهد، النباح. خلاصة حنين عظيم. وتضاف إليها الريح أيضًا. صمت الريف الزائف يذكرني بالصحراء. هنالك من يظنون حقًّا أن الليل يصمت، من دون أن تخطر لبالهم الفوضى التي تبدأ مع حلول الظلام.

أشعر أنني مثلهما: مثل «اللاما» و«الجواناكو» الوحيدين.

* * *

عندما تنتهي العاطفة، يضعف الانتباه الداخلي. يا لـ«فرناندو» المسكين! كم مُتعِبٌ له وجود هذه الزوجة التي تقضي حياتها مشغولة. لم أعد أعرف ما الحب؟ إنه يجعلني ألفُّ وأدور ألف مرة ليحط بي في نقطة الانطلاق. فكَّرتُ وأنا في «أتاكاما» أنها ساعة قول الحقيقة لنفسي. وفي الوقت نفسه، بدأ الارتفاع يُشعرني بوجوده أكثر فأكثر. ولكن ذلك غير معقول... فالارتفاع يؤثر عند الوصول إليه، وليس بعد مرور أيام عديدة. الفتاة التي ترتب غرفتي تأتيني بسائل ما، نوع من الشاي يُعدُّ من نبتة غير معروفة. وكانت تتحدث إليَّ أحيانًا. لا أشعر بأني تشيلية ولا أرجنتينية ولا بوليفية ـ هذا ما قالته لي، وأضافت:

ـ أنا «أتاكامية».

أخبرتني أن أباها رأى سجلات الكنيسة في «سان بيدرو»، تلك السجلات التي كان ينظمها الإسبان، وأن سجلات عائلتها ترجع إلى منتصف العام ألف وستمائة. وقالت إن الإسبان كانوا يسجلون كل شيء، كل شيء مسجل، تعميد كل طفل، وكل زواج، وكل موت، وكل زلزال.

يروقني أهالي «أتاكاما» بصورة حاسمة. لا يروقني من يسمون أنفسهم الآن الرابحين. ومن يفشلون بعظمة، هل هم خاسرون؟ أفكر فيمن كانوا شبابًا في أوج القرن العشرين. القرن الملعون! وكيف يحنُّون إلى زمانهم.

بدأ قلبي يلعب معي ألعابًا خبيثة، ضرباته تزداد، وفي بعض الأحيان يختلط ارتفاع المكان بالغمِّ. لم أعد مراهقة، أقول لنفسي، ولجسدي الحق بأن يُستنزف. إنه الانحدار، لا مجال للشك، إنني على حافة البدء بالشيخوخة. وعلى كل حال، ما كنت أشعر به، أكثر من الغمِّ،

هو المالنخوليا. هذه هي التسمية التي كان القدماء يطلقونها على هذا النوع من خمود الهمة، ومن المؤكد أنهم كانوا يشيرون بذلك إلى الاكتئاب العادي في زمننا، ولكن هذه التسمية أكثر استحضارًا للمعنى. مالنخوليا. أعتقد أن «فرويد» كان يربطها بالأحزان الموجهة إلى شخص بعينه وليس إلى نكرة. عندما يبدأ الغروب، أنظر إلى الجبال ويداهمني حزن طويل مثل قطعة قماش حداد بنفسجية.

* * *

«فرناندو» يحبني، ولكنني لم أعد أروق له.

الأزواج الذين يتشاجرون يمارسون، عادة، علاقة جنسية جيدة. وإذا ما فكرنا في الأمر، لا نجده غريبًا، فالشجار والجنس كلاهما يتفرعان عن العاطفة. في حالتي لم يبق سوى الشجار. فحين تنتهي العاطفة، تتبدل المطالب، يتبدل الانتباه الداخلي. لا مزيد من البهرجة التي تمحو كل شيء. لا مزيد من الجنس.

الجنس يشبه الشبكة التي تحمي لاعب الأكروبات. إنها موجودة من أجل كبح السقوط. لو لم تكن الشبكة موجودة، فإنني أعتقد أن لاعب التوازن الأكروباتي لن يكون له وجود أيضًا. ولهذا، كيف ستحتمين إذا ما رُفعت الشبكة لسبب ما؟ يمكنك القيام بحركات الأكروبات التي ترغبين فيها في الأعالي وإحداث حبس أنفاس وخوف وقلق، لأنك تعرفين أن الشبكة تنتظرك وسوف تحتضنك وتكبح الخوف من السقوط. هذا جزء من اللعبة، إنه قانون اللعبة. وذات يوم لا تعود الشبكة موجودة... ولاعب الخفة، أسير عاداته، يُصرُّ على مواصلة لعبة التوازن. يتلمس الفراغ. يُخفض

ارتفاع الحبل لتكون المجازفات أقل. كي يتمكن من السقوط. ويسقط بالطبع. ويمتلئ بالجراح. فليس هناك ما يثبته.

«الليبيدو»، مثلما هي الشبكة، يترصد، يستعد ـ ليس باطمئنان قطُّ ـ مترقبًا. وبين براثنه يتلاشى أي ماضٍ، أية إساءة، أي خوف.

هذا هو مفعول الجنس: إعادة تبييض النحاس. الانفجار، الشجار، الإيماءة الجارحة، وكل ما يمكن حدوثه بين زوجين، لأنهما عاجلًا أو آجلًا سيلوذان بالجنس الذي يَشفي كل الجراح، أو أنه يشكل تظاهرًا بالعقاب. وعندما يختفي الجنس، تظل الجراح ظاهرة، ولا تلتئم.

* * *

كان «فرناندو» مريضًا، مجرد زكام عادي، تركت له وحده حجرتنا وذهبت للنوم بضعة أيام في حجرة «كارولا» التي كانت في إجازة. هذه الحجرة تؤدي إلى ممر في نهايته باب جناحنا الذي له بدوره ممر آخر يؤدي إلى الحجرة المذكورة إياها. كانت الساعة الثانية بعد منتصف الليل، وقد سيطر عليَّ أرق غريب، أتقلب وأتقلب في الفراش من دون أن أتمكن من النوم. عندئذ نهضتُ مفكرة في أنني إذا ما التصقتُ بجسد «فرناندو» فسوف يأتيني النعاس. مشيت حافية عبر الممر المؤدي إلى مخدعنا، وهناك سمعتُ أصواتًا غريبة. توقفت. وعندئذ تعرَّفتُ على الأصوات: زفرات متقطعة، أنين، صرخات خافتة مكتومة. إنه جنس. واصلت التقدم. ومن باب الممر لمحت في الظلام أضواء شاشة التلفاز التي قبالة السرير. ثنائي يمارس الجنس كما في أفلام البورنوجرافيا فقط. ظللتُ واقفة في فراغ الباب، من دون حراك. رأيته كيف يلمس نفسه. رجعت ببطء إلى حجرة

ابنتي بتسرُّع في نبضي. وخلال لحظات تحول الغمُّ إلى تجمد، ثم إلى مادة طرية، لزجة، أناي بالذات ينظر إليَّ، مشمئزًا.

أحسست بأنني مجذومة.

فكرت أيامًا في أن عدم التلميح إلى ذلك المشهد أمام «فرناندو» هو احترام لحميميته. كذب. لقد كان الشعور بالمهانة، ولا شيء سوى المهانة، هو سبب تحفظي.

* * *

في «أتاكاما»، وفي ساعة محددة من المساء، تتحول الرمال إلى تموجات ناعمة كما لو أن الصحراء غديرة شعر غزير. أفكر في إخفاقي في العيش من خلال حركة متناسقة مثلما هي حركة الصحراء.

أو أي حركة أخرى على ألا تكون حركتي.

لقد تحدثنا مع «ناتاشا» عن النرجسية، وليست المسألة أنني أجهل ذلك.

حاولتُ أن أفهم أي جزء مني أخلِّفه تحت أضواء البروجكتورات، وأي ثمن أدفعه. أعيش ألم أنني أحببتُ ولم أحب. صدقوني، لقد عشت الحب وغادرته، لستُ قادرة على تبديله. إنني موهوبة، ذات سلطة، ولكنني لا أستطيع الحب من جديد. أحببتُ ولم أعد أحب.

لقد عرضوا عليَّ العالمية في مهنتي. إذا وافقتُ على هذا العقد الجديد، ولديَّ رغبة كبيرة في الموافقة، سيكون عليَّ أن أعيش في الخارج. وحتى الآن، ما زال «فرناندو» والأبناء غير مستعدين للسفر معي. فحياتهم

وأعمالهم في تشيلي ولا يفكرون في التضحية من أجلي. أسوأ ما في الأمر، وهذا ما لم أقله إلا لـ«ناتاشا»، هو أنني، في أعمق أعماقي، لا أدري حتى إن كان ذلك يهمني.

لقد تحدثتُ عن منافع الشهرة. ولكن الشهرة إدمان. إنها العودة إلى الكواليس ومسح المكياج وعدم التعرُّف على نظرتكِ أو تكشيرة فمك في المرآة لأنك لا تتعرفين على نفسك وتُعجبين بها إلا وأنت تحت الأضواء. إنه الرعب من أن تتجاوزكِ أخرى أفضل منك. إنه التفكير في التصنيف طيلة أربع وعشرين ساعة في اليوم. إنها الدراسة والدراسة والبقاء على اطلاع يومي دائم، ولو أدى ذلك إلى تقليص النوم والمتعة أو حتى إلى غيابهما بالكامل. إنها العمل من دون راحة. إنها الانفصال عن كل شيء كيلا تخرجي من البؤرة ثانية واحدة. إنها قتل من هي إلى جانبك إذا اعترضت طريقك. وأن تكوني قادرة على أن تبيعي حتى أمك نفسها إذا اقتضى الأمر.

هذه هي.

أي تمرين هذا الذي نقوم به يا «ناتاشا»؟ إنني أتساءل عما إذا كنا قادرات على أن نكون جمهور مشاهِدات أنفسنا بالذات. ربما نستغل وجود جمهور مستمعين مختارين كي نختلق قليلًا. أو لنصمت عن أشد ما نمقته. في الحياة الواقعية، قليلة هي الأحاديث التي تستثير اهتمامي، إنني أترك كل هذه القدرة في موقع التصوير. وإذا ما التقيتُ بصديقة، أسألها في أي ساعة تتناول الفطور. أو كم من الوقت تستغرق بين بيتها ومكتب عملها كل صباح. وكم تنفق في السوبرماركت. ولهذا كنت أخبر

«كونسويلو» من الصحراء بما أكلته في ذلك اليوم. هذا مهم: حركات الحياة اليومية الصغيرة.

تحولت الصحراء في نظري إلى سراب. يُفترض أن ذهنًا مترعًا إلى حد الامتلاء يأتي إلى الصحراء للإفراغ. وحين حاولتُ إفراغ ذهني، وقعت في الفخ. خفقات قلبي وعدم انتظامها لم يسببها ارتفاع المكان.

المسألة أنني لا أستطيع التقاط أنفاسي، أوضحت الأمر لـ«فرناندو» هاتفيًّا. فردَّ علي:

ـ ارجعي.

وضعوا لي جهاز أوكسجين كي يتأكدوا من أنني أتنفس بحالة طبيعية إلى حدٍّ ما. غادرتُ من هناك فجرًا. هروب آخر. حتى في الطائرة كان قلبي ينبض أكثر مما يجب. حين وصلتُ إلى «سنتياغو» وفتحت باب بيتي، تشبثت به. وقبل أن أدخل أفلت العنان للبكاء. بكيت وبكيت مثل طفلة. لم تكن هنالك قوة قادرة على فصلي عن باب بيتي ذاك.

* * *

وظللتُ حاليًّا في برجي البلوري، الضوء والشمس في وجهي، بانتظار أن تقول لي الحياة ما عليها أن تقوله. والمهم هو أنها حين تأتي ـ أعني الحياة ـ بحثًا عني، أينما كنت، ستجدني مهزومة.

آنا روسا

العبارة المفضلة لأمي المتوفاة، فليحفظها الرب في ملكوته المقدس، هي أن لها ابنة «سطحية»، وهو ما يعني فضيلة بالنسبة إليها لأن معجمها كان محدودًا جدًّا إلى حدٍّ أتساءل معه من أين حصلت على هذه الكلمة، ولكنها كانت تُفتن بقولها وتنتهز الفرصة وهي تقولها كي تنظر إليَّ بازدراء. لأنه كان يُنظر إليَّ بازدراء على الدوام، ومن الجميع تقريبًا، مما لم يتح لها امتلاك وجهة نظر خاصة. فهي، أعني أمي المسكينة، لم تكن أصيلة في أي شيء، وهذا هو الميراث الذي خلَّفته لي، إلى جانب شيئين آخرين أحمدها عليهما: مثل كلامي الحميد وسلوكي الحسن، فأنا لا أتلفظ أبدًا أبدًا بكلمات بذيئة ـ لا أعرف ولا أستطيع قولها ـ وكذلك حب الرب والخوف منه وشيء آخر آمل أن أتذكره.

* * *

وكي أكون نزيهة ـ وهي صفة أعتز بأنني أتصف بها وأُقدِّرها في الآخرين ـ يجب أن أقول لكنَّ إنه يفزعني فتح فمي لأني لا أظن أن لديَّ كثيرًا مما أقوله، وأتساءل ما الذي كنتُ سأكون عليه لو لم أولد ضمن

أسرة أكثر تدينًا من جميع عائلات ضاحية «لافلوريدا»، في بيت ملاصق لبيوت أخرى، حيث يمكن لما يحدث أن يسمعه الجيران كلهم، وحيث يُعتقد أن ترديد صلاة كل يوم واحترام الكبار يُكسب الخلاص الخاص وخلاص العالم، وهو ما يصل في النهاية إلى التأكيد بأن أمي محقة: إنني سطحية بالمطلق.

لقد علموني على الدوام احترام الآخر، وقد ترسخ ذلك عميقًا فيَّ إلى حدٍّ أثق معه في أحيان كثيرة بما هو مكتسب أكثر من ثقتي بانعكاساتي اللاإرادية. هنالك أشخاص يقولون لي إنني أعيش في القرن الماضي، ولستُ أتكلم عن القرن الذي انتهى للتو وإنما عن السابق له، ويبدو أن ذلك عيب لا يُغتفر، أما فيما يتعلق بي، فالعالم كبير عليَّ، وهو ما يدفعني في العمق للمواصلة قُدمًا كعابرة: هذا المكان ليس للهيابين. وأتساءل بكل صراحة عن سبب دعوة «ناتاشا» لي اليوم، لأنني حين سمعتُ ورأيت كل واحدة منكن فكرتُ: هنا توجد مترفات «ناتاشا»، وقلت لنفسي في إحدى اللحظات: آي يا «آنا روسا»، أنت واحدة منهن.

* * *

سأبدأ من البداية: أنا «آنا روسا».

عمري ثلاثون عامًا.

أعيش في الجهة الجنوبية من «لافلوريدا»، في بيت أبويَّ نفسه الملاصق لبيوت أخرى ـ البيت الذي ورثناه مع الرهن المدفوع ـ ويعيش معي أخي الأصغر الذي أعنى به منذ أن قرر الرب أخذهما، أعني أبويَّ، وقد غادرا

معًا وهما يستمتعان الآن بالحضور الإلهي في مكان أكثر لطفًا من هذه الأرض، سواء أكان يدعى سماء أم حياة أبدية أم أي تسمية تشأن.

درست في أقرب مدرسة إلى بيتي، وبعد ذلك، لأنني لم أحصل على درجات تتيح لي متابعة الجامعة، دخلت المعهد المهني لدراسة الإعلان والترويج، وهذا يعادل عدم دراسة أي شيء. تبدو حياتي كأنها خارجة من قالب برتستانتي أكثر مما هو كاثوليكي، كل شيء كان محض شغل، محض انضباط، محض كراهية للمتعة، محض انتظار للحياة الأخرى كي أكون سعيدة، لأن السعادة لا وجود لها بين البشر وإنما إلى جانب الملائكة والأرواح المتميزة في عالم الغيب. لم أتزوج ولا أظن أنني قادرة على عمل ذلك أبدًا لأنه ليس لديَّ ميل كبير إلى هذا النمط من الحب، إضافة إلى أنني، كما ترين، قليلة الجاذبية. لا وجود فيَّ لكثير من أجل الظهور أو لاجتذاب الجنس المقابل، كما أنني لا أتقن فن اللبس، فلا مخيلة لديَّ ولا نقود، ولهذا لديَّ أربع بدلات، هذا هو كل ما أملكه، أبدل واحدة منها كل يوم من أيام الأسبوع، واحدة زرقاء، والثانية رمادية غامقة، والأخريان بلون القهوة وخشنتان، وقد اشتريت لكل منها بلوزة من اللون نفسه، أي أنني لستُ مضطرة إلى التفكير كل صباح فيما عليَّ أن ألبسه لأن ذلك يصيبني بالغم. إنني أعرف ما سألبسه عن ظهر قلب، وهكذا لا أضيع الوقت لأنه لا يتوافر لي أبدًا ما يكفي من الدقائق قبل أن أخرج طيرانًا لأركب الحافلة ثم المترو بعد أن أجهز لأخي وأتأكد من أنه قد استيقظ وتناول فطوره واستحم، لأنني متأكدة من أني إذا لم ألاحقه سيبقى نائمًا وسيظل طيلة اليوم يلعب أمام الشاشة بدل أن يذهب إلى الدروس. كنت مستعدة لأن

أقدم نصف عمري مقابل أن تكون لي عينان جميلتان. عينا الفأرة، هكذا كان يسميني جدي. فالعينان هما كل شيء في نهاية المطاف، أي جمال أو سعادة يتولدان منهما، والمرات الوحيدة التي تذمرتُ فيها من الرب كانت لأنه أعطاني هاتين العينين التافهتين والمحاطتين برموش غير مرئية تقريبًا، كما أنهما صغيرتان وبنيتان مثلما هي عيون جميع مواطنيَّ تقريبًا. إنني أبحث في الشارع عن عيون جميلة، والحقيقة أنني لا أجدها دائمًا، أجلس قليلًا على أحد مقاعد شارع «أهومادا» لأنظر إلى عيون النسوة ولأتخيل كيف يعشن وما يفكرن فيه وماذا يهمهن وما الذي لا يبالين به. يذهلني اختيارهن على الدوام مقاسًا أصغر عندما لا يتوافر في التصفية مقاسهن المضبوط، لا يخترن أبدًا مقاسًا أكبر قليلًا، ويمضين جميعهن محشورات وتبرز دومًا فتائل شحومهن، وعندما صار إظهار الوركين موضة شائعة، صرن جميعهن يمضين بمؤخرات مكشوفة، سواء أكانت الموضة تناسبهن أم لا، ولكنني أبذل جهودي لممارسة التسامح.

* * *

أعمل سكرتيرة في مخزن كبير في وسط المدينة حيث تقدمتُ حين قرأت في الجريدة أنهم بحاجة إلى بائعات. وبدلًا من ذلك، تحدثتُ إلى المشرف في المقابلة عن خجلي وعدم قدرتي على الجدال مع الزبائن، ولكنني أخبرته بجودة كتابتي ـ وهذه ميزة هائلة بين أبناء جيلي الذين لا يعرفون الكتابة ولا التحرير، ويأكلون حرف الهاء وعلامات التشديد، والفواصل وإشارات التعجب أو الاستفهام ويستخدمون الأدوات بصورة غير صحيحة، إذا تذكروا استخدامها ـ وطلبت منحي فرصة لممارسة أعمال

سكرتارية، مما فاجأ السيد المعني لأن أحدًا لا يتقدم إلى عمل كي يطلب عملًا آخر. وأخيرًا عمل هذا الأمر لصالحي، ومع أنه كان لديَّ من عزة النفس ما يمنعني من أن أوضح له مدى حاجتي الملحة إلى كسب لقمة العيش، وأن مسألة تعليم مواطن مستقبلي يعتمد تمامًا على قدراتي، إلا أن الرجل أدرك لهفتي ووعد بالاتصال بي فور توافر شاغر في هذا النوع من العمل، وهذا ما حدث. واستقر بي المطاف بعد شهرين في مكتب بالطابق الرابع وأمامي جهاز كمبيوتر، وذلك منذ خمس سنوات، حين لم يكن مترو عبر «سنتياغو» قد وجد بعد وكانت الحياة أكثر راحة بكثير. فقد صار عليَّ اليوم أن أذهب كل صباح في الحافلة لأقترب من المترو، وأصعد في الخط الخامس ـ الأزرق ـ وأستبدل الخط في محطة «بيثنته بالديس» كي أصل في الخط الرابع حتى محطة «باكيدانو»، وأُجري هناك استبدالًا ثالثًا فآخذ الخط الأول كي أصل إلى محطة جامعة تشيلي. ولكنني لا أريد أن أشكو (وبخاصة في ظل البطالة المنتشرة في أيام الأزمة هذه)، أشعر أنني أتمتع بامتياز امتلاكي وظيفة، وحين يحشرونني كثيرًا كثيرًا في المترو أقدم إلى الرب هذه المعاناة كل صباح وأصل بأقل قدر من التأخير وأمحو من ذهني موضوع النقل في هذه المدينة حتى المساء، الموعد الذي أعود فيه لأفعل الشيء نفسه في ساعة الذروة، والشيء الوحيد الذي يشغل ذهني هو التفكير إلى أية خطايا ـ وأعني إلى من ـ أعزو هذه الرحلة بالتحديد، وأتناوب في ذلك بحسب ما شاهدته في التلفزيون، قد تكون خطايا الشيشان أو الإيرانيين أو الأمريكيين حين بدؤوا الحرب على العراق، وفي أحيان غير قليلة أُحَمِّل ذلك لتشيليين مختلفين ممن راحت تُنتزع منهم نعمة الله وأظن أن استعادتها مسألة محتومة. هذا كله

يمتع «ناتاشا»، فتسألني أحيانًا عند وصولي إلى العيادة، إلى من كرست معاناة اليوم أو الأسبوع فأروي لها كل شيء بكل تفاصيله.

أعود للحديث عن عملي، الناس المحيطون بي لطفاء جدًّا. رئيسي في العمل محب لإصدار الأوامر، يقول عبارات غريبة بينما هو يجول بيننا نحن الكتبة: «النقود تفيض عن الحاجة، الحياة تنقص»، «لا تقلق، انشغل» وعبارات من هذا القبيل، ولا يُصدر أبدًا أي أمر إلا ويرفقه **بعبارة موحية**، ولا تكون إيحاءاته تعليمات وإنما **إشارات**، ولكنه في النهاية يأمر كمجنون وإذا ما باغَتكِ تضيعين الوقت يوجه إليكِ نظرة (واحدة من نظراته تلك التي تُقصي الآخر عن كل ما هو معروف)، ولكنه في نهاية المطاف شخص طيب، وأنا، من دون أن أكون متملقة، أنصاع في كل شيء، وهكذا أحافظ على وظيفتي ولا أفتقد لقمة عيشي وأشعر بأنني ظافرة في نهاية كل شهر حين أتلقى شيك أجري.

* * *

أبي هو من علمني القراءة والكتابة جيدًا لأنه كان أستاذ مدرسة ابتدائية لديه ميزات تربوية كبيرة، وعلى الرغم من أننا عشنا على الدوام حياة متواضعة، إلا أنه خلَّف لنا ميراثًا ـ فضلًا عن البيت المدفوع الثمن ـ كتاب الهجاء وقراءة بعض الكتب (وعلى الرغم من ضآلة الاهتمام الذي كنا نبديه في البدء فقد عرفنا فيما بعد، أختي وأنا، كيف نقدِّر ذلك) وحين أكملنا كلتانا الثانية عشرة من العمر، أهدى إلينا نسخة من معجم الأكاديمية الإسبانية للغة في مجلدين وبغلاف قاس، وما زلتُ أحتفظ به كشيء مقدس إلى جانب الكتاب المقدس. قررت أن أخصص له خمس عشرة دقيقة

كل يوم، ولأنني عنيدة ومنضبطة ما زلت أفعل ذلك حتى اليوم (وبهذه الطريقة أتجنب أن تكون الكلمة المركزية في مفرداتي هي «يا رجل» مثلما هي حال ثلاثة أرباع أهل هذه البلاد، فضلًا عن كلماتهم الأخرى المكررة بمبالغة) وهو يساعدني كذلك في عدم الشعور بأنني بلهاء من كثرة مشاهدة التلفزيون وكل ما فيه من برامج، لأنني حين أصل متعبة في المساء وأدخل إلى البيت أشعل التلفزيون ويظل شغالًا حتى الليل. وبعد أن أحضر الطعام ويكون أخي قد ذهب إلى الفراش، يروق لي متابعة برامج التلفزيون الوطني ـ ليس لديَّ اشتراك كابل ولا أحلم بذلك لأني أستمتع بمشاهدة برنامج تلفزيون واقع تشيلي أكثر من استمتاعي بمشاهدة فيلم ـ لقد تحوَّلت إلى خبيرة في صناعة الاستعراض: أعرف كل شيء، من يرافق من، وشجار البعض مع آخرين، وأسماء الموديلات، وباختصار، أعرف كل شيء، وبهذه الطريقة أسترخي، ولكن هذا كله لا يتم دائمًا إلا بعد الخمس عشرة دقيقة مع المعجم. يوم أمس على سبيل المثال عكفت على الكلمة الرئيسية في حياتي «سطحي: صفة. قليل أو عديم الجوهر». وبما أنني ظللت من دون فهم، تحوَّلت إلى كلمة «جوهر» فكان شرحها طويلًا جدًّا مما اضطرني إلى تمديد الخمس عشرة دقيقة وفكرت أن الأمر يستحق عناء حفظها عن ظهر قلب: «اسم. أي شيء يمكن أن يُزاد به أو أن يُغذي ومن دونه ينتهي...». بدلت كلمات مفككة إلى حد ما ولم أعرف كيف أفسرها بطريقة تُعجب أمي المسكينة المتوفاة بها.

* * *

في إحدى المرات سمعت حكاية أعجبتني كثيرًا وتشبثت بها مفكرة

في أنه يمكن لقصص الكتب أن تخرج فجأة من الصفحات وتتحول إلى قصص حقيقية. تلك القصة كانت تجري في مكان من الماضي، ويمكن أن يكون في الهند أو شيء من هذا القبيل، وكانت عادة ذلك الشعب أن يعرض العريس أمام الملأ، حين يتزوج شخصان، ملاءة الفراش ملطخة بالدم بعد ليلة الزفاف كي يُثبت بذلك عذرية الزوجة الجديدة. أعرفُ أن هذه العادة ليست بالأمر الجديد، وقد سمعنا عنها كثيرًا، ولكن هذه القصة تقوم على أن العروس لم تكن عذراء، وحين يعلم العريس بذلك في تلك الليلة بالذات ويرى أنها لم تنزف، لم يعمد فقط إلى **عدم** رفضها ولا إلى التعرض لها، بل إنه لم يوجه إليها أي سؤال، وتناول سكينًا كانت موجودة في طبق الفاكهة الذي بجانب السرير وأحدث جرحًا في يده وسكب ذلك الدم ـ دمه بالذات ـ على ملاءة السرير كي يعرضها على أهالي القرية. هذه القصة أعجبتني كثيرًا وتساءلت إن كان هنالك واحد بين جميع الرجال الذين يعملون معي أو من يقفون عند ناصية الساحة قرب بيتي لسماع موسيقى بأعلى صوت وتدخين الماريجوانا ـ واحدٌ فقط ـ لديه مثل ذلك النبل، على الرغم من أن أحدًا لم يعد يقيم أي وزن للعذرية في هذه الأيام.

* * *

حتى الثامنة من عمري كنت سعيدة جدًّا. والشخصية التي كانت تمنحني أكبر قدر من السعادة هي شخصية جدي لأمي الذي عاش معنا دائمًا. فقد ترمل وهو أقرب إلى الشباب، ولهذا لم أتعرف على جدتي التي يقولون إنها كانت امرأة عظيمة وتوقف قلبها عن الخفقان ذات يوم من دون أي إنذار مسبق بينما كانت تخبز قالب حلوى من أجل حفلة عيد ميلاد أمي،

ويقال إن أمي صارت منذ ذلك اليوم شرسة بعض الشيء (هذا على الأقل ما يظنه أبي). وأعود إلى جدتي، فهي لم تكن مقامرة روسية بأثواب من الأورجنزا، ولم تكن تنام على الأرض إلى جانب سرير بطل حرب في فلسطين، بل كانت مجرد إنسانة فانية وبلا حياة مسلية تستحق أن تُروى. انكبت على رعاية أبنائها وزوجها، لم تعمل قطُّ خارج البيت وقد سمعتُ أنها كانت «باردة»، هكذا سماها ذات يوم جدي، في يوم زلَّ فيه لسانه، وعندئذ أدركتُ لماذا كانت أمي تتذكر أن جدي كان يخرج في الليل فقط مع أصدقائه قبل أن يترمل، وأن اللهو كان جزءًا من حياته ولم يكن هناك من يرى قبحًا في ذلك لأن الرجال كانوا آنذاك غير أوفياء من حيث المبدأ، وأن النساء في أعماق أعماقهن كن يتصرفن كمتواطئات معهم. يبدو لي من غير الملائم محاولة تخيل حياة جديَّ الجنسية ولكن اضطراري إلى ذلك يجعلني أظن أن جدتي، مثلما هي حالي - ولهذا السبب آتي على ذكره - لم يكن يروقها الجنس. فكان الجد يبحث في أمكنة أخرى، مثل أي رجل يحترم نفسه. ويبدو أن الأمر لم يكن حالة غير معهودة، أعني كره النساء للجنس، إذ لم يكن هنالك في ذلك الحين مجلات تتناول الموضوع ولا نفسيون يعتبرونه نوعًا من المرض، ولا أحد يتدخل، وما دام الجنس مجرد واجب، فإنه يمارس كواجب ونقطة على السطر، ولكن عسى أن يكون بأقل قدر ممكن ووداعًا. أعود إلى جدي، لَقد كان ضوء طفولتي. كان أبواي يعملان بقسوة، مثلما قلت من قبل، أبي يعمل في المدرسة التي تلقيت فيها التعليم الأساسي، وأمي تعمل في البلدية: كانت موظفة بلدية طيلة حياتها ولم تتخلف عن عملها قطُّ. كانت البلدية حياتها وقد تدبرت الأمور على الدوام، في البدء مع العسكريين وبعد ذلك مع العُمَد

المنتخبين، ولو لم يأخذها الرب إلى ملكوته المقدس لكانت قد تقاعدت على أي حال. كانت تخرج باكرًا في الصباح وترجع بعد الساعة السادسة مساء، وكان علينا نحن ابنتيها، أنا الكبرى وأختي التي تليني (وهي متزوجة الآن)، أن نتدبر أمورنا وحدنا، وكان الجد - المتقاعد آنذاك من سكك الحديد الحكومية - هو الشخص الوحيد الموجود دائمًا في البيت، ولهذا أقول إنه كان ضوء طفولتي لأنني كنت أرجع من المدرسة ويتولى هو مساعدتي في كتابة واجباتي ثم يُخرجني بعد ذلك للتنزه ويشتري لي مثلجات ويعرفني على أصدقائه في الحي، وجميعهم بطالون مثله، وكان يصلي معي كل ليلة لأنني بهجته ويرى نفسه فيَّ. علمني تطيير الطائرات الورقية وصنع زوارق من ورق والرسم بالرياش في حين كان أخواي لا يستخدمان سوى الأقلام الملونة، وكان يعرف رواية حكايات مسلية وطويلة، وهو من كان ينومني في الليل وليس أمي، وكنت أفضِّله لأن حكاياته أفضل وصبره أكبر، ولم يكن أبي يهتم بعيش حماه معه، بل على العكس، أظن أن ذلك كان يروقه لأنهما كانا على توافق تام، يلعبان الورق معًا ويتحدثان عن كرة القدم ويشربان البيرة ولهما الذوق نفسه في الطعام وفي كل مرة تطبخ فيها أمي لحم البقر مع السجق والرز، أو المقادم مع البصل والفلفل، كانا يُطريان على الطعام كثيرًا.

ومع أن جدي لم يكن لديه عمل آنذاك، إلا أنه كان يستيقظ باكرًا كل يوم وينتظر للدخول إلى الحمام، لأنه الشخص الوحيد غير المتعجل، ثم يرش بودرة «تالك» مثل الأطفال ويرتدي ملابسه مع ربطة العنق وبدلة قديمة رمادية من أزمنته وهو موظف في سكة الحديد، ومعها قميص أبيض

يستبدله كل ثلاثة أيام، وفي أيام الآحاد يرتدي بدلته الزرقاء كي يذهب إلى القداس (هذه البدلة يحتفظ بها لحضور القداس فقط ولمناسبات الزفاف والمآتم والتعميد)، وهذا يجعلني أتساءل في أي لحظة اختفت من الاستخدام بدلات يوم الأحد، واستبدلت بالبنطلونات المنفوخة وبالجينز، أو مباشرة ببنطال «الشورت» الذي يبدو قبيحًا على الجميع بسيقانهم القصيرة وربلاتهم الممتلئة. لم يعد يُرى الآن أحدٌ ببدلة في القداس، والبنطلونات المنفوخة تبدو فظيعة، وليس هنالك رجل يبدو لائقًا بها باستثناء «بيلجريني». أعود إلى طفولتي، لستُ أدري لماذا كان جدي يضع ربطة عنق مباشرة ولا ما الذي كان يفعله في الصباح، لأني أكون في المدرسة ولا أراه، ولكنه كان يتناول الغداء كل يوم معنا، يُسخن لنا الطعام الذي تحضِّره أمي في الليلة السابقة ويستلقي بعد ذلك لينام قيلولة (لم يكن يتجاوز القيلولة أبدًا). وكنت ألتصق به كي أشعر بالدفء والمحبة.

على الرغم من صغر بيتنا إلا أنه كان فخر أبويَّ لأنه ملك خاص، تم الحصول عليه بفضل مساعدة للمعلمين، وكانت الأقساط هي أكثر دفعة مقدسة من المبالغ الأخرى التي تُدفع كل شهر، فكل شيء آخر يمكن أن يؤجل ويظل دَينًا (فواتير النور أو الغاز أو الماء أو المتجر) أما أقساط البيت فمن غير الممكن تأجيلها، وقد تعلمتُ منذ الصغر تقدير الجهد الذي يقف وراء «بيت الملكية الخاصة»، ولا سيما إذا كانت في البيت حجرتا نوم. وقد كان ذلك جيدًا إلى أن ولد أخي، ما شكل نوعًا من العقبة لأبويَّ، وأظن أنهما لم يخططا له، لأنه ولد بعد اثني عشر عامًا من ولادتي وأحد عشر عامًا من ولادة أختي، أي أن الحياة كانت منتظمة وفجأة، «هوب»، يأتي

عضو آخر إلى الأسرة وليس هنالك متسع له. ولهذا ظل ينام وقتًا طويلًا في السرير نفسه مع جدي لأنه لم يكن ثمة متسع لوضع سرير إضافي، وكانت غرفة المعيشة ضيقة إلى حدٍّ لا تتسع معه لصوفا تنفع كسرير، وقد ماتت أمي من دون أن تقترف ـ على حدِّ قولها ـ إساءة ترك أبيها من دون حجرة نوم. أما حجرة النوم الثانية فهي للأبوين، إلى أن استنفد أبي إمكانية القبول بالنوم معي ومع أختي في الحجرة نفسها ونقلنا للنوم مع الجد. الجد على سرير وأنا وأختي على السرير الآخر، ولكنني اليوم، حين أنظر إلى الوراء، أظن أنه لم يكن ثمة فرق بالمكان الذي ننام فيه لأن الجدران تبدو كأنها من ورق، وكل شيء يُسمع من خلالها، وكل شخير من أبي كنت أسمعه وأنا في فراشي، وأظن أن علاقة الزواج ظلت تعمل لأن نومنا أنا وأختي كان ثقيلًا باعتبارنا كنا طفلتين سليمتين ومتعافيتين. كنا ننام باستغراق كأننا جذعين، أو أننا، حسب التعبير الذي كانت تستخدمه أمي، كنا ننام نوم العادلين.

أهم ما في البيت هي الفترينة التي في غرفة المعيشة (كانت أمي ترى نفسها فيها) و«ناتاشا» تضحك في كل مرة أصفها لها وأحدثها بالتفصيل عن الفترينة الممتلئة بتماثيل صغيرة: ملائكة، قطط، رعاة أو مهرجون من الخزف أو القيشاني الملون. وأنا أفكر اليوم، كلما نظفتها، في مغزى تكاثر تلك الأشياء غير الضرورية وأي وظيفة تؤديها ويخامرني الشك في أنها لا تنفع إلا في إخفاء تفاهتنا، وأظن أنني سألقي بها كلها إلى الأرض ذات يوم وأكسرها واحدة واحدة لأني حين أشعر أنني بلهاء تخطر ببالي تلك الأشكال، من دون أن أدري السبب. وباعتبار أننا أسرة مؤمنة، فقد كانت

هنالك عناية بالطبع بالحماة الدينيين. لدينا من كل شيء: مصلوبون، رسوم للعذراء المقدسة، لوحات لقديسين مختلفين، بعضها من الصفيح الناتئ، وعند مدخل البيت يستقبلك القلب المقدس، يسوع بقلبه النازف الممزق، لم أفهم هذه الصورة قطُّ فهمًا كاملًا، ومن عادتي التذكر عدة مرات في اليوم كم تعذب هو من أجلنا. هنالك منضدتان صغيرتان - على جانبي الكنبة الوحيدة في غرفة المعيشة - وكلتاهما مترعة بتماثيل صغيرة أو «منحوتات» كما كانت تحب أمي تسميتها، منها على سبيل المثال: صليب لحظة موته، وأخرى وهو يباركُ على جبل الزيتون، والجبل هو مرتفع صغير من الجبس تقشر طلاؤه ذات مرة وغضبت أمي فالتقطتُ الألوان التي أستخدمها في المدرسة ولوَّنت الأجزاء المقشرة بالأخضر والبني فلم تعد تُلحظ، ومنذ ذلك اليوم كلما سمعت حديثًا عن القدس، أفكر باللونين البني والأخضر في جبل الزيتون. كانت تروقني أكثر تماثيل العذراء لأنها مختلفة جدًّا فيما بينها، فتفكر إحدانا في أنها كانت الشخصية نفسها في نهاية المطاف، فكيف يمكن أن توجد كل تلك الأعداد المختلفة من العذراوات: عذراء «الكارمن»، وعذراء «الورد»، وعذراء «فاطمة»، وعذراء «لوجان»، وجميع العذراوات ينظرن إلينا في أشغالنا اليومية وأفكر في أننا نعيش تحت حمايتهن ولا يمكن لأي سوء أن يصيبنا. الشيء الوحيد الذي لم يكن يروقني في تلك التشكيلة من الأشكال المقدسة هو تنظيفها، وحين يكون دوري في عمل ذلك كنت أبذل جهدي - افعلي ذلك بحب يا صغيرتي، **بحب**، مفهوم؟ تقول لي أمي - وقد علموني أن أنظفها بخرقة مبللة كي تدخل في كل طية من طيات عباءة السيدة العذراء وبين أصابع يسوع، بحيث لا يبقى شيء من الوساخة محشورًا في الأمكنة الضيقة،

وهذا أمر صعب لأن «سنتياغو» مدينة مغبرة، كل شيء يمتلئ بالغبار، ومن يدري السبب، وإنني أتساءل كيف هي المدن الأخرى، تلك التي لا غبار فيها وحيث لا يجب على إحدانا أن تعيش وهي تحمل خرقة التنظيف في يدها على الدوام.

* * *

حتى بلوغ السنة الثامنة من العمر كانت لي ولأختي - «أليسيا» - مواعيد الدوام نفسها في المدرسة. نذهب ونرجع معًا، ولأن المدرسة عند الناصية فقد اعتدنا منذ الصغر على المشي إحدانا بجانب الأخرى في الذهاب والإياب. حدث شيء في تلك السنة وقرروا إضافة تعديل إلى صف أختي وصارت تصل إلى البيت بعدي. كنت آنذاك أعود قبل «أليسيا» وكان الجد ينتظرني ويقول لي إنني كلي له ولدينا وقت طويل لنفعل أشياء قبل أن تأتي «أليسيا».

أكملت السنة الثامنة من عمري. وظل ذلك اليوم في ذهني كواحد من آخر الأيام اللامعة، اللامعة جدًّا، مثلما يمكن أن تكون أيام الطفولة، لأن الغيوم لا تُرى ولا تُحدس، فما هو موجود على حاله وكل شيء كان صافيًا في ذلك الأول من مارس، منذ قرون وقرون مضت، حين رجعت من المدرسة رأيت قالب الحلوى على المنضدة، والبرتقال مع هلام ملون وبسكويت البرشام وشرائح خبز عليها قطع بيض مسلوق، وخالاتي وأبناء العمومة. لست أدري لماذا أبدوا كل ذلك الاهتمام بي ولكن الاحتفال (على الرغم من تصادفه في يوم عادي من الأسبوع) كان مجيدًا وما زلت أتذكر حتى يومنا هذا كل الهدايا التي قدموها إليَّ. وأفضلها وأكثرها

أهمية كانت هدية الجد، ولست أدري من أين جاء بالنقود، ولكنه جاءني ببيت «باربي»، أقصى ما يمكن الحلم به في ذلك الزمان: بيت وردي من البلاستيك فيه غرف وأسرَّة، وكله من أجل «باربي»، وقد كانت تلك ـ ولا حاجة بي إلى قول ذلك ـ لعبتي المفضلة. (ما زلت أحتفظ بها، وحتى الآن ـ وقد صار هنالك سرير عريض لي وحدي ـ أضعها على رأس السرير، وإن كان عليَّ رفعها كل ليلة وإعادة وضعها في الصباح). طلبت مني أمي أن أحمد الله وأصلي صلاة «يا قديسة مريم» قبل أن أفتحها. راح الكبار يشربون البيرة و«البونتشو»، لأن هنالك على الدوام نبيذًا أحمر مع دراق في أعياد الميلاد وكذلك «نابيجادو»، وهو نبيذ ساخن مع قشور برتقال وقرفة. وبينما نحن الصغار نلعب ببيت «باربي»، ترنم أبي وجدي قليلًا وعندما غادر الآخرون جميعًا واصلا الحفلة بحماسة وشربا وتمازحا، وأبدت أمي ملامح عدم الرضا التي نعرفها جيدًا. وقد ذهب كلاهما للنوم في وقت متأخر، وكنا أنا و«أليسيا» نائمتين حين دخل الجد إلى الحجرة وأيقظني أنا فقط، تعالي يا صاحبة عيد الميلاد، قال لي وأخرجني من السرير كي أنام معه، مثلما نفعل كل يوم في ساعة القيلولة، ولكن في الليل هذه المرة. كان يريد مواصلة الحفلة.

كان بيت «باربي»ورديًا وقاسيًا.

* * *

لقد قدَّر لي الرب أمورًا كثيرة لا يمكن فهمها. لستُ أتذمر، ولكنني أتساءل في بعض الأحيان لماذا رمى نرده على كاهل هذه الروح الخفيفة والمتواضعة التي دارت كثيرًا حول نفسها، مثل كلمة أضاعت حروفها،

وأنا أعرف لماذا لم يرمِ نرده على «أليسيا»، وكيف لن أعرف ذلك ما دمتُ أنا من حميتُ «أليسيا». لقد كانت أصغر مني بسنة واحدة فقط، ولكنني قررتُ في جزء من دماغي الصغير أنني أنا الوحيدة القادرة على رعاية «أليسيا»، ولم يعاقبني الرب على غروري ذاك لأن «أليسيا» اليوم سعيدة وقد تزوجت مثل الجميع ولديها طفلان وهي تعيش حياة عادية، فبعد موت والديَّ تخلصتْ من ذلك الشيء البالي الذي فينا جميعنا وانطلقت لتكون هي نفسها، وما زالت اليوم كاثوليكية يحبها الرب وتلتزم بكل وصية من وصاياه، ما يجعلني أفكر في أنه ليس إجباريًّا أن تكون إحدانا شديدة التكلف مثلما كانت أمي كي يحبها الرب. لقد كنتُ أشعر على الدوام أن الرب لا يدنو مني مثلما يدنو من بقية الناس، أو من بقية أفراد أسرتي على الأقل، وهذا يجعلني أتساءل عن السبب، والسبب يعيدني مجددًا إلى نفسي بالذات: هنالك شيء قذر فيَّ يُفزع الرب. وحتى لو كان الرب معتادًا على أشكال الفزع هنا على الأرض، إلا أنه يتخذ شيئًا من النأي، لا بد أنه لا يشعر حتى بمجرد الفضول تجاهي. وفي بعض الأحيان أفكر في أن من كُلِّفَ بقضيتي هناك في السماء قد أضرب عن العمل وترك القضية مهملة.

في المدرسة كانوا يسخرون قليلًا مني، لم تكن سخرية مهينة ولكن زميلاتي لم يكن يفهمن عدم تقربي من الرجال مثلما يفعلن، وبعضهن كن كثيرات وكثيرات الإقدام حتى إن هناك من حبلن في صفي، وكن يتحدثن عن القبلات باللسان حين كنا فتيات صغيرات، فكنت أقول لهن إن الرب سيعاقبهن. فيمتن من الضحك، كما لو الخوف من الرب تقليعة قديمة وقديمة جدًّا لا علاقة لهن بها حتى في المزاح. لم تكن لي قطُّ صديقات

حميمات، ربما كان لي بعضهن في الطفولة المبكرة، ولكن ليس بعد ذلك، لأني حتى يومنا هذا ما زلت لا أجد للأمر أي معنى، وأؤمن بالحياء والتحفظ وأتساءل لماذا هنالك أشخاص يحتاجون إلى الظهور عراة أمام آخرين في حين أن الحقيقة الوحيدة هي أن كل كائن بشري يشكل جزيرة صغيرة. حتى لو مدَّ جسورًا وجسورًا سيظل جزيرة على الدوام وكل ما سوى ذلك كذب.

* * *

أكملت آنذاك الثامنة من العمر، وفي الليل بدأت أتكور على نفسي، ومن يوم لآخر صارت يداي تتحولان إلى كائنين حيين مستقلين عني وتتشبث إحداهما بالأخرى من دون توقف وتفركها ولا ترتاحان أبدًا، وقد امتلأتا ببقع حمراء خشنة وقبيحة، وتؤلمني. بدأت الحياة تتبدل وقلتُ لنفسي إن هذا هو ما يريده الرب مني وإن واجبي الأساسي هو منح السعادة لجدي، فقد كنت مدينة له بكثير إلى حدٍّ أنني أفعل ما يطلبه. وذات يوم خطر لي مع ذلك أن أشكو لأمي. فنظرتْ إليَّ بوجه قاس وكان تعليقها الوحيد هو القول «يا للتقوى!» وبنظرة في عينيها أتذكر اليوم أنها متجهمة وبخيلة، وكانت تغمض عينيهما كما لو أن قذارة قد دخلت فيهما، كما لو أنها تتفادى غبارًا أو ضوءًا، كانت تلك طريقتها في الغضب، كثير من الغضب المتراكم. ولكن ماذا نفعل، الأسرة مقدسة لأنها هويتنا. فحتى لو كانت سجنًا، تظل هويتنا على الدوام. عندما أمشي في الطريق إلى الحافلة كل صباح، أرى صفائح وصفائح من الأسمنت المتصدع والرتيب، الشيء نفسه دومًا على امتداد تقدم خطواتي على الرصيف، فتَرِدُ إلى ذهني نظرة

أمي والأسمنت المتصدع نفسه في عينيها وأفكر فيما لو قيض لي أن تكون لي عينان أخريان، فربما كان يمكن لخطواتي نحو الحافلة كل صباح أن تكون مختلفة. وإضافة إلى تلك النظرة، كان لأمي جسد ضئيل مثل جسدي، كانت جافة كما لو أنها لم تزهر قطُّ، جافة وهزيلة، وبأعضاء مضغوطة قليلًا على الدوام ومنقلبة إلى الداخل. فكان الجدُّ يقول لها: فأرة، مجرد فأرات في الأسرة. يا لشدة تقواه... يا لشدة تقواه، تقول لي أمي وهي تنقر حولي مثل دجاجة، أسبوع كامل ظلت تقول لي ذلك وليس أي شيء آخر كلما مرت قربي. لماذا الكلام إذًا. أحسستُ كما لو أن ما قلته قد ظل منسيًّا في حفرة مظلمة. كانت أمي تمرض في كل مرة يحدث شيء لا يروق لها، تمرض حقًّا وبأعراض مرئية، تأتيها الأمراض وتصاب بالرشح أو الإسهال الحاد أو بحمى عالية. إذا ما أغضبناها أنا وأختي يأتيها الرشح، فيكون الذنب ذنبنا، وتقول لنا الخالات ذلك، ونرتعب أنا و«أليسيا». لقد تجرأت «أليسيا» على اتخاذ صديق حين كانت في حوالي الثانية عشرة، فكادت أمي أن تموت، كما لو أنها هي من ترتكب الخطيئة وليس ابنتها، وظهرت لها بثور حساسية، بدت قبيحة، قبيحة جدًّا، واضطرت إلى التغيب صباحًا عن العمل كي تذهب إلى المستوصف (وهي التي لم تكن تتخلف عن العمل أبدًا). ولم تجد «أليسيا» مفرًّا من إنهاء صداقتها تلك كي تختفي الحساسية، وعاد السلام عندئذ وأحس الجميع بالرضا لأن الصغيرة عادت للتعقل وصار الجد يجعلني أصلي وقتًا مضاعفًا كل ليلة أو في وقت القيلولة، لأنه كان يخطر له أن أصلي قبل أن يلتصق بي لينام.

لديَّ في ذاكرتي لحظة طويلة طويلة من الحياة لا أتذكر فيها سوى

الجسد: جسدي، جسد أمي، جسد «أليسيا»، جسد الجد. أجساد محضة، لأن الذهن يرفض الدخول في ذكريات الروح، فالذهن غبي مثل هرٍّ، يفعل أفعاله، ويلعب بي ويحتجز الذاكرة كما يروق له. المعتدون يصطفون في المستوى نفسه مع الضحايا. كل شيء يصبح معقدًا ومن الصعب تذكره، مجرد صور قصيرة ومتفلتة. أظل ثابتة على الصور التي لديَّ، مع أنها قليلة، وهي قليلة لديَّ لأنه من الصعب تمييز العالم اليومي والعادي بوضوح، بينما من السهل جدًّا تذكُّر ما هو غريب. إنني مقتنعة بأن الشأن العائلي هو أكثر ما يعمي العينين، ولهذا أهيم على وجهي من دون رؤية عبر الأيام والشهور والسنين، يمكن لإحدانا أن تظل ملتصقة زمنًا طويلًا بالعمى لأن الأمر ينتهي بما هو عائلي إلى عدم رؤية ذاته.

لقد اشتغلنا كثيرًا مع «ناتاشا» حول ذكريات ذلك الزمن، وإليها يعود الفضل فيما أتوصل إلى تذكره، لأنني حين بدأتُ العلاج كان هنالك ثقب أسود في دماغي. ومع مرور الوقت، في التاسعة، وفي العاشرة من عمري، كلما غسلتُ شعري كانت تخرج خصل من الشعر في يدي (حتى بلوغي الثامنة كان شعري قصيرًا وممتلئًا بتجاعيد جميلة) وفجأة بدأ يصير سبطًا، في كل مرة أشد ترهلًا، وتحول إلى ناعم جدًّا وشبه متفرق. وكلما نظرت إلى صوان الزينة الذي في غرفة المعيشة ـ قبالة الفترينة التي ذكرتها لكنَّ ـ وهو ثقيل وساكن، أفكر كم هي مستسلمة قطعة الأثاث تلك وأشعر بأنها هي وأنا نشكِّل الشيء نفسه وإن كانت قطعة الأثاث أثقل مني وزنًا.

* * *

في الصين القديمة (وهذا ما عرفته حين قررت في أحد الأيام حضور محاضرة مجانية تُقدم على بُعد خطوات من مكان عملي، إذ قلت لنفسي: أنت غبية قليلًا يا «آنا روسا»، لماذا لا تفعلين شيئًا لتنمية عقلك، وبدأت عندئذ أستغل فرصة أنني أعمل في مركز المدينة لأحصل على فائدة من ذلك القطاع من المدينة، لأنه لا وجود في حي «لافلوريدا» لأي حديث عن الصين القديمة، وإنما يقتصر الحديث هناك عن مول ساحة «بيسبوثيو» وعن مدى غلاء القهوة في «ستاربكس» أو عن التصفية الأخيرة في محلات «زارا»). ولكن في الصين القديمة، مثلما قلت، كانت الفكرة الشعبية أن الجسد البشري يتكون من التقاء عنصرين مختلفين، عنصرين أو روحين. أحدهما ـ ويدعى «بو» ـ لزج ومادي، بينما الآخر ـ «هون» ـ شفاف وخالد، وكان يُعتقد أن التقاء الاثنين يُنتج الحياة، وأن الموت يأتي عندما يفترق العنصران أو الروحان. وكان «الهون» يحب ظاهريًّا الانفصال عن الجسد ـ لأنه خفيف على ما أظن ـ ويفعل ذلك عمومًا حين ينام الناس، وهكذا تنتج الأحلام، حسب المعتقد. وحين تصل لحظة النهاية، يكون هذا العنصر أو الروح هو أول من يغادر، ولهذا السبب، حين يبدأ أحدهم بالموت، يجب على ابنه أن يصعد إلى علية أو إلى سطح البيت كي يستدعي الروح «هون» ويطلب منها أن ترجع، وحين يُخفق في هذه المحاولة فقط، يأتي الموت الحقيقي. عندما عرفت هذا الأمر، فكرتُ كثيرًا في ذلك الابن المسكين الذي يركض متنقلًا فوق البيوت وينادي الأرواح الخالدة، وأتخيل كيف كان يشعر حين لا يتمكن من تحقيق ذلك، ويحمّل نفسه مسؤولية موت أبيه لأنه لم يُعد إليه «الهون»، وحين يُحمّل نفسه المسؤولية، كم يكره نفسه، ويعتقد أن العقاب يمكن أن يحل به لعدم نفعه في إنقاذ أبيه، وكيف يكون

على المسكين أن يعيش إلى الأبد بذلك الشعور. كنت أفكر في هذا كله وأنا أتخيل الابن يطارد الأرواح.

كان شهر يونيو، يوم جمعة في حوالي منتصف الشهر، وفي شتاء بارد بصورة خاصة، حين كنت في الخامسة عشرة. منذ ذلك الحين صرت أحب الشتاء لأني أشعر أنه حقًّا، وليس مثل الصيف الذي يمر طائرًا ويبدو مسليًا ومتأنقًا، ولكنه ليس كذلك، لأن الشمس تكون مستعجلة وتخلِّف الجميع مع رغبة في المزيد. الشتاء لا يحاول المواساة، ولكنني أشعر، في نهاية المطاف، أنه يواسي لأن إحدانا تتكور على نفسها وتحتمي وتراقب وتفكر، وأظن أنه في هذا الفصل فقط يمكن التفكير حقًّا وفي شتاء الخامسة عشرة من عمري ذاك انتهت أمور كثيرة بالنسبة إليَّ.

لم يكن أبواي من محبي التنقل ولم يكن أحد ممن في البيت يذهب ولو إلى الناصية، لم نكن في عائلتنا أناسًا من محبي السفر، حتى إنني لم أجتز الحدود قطُّ وأكاد لا أعرف مدن بلادنا نفسها، وأي نقطة في الخريطة هي أعجوبة في نظري. وبعد كثير من الصخب والتحضير قرر أبواي السفر إلى «ليناريس» ليزورا عمةً كانت عرابة أبي ولم يكن قد رآها منذ سنوات، وقررا أن يبقيا هناك خلال نهاية الأسبوع (وتم ذلك كله بترتيب بينهما وبين جدي من أجل العناية بالبيت وإعداد الطعام)، وهكذا سمحوا لي بالخروج يوم الجمعة كي أظل يومي السبت والأحد للاهتمام بأخي الصغير، وكان هذا هو سبب وجودي بعد ظهر يوم الجمعة في بيت صديقة أمام التلفزيون المشتعل. وقبل نشرة الأخبار بالضبط قلت لصديقتي: سيهطل المطر. وعلى الفور قدموا خبرًا عاجلًا وعرضوا حادث سير على

الطريق السريع وحافلة انقلبت لأن السائق غفا. واصلتُ لعب الداما مع صديقتي لأنه لا يمكن لشيء رهيب يحدث في التلفزيون أن يكون على علاقة بي، وحين سمعتُ بعد خمس دقائق أن الحافلة كانت متوجهة إلى «ليناريس»، أحسست بما يشبه الدغدغة في معدتي، تحوَّلت بعد ذلك إلى شيء جليدي كما لو أنني قد حُقنت (هكذا دخل ذلك الجليد في دمي) ومن دون أن أقول شيئًا، فتحت باب بيت صديقتي راكضة، ركضت وركضت حتى بيتنا في البرد، وأتذكر السماء الملبدة والمضطربة كما لو أنها تنذر بعاصفة وأنا منقطعة الأنفاس، متجمدة ومهزومة طيلة الوقت، وبخوف له حجم بيت فوق رأسي، إلى أن وصلت. تمكن أبواي من البقاء حيين بضع ساعات، ماتا في مستشفى «ليناريس» ـ أقرب مدينة إلى مكان الحادث ـ وأنا أتخيل اليوم «بو» الصين القديمة سعيدًا بعناصره اللزجة والمادية وسط الفوضى والدماء، وأنا لم أكن موجودة هناك لأصرخ طالبة من «هون» أن يرجع، لا يمكنني الصعود إلى سطح لأستدعي تلك الأرواح الخبيثة التي غادرتهما فورًا، لم أستطع مطاردتها ولا إجبارها على العودة، لم أستطع مساعدة أبويَّ وأحسست أن من يأتيني ليس الرب وإنما شيء لا أستطيع كبحه في الوقت المناسب. وإذا كان هذا كله قليلًا، فقد علمت بالأمر من نشرة الأخبار (كما يجب ألا يعلم أحد قطُّ بمأساة شخصية، ولا سيما حين تكون إحدانا في الخامسة عشرة من العمر، وتعرف أنها تابعة وصغيرة وغير مهيأة).

لقد صرتُ في الحادية والثلاثين، عشتُ أكثر من نصف حياتي يتيمة، ولكن في تلك اللحظات التي كنت أركض فيها من بيت صديقتي إلى بيتنا،

كانت السماء الملبدة ورقعة الداما وصوت التلفاز كلها تلاحقني كما لو أنها خائفة من أن أنسى. كما لو أن مادة اللحم اللزجة المتعفنة يمكن لها أن تنسى نفسها. فهذه هي الصورة التي خرجت في صحافة اليوم التالي: صورة أجساد مكدسة بدمائها وأحشائها المختلطة. هذه البلاد تحب الحوادث، لا يمكن تصديق كمية الدقائق التي يكرسونها لها في نشرات الأخبار: يظهر السائق وكلام وراء كلام، وحادث بعد حادث، مع تفاصيل كثيرة ووعرة، والعائلات تبكي، ولكنهم في هذه المرة **أهلي**. هكذا ماتا وأخذهما الرب إليه معًا ـ حدث هذا على الأقل ـ لأني كنت قد تساءلت ألف مرة كيف كان يمكن لأحدهما أن يتحمل الحياة من دون الآخر.

شعرت بأنني المذنبة في موتهما.

وعندما حلَّ الليل، في يوم الجنازة، نسيت كل مفردات اللغة وظلَّت كلمة واحدة بي: مُوتي!

مُوتي مُوتي مُوتي.

إلى أن باغتني الخوف، وأنا في ذهولي ذاك، من أن أمي المسكينة ـ فلترقد بسلام ـ تتقلب في قبرها بسبب هذه الابنة الكبرى التي تفضل الموت والتهرب من المسؤوليات التي تنتظرها. والحقيقة أن المسؤوليات لم تكن كبيرة خلال بقاء الجد حيًّا، لأنه تولى مسؤولية كل شيء، وكانت أقساط البيت قد دُفعت كلها، ومن معاش تقاعده وبعض مدخرات أبويَّ الضئيلة والنقود التي قدمتها إلينا شركة الحافلات صاحبة الحادث والأعمال الصغيرة التي كنا نقوم بها أنا و«أليسيا» كنا نتدبر أمورنا. ظللتُ أنا وقتًا طويلًا في حالة ذهول دائمة، يطفو الذهول أمامي وورائي، ولا أدري بأي

طريقة أخرى أصفه، وقد فكرتُ في أنه من العدل أن أعيش على ذلك النحو لأن للأحزان الحق في أن تحول من دون نسيانها. بعد موت أبويَّ غطى الموت كل شيء، كل شيء بالمطلق. كنت فتية جدًّا على الدخول في تلك الرحلة، وكنت أتجنب الأسئلة الكبرى وأتجنب كذلك المواجهة مع وعي النهاية، وكنت أظن أن الموت قرر الاستقرار إلى جانبي كتهديد، من دون أن يلمسني، ولكنه قد يباغتني مع ذلك فأهرع إلى سرير أخي في الليل لأرى إن كان يتنفس، وإذا ما تأخرت «أليسيا» في الرجوع أظل جالسة بجانب الهاتف بانتظار الخبر الرهيب، وإذا قالت لي صديقة إنها ستأتي الساعة السادسة ولم تكن دقيقة في موعدها، أقرر أنها قد صُدمت في الشارع، وحتى الكلب المسكين ـ وهو جرو تبنيناه ـ عانى من هواجسي فكنت أحبسه وأقفل الباب عليه في الفناء كيلا يخرج ويحدث له شيء.

هذا ما كنت أفعله بدل بكاء الحادث.

منذ موت أبويَّ لم أعد مدللة الجد. فقد انهمك في المضي قدمًا بأخي الصغير، لشعوره بأن الرب قد أوكل إليه مهمة تحويله إلى رجل، مما سهل الحياة علينا، إذ كان لدينا فائض من المشاكل. انتهت أزمنة القيلولات وأعيد توزيع غرفتي النوم، فانتقلت أنا و«أليسيا» إلى النوم على سرير أبوينا الكبير، وبقي الجد في غرفته ومعه الطفل الصغير، كل منهما في سرير (الرجال هناك، والنساء هنا). هكذا انقضت السنون، وعلى الرغم من أننا جميعنا كنا نحاول أن نعيش حياة عادية وطبيعية، إلا أنني كنت محطمة. وقد عشت سنوات طويلة في الجانب الخطأ من الصمت، لأنني صمتُّ ولأنني لم أستطع عمل شيء آخر.

مات الجد عندما كنت أنا و«أليسيا» قد أنهينا المدرسة، وكنت أتابع الدروس في السنة الثالثة من المعهد. أصيب بسرطان المعدة وكان مرضًا قصيرًا جدًّا لأنهم اكتشفوه حين لم يعد العلاج ممكنًا وعكفت أنا على العناية به. كان عجوزًا مهزومًا ومنتهيًا، هذا هو الانطباع الذي كان يخلِّفه بي، وحاولت بكل جهودي أن أجعل أيامه الأخيرة لطيفة ولم أبتعد عنه حتى النهاية.

وعلى فراش موته وجهتُ إليه سؤالًا، السؤال الوحيد الذي تجرأتُ على توجيهه إليه:

ـ لماذا لم تحمني أمي؟

ـ لأنني فعلت معها الشيء نفسه.

كان هذا هو ردُّه.

* * *

حين أنهيت المدرسة وصرت أدرس في المعهد قررتُ أن أسأل نفسي الأسئلة التي تسألها بكل تأكيد جميع النساء: عن الزواج، عن الأبناء، عن المستقبل. ولكنني لم أقل ذلك لأحد ـ وأرجو من الرب أن يسامحني ـ فأنا لا أحب الأطفال، أشعر بأن شيئًا يحدث لي معهم (شيء غير مقدس) وتمكنت من التأكد من ذلك مع ابني أختي اللذين كان عليَّ أن أعنى بهما ألف مرة: تنتابني غواية غريبة وخفية في إساءة معاملتهما، باستغلال ضآلتهما الجسدية وسلطتي عليهما، ويروق لي عجزهما عن حماية نفسيهما، وأشعر برغبة في الانتقام. ومع نموهما توصلت إلى اليقين

بأنني لن أكون أمًّا طيبة وأنه من أجل تجنب ذلك خير لي عدم إنجاب أبناء، وبما أن إنجاب الأبناء يحتاج إلى أب ـ وفي هذا الجانب كنتُ عطالة تامة ـ فإن المشكلة لا تبدو مقلقة جدًّا. وبينما كنت أدرس الإعلام صرت صديقة لـ«تونيو»، زميل دراسة خجول جدًّا وضئيل الأهمية مثلي، ما زالت في وجهه بعض بثور حَبِّ الشباب وله شعر أسود قاسٍ وعينان بنيتان صغيرتان بعض الشيء. لا يمكن أن يكون وزنه أكثر من ستين كيلوجرامًا وله هيئة فأر ـ فأرة وفأر، الطيور على أشكالها تقع ـ لم يكن المسكين يشكل تهديدًا لأحد، ويتصرف كمن يعرف ذلك. مسكين «تونيو»، كان شخصًا طيبًا جدًّا، مؤدبًا جدًّا، ولطيفًا جدًّا معي. وباختصار، استعرضتُ فيلم أننا نستطيع أن نكون ثنائيًّا جيدًا لأنني لا أخيفه ولا هو يخيفني، وكان واضحًا أن النساء يرعبنه، ربما لتجربة جرت له مع أمه أو مع أسرته ـ لم يخبرني بذلك قطُّ ـ ولكن علاقتنا كانت تمضي على ما يرام وكنا ندرس في بيتي أو في بيته، ونتحدث حول بلاهات ونتسلى معًا. وذات يوم، بعد الخروج من السينما، وبينما نحن نسير في شارع مظلم، فجأة، «هوب»! أظن أن «تونيو» أحس نفسه مضطرًّا إلى لعب دور الفحل ـ بغض النظر عن الرغبة التي لديه ـ شدني إلى جدار ودس يده تحت بلوزتي، وكل ذلك من دون أن نكون قد تبادلنا قبلة واحدة من قبل، فذُعرت وذعرت وطلبت منه أن نتروى قليلًا قليلًا، وكان المسكين يتعرق وأحس بأنه أبله للتحول المفاجئ الذي حاوله، وابتداء من هناك مضينا ببطء على الحجارة، نجرب. لن أقول إنها كانت تجربة ناجحة (بالكاد مُرضية) ولكننا بذلنا جهدنا وقد شعرتُ براحة الضمير في أنني حاولت على الأقل، وأنني لم أتخذ قرارات قبل أن أدخل ميدان المعركة، لأنه يمكن لكنَّ أن تتخيلن أن النتيجة الوحيدة

الممكنة كانت سلبية واستطعت منذ ذلك الحين أن أقول: الجنس لا يهمني، والرجال لا يروقون لي، حتى لو كنت أقول ذلك لوسادتي فقد قلته، وبذلك صرت أكثر طمأنينة.

حسن، لو أنني قررت أن الرجال يروقونني وأن نيتي هي الاقتران بأحدهم، فإن حالتي ستكون، عمليًا، هي نفسها. فإذا كان امتلاك رجل مدعاة للشهرة، أو إضافة تُعلَّق بإحدانا، أو معطف قماش فاخر يبدو أنيقًا على الكتف، وليس مهمًّا إن كان يدفئ، فإنني أشعر بالبرد. إنهم ينظرون إلى إحدانا بازدراء لأنها وحيدة. والسؤال الكبير هو: أين هم الرجال؟ أنا لا أراهم. النساء من أمثالي نشكِّل جيشًا حقيقيًّا: نساء في الثلاثين ووحيدات، ينهضن من فراش بمفردهن وينمن فيه من دون إحداث تجعيدة واحدة في الملاءات. نساء لا يجدن ـ على الرغم من أنهن يعملن ويخرجن كل صباح إلى العالم ـ أين يمكنهن التعرف على رجال، ولا أحد يعرف أين يختبئ أولئك الرجال المحتملون، لأن زملاء العمل في المكتب متزوجون أو يعيشون مع إحداهن، وإذا ما توددوا إلى واحدة ـ وأتكلم بلسان زميلاتي في العمل ـ فليس إلا من أجل مغامرة ليلة واحدة أو ليلتين على الأكثر، وبعد ذلك يأخذون جميعهم بتخطيء أنفسهم ويغضبون لأنهم شربوا أكثر مما يجب ولأنهم أدخلوا أنفسهم في قصة عابرة مع من هم مضطرون إلى رؤيتها كل يوم. لا واحدة منهن لديها فكرة أين تتعرف على أحدهم، ويمر الوقت وتأخذ باكتساب مظهر الجزعة أو العانس المحتملة، ما يجعل المرشحين المحتملين يفزعون، وهؤلاء المرشحون ـ وهم قلة ـ ليسوا نموذجًا للتخيل ولا للأصالة، فمن هم هكذا لا يقتربون من موظفات

متجر كبير أو موظفات مكاتب متواضعات. لا يمكن لمن هن من أمثالي أن يصلن بعيدًا جدًّا لأنه لا شيء مجانيٌّ، فمن أجل الوصول إلى أحدهم لا بد من دفع رسم الدخول، ورسم الدخول يكون عادة اسم أسرتكِ أو مظهركِ أو حسابكِ المصرفي أو مهنتكِ، يجب أن تكون في يدك بطاقة دخول وأنا لا أملك أي بطاقة. في عطلة نهاية الأسبوع يكون جيش النساء هذا الذي أنتمي إليه مصابًا بالضجر على الدوام، وهن يفضلن العمل في نهاية المطاف لأنهن يكن في العمل محاطات على الأقل بأناس وبحركة وينسين مدى عمق وحدتهن. يقال إن في هذه البلاد مكتئبين أكثر مما في بلدان أخرى ـ الإحصاءات لا تكذب ـ والنساء اللاتي في مثل سني ووضعي يضخمن تلك الإحصاءات، وهذا أمر محزن لأنهنَّ في هذه المرحلة الوسيطة من الحياة بالضبط، يُفترض أن يصغن مستقبلهن ويشكلن أسرًا، وما يحدث هو أن المستقبل يفلت من أيديهن. لهذا السبب، وعلى الرغم من كل شيء، أشكر الرب على أني لست واحدة منهن ولأنني اخترت العزوبية. فهكذا يجرحونني أقل.

* * *

لقد أثَّرت فيَّ كثيرًا قصة قرأتها في الجريدة عن امرأة قتلت زوجها دفاعًا عن ابنتها: لم يَقتل أحدٌ من أجلي، ولو مجرد محاولة، كم يؤلمني أن أحدًا لم يحمني. أريد التعرف على تلك المرأة التي في الخبر وإسناد رأسي إلى كتفها كي تحتضنني.

أظن أنه من الأسلم عدم الزواج وإنجاب أبناء، أُفضِّل هذا الوضع على الانطلاق في ذلك الطريق وتوريط الأبناء من دون مفر وإلحاق

الأذى بالجميع. لقد بذلت جهدًا هائلًا كي أقترب من الجانب الطيب في الحياة وتخيل نفسي كمكان صغير مشمس حيث لا أحد يجد ما يخشاه، وأبذل كثيرًا من الجهد للتغلب يومًا إثر يوم على الجوانب المظلمة في روحي التي يعلم الرب أنها موجودة لديَّ وأخشاها وأمقتها لأنني أحاول أن أكون شعاعًا نورانيًّا وتأتي في بعض الأحيان قوى تحت أرضية تسعى لنقلي إلى الظلمات. ربما يكون ميلي العميق هو ميل أفعى وأنا لا أعرف ذلك وسينكشف الأمر ذات يوم. أشعر أنني أعيش منتظرة، كما لو أنني لست سيدة ما أنا عليه وأنني سأستيقظ ذات يوم وقد تحولت إلى أفعى وسأخرج إلى العالم لأسمم كحيوان زاحف قاسٍ وهدام، وكل وقار سنوات عمري الإحدى والثلاثين ستذهب عبر بالوعة التصريف لتؤكد أن الصلوات لا تكفي وأن الاستغلال الذي كنتُ ضحيته قد حرفني إلى الأبد. وستكون هذه هي الضربة الكبرى التي يمكن للحياة أن توجهها إليَّ.

أعرف شيئًا واحدًا فقط، إن كل ما حدث وسيحدث لي هو خطيئتي.

ناتاشا

شعرتُ بمتعة كبيرة لرؤيتكنَّ في الحديقة تتبادلن الحديث بحماسة، كما لو أنكنَّ تعرفن بعضكن بعضًا طوال حياة بكاملها. فكرتُ في «آنا كارنينا»، وفي أن جميع النساء السعيدات يتشابهن، والتعيسات يتشابهن وكل واحدة على طريقتها.

«ناتاشا» تستريح الآن، وستأتي فيما بعد لتودِّع حضراتكن.

لا أدري ماذا كانت نيتها من جمعكن معًا اليوم. فهي لا تخبرني أبدًا بما ستفعله، وبالتالي لا يمكن لي أن أقدم لكنَّ أي شيء مسبقًا. هل أرادتْ جمعكنَّ جميعًا لنودِّعكن؟ ربما. أمن أجل أن تجدن بعضكن بعضًا في حال غيابها؟ هذا محتمل. أو ربما أنها ترغب فقط في أن تَصُغن مشكلاتكنَّ في كلمات، وحين تفعلن ذلك تدركن كم تقدمتن، وكم شفيتن. وربما في أفضل الحسابات: من أجل سماع كل واحدة منكنَّ جرح الأخرى. ولكن هذه الاحتمالات كلها مجرد ظنون أفترضُها. فأنا مساعدتها، وما تعلمته عن الطبيعة البشرية إنما تعلمته من أحاديثي معها، ومراقبتها. إنني معها منذ سنوات طويلة إلى حدٍّ صرت أعرف معه عن ظهر قلب كل إيماءة من

إيماءاتها، وتموجات صوتها، وحركات يديها. ولكنني لا أمتلك معرفتها وحكمتها، ولا تحصيلها الأكاديمي كذلك. فأنا لم أدرس قطُّ. أمضيت سنتين فقط في كلية الآداب، والشيء الوحيد الذي كان يحركني على الدوام هو الأدب ـ أو المطالعة، كي أكون أكثر دقة ـ أنتن تعلمن، هنالك أشخاص لم يولدوا ليكونوا أبطالًا وإنما ليتحولوا إلى ما هم عليه، وهذه هي حالتي. وكقارئة، لا تكون إحدانا بطلة في أي شيء، وإنما شاهدة فقط، وبهذا يتلخص عملي مع «ناتاشا».

قبل أيام وجدتُ على منضدة عملها الخطاب الذي ألقاه المهندس المعماري «رينزو بيانو» عند فوزه بجائزة «برتزكبر». ووجدت أن «ناتاشا» قد وضعت خطًّا تحت عبارة: «... وهكذا نواصل التجديف ضد التيار مدفوعين من دون توقف نحو الماضي. إنها صورة بديعة، تمثل الشرط البشري. فالماضي ملاذ آمن، إغراء دائم، ومع ذلك فإن المستقبل هو المكان الوحيد الذي يمكننا الذهاب إليه».

عندئذ بدأت أفهم الدعوة التي وجهتها «ناتاشا» إليكنَّ في هذا اليوم بالذات.

* * *

كل هذه السنوات التي أمضيتها إلى جانبها في تشيلي كانت أشبه بهدية. فعندما اقترحت هي نفسها عليَّ في «بوينس آيرس» أن أرافقها، لم أتردد. لم يكن لديَّ شيء، ولا أحد يثبتني، وشيئًا فشيئًا تحوَّلتْ هي إلى أسرتي. الحروب المختلفة جعلت معشرنا بلا بلد، بلا مرساة، بلا أملاك. يهود تائهون. وبوفاء لهذا النموذج اجتزنا سلسلة الجبال من الأرجنتين إلى تشيلي.

* * *

أظن أنكن جميعكن ترغبن في سماع قصة «ناتاشا». لأنها، كمعالجة نفسية، تفتقر إلى جرأة فعل ذلك، ولكنها خولتني بأن أقوم أنا به.

ولدت «ناتاشا» في العام ١٩٤٠، في مينسك، ببيلاروسيا، وقد كانت آنذاك أرضًا روسية بعد أن كانت من قبل بولونية، وليتوانية، وفرنسية، وألمانية، وبعد أن جرى احتلالها مرات عديدة. سيكون من الصعب على التشيليات فهم الحياة التعيسة في تلك البلدان، لقد اعتدتن على حياة استقرار، أما نحن فاعتدنا على حياة اجتثاث. خلال خمسمائة عام ظلت بلادكن تحمل الاسم نفسه. في البدء كنتم تابعين لإسبانيا، وبعد ذلك صرتم جمهورية، لا تعرفون شيئًا عن الغزو والاحتلال. إنه تاريخ منتظم أرضيًّا. أما نحن في وسط أوروبا فانتقلنا من هنا إلى هناك، عرفنا تبدلات دائمة في الحدود، وكنا نبدل حياتنا بعد كل حرب وكل اتفاقية. من كان زوجي، على سبيل المثال، ولد في «جالتزيا»، مسقط رأس «جوزيف روث». ذاك كان أصله على الرغم من أنه لم يكن يعرف إن كان بولونيًّا أو نمساويًّا أو أوكرانيًّا أو شيئًا آخر مختلفًا.

ولكن، فلنرجع إلى مينسك.

لقد كانت لحظة سيئة جدًّا للولادة، هذا ما تقوله دومًا «ناتاشا». وكانت قد أكملت سنة واحدة من عمرها حين غزتهم ألمانيا النازية. قُصفت المدينة بوحشية، لم يبق شيء قائمًا، وليس مفهومًا كيف لم يمت جميع سكانها. البعض يقولون إنه في ذلك الحين وفي ذلك اليوم بالذات بدأت إبادة اليهود. وكان يروق لـ«رودي»، أبي «ناتاشا»، أن يروي لنا كيف رأوا في مينسك وصول تلك الوحدات الخاصة من مدنيين، ومحامين، وموظفي

خزينة، وكهنة، يرافقون الجيش الألماني ومهمتهم الوحيدة قتل اليهود. المجازر الأولى تُؤَرَّخُ في تلك الفترة. كانوا يتنقلون ليلًا من بيت إلى بيت، يُخرجون اليهود من فراشهم. الرجال والنساء والأطفال والشيوخ: يجمعون الجميع في نقطة محددة، ويقتادونهم إلى الغابات ويعدمونهم. ثم يعودون بعد ذلك لدفنهم في محاولة لمحو الآثار.

بعد أيام قلية من الغزو طوق النازيون مكانًا محددًا من المدينة: أربعة وثلاثون شارعًا، يحسبها «رودي»، أربعة وثلاثون فقط، أخرجوا السكان من هناك، وأدخلوا إليها اليهود جميعهم. لم تكن المساحة تزيد عن متر ونصف متر مربع للشخص الواحد، ومن دون أي متر للأطفال. وصل عدد من تعايشوا في ذلك الجيتو مائة ألف إنسان، جيء بهم من أمكنة مختلفة من الرايخ. ولكن «رودي» وأسرته كانوا مثل القطط، بسبعة أرواح. وكان يقول لنا: لم تكن عظامي جاهزة لتصير رمادًا. وبقاؤه على قيد الحياة قصة حب. أجل، فالحب ينقذ الحياة أحيانًا.

يتحدر «رودي» من أسرة متواضعة ـ لم يكن جميع اليهود أغنياء! هذا ما كان يحب تذكيرنا به، ابن نجار ورث عنه مهارته الحرفية ومشغله. ومع أنه تلقى في أسرته تربية دينية ودرس التلمود والنصوص المقدسة في مراهقته، إلا أنه بلغ سن الرشد وقد تحوَّل، في أعماقه، إلى ملحد. وهذا ما جعل نظرة «ناتاشا» إلى الحياة مثل نظرة «رودي»، أكثر اتساعًا وعلمانية من أقربائها وجيرانها. لم يكن الدين هو ما ربطها إلى شعبها. ولهذا السبب، ليس من المستغرب أن يكون حب حياته امرأة من «الأغيار».

«مارلين»، ابنة أرستقراطي من المنطقة ـ لحق به الفقر لأن بيلاروسيا

كانت قد صارت جزءًا من الاتحاد السوفييتي، ولكنه أرستقراطي في نهاية المطاف، طلبت منه صنع أثاث بيتها المستقبلي. لأنها كانت ستتزوج بعد شهور بسيد من المكان، يعمل في صناعة النسيج ويشكل جزءًا من الطبقة المنحدرة أيضًا. وقد حدث هذا كله قبل أن تظهر أم «ناتاشا» على مسرح الأحداث، ولكنني أروي لكنَّ التفاصيل حسب أهميتها في حياتها التالية. صُعق «رودي» وتلك المرأة في وميض حب مجنون، حب قوي، ولكنه محرم بالطبع. فوالد الفتاة الوفي لروحه الأوليغاركية، عارض بحزم ذلك الحب، ولم يكن لـ«رودي» أي نقطة نجاة في عيني الأب: إنه فقير، غير متعلم، وفوق ذلك كله يهودي. حاولت «مارلين» التملص من خطوبتها من العريس الموعود كي تهرب مع «رودي»، ولكنها حين انتبهت إلى أنها حبلى ـ من «رودي» طبعًا ـ وأن قصة غرامها لا نهاية مأمولة لها، تزوجت من الأرستقراطي، وجعلته يعتقد أن ابنتها الوليدة منه، وهذا لا يعني أنها تنكرت لـ«رودي». وقد ساند هو بدوره حبيبته في كل خطوة من خطواتها وكان يبتكر أشد الطرق غرابة ليتمكن من رؤية ابنته السرية، ولو من بعيد. حتى إنه تحول إلى بائع متجول لقطع أثاث صغيرة يتنقل ببضاعته من باب إلى باب كي يمر من الشارع الذي فيه البيت حيث تعيش.

تعرَّف فيما بعد على امرأة بائسة، هي أم «ناتاشا»، وقرر الزواج منها. كان قرارًا عقلانيًّا أكثر منه غراميًّا. وحين ولدت «ناتاشا» كانت أختها قد بلغت الخامسة من العمر.

بعد يومين من الغزو النازي جاءت عربة تجرها خيول إلى باب بيت أبوي «ناتاشا»، وترجلت منها «مارلين». كانت امرأة مجهولة بالنسبة

لأم «ناتاشا»، ولكن لم يكن هنالك متسع من الوقت لكثير من الشروح. وببصيرة من هي غير ملاحقة، أدركت «مارلين» أن مصير «رودي» مهدد بصورة جدية، وقررت إنقاذه، وهو ما يستدعي إنقاذ أسرته أيضًا. نقلتهم إلى الريف، إلى مزرعة يملكها أبوها ولم ينتزعها منه السوفييت بعد. صرفت على الفور ناظر المزرعة وعينت «رودي» محله. المفاجئ في الأمر هو السرعة التي تصرفت بها. فبعد مرور خمسة أيام على الغزو النازي كان اليهود قد فقدوا أي إمكانية للتنقل. ومع تقدم الحرب وبقاء الألمان في الاتحاد السوفييتي صار تردد «مارلين» على المزرعة يزداد، وكانت تأخذ معها دومًا طفلتها «حنة». لا نعرف جيدًا ما الذي كان يحدث بين «رودي» و«مارلين» خلال تلك اللقاءات ولا المهانة التي لا بد أن تكون قد شعرت بها أم «ناتاشا».

وعلى الرغم من أنهم كانوا يعيشون في عزلة، فقد كانت تصلهم أصداء الرعب، في بعض الأحيان على شكل إشاعات، وفي أحيان أخرى كأخبار. كان اليهود يُقتلون بالمئات كل يوم، يؤتى بهم من كل الأنحاء إلى الجيتو وإذا هم لم يموتوا بين أيدي النازيين، فإنهم يموتون من الجوع والمرض ـ كانت الأوبئة متتالية في ظروف تلك الحياة اللاإنسانية. بدا لـ«رودي» أنه من المخزي أن يتظاهر بأنه روسي أبيض يعمل تحت إمرة أوليغاركية قديمة، وأن يمحو لكنته وعاداته، ويبدل مظهره، ويخترع لنفسه شخصية أخرى كي يخدع النازيين، ولكن سواء أكان الأمر معيبًا أم لم يكن، فقد اضطر إلى عمل ذلك. وقد خدعهم. ووسط كل ذلك القدر من انعدام اليقين، كان الشيء الوحيد الراسخ في نظر الصغيرة «ناتاشا» هو علاقتها بـ«حنة».

ففي عزلة المزرعة الموسومة بالبرد والخوف وشح الطعام، كان الرابط بين الطفلتين هو بقعة الضوء الوحيدة. وعلى الرغم من أن الكبار كانوا يسعون جاهدين لإخفاء ما يحدث عنهما، إلا أن بدنًا متجمدًا من البرد بسبب افتقاد الفحم أو معدة فارغة لا يمكن أن يبقيا سرًّا. وفي الفراش نفسه كانت «حنة» و«ناتاشا» تحتضن كل منهما الأخرى وتديران ظهريهما للرعب.

كان عمر «ناتاشا» خمس سنوات عند انتهاء الحرب، ومع ذلك تؤكد أن هنالك ذكرى مشاهد واضحة في ذهنها. وعندما عُرض فيلم «دكتور زيفاكو» أمضت أيامًا وأيامًا في استحضار طفولتها. ذلك البيت وسط الثلوج، حيث يختبئ «زيفاكو» مع «لارا»، أتتذكرنه؟ ذلك البيت يذكرها بالمزرعة. والبرد. لحسن الحظ أنه لا وجود للثلوج في «بوينس آيرس».

في اليوم الذي انتهت فيه الحرب وأدرك «رودي» أنه لن يرى «مارلين» و«حنة» وقتًا طويلًا، أمسك الطفلتين من يديهما واقتادهما إلى منضدة المطبخ، وأجلسهما إلى جانب الموقد. قدم لكل منهما سلسلة من الذهب، يتدلى منها حجر ثمين، «الألكسندريت». كان الحجران يتلألآن تحت شمس الظهيرة بضوء أخضر ضارب إلى الزرقة. وضعهما بعد ذلك تحت ضوء نار الموقد، وأمام مفاجأة الطفلتين، راح اللون يتحول إلى أحمر قانٍ. ربط السلسلتين حول عنقيهما، «حنة» أولًا ثم «ناتاشا» بعدها. قال لهما إن لـ«الألكسندريت» خصائص علاجية، وإنه سيساعد في تطوير ذكائهما. وطلب منهما حمل الحجرين دومًا كذكرى لتلك الحرب. ومثلما تعرفن، لم تكن «ناتاشا» تخلع سلسلتها مطلقًا.

رجعت «مارلين» إلى مينسك ومعها «حنة». ولم تعد «ناتاشا» إلى رؤيتها

قطُّ. تمكن «رودي» فيما بعد من اجتياز الحدود، واستطاع الوصول إلى الأرجنتين عبر ألمانيا الغربية، مثلما فعل كثيرون من مواطنيه. عندئذ بدأ تجسده الثاني، مثلما تسميه «ناتاشا».

* * *

وفي الجانب الآخر من العالم، واصل «رودي» عمله كنجار. كانت السنوات الأولى بالغة القسوة، والنقود شحيحة جدًّا، ولكن بما أنهم كانوا على الدوام فقراء نسبيًّا، فإن ذلك لم يقلل من نشاطه. وكان يقول باطمئنان: لم نعد نشعر بالخوف على الأقل. ولأنه كان فنانًا حقيقيًّا، فإن أوضاعه تحسنت مع مرور الوقت وصار لديه ورشة بكل معنى الكلمة، مع نجارين يعملون تحت إمرته وطلبيات مهمة. لقد كانت الأرجنتين بلدًا بالغ الثراء في ذلك الحين، يغص بالآمال والفرص الجيدة. دخلت «ناتاشا» للدراسة في مدرسة عامة مثل جميع المهاجرين في ذلك الزمان. كان التعليم العام جيدًا، فضلًا عن أن المدارس الخاصة قليلة ونخبوية جدًّا. ولم يكن في المدرسة سوى إناث، لأن التعليم العام المختلط لم يكن قد بدأ بعد. وجدت صعوبة أول الأمر في فهم زميلاتها اللاتي يتكلمن تلك اللغة الغريبة، ولكنها سرعان ما وجدت بنات أخريات في مثل وضعها. فالهجرة الواسعة بعد الحرب العالمية الثانية جعلتها تلتقي مع صغيرات من بلدان كثيرة أخرى، وسرعان ما عقدت صداقات مع بنات روسيات، وبولونيات، وألمانيات، وكرواتيات، وكذلك مع الإسبانيات والإيطاليات الصاخبات. بعد بضعة أشهر صرن جميعهن يتكلمن الإسبانية. وصارت «ناتاشا» مترجمة أسرتها، يكادون لا يستطيعون الذهاب من دونها إلى

السوق حيث يحاولون التفاهم بالإشارات. أمها لم تتمكن قطُّ من تكلم الإسبانية بإتقان، فهي تعمل في البيت، وعلاقاتها قليلة جدًّا بالأرجنتينيين، وتلتقي بقلة من الناس. أما «رودي» بالمقابل فصار بعد سنوات يتكلم الإسبانية بقدر ضئيل من اللكنة، وهي موهبة أنقذت حياته في بلاد مولده. فعلى الرغم من دفنهم اللغة الييدية خلال سنوات الحرب، إلا أنها تحولت في الأرجنتين إلى لغة الأسرة من جديد، وبها كان أفراد الأسرة الثلاثة يتواصلون فيما بينهم.

كان الأبوان مقتنعين بقيم المرحلة: تعليم الأبناء باعتباره الراية والوسيلة التي تجعلهم يتقدمون في الحياة. ولا بد لـ«ناتاشا» من متابعة تعليم جيد، مهما كان الثمن. وهكذا تمكنوا، بعد أن أنهت المدرسة الابتدائية، من إدخالها إلى مدرسة ثانوية جيدة، مدرسة البنات الأولى. كانت الأجواء السياسية آنذاك ملبدة، معلمها البارز التحكم الحديدي المتزايد الذي يفرضه «بيرون» على البلاد وعلى التعليم. لقد أحدثت تلك المدرسة تبدلًا كبيرًا في حياة «ناتاشا». كان موقع المدرسة آنذاك في جادة «سانتا فيه» الأرستقراطية، وهناك كانت تتشابك حيوات مختلفة، أكثر ثقافة، وأكثر تعقيدًا مما عرفته من قبل. وجدت فتيات ينتمين إلى عائلات غنية، يسافرن إلى الولايات المتحدة ويأتين معهن بأول لبان «تشكليس بازوكا»، على سبيل المثال.

تخرجت «ناتاشا» في الثانوية بمعدل جيد جدًّا، وبتأثير من بعض صديقاتها الميسورات، قررت دخول كلية الفلسفة والآداب في جامعة «بوينس آيرس». أغضب ذلك «رودي» كثيرًا، ورأى أن تلك الدراسة

حماقة وغير مجدية. فوعدته «ناتاشا» بأن تدرس الطب فيما بعد. الواقع أن ما كان أقرب إلى اهتمامها وقلبها هو علم النفس وليس العلاج النفسي، غير أنه لم يكن في الأرجنتين آنذاك مثل هذه الدراسة لمتابعتها. والواقع أن كلية الفلسفة تلك هي التي خرَّجت أوائل عالمات النفس الأرجنتينيات في سنوات الخمسينيات والستينيات، حين كان العلاج النفسي محصورًا بالأطباء النفسيين. ولكنها لم تكن مستعدة، في ذلك الحين، لقضاء سنوات في دراسة الطب.

هذا الافتتان بعالم التحليل هو شأن أرجنتيني جدًّا ويهودي جدًا، وليس للأمر علاقة بمؤسس التحليل النفسي وحسب، وإنما بشغف الاستقصاء، إضافة إلى قدرة على الهجرة: ولهذا تجدن الأرجنتينيين واليهود مرتحلين دومًا، إننا جوالون تائهون، قابلون للتكيف بسهولة، ولدينا ميل جبري إلى الشتات. يمكن لكِ أن تجديهم يعيشون في أشد الأمكنة غرابة في العالم.

ما زلت أحتفظ بصفاء بالذكرى التالية: كانت الدروس في الجامعة قد بدأت للتو، ولم أكن أعرف أحدًا، ولا أدري مع من أتبادل الحديث، ولهذا كنت أستغل أوقات الفراغ في المطالعة على مقعد في الحديقة. وكنت في تلك المطالعة حين اقتربت مني فتاة ذات هيئة وسط أوروبية جلية. طويلة القامة، نحيلة، لها وجه أبيض، ووجنتان بارزتان، وعينان شديدتا الزرقة. الشعر أشقر جدًّا، ومربوط على شكل ذيل حصان. وكانت ترتدي كنزة ذات لون أزرق بحري وتنتعل حذاء أسود ومسطحًا، وسترة بيضاء قصيرة وناعمة.

سألتني بإعجاب وهي تنظر بطرف عينها إلى غلاف الكتاب:

ـ أتقرئين «سيمون دي بوفوار» بالفرنسية؟

أجبتُها بشيء من المرح:

ـ أجل.

ـ وهل قرأتِ «المثقفون»؟

قلتُ وأنا أشير إلى غلاف كتاب «الجنس الآخر»، وما زلت لا أدري كم سيعجبني:

ـ لا، هذا هو كتابي الأول لها.

ـ حسن، أظن أن هذا الكتاب هو الأفضل. ففي «المثقفون» تبدي شيئًا من المَسكنة.

(أتكون متحذلقة؟ سألتُ نفسي. ومع ذلك أثار اهتمامي حديثها عن وجه المسكنة لدى «سيمون دي بوفوار»، وأنها تتجرأ على وضعها موضع الشك. فدعوتها للجلوس إلى جانبي على المقعد).

عندئذ سألتني لماذا أتكلم الفرنسية؟ أجبتها ضاحكة:

ـ لأنني أتكلم كل اللغات التي يمكن تخيلها.

ـ لماذا؟ من أين أنتِ؟

ومن الحديث عن «سيمون دي بوفوار» انتقلنا إلى الحديث عن أوكرانيا ـ مسقط رأسي ـ وعن مينسك ولم يتوقف لسانانا عن الكلام،

إلى حدٍّ وصلنا معه متأخرتين إلى الدرس التالي. هناك بدأ كل شيء. كانت قد بدأت حديثًا بتعلم الفرنسية، ومثل أي أرجنتيني يحترم نفسه في تلك الأزمنة، كانت تتطلع إلى تكلم الفرنسية والقراءة بها على أحسن وجه، وطلبت مني أن أساعدها في التمرُّن على اللغة، لأنها تحتاج إلى قليل من المحادثة كي ينطلق لسانها. دعوتها إلى بيتي في نهاية ذلك الأسبوع. لو أن أحدًا قال لي وأنا أمسك كتاب «الجنس الآخر» فوق حضني في ذلك الصباح المشمس في الكلية أنني سأروي هذه الحكاية بعد خمسين عامًا في «سنتياغو دي تشيلي» لما صدقته.

حين كانت «ناتاشا» على وشك إكمال السنة الحادية والعشرين من عمرها توفيت أمها بسرطان الرئة. كان الاحتضار فظيعًا، وقد عاشته، كابنة وحيدة، كما لو أنه فقدان كامل لقصة حياتها. فواقع أن أمها آخذة بالموت على بعد آلاف وآلاف الكيلومترات عن مسقط رأسها، وأن الأرجنتين ظلت بالنسبة إليها مكانًا غريبًا، رسخ في ذهنها فكرة التنقل والترحال: كان أنين الأم بلغة أخرى، وكل أنَّة ألم ترسم في ذهن الابنة مشاهد مأساوية مبهرة ونائية، تضخمها مرآة النهاية. وحين انكبَّت بحدب على مرض أمها، أحست أنه سيكون عليها أن تدفع دينًا ذات يوم، من دون أن تدري بوضوح ما ذلك الدين. وكان «رودي» يقول لها بين حقنة وأخرى، غاضبًا، عاجزًا: لماذا لم تدرسي الطب بدل الانهماك في نبش وتقليب الطبيعة البشرية؟ ربما كنت ستتمكنين من إنقاذ أمك، لأن ذلك الشيء الآخر، الذهن، لا سبيل إلى علاجه أبدًا.

وفي هذيانها الأخير، ظنت الأم أنها قد رجعت إلى مينسك وخمدت.

افتقرت «ناتاشا» إلى الطقوس المناسبة لتبكيها. لا حاجة إلى الرب، هذا ما قالته لأبيها في المقبرة، ولم يردَّ الأب عليها.

* * *

بعد إنهاء الدراسة في الكلية، قررت «ناتاشا» الذهاب إلى فرنسا وإنجاز الوعد الذي قطعته لأبيها بأن تدرس الطب. كانت فرنسا تلك الأزمنة تمور بالأفكار والمستجدات. فالسينما والأدب والفلسفة تزدهر كلها. وقد درست الطب فعلًا وتخرجت، ولكنها لم تكن تستمتع بأي شيء قدر استمتاعها بقراءة مختلف مدارس التحليل النفسي ـ من دون أن تتبنى أيًا منها كطريقة في العلاج ـ والنقاش مع أصدقائها حول تلك الأفكار. عاشت معظم الوقت في غرفة صغيرة في شارع «كردينال لوموان» بالحي اللاتيني، وهناك، كما تقول «ناتاشا»، بدأ ميلها إلى التقشف. ففي تلك الأمتار المربعة القليلة، لم تكن تملك شيئًا ولا ترغب في امتلاك شيء. فما يهمها لا يمكن لمسه.

في يوم بلوغها الخامسة والعشرين من العمر، رتب لها أصدقاؤها المقربون مفاجأة، فقد دعوها إلى أشد الأمكنة بُعدًا عن روتينها في المدينة: «ملهى الكاهن المجنون». لم تكن «ناتاشا» قد شاهدت استعراض عراة من قبل قط. وعند الخروج اقترب منهم رجل شاب، يرتدي معطفًا أسود أنيقًا ولفاع عنق أبيض، ليسلم على أحد أصدقاء «ناتاشا». جرى تقديمه إلى الجماعة، وكان طبيبًا مثلهم أيضًا ويعرفه الصديق من الكلية. أخبروه أنهم يحتفلون بعيد ميلاد. فنظر إلى المحتفى بها وبدا في ملامحه أثر من السخرية: وما الذي تفعله طالبة طب أمريكية لاتينية في مثل هذا المكان؟

تساءل، فكان ردها سريعًا وعدائيًا: وهل عليَّ أن أكون منهمكة في صنع الثورة في قارتي؟ أثار ردُّها بعض الاهتمام في الرجل. بدا لـ«ناتاشا» أنه شخص خاص، وشوشتها رؤية أن وجهه أسمر بينما عيناه عميقتا الزرقة وظلت تنظر إليه. اقترح الآخرون تناول كأس أخيرة قبل ختم الليلة ودعوه لمرافقتهم. اجتمعوا حول منضدة كبيرة في «كوبليه»، وتقول «ناتاشا» إن تلك المرة هي واحدة من المرات القليلة التي سكرت فيها، فقد كانت تشعر «بأمور غريبة» ـ هكذا وصفت الحال ـ وهي تجلس بجانب ذلك الرجل الذي لا يتوقف عن توجيه أسئلة مداورة وصعبة. وفي إحدى اللحظات، وقد أصابها القلق، سألته عما يريده منها، ولماذا لا يتركها هادئة. فرد عليها بكل صراحة: المسألة أنك تعجبينني. فأحست «ناتاشا» بأن فجوة كبيرة تنفتح في معدتها.

في اليوم التالي دعاها إلى حانة، وسط كثير من الدخان والنبيذ الأحمر، لسماع مغنٍّ شاب يوناني يدعى «جورجي مورستاكي».

وبعدها بيوم دعاها إلى السينما لمشاهدة «هيروشيما حبيبتي». لم يعجبها الفيلم. فإيقاعه بطيء جدًا، ويكاد لا يحدث شيء، قالت لـ«جاك هنري»، ولم يستطع هو أن يصدق أنها تتجرأ على أن تضع سينما «الموجة الجديدة» موضع الشك.

كان «جاك هنري» يضحك منها، وهو ما لم يفعله أحد حتى ذلك الحين. أحست بشعور لا يُقاوَم وهي تجد أن هناك أخيرًا من لا يأخذها على محمل الجد. بعد مرور أسبوع، وعلى الرغم من نفسها، أعلنت أنها عاشقة. لم يضيعا وقتًا طويلًا. فقبل مرور شهرين هجرت غرفتها في الطابق

العاشر في «كاردينال ليموين» واستقرت بممتلكاتها القليلة في شقة بديعة في ساحة فوج. هل أنت غني؟ سألته بارتباك حين عرفت أين يسكن، وكان جوابه الوحيد قوله إنه طبيب أعصاب جيد. انتهى بها الأمر إلى الزواج منه بعد عدة سنوات، لأسباب «منزلية»، كما تسميها هي نفسها. إذ إنه عليها الحصول على الجنسية الفرنسية. ففي الأرجنتين لا بد من امتلاك جنسية أخرى في متناول اليد، على سبيل الاحتياط، كما تقول.

لم تكن «ناتاشا» متعصبة كبيرة للزواج قطُّ. كانا يعيشان حياتين مستقلتين إلى حدٍّ كبير، فهي تترك حبيبها وحيدًا لأسابيع وتذهب للدراسة مع أصدقائها على شاطئ البحر. ويبدو ذلك لـ«جاك هنري» عاديًّا تمامًا. وكان هو بدوره يذهب إلى بيت ريفي يملكه أبواه في «بروفانس» ولا يستعجل في العودة أيضًا. فكلاهما يعتقد أن تلك هي المعايشة الوحيدة الممكنة والمتحضرة.

ومع أنهما يبدوان أن كلًّا منهما غير مبالٍ بالآخر، إلا أنهما كانا متحابين. لا يلمس أحدهما الآخر أمام الملأ: وكان من الصعب تصورهما في علاقاتهما الحميمة. لقد كان ذلك جزءًا من القواعد. يستفز أحدهما الآخر، يلعبان كثيرًا، يغذيان ذكاءيهما المشتركين. إنني أبله من دون «ناتاشا»، هذه إحدى العبارات التي طالما أحب «جاك هنري» ترديدها. وكانا يتبادلان الحديث كثيرًا. فـ«ناتاشا» تشعر باليأس حيال الأحجية التي تمثلها أدمغة مرضاها. ومناقشاتها مع «جاك هنري» لم تكن تعرف الكلل في هذا الشأن، وكذلك أسئلتها، وهواجسها. حتى إن المرء يتساءل، هل كانت ستتزوج منه لو لم يكن طبيب أعصاب؟

لم تكن متعصبة للأمومة أيضًا.

وعندما حبلت ـ إنه حادث، كما تصفه هي ـ كان آخر ما تفكر فيه أن تصير أمًّا. كانت قد تخرجت، وتعمل في مستشفى عام وبدأ يصبح لديها مرضاها الخاصون. وكانت مهنتها تستهلكها. عندئذ تدخل «جاك هنري». كان يعي أن جسد زوجته وليس جسده هو الذي تتكون فيه حياة جديدة، فطلب منها بتذلل: فلنقدم على فعل عذوبة.

أنجبت ابنًا واحدًا فقط، اسمه «جان كريستوف»، وهو اليوم طبيب جراح في باريس ـ يا لانعدام المخيلة! هذا ما قالته له «ناتاشا» حين أخبرها أنه سيدرس الطب ـ وهو يسافر إلى قارتنا هذه لزيارة أمه كلما استطاع ذلك. إنه وسيم، يتمتع بحس سخرية ولا يريد الزواج بأي حال، لقد جاء معه بعدة نساء في زياراته، وفي كل مرة تقوم «ناتاشا» بالاختبار الكامل لإعطائه مصادقتها، ولكنه حتى الآن، وقد بلغ الأربعين، لم يحسم أمر الزواج بصورة جدية.

* * *

فلنرجع إلى الوراء.

ذات يوم، وهي في باريس، ولدى عودتها من الدروس، وجدت رسالة من «رودي» في صندوق بريد مسكنها بشارع «كردينال لوموان». صعدت الطوابق العشرة مفتونة ومتذوقة مسبقًا أخبار أبيها، وما إن استقرت جالسة وأمامها فنجان قهوة جيد، حتى فتحت الرسالة فوق المنضدة الصغيرة التي لديها: «حنة». «رودي» يتكلم عن «حنة» ويذكِّرها بتلك السنوات من

طفولتها، خلال الحرب، عندما عاشوا معًا في مزرعة «مارلين». ويخبرها أن «حنة» أختها. لم تكن مفاجأة وحسب بالنسبة لـ«ناتاشا»، وإنما صدمة عاطفية. كانت تتذكرها من دون أي خطأ. رغبت في التحدث إلى أبيها، متلهفة إلى مزيد من المعلومات. وبما أن اتصالًا هاتفيًّا إلى «بوينس آيرس» سيكلفها ما يعادل تكاليف طعامها لأسبوع، اضطرت إلى القناعة والإذعان للبريد الجوي. وفي انتظار أن يردَّ عليها «رودي»، لم تكن «ناتاشا» قادرة على تحمُّل نفسها من التأثر والرغبة في الانطلاق فورًا للقاء أختها. ولكن الأمر لم يكن سهلًا. فـ«رودي» لا يعرف أكثر من أن زوج «مارلين» قد غادر بيلاروسيا واستقر في موسكو. وكانت «ناتاشا» تقدر أن «حنة» يجب أن تكون قد تجاوزت الثلاثين من العمر، وكانت تخشى من روح التيه التي يمكن لأختها أن تكون قد ورثتها.

حدث ذلك في بدايات الستينيات، في أوج الحرب الباردة: محاولة تحديد مكان أحد في الاتحاد السوفييتي لم يكن بالمهمة السهلة. بدأت عملية «البحث» كما سميتها أنا (كم سيكون جيدًا أن يضاف إليها «عن الزمن الضائع»). صارت لدى «ناتاشا» منذ ذلك الحين فكرة متسلطة على عقلها: العثور على أختها. تحولت «حنة» إلى زوبعة، لأنها كانت قوة دوارة، مغلقة، قوية، غير نفوذة، من المحال وقفها، بحيث لا يمكن مقارنتها إلا بتلك الظاهرة الطبيعية. الطريقة التي يختار بها الهاجس هدف رغبته ويستبعد غيره، هي مسألة غامضة. وقد توصلتُ إلى التساؤل كيف هو العيش إن لم تكن لدى المرأة فكرة راسخة في ذهنها: هذا هو ما يمنح التميز ويحوِّل، إلى أمر ذي مغزى، حدثًا يمكن أن يكون عاديًّا

تمامًا من دون ذلك الهاجس. في حالتي مثلًا، أو حالة معظم البشرية كي لا نذهب بعيدًا.

* * *

وهكذا بدأ «البحث».

أول ما خطر لـ«ناتاشا»، وبصورة صائبة، هو اللجوء إلى الأصدقاء الشيوعيين في الكلية. فهم «أصحاب» الاتحاد السوفييتي في باريس، وأفضل المحاورين والمراسلين المحتملين. لم يكن لديها سوى اسم والد «حنة» الشرعي، تاجر الأقمشة الذي تزوجت منه «مارلين». مضت أكثر من سنة قبل أن يصل إليها الخبر بأنه قد توفي: لقد وقع في محنة مع النظام بعد قليل من انتهاء الحرب، وأمر «ستالين» بقتله. وبهذا أُغلق طريق مهم، أو بكلمة أدق الطريق الذي كان يمكن لـ«ناتاشا» أن تلجأ إليه. كنت أقضي فترة معها في باريس بعد قليل من حدوث ذلك. وأتذكرها جيدًا هي و«جاك هنري» يجلسان إلى منضدة المطبخ في شقة ساحة «الفوج»، وفي يد كل منهما كأس نبيذ أحمر، وفي الجو كثير من رائحة التبغ الأسود ـ كان «جاك هنري» يدخن من دون توقف ـ وهما يقلّبان كل الاحتمالات الممكنة لتلك الفكرة. ولم تبدُ نهاية زوج «مارلين» غريبة، فهو ممثل تقليدي لشخص من روسيا البيضاء حاول التأقلم مع النظام ليحافظ على حياته ولكن النظام ازدراه واستبعده. وصارت المسألة تتمثل في أنه، إذا كان قد وقع في المحنة، ففي أي مكان يمكن لأسرته أن تختبئ أو تحاول عدم لفت الأنظار إليها لتجنب تعرضها للخطر نفسه؟ عندئذ قررت «ناتاشا» الذهاب إلى الاتحاد السوفييتي، والطريقة الوحيدة هي في السعي إلى

تلقيها دعوة مع وفد أطباء فرنسيين. وقد توصل أصدقاؤها الشيوعيون إلى ذلك، ولكن الإجراءات تطلبت حوالي سنة. لم يكن أي شيء سهلًا وكان الوقت يكتسب مغزى آخر في ذلك البحث. أظن أنها فهمت الأمر على هذا النحو لأنها لم تبدد اللهفة أو الأدرينالين بصورة مجانية. فالفكرة الراسخة لها إيقاع محدد، وقد تكيفت هي معها.

كانت رحلة «ناتاشا» إخفاقًا كاملًا. فقد قُوبلت تحرياتها بصورة سيئة جدًّا ممن دعوها، ولم تستطع أيضًا السفر إلى مينسك، كخيار ممكن، وإمساك الخيط من بدايته. فنظام متحكم مثل ذلك النظام يعتبر أسوأ حليف لـ«ناتاشا». وعدها أصدقاؤها الشيوعيون بمواصلة التحري، وعلى الرغم من أنها كانت تتصل بهم بين حين وآخر وتذكِّرهم بوعدهم لها، فقد كانت تعرف في أعماقها أنهم لن يصلوا بعيدًا.

* * *

وعلى الرغم من مسألة «حنة»، كانت الحياة تتواصل. و«حنة» في مركز هواجس «ناتاشا»، لكنها تستمر في حياتها. في بداية السبعينيات، حين كان «جان كريستوف» لا يزال طفلًا، قررت «ناتاشا» أن زواجها من «جاك هنري» قد انتهى. لقد انتهت العاطفة، هكذا كان حكمها. ويمكن لهما من دون العاطفة أن يكونا صديقين عظيمين ولكن ليس زوجين. عندئذ تخلى «جاك هنري» عن الكلبية التي تميزه، وتشاجر معها: حاول إقناعها بأن العاطفة لا تعني شيئًا، وأنها تنتهي في جميع الأحوال ذات يوم، وأنه عليهما أن يواصلا قُدمًا. الجنس؟ وأي أهمية شيطانية للجنس؟ ولكن «ناتاشا» كانت قد ضجرت من أوروبا. فأخذت ابنها ورجعت إلى «بوينس آيرس».

كان «رودي» قد صار عجوزًا وأرادت «ناتاشا» أن تستمتع به وتقضي معه آخر فترة طيبة من حياته. تقاسما البيت. ووافقت بين العمل في عيادتها الخاصة والممارسة في مستشفى عام، وهو الشيء نفسه الذي تفعله اليوم هنا في تشيلي، وعكفت على تربية ابنها، والعناية بأبيها وممارسة مهنتها بشغف وعناد. إنها تنظر اليوم إلى ذلك الزمن بحنين عذب وتلين نظرتها حين تتذكره، كما لو أنه في تينك العينين الزرقاوين ـ الواسعتين جدًّا ـ تبحر السكينة متداخلة مع الحنان والصرامة. مثلها هي نفسها.

جميعنا نعرف لحظة في الحياة يمكن لنا تسميتها «نقطة انعطاف». حدثٌ ما يتولد عنه حدث آخر ثم آخر وبعده آخر، وفجأة تقرر الحياة اليومية العادية القيام بتحول من دون أن نتذكر جيدًا في النهاية كيف حدث ذلك التحول. هل كان الحدث في هذه الحالة هو موت «رودي»، أم الدكتاتورية العسكرية؟ المؤكد هو أنه وقع في حياة «ناتاشا» انقلاب هائل وكان أن ظهرت تشيلي آنذاك في الأفق. طبيب نفسي أرجنتيني، وصديق لـ«ناتاشا» منذ أزمنة الجامعة في باريس، حصل على معونة أوروبية من أجل التقصي حول القلق النسوي في البلدان النامية، وقرر الاستقرار في تشيلي لأن وضعها السياسي والاجتماعي في مطلع السبعينيات بدا له، من بعيد، أنه الأكثر أهمية في القارة. وكان هنا عند وقوع الانقلاب العسكري. ولم تبدُ أبحاثه «سياسية» لعسكريي «بينوشيه»، فواصل عمله بسلام. وعندما ساءت الأمور كثيرًا في الأرجنتين، عرض على «ناتاشا» أن تجتاز سلسلة الجبال وتجيء للعمل معه. ولكن كيف؟ فهنالك دكتاتورية في تشيلي أيضًا، اعترضت «ناتاشا». فرد عليها زميلها: «أجل ولكنك

غريبة». وأوضح لها أنها إذا جاءت بجنسيتها الفرنسية للعمل في ذلك البرنامج الذي ترعاه السوق الأوروبية المشتركة آنذاك، فمن الصعب أن يضايقوها. وأقنعها أنها لن تعيش وقلبها عند فمها من الخوف مثلما هي حال أصدقائهما في «بوينس آيرس».

كانت أرجنتين الجنرال «بيديلا» قد صارت لا تطاق بالنسبة إلى «ناتاشا»، وقد وصلها ذلك العرض حين كانت تراودها جديًّا، على الرغم منها، فكرة العودة إلى باريس. وكانت باريس تعج طبعًا بالأرجنتينيين. وبالتشيليين أيضًا. أوروبا كلها كانت كذلك. ولكن اقتراح صديقها جعلها تراهن على الجانب الآخر من سلسلة الجبال. وقالت له: النساء في نهاية المطاف هنَّ موضوع نضالي الحقيقي. وكانت قد اتفقت مع «جاك هنري» على أن ابنهما «جان كريستوف» سيتابع دراسته الثانوية في باريس. إلى الأمام، قالت لابنها مشجعة: لم تعد بحاجة إليَّ، وكلما ابتعدت أكثر عن أمك ستكون معافى أكثر. وعندئذ قالت لي: أنذهب معًا؟ وكنت غاضبة ومتألمة مثلها لحال الأرجنتين في ظل «بيديلا»، ولكن استبدالها بتشيلي «بينوشيه» بدا، في أقل الاعتبارات، مجرد جنون. كنت أعمل آنذاك مع «ناتاشا»، أساعدها في أبحاثها وأرتب شؤون عيادتها. وكنت قد اكتسبتُ تلك السكينة الغريبة، تلك الـ«لا أرغب»، مثل «باريكو» في «نوفيسنتو»: كان بإمكانه الإبحار إلى أبد الآبدين من دون استراحة، لأن لديه موسيقاه، وأنا لديَّ كتبي، وليس لي، مثله، أي طموح. فزواجي كان قد انتهى، مثلما هي زيجات كثيرين من أبناء جيلي ـ أول جيل عرف انفصال الزيجات بصورة جماعية ـ لقد كتب «بيجليا»: («الزواج مؤسسة إجرامية». فبرابطة

الزواج ينتهي أحد الزوجين على الدوام إلى شنق نفسه). وفي حالتي قررنا الانفصال قبل الوصول إلى الشنق.

ولأني كنت بلا أبناء، وإخوتي موزعين في أنحاء الكوكب، فقد توصلت إلى أن «ناتاشا» هي أقرب من يمكن أن يكون أسرة لي، وبذهابها سأظل أشبه بيتيمة في الأرجنتين. وحياة إلى جانبها بدت لي أفضل بكثير من حياة من دونها. ولكنني لم أغلق شقتي ولم أتخذ أي قرار حاسم. جئت إلى تشيلي كي أجرب إن كنت سأتحملها. وأظن أن البيت الذي يستأجره الطبيب النفسي، صديق «ناتاشا»، على شاطئ «إيسلا نيجرا» كان عاملًا حاسمًا في اتخاذي قرار البقاء. إنني أتكلم عن «إيسلا نيجرا» ذلك الزمان، قبل تحولها إلى صنمية نيرودية تجتذب سائحين وحافلات. لقد كانت مكانًا معزولًا، يتردد عليه أشخاص محددون جدًّا، أشخاص كان اللقاء بهم ممتعًا في الحانة الصغيرة، حيث نأكل السمك المقلي. اعتدنا الذهاب لقضاء نهاية الأسبوع هناك، وبما أننا وصلنا في الشتاء، فإن لقائي بالبحر التشيلي كان قويًّا جدًّا. بحر «إيسلا نيجرا» ذاك، قتامته، هياجه، مِنعته، قلب قلبي بقوة غير متوقعة. وكذلك غابات الصنوبر والصخور الهائلة. ولم أكن بحاجة إلى وقت طويل كي أقول لـ«ناتاشا» إنني لا أشعر بأي حنين إلى مياه نهر «لابلاتا» في الأرجنتين.

في العام التالي رجعت إلى «بوينس آيرس»، بعتُ شقتي في حي «بيلجرانو» واستبدلت بها شقة أخرى في شارع «بروفيدنثيا» في «سنتياغو». وأسهمت «ناتاشا» بحصتها في شراء قطعة أرض صغيرة على ضفة نهر «أكونكاجوا». وأعادت تأهيل البيت القديم وتمكنا من مواصلة الاستمتاع

بغابات الصنوبر، وأضفنا إليها أشجار المنجوليا والأفوكاتو، وغيرها من الأشجار. وكذلك الكلاب. فلدى «ناتاشا» كلبان من فصيلة البوكسر: «سام» و«فريدو»، لونهما كستنائي، وضخمان ـ الحجم له علاقة بما يأكلانه بصورة أساسية من الأفوكاتو ـ ويبدوان مرعبين لأي متدخل فضولي افتراضي. المثير هو التناقض الحي بين الشراسة التي تبدو عليهما والوداعة التي هما عليها في الحقيقة. أخرج للتنزه واللعب معهما بكثرة كيلا أرضخ لإغواء امتلاك كلب في شقتي. وهكذا تحولنا إلى اثنتين من نساء «سنتياغو» المحتجات دومًا ضد التلوث، وازدحام حركة المرور، ومسألة النقل، ونقص الحوافز، ولكننا في أعماقنا سعيدتان. يكفي يوم صاف بعد هطول المطر لتظهر سلسلة الجبال مهيبة وغير معقولة، هناك قريبًا، في متناول اليد، وننسى حينئذ كل كرهنا للمدينة ونستعيد الحماسة.

* * *

ولكن هنالك مسألة «حنة». فلنعد إلى هاجس «ناتاشا» الدائم.

خلال سنواتنا في تشيلي، واصلت «ناتاشا» القيام بما يفوق طاقة البشر للتوصل إلى شيء ما عن أختها، ومع أن فشلًا كان يستجر فشلًا آخر إلا أنها استمرت في مسعاها. كنت أخشى أن تؤدي إعادتها المستمرة لترميم مخيلتها إلى تحلل تلك المخيلة. ففكرة «حنة» ـ لأن «حنة» لم تكن أكثر من ذلك: مجرد فكرة ـ راحت تنقلب هشة، غير ملموسة، وأن ينتهي الأمر بالطبيعة التي لا تعرف التسامح إلى محوها بكل بساطة. في بعض الأيام، حين نكون في الريف، تسألني «ناتاشا» إن كنت أعتقد أن أختها قد ماتت. لم أكن أعتقد شيئًا. ولكن يمكن أن تكون «حنة» قد توفيت بالطبع. في بعض الأحيان كنتُ

أذكِّر «ناتاشا» بأن أختها كانت قد تجاوزت الثلاثين من العمر حين بدأت هي عملية «البحث» الشهيرة، وأنه من غير المحتمل أن تكون قد ظلت مرتبطة بمصير أبيها، ويمكن لها أن تكون قد تزوجت، واتخذت لنفسها اسم زوجها وصارت شيوعية طيبة، سليمة ومعافاة. وأوحيت إليها بأنها قد تكون ذهبت للعيش في منجوليا، أو في أرمينيا أو في البلطيق، لأن اتحاد الجمهوريات الاشتراكية السوفييتية بالغ الاستحالة والاتساع.

وذات يوم سقط جدار برلين.

وبعد سنة من ذلك تحلل الاتحاد السوفييتي، انهار النظام مفتتًا.

ومن عيادتها كانت «ناتاشا» تتابع خيوط الحدث بالتفصيل، إلى أن صار من الممكن والعقلاني ركوب طائرة والسفر. أية قوة ونشاط أظهرتهما آنذاك. وفي لحظة ضعف أحسست أن من واجبي مرافقتها ولكنني أدركتُ بعد ذلك أنها مهمة تخصها هي وحدها. هي ولا أحد سواها. ومن أجل أن تمضي أمورها على أحسن حال، صليتُ للرب الذي لا أؤمن به.

ومع وصولها إلى موسكو، استقرتْ في فندق رخيص نسبيًّا، متأهبة لأن تبقى هناك كل ما تحتاج إليه من وقت. جالت من بيت إلى بيت على أسماء من بدا أن لهم صلة قرابة ما بـ«مارلين» وزوجها، متوقعة بالطبع أن تكون هذه قد ماتت. تبين أن واحدًا فقط ممن جالت عليهم تربطه صلة قربى بعيدة بها، ولكن بما يكفي من الالتباس ليؤكد أن فرع العائلة ذاك من مينسك وليس من موسكو، وأنهم قد فقدوا أثرها ولكنهم يعرفون أن زوجها قد أُعدم في أزمنة «ستالين». حينئذ قررت «ناتاشا»، كما في المرة السابقة، أن تذهب إلى مينسك. وقبل أن تفعل ذلك طرقت أبواب عدة سفارات:

الفرنسية، والأرجنتينية، والتشيلية، بل إنها وصلت إلى حدِّ التحدث مع الألمان، أولم يكونوا هم المذنبين في نهاية المطاف؟

وفي مينسك عاشت لحظات تأثر كبير وهي تتعرف على المدينة والأحياء التي كانت مرتع أبويها. وجدت أقارب رحبوا بها واحتضنوها ولكنهم لم يكادوا يتمكنوا من مساعدتها. أخبروها فقط بما كانت تعرفه: أن أسرة رجل الأعمال المتخصص بالنسيج قد غادرت المنطقة بعد الحرب بصورة نهائية. تحرت عن موقع تلك المزرعة التي أمضت فيها أوقاتًا كثيرة مع «حنة»، ورجعت إليها، كي تجدها متبدلة تمامًا وحسب، من دون أي حجر أو قطعة خشب تذكِّرها بالبيت القديم. وبالكاد وجدت شجرة عتيقة، وبعض الثمار التي أحدثت صدى في ذاكرتها.

إلى أن جاء يوم، وهي في مينسك، اتصل بها فيه موظف من سفارة فرنسا، معروف باسم «جان كريستوف»، وقدم لها أخيرًا بعض المعلومات.

لم تكن «حنة» محض فكرة مجردة. لقد تزوجت منذ سنوات طويلة من موظف في الحزب، رجل روسي، مهندس صناعي، وقد أُرسل إلى فيتنام في نهاية الحرب. فبعد توحيد فيتنام، كانت مهمته الذهاب لتقديم معونة تقنية للفيتناميين. أحست «ناتاشا» أنها محظوظة جدًّا، إذ صار لديها اسم، اسم زوج «حنة»، مع أن الخبر يتضمن موت ذلك الرجل في «هانوي» منذ سنوات. وليس معروفًا إذا كانت زوجته قد رجعت بعد موته إلى الاتحاد السوفييتي، ولا وجود لتسجيل يثبت رجوعها.

فيتنام.

من موسكو سافرتْ إلى باريس. وجدها «جان كريستوف» مستنفدة ولكنها غير مستسلمة بأي حال. وكان ردُّ فعلها: بلد اشتراكي آخر، رباه، يا للكابوس. اتفقا على أن ترجع «ناتاشا» إلى تشيلي (كان عملها يتأثر كثيرًا، وقد أرسلتُ إليها أقول: «هنالك حدود لطول الغياب»). وفي باريس زارا سفارة فيتنام وبدأ البحث الجديد. ومثلما هو متوقع، كان اسم زوج «حنة» واردًا في السجلات، أما اسمها فلا. تعهد «جان كريستوف» بمواصلة البحث. وقال لها: الفرنسيون ما زالوا يشعرون أنهم «شي سوا» (في ديارهم) إلى حدٍّ ما في الهند الصينية القديمة، وأنتِ لم تعودي في سن تسمح لك بالتجوال من قرية إلى قرية، ومن بيت إلى بيت. وعندما يحصل على إجازة ووقت فراغ سيذهب إلى الشرق. وتحت هذا الوعد رجعت «ناتاشا» إلى تشيلي.

قام «جان كريستوف» بعديد من الرحلات إلى فيتنام، وانتهى به الأمر إلى أن يصير خبيرًا حقيقيًا بتلك البلاد التي أصبح يحبها من أعماقه. كان أول عمل قام به بالطبع، فور وصوله إلى «هانوي»، أن ذهب لزيارة السفارة الروسية. لم تعد الآن سفارة الاتحاد السوفييتي: تحت هذه الذريعة كانوا يخفون الفوضى واللامبالاة اللتين وجدهما، مجرد بيروقراطيين مهملين ومتراخين لا تعني لهم أرملة ضائعة أي شيء، سواء أكانت روسية أم لم تكن. أضف إلى ذلك ـ قال له موظف بشيء من السخرية ـ الفيتناميون ليسوا البلغاريين، فقد كانوا أكثر استقلالية على الدوام، ولم نكن نحن من نتحكم بهم.

حين علم «جان كريستوف» أن معدل حياة النساء في فيتنام هو اثنتان وسبعون سنة، قرر الإسراع. فالزمن يُثقل بوطأته.

في واحدة من رحلاته تلك تعرَّف على مناضلة وقيادية في الحزب، امرأة مفعمة بالجرأة كانت قد عرفت «حنة» وزوجها في أزمنة التعاون المشترك. كانتا صديقتين، وتعرف أن لدى «حنة» ميلًا عميقًا إلى الاهتمام بالأطفال وقدرة استثنائية في التواصل معهم. وقد عرفت منها أنها درست في الاتحاد السوفييتي كي تكون معلمة، ولكنها لم تستطع ممارسة المهنة خلال حياتها في «هانوي». وبعد موت زوجها اختفت. لم يعد أحد يراها. ففند «جان كريستوف» كلامها بالقول: في البلدان الاشتراكية لم يكن الناس يختفون بهذه السهولة، فقد كانت هناك رقابة، ولا بد من وجود سجل لها. فردت عليه: إذا كانت قد ترملت ثم تزوجت من فيتنامي، فليس لدينا طريقة لنعلم ذلك، لأنها ستكون مسجلة باسم آخر وجنسية أخرى. وكان «جان كريستوف» يشكو ويتذمر: لو أنه كان **أخًا** لك يا أماه وليس **أختًا** لكنا وجدناه. لأنه ما كان سيفقد اسمه مثلما يحدث للنساء. وقالوا له، إذا كانت قد تزوجت من أجنبي وغادرت البلاد، فليس من طريقة للوصول إليها. وسمع «جان كريستوف» من يقول بشيء من السخرية: لا تظن أننا سنحتفظ بملف كل شخص غادر البلاد خلال العشرين سنة الأخيرة. وماذا عن سجلات الزواج؟ نظروا إليه كما يُنظر إلى طفل يطلب المستحيل من دون أن يدري: موظفونا مشغولون جدًّا، فهل تتصور أن لدينا موظفين بما يكفي لتخصيص أحدهم للبحث في سجلات الزواج؟ ولكن الصديقة الفيتنامية قدمت لـ«جان كريستوف»، على كل حال، شيئًا ثمينًا جدًّا: صورة فوتوغرافية (وهي تستقر اليوم ضمن إطار جميل في غرفة نوم «ناتاشا» إلى جانب صورة أخرى لـ«لو أندرياس سالوميه»). وفي الصورة، تبدو «حنة» في حوالي الخمسين من العمر، لها وجه أبيض

صافٍ، مثل وجه «ناتاشا» حين عرفتها. الصورة بالأبيض والأسود، ولكن تُستشف في الصورة زرقة عينيها. تقف إلى جانب زوجها في حفل استقبال رسمي، سيئة الملبس، ترتدي بدلة قاتمة وسيئة الصنعة، على الرغم من أن الصورة لا تُظهر سوى السترة. وشعرها مُسرَّح إلى الخلف ومعقود بطريقة قديمة مهجورة. ولكنها امرأة جميلة مع ذلك.

ولأنه كان على «جان كريستوف» الانكباب على عمله في فرنسا، فقد تعاقدا مع تحرٍّ خاص كي يبدأ البحث ومعه الصورة. العثور على شخص ضائع منذ سنوات بين ثمانين مليون نسمة لم يكن بالمهمة السهلة. تم ذرع «هانوي» من أقصاها إلى أقصاها، كل مدرسة، كل حديقة أطفال، كل مستشفى. لا شيء. والأمر نفسه في «سايجون» القديمة، مما احتاج إلى زمن معتبر. وكان وسط البلاد هو الهدف التالي، وتطوعت «ناتاشا» لتغطية تلك المنطقة. فهي لم تتحمس لفكرة التحري، وكانت منذ البدء متشككة في نتائجها، كما لو أنها في أعماقها، ومن دون أن تقول ذلك، ترى أن للعاطفة وحدها القوة الكافية للعثور على أختها، وليس الاستعانة بتحرٍّ. أخذت إجازة والتقت بـ«جان كريستوف» في «دا نانج». وبعد عمليات بحث غير مثمرة واصلا في «هوي». ومحبطين بعض الشيء استقرا على شاطئ بحر الصين الجنوبي، في «هوي آن». فالمكان على الأقل فيه ما يكفي من السحر والجمال ليشغلهما قليلًا عن أي حزن. وهناك، في مدرسة، قال لهما المدير وهو يمسك الصورة بين يديه ويتفحصها بدقة: في ضواحي «هوي آن»، وسط حقول الأُرز، توجد مدرسة صغيرة جدًّا تُعَلِّم فيها بعض النساء البيض.

لم يكن العثور على المكان سهلًا، وكانت المدرسة تافهة جدًّا بالفعل، شبه ضائعة في الريف، وسط دسكرة بائسة، محاطة بحقول أُرز وبعض الأبقار الرمادية بارزة العظام. العناد هو الذي مكَّنهما من العثور عليها. فالبناء منخفض ومقسم إلى ثلاث حجرات، مع باحة طويلة مسقوفة وأرضيتها ترابية وحسب. كانت جماعة من الأطفال الصغار تلعب في الركن حول امرأة، يشكلون دائرة. وجماعة أخرى تجلس على الأرض حول معلمة أخرى، يمارسون تمرينًا بأحجار صغيرة ومدببة. ومعلمة ثالثة تشغل، مع ثلاثة أطفال، منضدة منخفضة في وسط الفناء ويظهر فوقها كتابان مفتوحان. جميع المعلمات يغطين رؤوسهن بقبعات ضخمة من القش، القبعات الفيتنامية المخروطية التقليدية، ما يجعلهن غير مرئيات الوجوه عمليًّا. بادرت «ناتاشا» بالتقدم إلى الفناء. وقدمت الاعتذار مقاطعة المرأة التي إلى المنضدة، والتي ما إن أدارت رأسها إلى أعلى كي تنظر إليها حتى ظهرت بشرتها البيضاء. كانت عيناها سوداوين وكذلك ما يظهر من شعرها تحت القبعة، ولكنها امرأة بيضاء. ابتسمت لها.

قالت «ناتاشا»، بصوت خافت:

ـ «حنة»، أبحثُ عن «حنة».

عاودت المرأة الابتسام وردَّت بفرنسية غير متقنة:

ـ لا، لا وجود لأي «حنة» هنا.

نظرت «ناتاشا» إلى المرأتين الأخريين البعيدتين، والمحاطتين بالأطفال،

وكانتا تركزان على عملهما، غير مباليتين بهذه الغريبة التي تتحدث إلى زميلتهما.

قالت المرأة التي عند المنضدة مؤكدة كلامها بحركة من رأسها:

ـ إنهما «فونج» و«لين».

ثم نهضت عن مقعدها مديرة جسدها وأمسكت بيد محدثتها كما لو أنها تريد اقتيادها باتجاه المخرج.

لم تستسلم «ناتاشا». وعلى الرغم من أن حركتها بدت فظة، فقد أفلتت ذراعها ومشت تحت سقف الفناء المدرسي باتجاه الجماعتين الأخريين اللتين هناك، باتجاه «فونج» وباتجاه «لين». أما «جان كريستوف» الذي روى لي ما حدث فيما بعد، فظل تحت الشمس ينظر إلى ذلك المشهد، من بعيد، كما لو أنه يرى تدخله غير مناسب.

اقتربت «ناتاشا» من المرأة الثانية التي تشكل دائرة مع الأطفال، ونظرت مباشرة إلى وجهها. إنها متقدمة جدًّا في السن، شعرها أبيض وعيناها زرقاوان. والثالثة مثلها أيضًا، من كانت تجلس على الأرض وتراقب تمرين الأحجار. ولكن لكلتيهما بشرة سمراء، لوحتها الشمس والهواء، خلافًا للفيتناميات اللاتي يعتنين ببشرتهن للحفاظ عليها صافية. لم يبدُ على أي منهما أنها امرأة روسية من مينسك. تنقلت «ناتاشا» بصمت من إحداهما إلى الأخرى، تتأملهما. وعندئذ رأت الوميض الأخضر الضارب إلى الزرقة. المرأة الجالسة على الأرض كانت ترتدي جلبابًا عالي الياقة وزراه العلويان مفتوحان. لمع وميض، إنه وميض حجر كريم. انحنت «ناتاشا» ولمست

الحجر. ثم فتحت عندئذ بلوزتها ولمست «الألكسندريت» الذي حول عنقها. كانت المرأة الجالسة على الأرض تراقبها بفضول كبير. لفظت «ناتاشا» اسم المرأة الحقيقي، فهزت تلك رأسها موافقة بذهول:

ـ أجل، أنا «حنة».

لقد انتهى «البحث».

* * *

لم تخبر «مارلين» قطُّ ابنتها «حنة» بأمر أبيها الحقيقي، وبالتالي كان ظهور هذه الأخت حدثًا مستجدًا بالكامل. لم تنس أيام الحرب في المزرعة، وتتذكر بحنان كبير تلك الطفلة المدعوة «ناتاشا» التي شاطرتها لحظات رهيبة وفاصلة. ولم تنسَ «رودي» كذلك حين أهدى لكلتيهما السلسلة و«الألكسندريت» وظلت، بناء على رغبة الأب، تعلقها حول عنقها دومًا. وكانت السلسلة مألوفة لديها إلى حدٍّ لم تعد تراها، ولم تفكر لحظة واحدة في أنها ستكون إشارة تعارف لا يمكن دحضها.

كانت عجوزًا هشة ونحيلة جدًّا تعيش في كوخ قرب النهر وتعمل تعليم لغات للأطفال. وكان لها اسم آخر، فقد تزوجت بالفعل من فيتنامي، صياد سمك، وعاشت معه سنوات طويلة، وهي مسجلة باسم أسرته. أما اسمها الأول فلم تبدله في محاولة للتخفي وإنما لأن اسم «لين» يبدو أسهل نطقًا على جيرانها.

لن أروي الآن قصة «حنة»، وإنما سأخبركنَّ ـ كي تفهمن خطوات «ناتاشا» القادمة ـ أن عمر «حنة» الآن خمسة وسبعون عامًا، وأن حياتها

كانت قاسية، وأن جسدها قد تأذى في الوقت نفسه. إنها «تالفة»، هذه هي الكلمة التي استخدمتها «ناتاشا» لتصفها. يهودية تائهة، مثلنا جميعًا. وإلا كيف نفسر عدم عودتها إلى روسيا بعد ترملها؟ ألا تؤمن بالجذور؟ تتساءل «ناتاشا»، وهو ما أجبتها أنا عليه: لا، إنها مثلك.

رغبت «ناتاشا» في إحضارها إلى تشيلي ولكن رفض «حنة» كان حاسمًا: لا شيء يحركها من فيتنام، فتلك هي أرضها وليس أي أرض أخرى.

«حنة» اليوم تحتضر. الفقر والتقشف في المأكل، وشروط الحياة بصورة عامة في العشرين سنة الأخيرة استنفدتها. إنها عجوز متعبة، مستعدة للمغادرة، إذا كان يمكن للمرء يومًا أن يكون مستعدًّا لذلك. وأختها سترافقها وتطبق عليها عينيها.

* * *

أما أنا فلا «حنة» لديَّ. ولكن لديَّ كتبي. ولها خصائص رائعة: إنها تحتضن كل من يفتحها. عدد من كُتَّابي المفضلين راحوا يهرمون معي وهم في نظري أكثر واقعية من الأشخاص الذين من لحم وعظم ممن يمكن لي لمسهم بيدي. في أحيان كثيرة تأتي «ناتاشا» إلى حجرتي متعبة، بعد يوم طويل من العمل، وتقول لي:

ـ حدثيني عن الحياة هناك في الخارج.

ـ إذا كان «الخارج» الذي تعنينه هو شخوص رواياتي...

ـ أجل، إنني أعنيهم... أخبريني بما يفعلون، ماذا يقولون، بأي شيء يفكرون.

ذلك أن الأدب، مثله مثل التحليل النفسي، في صراع مع العلاقة المعقدة بين المعرفة وعدم المعرفة.

«إدوارد سعيد»، ذلك الكاتب الفلسطيني الرائع، تحدث عن «الأسلوب المتأخر». وهو يُستخدم عادة للإشارة إلى الفنانين في أوج مرحلتهم الأخيرة، حين يرخي المبدع لنفسه العنان ويبدأ بعمل ما يحلو له، من دون أي حذر أو تماسك مع أعماله السابقة. ومن ذلك التحلل من القيود تولد في بعض الأحيان أعمال عظيمة.

أظن أن «ناتاشا» قد دخلت مرحلة «الأسلوب المتأخر» كطبيبة نفسية وستعيشها كما يحلو لها (وأحد الأدلة الجيدة على ذلك أنها سمحت لي أن أروي لكنَّ قصتها). ستسافر إلى فيتنام ولن تعود إلا بعد أن تكون قد دفنت عظام «حنة». أما المستشفى وأبحاثها وعيادتها ومرضاها، وكل شيء فسوف يُعلق منذ الآن. لقد وجدت الفكرة الثابتة موجتها أخيرًا. ستفعل ما عليها فعله. وستفعله بالوقار اللازم.

عندما رحلت «جابرييلا ميسترال» إلى المكسيك، كتب الكاتب «بيدرو برادو» لأصدقائه المكسيكيين: لا تُحدثوا ضجيجًا حولها، لأنها تخوض معركة صمت.

وأتجرأ على أن أقول لحضراتكن العبارة نفسها.

خاتمة

بظهرٍ منتصب، ورأس مرفوع، تفتح «ناتاشا» ستارة النافذة وتصوب نظرها إلى جماعة النساء اللاتي يصعدن واحدة فواحدة إلى السيارة الكبيرة التي جاءت لأخذهنَّ. إنه وقت الغروب، والحديقة الفاترة إنما المهيبة أيضًا صارت خاوية، فالعمال ذهبوا للراحة والأشجار العملاقة ترسم بظلالها هيئات جديدة على خلفية سلسلة الجبال. خلال لحظات لم يعدن موجودات.

لقد ودَّعتْ كل واحدة منهن. عانقتهن وراحت تتركهن بعد أن تهمس لهن بشيء.

إنها تتذكر، في طفولتها في «بوينس آيرس»، عندما وضعت كلبة «رودي» جراءها.

كانت تقضي ساعات وهي جاثية على الأرض تراقب الجراء ويثير اهتمامها كيف يحتاج بعضها لبعض من أجل البقاء. أيكون الدفء هو ما تبحث الجراء عنه: إنها تتكوم، تتراكم، يلتصق بعضها بالآخرين. في

أحد الأيام أخذت الجراء واحدًا واحدًا، ونقلتها إلى الصالة التي كانت مدفأتها مشتعلة ووضعتهم جميعًا حول النار. لا تتحمسي لهذه الصورة يا «ناتاشا»، قال لها «رودي» حين وجدها مستلقية على الأرض وهي تحتضن الجراء، فقيمة البشر هي في قدرتهم على الانفصال، على أن يكونوا مستقلين، أن ينتموا إلى أنفسهم وليس إلى القطيع.

أفلتت «ناتاشا» الستارة. لقد غادرن. إنها تتخيلهن يمشين بعيدًا عنها، بخطوات مستعجلة، ناظرات إلى النجوم، ليس إلى النجوم المعروفة من قبل، وإنما التي تولد نتيجة موت نجوم أخرى.

وأخيرًا تقول، وهي تبتعد عن النافذة: جميعنا في نهاية المطاف، بطريقة أو بأخرى، لدينا القصة نفسها التي يمكن أن نرويها.